La perle d'Orient

Du même auteur
aux Éditions J'ai lu

La captive d'Istanbul, *J'ai lu* 3613
Chassé-croisé, *J'ai lu* 3776
La libertine, *J'ai lu* 5697
Dans l'ombre du harem, *J'ai lu* 5784
L'héritage d'Éléonore, *J'ai lu* 5869

Bertrice Small

La perle d'Orient

Traduit de l'américain
par Catherine Plasait

J'AI LU

Titre original :

A MEMORY OF LOVE
A Ballantine Book published by
The Ballantine Publishing Group, a division of
Random House Inc., N.Y.

Pour Cora Alexandra Small,
Quand elle sera assez grande.

Prologue

Pays de Galles, 1257

Le prince, couché sur sa maîtresse, transpirait et haletait de désir. La petite fille les observait, impassible. Il croisa son regard.

— Va dehors, Rhonwyn, grommela-t-il.

— Il pleut.

— Alors prends ta couverture et allonge-toi sagement près du feu, petite.

La femme gémissait, ses hanches se haussaient vers son amant tandis que le plaisir montait en elle.

— Je veux dormir avec ma maman, s'entêta l'enfant.

Le prince eut un rire de gorge.

— Non, petite. Cette nuit, c'est moi qui dors avec elle. Maintenant, va vite préparer ton lit près du feu. Et gare à toi si je suis obligé de me lever !... File !

Enfin matée, la petite fille s'installa près de la cheminée, enroulée dans une peau de mouton. Elle détestait les visites du prince, car alors sa mère n'avait plus de temps à lui consacrer, ni à son petit frère Glynn. Le prince était leur père, leur avait-elle dit, ils leur devaient obéissance et amour. Sans lui, ils mourraient de faim : ils ne devaient jamais l'oublier.

Le bambin dormait déjà, le pouce dans la bouche, ses longs cils ombrant ses joues roses. Glynn était la personne que Rhonwyn aimait le plus au monde. Lui, au moins, ne lui préférait pas le prince, comme sa mère. Pourtant, chaque fois que le prince venait au cottage, il apportait des cadeaux à ses enfants et les traitait gentiment. Mais elle n'était pas obligée de l'aimer pour autant ! se disait Rhonwyn.

Elle entendit sa mère crier, et le prince déclarer de sa voix grave :

— Bon Dieu, Vala, aucune autre femme ne me comblerait comme toi !

La femme eut son rire léger, et Rhonwyn ferma les yeux. Il fallait essayer de dormir, puisque le prince resterait toute la nuit.

PREMIÈRE PARTIE

Rhonwyn, 1258-1270

1

En cette fin de printemps, la pluie était encore glaciale. Elle s'infiltrait par le toit, là où le chaume était percé. Le feu s'était éteint la veille, et les deux enfants ne savaient pas comment le rallumer, alors ils se serraient l'un contre l'autre afin de se tenir chaud. Sur le lit, leur mère gisait dans un bain de sang, qui commençait à coaguler et à noircir. La puanteur avait engourdi leur sens olfactif, comme le froid avait engourdi leurs mains et leurs pieds. Le vent eut un mugissement sinistre et le plus petit des enfants gémit, se blottissant contre sa grande sœur.

Rhonwyn uerch Llywelyn tenta de réfléchir, comme elle s'efforçait de le faire depuis deux jours. Comment allait-elle les sauver, Glynn et elle, d'une mort certaine ? Leur mère avait succombé en mettant au monde un dernier enfant. Le cottage était loin de tout, car aucune personne convenable n'aurait toléré dans son voisinage la maîtresse du prince et ses bâtards. La vieille commère, qui avait aidé Vala à accoucher les deux fois précédentes, n'était pas venue parce que l'enfant s'était présenté trop tôt. Beaucoup trop tôt.

Comment allumait-on un feu ? se demandait Rhonwyn. Si seulement il cessait de pleuvoir, ils pourraient sortir, trouver une autre maison, un village… Mais qu'était-ce qu'un village, au juste ? Elle n'aurait su le dire, puisqu'elle n'avait jamais quitté la colline où elle avait vécu ses cinq années de vie.

Elle serra plus fort son petit frère, âgé de trois ans.

— J'ai faim, geignit-il.

— Il n'y a plus rien, Glynn, lui répéta-t-elle pour la centième fois. Quand la pluie s'arrêtera, nous irons chercher de quoi manger. Mais si nous sortons maintenant, nous mourrons, c'est sûr.

De toute façon, c'est ce qui finirait par arriver! s'irrita la petite fille. S'ils parvenaient à se réchauffer, peut-être que la faim ne les tenaillerait pas aussi cruellement...

Lorsque leur mère avait commencé à crier, Rhonwyn avait emmené son frère au-dehors, afin qu'il ne soit pas effrayé. Ils étaient allés cueillir des fleurs pour le futur bébé. Mais quand ils étaient revenus, leur mère était morte, et le feu était éteint. Il ne restait même plus une braise qu'elle aurait pu ranimer, comme elle avait vu souvent sa mère le faire. Puis il s'était mis à pleuvoir, et cela n'avait pas cessé de la nuit, ni de toute la journée qui allait bientôt se terminer.

Soudain, Rhonwyn dressa l'oreille en entendant des aboiements qui se rapprochaient. La porte du cottage s'ouvrit à la volée, et Llywelyn ap Gruffydd se profila sur le seuil. Apercevant les deux gamins accrochés l'un à l'autre sur leur paillasse, il demanda :

— Que se passe-t-il, ici ?

— Maman est morte, répondit la petite fille. Le bébé est venu trop tôt.

— Pourquoi la sage-femme n'était-elle pas là ?

— Qui serait allé la chercher ? Et où ? Maman hurlait, alors j'ai pris Glynn et nous sommes sortis. Quand nous sommes revenus, maman était morte. Il n'y avait plus de feu. Plus rien à manger. Je ne savais pas quoi faire, je ne savais pas où aller... Notre maman est morte, et c'est vous qui l'avez tuée ! Elle serait encore là si vous n'aviez pas mis un autre bébé dans son ventre !

Stupéfait par la haine qui perçait dans sa voix, le prince regarda véritablement sa fille pour la première fois. Et il eut l'impression de voir sa propre image, hormis le teint et les cheveux qui étaient ceux de Vala. La petite ne l'aimait guère, c'était évident, ses yeux verts lançaient des éclairs. En d'autres circonstances, le prince en aurait été amusé. Elle avait un tempérament aussi explosif que le sien !

— Je vais allumer du feu, dit-il. Sors et regarde dans ma sacoche de selle, il y a de quoi manger. N'aie pas peur des chiens, ils ne te feront pas de mal.

Le petit garçon le fixait avec une crainte mêlée de curiosité, et il reprit :

— Viens ici, bonhomme. Je vais te montrer comment on prépare un feu. Ainsi, tu n'auras plus jamais froid.

Le gamin, fasciné, s'approcha et le regarda entasser du petit-bois avant de sortir une pierre à feu de sa bourse. À l'aide de son couteau, il en fit jaillir des étincelles, jusqu'à ce que le bois s'enflamme. L'enfant écarquillait les yeux, et le prince lui ébouriffa affectueusement les cheveux, avant d'ajouter des bûches dans l'âtre.

Enfin il se leva et tendit le silex à son fils.

— C'est à toi, Glynn ap Llywelyn. Dorénavant, tu sauras comment on allume un feu. Mais pas n'importe où... hein, mon garçon ?

— Oui,'pa.

Le prince sourit. C'était la première fois que l'enfant l'appelait ainsi.

— Alors, tu sais que je suis ton père.

— Maman l'a dit, répondit simplement le petit.

— Et elle n'a pas menti, Dieu ait son âme.

Le prince revint à sa défunte amante. Il fallait l'enterrer, même sans la présence d'un prêtre, car aucun n'accepterait de la bénir. De toute façon, Dieu l'accueillerait dans son royaume, parce que Vala uerch Huw était une femme de bien. Il ne la jetterait pas en enfer, sous prétexte qu'elle avait été la maîtresse de Llywelyn ap Gruffydd. Il regrettait à présent de ne pas l'avoir épousée, bien qu'elle n'eût possédé ni fortune ni puissantes relations. Au moins, ses enfants auraient été légitimes... Eh bien, il allait les reconnaître officiellement. Ensuite, il devrait songer à se marier, car il avait largement dépassé la trentaine et n'avait pour descendants que ces deux enfants naturels.

Rhonwyn revenait avec les provisions. Elle coupa des morceaux de pain et de fromage pour son frère.

— Qu'est-ce que c'est ? demanda-t-elle en prenant le silex, qu'elle fit doucement rouler entre ses doigts.

— Rends-le-moi ! cria le petit garçon. C'est'pa qui me l'a donné, et ça fait du feu.

Rhonwyn lui rendit la pierre.

— Le bébé est-il né ? lui demanda le prince.

Elle haussa les épaules.

— Je ne sais pas, je n'ai pas regardé.

Il hocha la tête. Il s'en assurerait lui-même.

— La pluie a-t-elle cessé, Rhonwyn ?

— Oui.

— Alors je vais creuser une tombe pour votre maman.

— Mettez-la à un endroit d'où elle puisse voir le soleil couchant. Maman aimait voir le soleil se coucher.

Il sortit, prit la pelle qui était appuyée au mur de la maison et chercha un site convenable, tourné vers l'ouest. Enfin, il se mit à creuser. Qu'allait-il faire des enfants ? se demandait-il. Bien qu'il connût une trêve avec l'Angleterre, il ne possédait pas de véritable foyer. En outre, mieux valait que l'on ne fût pas au courant de leur existence. Même les bâtards avaient de la valeur. Ils pouvaient être utilisés par les ennemis, servir d'otages, d'autant qu'il n'avait pas d'autre enfant. Il avait toujours été fidèle à Vala.

Il eut bien vite fini de creuser dans la terre, rendue meuble par la pluie. Alors il rentra chercher le corps.

Vala ne portait plus trace de ses souffrances sur le visage, et il aperçut entre ses jambes le bébé couvert de sang. Celui-ci tenait dans le creux de sa main, mais il était parfaitement formé.

— Vous auriez eu une petite sœur, dit-il aux gamins. Donne-moi une cuvette, mon garçon, et toi, Rhonwyn, mets de l'eau à chauffer. Il faut que votre mère et le bébé soient bien propres pour leur dernière demeure.

Une sœur, songea Rhonwyn tristement. Elle avait tellement désiré une sœur ! Elle avait parlé des prénoms avec sa maman. Huw si c'était un garçon, Gwynllian pour une fille... Rhonwyn alla chercher de l'eau dans le tonneau, près de la porte, et elle emplit la bouilloire qu'elle posa sur le feu. Puis elle prit dans le placard un linge tout neuf, qu'elle tendit sans un mot à son père.

Malgré sa tristesse, le prince eut un imperceptible sourire. Il se rappelait l'insistance de Vala pour avoir ce tissu, il y avait... combien d'années ? Si elle ou l'un des enfants mourait, avait-elle expliqué, ils seraient enterrés dans un linceul propre. Il avait ri de sa macabre requête, mais il avait acheté le tissu.

Elle vivait seule avec ses enfants sur la colline parce qu'elle avait choisi de lui appartenir, renonçant à toute respectabilité, donc à tout voisinage. Elle l'acceptait de bon gré, par amour. Il aurait dû l'épouser, se répéta-t-il. Le père de la jeune femme possédait un lopin de terre, et c'était un homme libre. Certes, le prince finirait par se marier, mais c'était Vala qu'il avait aimée. Qu'il aimerait toujours.

Ap Gruffydd passa l'heure suivante à laver le corps tant adoré, ainsi que le bébé mort-né. Il brûla les draps souillés, puis il enferma tendrement Vala dans le linge propre, posa l'enfant dans ses bras déjà raidis par la mort. C'est ainsi qu'elle aurait souhaité être enterrée, il le savait.

— Venez dire adieu à votre maman, dit-il aux gamins.

Rhonwyn hésita une fraction de seconde, puis elle prit Glynn par la main et s'approcha. Le prince baisa les lèvres glacées de Vala, et les enfants en firent autant. Rhonwyn effleura le crâne minuscule du bébé. Ap Gruffydd aurait juré avoir discerné des larmes dans ses yeux verts, mais la petite fille leva vers lui un regard dur.

— Tout ça est votre faute, Llywelyn ap Gruffydd, l'accusa-t-elle. Que va-t-il nous arriver, à Glynn et à moi, maintenant que notre maman n'est plus là ? Qui s'occupera de nous ?

— Vous êtes mes enfants, et je ne vous abandonnerai pas. Votre mère avait confiance en moi. Pourquoi pas vous ? Je suis votre père.

— Vous avez mis la graine dans le ventre de maman, répondit froidement la petite, mais vous n'êtes pas vraiment notre père. Quand vous veniez ici, c'était pour la voir, elle, et pour vous faire plaisir. À cause de vous, je n'ai jamais vu un autre être humain que maman, Glynn, vous, et la sage-femme qui a mis Glynn au monde.

— J'ai veillé à ce que vous ne manquiez de rien, se défendit-il. N'est-ce pas là tout le rôle d'un père ? L'homme doit se battre pour obtenir une position et la garder. Il y a toujours des ennemis à vaincre, des terres à conquérir. C'est ça, l'univers des hommes. Celui des femmes, ce sont les enfants. Tout était en ordre, dans notre vie… Maintenant, enterrons votre maman et le bébé, puis je vous emmènerai dans un lieu où vous serez en sécurité.

Vala et sa toute petite fille furent soigneusement ensevelies, tandis que Glynn pleurait toutes les larmes de son corps dans les bras de sa sœur. Le soleil se couchait en un éblouissement de rouges et d'ors quand ap Gruffydd recouvrit la tombe de branchages afin que les bêtes sauvages ne la remarquent pas.

— Nous allons passer la nuit ici, annonça-t-il ensuite. Rhonwyn, rassemble ce que tu veux emporter, et nous partirons à l'aube. Rentrez, tous les deux, pendant que je vais trouver du gibier. Et ne laissez pas le feu s'éteindre.

Il revint peu après, avec deux lapins qu'il avait dépouillés, et trouva le cottage bien propre. Cependant, le lit qu'il avait si souvent partagé avec Vala avait été débarrassé de son matelas de paille. Sans émettre de commentaire, il fit griller les lapins dans la cheminée et les partagea entre les enfants, les chiens et lui. Rhonwyn avait ajouté sur la table le pain et le fromage de son père. Soigneusement, elle découpa la chair du lapin en menus morceaux afin de les donner à son frère, et attendit qu'il fût rassasié pour se nourrir à son tour. Sa mère l'avait bien élevée, songea le prince, ému. Un jour, elle serait elle aussi une excellente mère, et il s'arrangerait pour qu'elle fît un beau mariage.

Les enfants dormirent serrés l'un contre l'autre dans leurs peaux de mouton, tandis que Llywelyn ap Gruffydd entretenait le feu.

À l'aube, il se leva et alla à la porte. Il n'avait jamais imaginé que Vala partirait avant lui... Elle était si forte, rayonnante de santé ! Elle avait tout juste quatorze ans lorsqu'il l'avait vue chez son oncle. Il l'avait enlevée, avait pris sa virginité, et neuf mois plus tard Rhonwyn naissait le plus naturellement du monde. Deux ans après, Glynn arrivait tout aussi facilement. Jamais le prince n'aurait pu supposer que le troisième bébé se présenterait avec deux mois d'avance, ni que Vala y laisserait la vie...

Il irait trouver un prêtre pour reconnaître ses deux enfants, se dit-il une fois de plus.

Le soleil grimpait à l'horizon, et il rentra afin de réveiller les petits. Ils terminèrent les lapins, le pain et le fromage, puis il leur tendit sa flasque de vin. Glynn s'étrangla, mais Rhonwyn avala le liquide sans broncher.

— Tu aimes le vin ? s'enquit le prince en riant.

— Oui. C'est bon.

— As-tu pris tout ce que tu souhaites emporter ?

— Il n'y a pas grand-chose, répondit-elle, et j'ai tout mis dans le châle de maman.

Elle lui tendit le baluchon, solidement noué aux quatre coins.

— Emmène ton frère dehors. Je vous rejoins dans un instant.

— Qu'allez-vous faire ?

Il la regarda droit dans les yeux.

— Mettre le feu, dit-il.

Il fut surpris qu'elle ne proteste pas, mais prenne son frère par la main et quitte la maison. Ap Gruffydd étouffa un rire. Vala n'était que douceur et tendresse, alors que leur fille était dure comme le silex ! Comme lui… songea-t-il avec un sourire un peu amer. Il prit la torche de roseaux qu'il avait fabriquée un peu plus tôt, et la posa dans la cheminée. Quand elle fut embrasée, il alluma tout ce qui pouvait brûler dans le cottage, puis il sortit et lança la torche à l'intérieur.

Père et enfants regardèrent la demeure flamber. Lorsqu'il n'en resta plus que des cendres, le prince déclara :

— Allons-y, maintenant. Le sol est humide, le feu ne risque pas de reprendre.

Il alla chercher son cheval, attaché à un arbre.

— Rhonwyn, tu monteras derrière moi, Glynn devant.

Il déposa le petit garçon sur la selle et remarqua son air effrayé.

— Addien est très docile, mon garçon, le rassura-t-il. Un jour, tu en auras un aussi beau. Peut-être l'un de ses rejetons… Ça te plairait ?

Il se mit en selle derrière lui, solide et réconfortant.

— Oui, 'pa, répondit l'enfant d'une voix ferme.

Ap Gruffydd se pencha pour attraper sa fille et l'installer à son tour.

— Tiens-moi par la taille, dit-il.

Elle obéit, et il mit le cheval au pas.

— Où allons-nous ? demanda Rhonwyn.

Ap Gruffydd réfléchit un instant avant de répondre :

— À Cythraul. C'est une forteresse qui m'appartient, et elle se trouve à une demi-journée d'ici.

Ils chevauchèrent toute la matinée, les chiens caracolant autour d'eux. À plusieurs reprises, le prince proposa aux enfants de faire une pause, mais ils refusèrent, et il fut heureux de constater qu'ils étaient robustes et courageux. Il les laisserait à Cythraul, mais ensuite ? Il avait besoin de temps pour y songer, car jamais il n'avait envisagé l'idée d'en avoir la charge. Ils étaient sous la responsabilité de Vala, or Vala était morte. Il exhala sans s'en rendre compte un long soupir.

Il avait aimé sa mère, se disait Rhonwyn, cela au moins elle en était sûre. Glynn et elle étaient des enfants de l'amour. Cependant, il n'éprouvait aucun sentiment pour eux. Qu'allait-il leur arriver ?... Une forteresse ? Qu'est-ce que c'était, et pourquoi les conduisait-il là-bas ? Il ne fallait surtout pas qu'elle ait peur, car Glynn serait aussi terrorisé. Il était déjà dévasté par la perte de sa mère. Rhonwyn se devait d'être forte : Vala aurait voulu qu'elle protège son petit frère... Et pourtant, en réalité, elle était terrifiée !

Soudain se dressa devant eux un édifice de pierre sombre, qui semblait jaillir de la montagne.

— Cythraul, annonça ap Gruffydd.

Quelqu'un cria son nom du haut de la tour, et ils franchirent une sorte de grille métallique – Rhonwyn apprendrait plus tard que cela s'appelait une herse. La cour était envahie par une foule d'hommes. L'un d'eux prit les rênes d'Addien, tandis qu'un autre déposait les enfants à terre.

— Où est Morgan ap Owen ? demanda le prince.

— Ici, mon seigneur !

La réponse était tonitruante, et une véritable montagne s'avança. L'homme portait une barbe noire, et ses cheveux étaient noués en catogan bien qu'il fût chauve sur le sommet du crâne.

— Nous avons à parler, dit ap Gruffydd en se dirigeant vers une tour qui semblait être la seule habitation de la forteresse, construite dans l'un des angles. Allez vite vous réchauffer près de la cheminée, ordonna-t-il aux enfants, une fois à l'intérieur.

Il prit le gobelet de bière qu'on lui tendait et le vida en quelques gorgées, avant de s'asseoir dans un grand fauteuil.

— Vala est morte. Ce sont nos enfants. La petite a cinq ans, elle s'appelle Rhonwyn. Le garçon, Glynn, a trois ans. Je vais les laisser avec toi, le temps de prendre une décision sur leur avenir, dit le prince à Morgan ap Owen, le capitaine en charge de la forteresse.

— Vos désirs sont des ordres, mon seigneur, répondit l'homme. Mais pourquoi ici, et pourquoi moi ? Vous me faites un grand honneur en me confiant la garde de vos enfants.

— Tu étais apparenté à Vala, Morgan, et je ne tiens pas à épuiser les petits en les emmenant plus loin. Jusqu'à ce jour, ils n'avaient jamais quitté la colline où ils vivaient avec leur mère.

— Et vos frères ? s'enquit le capitaine.

— Peu d'entre eux connaissaient l'existence de Vala, et personne ne savait jusqu'à présent que j'avais des enfants. Maintenant, tu es au courant, Morgan ap Owen. Toi, et un prêtre que je choisirai. Tu connais les dangers. Mes ennemis risquent de tuer le garçon, et d'utiliser Rhonwyn comme pion dans quelque alliance. Je ne suis plus tout jeune, et si je ne me marie pas, Glynn sera un jour mon héritier. Quant à Rhonwyn, ce sera moi, son père, qui arrangerai son mariage, et non des étrangers.

Il sourit à son vieil ami.

— Ils sont petits, Morgan. Tu leur trouveras bien un endroit pour vivre.

— Il y a près de la cheminée une alcôve que nous réservons aux visiteurs de marque. Ils peuvent y dormir. Mais que ferai-je d'eux ?

— Ce sont des gamins, ils sauront s'amuser tout seuls. Contente-toi de les garder en sécurité et de les nourrir convenablement.

— Que dois-je dire aux hommes ?

— Simplement que ces petits sont importants pour moi. Ils en tireront sans doute leurs conclusions, mais ne dis rien de plus.

— Les enfants ne parleront-ils pas ?

— Rhonwyn, Glynn... venez ici ! ordonna le prince.

Ils accoururent.

— Vous êtes mes descendants, la chair de ma chair, et j'en suis fier, mais vous ne devez parler de notre parenté à personne. Je sais que tu comprends, Rhonwyn, et il faut que tu expliques à ton frère où réside le danger. Tu pourras le faire ?

— Oui, répondit-elle brièvement, une lueur dans ses yeux verts.

— Bonne petite !

Il déposa un baiser sur ses cheveux et sourit devant son air surpris. Puis il se leva.

— Je dois partir. On m'attend ailleurs. Je serai sûrement en retard, mais il faut quand même que j'y aille.

— Vous reviendrez ? demanda Rhonwyn.

Il hocha la tête.

— Quand ? insista-t-elle.

— Plus tard. Vous serez bien, ici. Morgan ap Owen était un parent de votre mère, et il veillera sur vous comme sur la prunelle de ses yeux. Promettez-moi de lui obéir, tous les deux.

— Oui, dit Rhonwyn d'un ton neutre.

— Promis, 'pa ! claironna le garçon, avide de plaire à son père.

Le prince le souleva dans ses bras pour l'embrasser sur les joues, avant de le reposer à terre. Puis il se tourna vers sa fille qui lui rendit un regard franc, ni hostile ni chaleureux.

— Tu ne t'es pas encore fait d'opinion sur moi, n'est-ce pas ? la taquina-t-il.

Elle haussa ses frêles épaules.

— Je ne vous connais pas beaucoup, mais je vous suis reconnaissante d'être venu hier et de nous avoir emmenés dans un endroit sûr. Pour le reste… je ne sais pas, Llywelyn ap Gruffydd.

— Tu es bien ma fille, honnête à l'extrême. Prends soin de ton frère, Rhonwyn, en attendant mon retour.

Sur ce, il tourna les talons et quitta la pièce en compagnie de son capitaine.

— 'Pa ! cria Glynn.

— Il reviendra, le consola sa sœur. Viens, Glynn, allons explorer cette maison. C'est une immense tour !

Avec le crépuscule, la pièce se peupla d'hommes d'armes, et les deux enfants se sentirent un peu perdus. Mais Morgan ap Owen les fit monter sur l'estrade et déclara :

— Ces petits sont de la première importance pour notre seigneur Llywelyn. Il faut veiller sur eux et bien les traiter. Je vais désigner huit d'entre vous pour les garder. Lug, Adda, Mabon, Nudd, Barris, Dewi, Cadam et Oth. Je compte sur vous pour les empêcher de tomber du haut des remparts !

Les hommes choisis grommelèrent entre leurs dents, mais c'étaient de braves gens et ils étaient secrètement flattés de l'honneur qui leur était fait. Il n'était pas besoin de beaucoup d'intelligence pour deviner que les enfants étaient ceux de leur seigneur, même si Morgan ap Owen ne l'avait pas dit. Le garçon lui ressemblait comme deux gouttes d'eau, et la fille, malgré ses cheveux blonds, portait aussi sa marque.

— Ce sont ses enfants, n'est-ce pas ? demanda un soldat.

— Je n'ai pas dit ça, répondit Morgan. Et vous n'avez pas à le dire non plus.

Rhonwyn écoutait en silence. Leur père était visiblement un homme important…

Après le souper, les gardiens désignés par Morgan s'assemblèrent autour des enfants. Rhonwyn demeurait silencieuse, tandis que Glynn gagnait le cœur des hommes. Quand le garçon se mit à bâiller, Oth le prit dans ses bras pour le déposer sur un matelas, dans l'alcôve creusée à même le mur près de la cheminée.

— Tu ferais mieux de te coucher aussi, dit-il à sa sœur.

— Je suis grande, rétorqua Rhonwyn. Que font-ils ? ajouta-t-elle en désignant des hommes accroupis sur le sol.

— Ils jouent aux dés.

— J'aimerais apprendre.

— Vraiment ? dit l'homme dans un rire léger. Je ne suis pas sûr que le capitaine apprécierait !

— Pourquoi ?

— C'est un jeu de hasard.

— Je ne comprends pas, Oth. Je ne connais rien du monde, vous savez, car j'ai toujours vécu dans les collines avec ma maman.

— Je vois. Eh bien, je te montrerai peut-être comment on y joue, mais pas ce soir. Tu viens de passer des jours difficiles, et tu as besoin de repos. Je suis certain que tu n'étais jamais montée à cheval. Il y a dans l'écurie une petite jument qui ne sert à personne. Je t'apprendrai ça aussi, si tu veux. Ça te plairait ?

— Oh, oui ! s'écria-t-elle.

— Alors, dépêche-toi de rejoindre ton frère. La journée de demain sera bien remplie.

La petite ne protesta pas davantage, et Oth la déposa près de Glynn.

— Bonne nuit, fillette, dit-il en rabattant sur elle la couverture de fourrure.

— Bravo ! approuva Morgan qui avait assisté à la scène.

— Au nom du Ciel, à quoi pensait ap Gruffydd quand il a laissé ces deux gosses ici ? s'indigna Oth. La forteresse n'est pas un endroit pour des gamins !

Il but une gorgée de bière.

— Il reviendra bientôt les chercher, dit Gamon ap Llwyd. Ce sont ses seuls enfants. À moins qu'il n'en ait d'autres, cachés dans la campagne !

— Il était fidèle à ma cousine Vala, intervint Morgan. Je parie qu'il n'y en a pas d'autres... Et ne vous ai-je pas dit de ne pas parler d'eux ainsi ?

— On sait bien qu'ils sont ses enfants, grommela Gamon.

— Pauvres gosses ! s'apitoya Oth. Leur mère est morte, et on les amène dans cette sinistre forteresse ! Enfin, si on ne les garde pas longtemps, on va essayer de rendre leur séjour agréable. La paix semble bien installée.

Oui, songea Morgan, mais pour combien de temps ? Si la guerre se déclenchait, Cythraul serait au beau milieu, car la forteresse se trouvait près de la frontière et gardait une passe importante dans la montagne.

C'était une bénédiction que le prince fût allé au cottage de Vala. Sinon, les enfants seraient morts, eux aussi. Rhonwyn aurait tout fait pour qu'ils survivent, mais ce n'était qu'une petite fille. Ap Gruffydd était arrivé à temps... Cependant, Morgan savait qu'il ne reviendrait pas de sitôt. Il avait d'autres problèmes à régler, bien plus graves, et Dieu seul savait combien d'années les enfants passeraient à Cythraul !

Il fallait régler un certain nombre de détails matériels. Les vêtements, par exemple. Dewi, l'un des gardes choisis, était le tailleur de la garnison, et il devrait habiller les deux enfants en garçons. Ainsi, si on les espionnait, on croirait qu'il s'agissait des fils de l'un des soldats. Tandis que si l'on voyait une petite fille, on en conclurait qu'il y avait des femmes dans la forteresse – ce qui serait dangereux pour leur sécurité.

Et Morgan se demandait comment il occuperait les petits, au long des journées. Comme tous les soldats, il ne savait ni lire ni écrire. Si Rhonwyn voulait faire un beau mariage, plus tard, il lui faudrait être instruite. Mais qui lui servirait de précepteur ? Après tout, c'était le problème d'ap Gruffydd ! On ne pouvait demander aux hommes d'armes d'élever deux enfants comme une gouvernante le ferait ! Pourquoi le prince ne les avait-il pas emmenés chez sa sœur, l'abbesse Gwynllian ? Ils auraient été beaucoup mieux à l'abbaye de la Pitié ! Mais ap Gruffydd avait choisi la route la plus courte. Il consacrait le plus clair de son temps à son pays, pour lequel il éprouvait une véritable passion, et c'était la raison pour laquelle il ne s'était pas marié. Même à présent, alors qu'il approchait de la quarantaine, il n'envisageait que très vaguement de prendre femme.

Morgan ap Owen secoua la tête, découragé. Deux gamins sous sa responsabilité ! Il jeta un coup d'œil circulaire sur la grande pièce où la plupart des hommes, roulés dans leurs peaux de mouton, dormaient près de la cheminée. Il sortit vérifier que les portes étaient bien fermées, les sentinelles à leur poste. La nuit était calme, les étoiles brillaient dans un ciel dégagé.

Un museau humide vint se nicher dans sa paume, et il caressa distraitement la tête de son chien favori.

— Lourde responsabilité, Brenin ! marmonna-t-il. Je compte sur toi pour surveiller nos invités. Le garçon est encore tout petit, il ne fera pas de bêtises, mais j'ai peur pour sa sœur. Une sacrée volonté, comme son père... et intelligente, en plus !

Le chien acquiesça d'un jappement, et il poussa son maître de sa lourde tête.

Morgan eut un petit rire.

— Tu te fais vieux, Brenin, si tu as envie de rentrer par une belle nuit comme celle-là... Mais je suis prêt à aller me coucher, moi aussi.

Ils retournèrent dans la salle commune, où Morgan s'installa pour la nuit. Il eut la surprise de voir Brenin s'allonger devant les enfants.

Il sourit. Son chien comprenait tout, quoi qu'en disent les autres !

2

Les enfants d'ap Gruffydd étaient presque des sauvages, se dit Morgan ap Owen au bout de quelques jours. Ils n'avaient jamais connu que leur cottage sur la colline. Ils n'avaient même pas eu d'animal domestique avec lequel jouer et, au début, ils s'étaient méfiés de Brenin. Le gros chien-loup les avait cependant vite conquis, et il prenait sur son dos le petit Glynn, quand il voulait imiter sa sœur à qui Oth apprenait à monter à cheval.

— Il faudrait avoir un poney pour le gamin, dit Oth un soir. Il épuise notre bon vieux Brenin, et nous savons tous que s'il meurt, le capitaine ne s'en remettra pas !

Il y eut un murmure d'acquiescement général.

Dewi tentait pendant ce temps de prendre les mesures de Rhonwyn.

— Reste tranquille, espèce de feu follet ! Tu es plus remuante que l'eau du torrent !

La petite fille pouffa.

— Lug dit que j'ai des pieds minuscules. Il a pris la taille pour mes bottes. Tu crois que j'aimerai les bottes, Dewi ? J'ai toujours marché pieds nus.

— Il faut apprendre à te chausser. Et je te ferai des chausses à porter en dessous.

— Qu'est-ce que c'est ? demanda-t-elle, curieuse.

— Du tissu qui couvre les jambes et les pieds.

Bon sang, elle ne savait rien de rien !

— Cela tient les pieds au chaud l'hiver, et ça empêche les insectes de te piquer l'été.

— Tu vas lui faire des chausses ? intervint Lug. Alors j'attendrai pour les bottes, parce qu'il faudra que je reprenne les mesures quand elle les aura. Tu aurais dû me le dire avant que je fasse le patron.

— Tu n'as pas encore coupé le cuir ?

— Non, mais il était temps.

Morgan réprima un rire. Les hommes s'étaient tous entichés des deux enfants, et ils ne demandaient qu'à s'occuper d'eux. Ils portaient le garçon lorsqu'il était fatigué, ils leur mettaient les plus beaux morceaux de viande dans leurs écuelles au moment des repas.

Bref, les petits, intimidés au début, se sentaient de plus en plus à l'aise dans leur nouvel environnement...

Un beau jour, Morgan ne sut comment, on trouva un poney ainsi qu'une selle adéquate, et Glynn se joignit à sa sœur pour les leçons d'équitation. L'enfant se révéla excellent cavalier, intrépide, meilleur même que Rhonwyn qui pourtant n'avait peur de rien.

Comme on les avait vus jouer avec deux bâtons en guise d'épées, on leur fabriqua des armes miniatures, et on leur apprit à s'en servir.

Glynn se lassait vite des jeux un peu brutaux qu'affectionnait sa sœur. Il préférait la compagnie du cuisinier, Gwilym, qui l'amusait en lui racontant des histoires de fées, de guerriers, de belles dames, quelques-unes pures et innocentes, d'autres diaboliques. C'étaient des contes qu'il narrait souvent aux hommes, au cours des longues soirées d'hiver, de sa voix riche, profonde et mystérieuse. Parfois aussi, il chantait en s'accompagnant d'un luth. Glynn ne quittait pas le cuisinier d'une semelle, et cela arrangeait tout le monde car si c'était un bambin adorable, les soldats ne savaient trop quoi faire avec lui.

Rhonwyn était plus facile à comprendre, bien qu'elle fût une fille. Morgan lui enseigna l'escrime, qu'elle adorait. Il lui apprit à tenir un poignard de la main gauche, tandis que la droite maniait l'épée. Barris, le forgeron, lui fabriqua un petit bouclier, Oth lui fit une cotte rembourrée pour ses exercices. Elle apprit à manier la lance et la masse d'armes. Mais ce qu'elle préférait, après l'épée, c'était son arc en coudrier. Elle devint rapidement experte, même montée sur son cheval au galop.

Quand elle atteignit dix ans, il n'y avait pas un homme dans la forteresse qui aurait refusé de se battre à ses côtés.

Les années suivantes furent pacifiques. Le roi d'Angleterre, Henry III, était en rivalité avec l'un de ses plus puissants seigneurs, Simon de Montfort, comte de Leicester, qui était également son beau-frère. La révolte de Montfort et des barons fut aisée, car Henry III était un faible monarque. Il signa à contrecœur un traité limitant son pouvoir. Trois ans plus tard, il dénonça ce traité, prétextant qu'on le lui avait imposé de force. Il se montra prudent durant quelques années, puis la guerre des barons éclata et le roi fut vaincu par Montfort. On convoqua le tout premier Parlement, composé de seigneurs, d'évêques, de chevaliers, de bourgeois représentant les villes.

Afin d'établir une paix durable dans l'Ouest, Montfort, au nom de la Couronne, déclara Llywelyn ap Gruffydd prince de Galles et suzerain de tout le pays de Galles. Llywelyn devenait ainsi vassal de l'Angleterre, et son pouvoir était à son apogée. Peu après, le prince Edward, fils aîné du roi, battit Montfort à Evesham et le tua. Le pays de Galles resta néanmoins en paix, car son autonomie arrangeait provisoirement la Couronne, qui avait assez de soucis avec l'Écosse au nord et la France de l'autre côté de la mer. On proposa qu'un traité fût signé entre Henry III et le prince Llywelyn.

Toutes ces nouvelles finissaient par arriver à Cythraul, apportées par quelques voyageurs qui venaient y chercher refuge. Rhonwyn feignait de ne pas s'y intéresser. Elle n'éprouvait aucun amour pour son père, car elle savait que s'il les avait sauvés quelques années plus tôt, c'était un pur hasard. Et s'il les avait amenés à la forteresse, c'était par sens du devoir uniquement. Les hommes lui avaient répété mille fois que le plus important, pour lui, était son devoir vis-à-vis de sa famille et de son pays. Si son père lui demandait quelque chose, Rhonwyn s'y plierait, bien qu'elle ne l'aimât pas. Il l'avait engendrée, il était son suzerain : elle lui devait obéissance. Cependant, elle doutait qu'il fît un jour appel à elle.

Il approchait de la cinquantaine et n'était toujours pas marié. Pourtant, on parlait d'une alliance possible avec une fille de Simon de Montfort. Mais une femme de si haut lignage, nièce d'un roi d'Angleterre et d'un roi de France, accepterait-elle d'épouser un simple prince de Galles ?

Rhonwyn avait quinze ans, et Morgan ap Owen commençait à s'inquiéter. Elle avait beau s'habiller comme un garçon, ses petits seins se dessinaient sous sa tunique. À part cela, elle n'avait rien de féminin. Elle montait à califourchon, portait les cheveux courts et dépassait tout le monde à cheval, même son frère.

C'était plus facile quand elle était petite ! se disait Morgan, qui avait remarqué les regards intéressés que posaient sur elle les plus jeunes hommes. Deux fois, le mois précédent, elle avait été obligée de se défendre contre ses admirateurs. L'un d'eux s'en était sorti avec quelques côtes brisées, l'autre avec un nez cassé ! Cependant, il faudrait bien que Rhonwyn finisse par se rendre compte qu'elle n'était pas l'un des jeunes soldats, mais une fort jolie fille...

Avant que Morgan pût s'interroger davantage sur la situation, Llywelyn ap Gruffydd fit un jour irruption dans la forteresse. Il n'y avait pas mis les pieds depuis dix ans, lorsqu'il avait amené ses enfants. Cette fois, il avait avec lui une troupe d'une vingtaine d'hommes, et la sentinelle postée sur les remparts avait annoncé son arrivée. On leva la herse, les portes s'ouvrirent devant le prince.

Morgan se précipita vers lui.

— Mon seigneur, c'est une joie de vous voir ! Quelles nouvelles ?

— J'ai signé un traité avec le roi, Morgan, et la paix va durer encore un peu. Où sont mes enfants ?

Oth s'avança avec Glynn.

— Voici votre fils, mon prince.

Ap Gruffydd trouva l'adolescent en bonne santé. Presque aussi grand que lui, les yeux bleus et les cheveux sombres, il était beau – quoiqu'un peu trop mince, comme le fit remarquer le prince à son capitaine.

— C'est l'âge, mon seigneur. Il ne cesse de grandir et il dévore comme quatre !

Il sourit à Glynn, qui lui rendit un sourire complice.

— Quel âge as-tu, mon garçon ? demanda le prince.

— Treize ans, père.

— Es-tu heureux, à Cythraul ?

— Très heureux, père ! répondit Glynn avec enthousiasme.

— Parfait ! Et ma fille ?

— Elle est partie chasser, mon prince, répliqua Morgan.

— Ainsi, elle monte à cheval. Excellent !

— Rhonwyn est la meilleure cavalière et le meilleur soldat de la forteresse ! s'écria Glynn. Tous les hommes le disent, père !

Ap Gruffydd éclata de rire.

— Un soldat ? Vraiment !

Il était amusé par la naïveté de son fils.

— Oui, père, continuait l'adolescent, tout fier. Rhonwyn est la plus forte à l'épée, au poignard, à la lance, à la masse d'armes. Elle ne manque jamais sa cible au tir à l'arc, et c'est notre meilleur chasseur.

Le prince se tourna vers son capitaine, les sourcils froncés.

— Tu lui as appris à se servir d'une arme, Morgan ?

— C'était ça ou risquer que quelqu'un ne soit blessé, mon seigneur. Elle possède sa propre armure. Nous avons pensé que cela valait mieux...

— Donc, ma fille est le meilleur soldat de la forteresse... Mais lui avez-vous uniquement appris à guerroyer ?

— C'est tout ce que nous connaissons, mon prince, rétorqua Morgan.

— Et mon fils ? Pourquoi ne me dit-on pas qu'il est aussi doué que sa sœur ?

— Je n'aime pas beaucoup les armes, père, intervint Glynn. Je suis capable de me servir d'une épée au besoin, et je monte bien à cheval, mais je n'aime pas la guerre. Je ne supporte pas la mort, même celle d'un animal.

— Tudieu ! tonna ap Gruffydd.

Son fils se tassa sur lui-même, effrayé, et le prince reprit plus doucement :

— Qu'aimes-tu, Glynn ap Llywelyn ?

— Je... j'apprécie la poésie, les contes de fées, la magie, murmura-t-il, déconcerté.

Son père semblait mécontent. N'aimait-il pas les histoires ?

— Le garçon a l'âme d'un excellent barde, mon seigneur, dit Morgan. Gwilym, notre cuisinier, lui a appris à jouer du luth.

— Une fille guerrière et un fils poète ! Grands dieux ! s'esclaffa le prince.

On entendit à cet instant une cavalcade, et un groupe de chasseurs franchit la herse.

— Eh, cousin Morgan ! s'écria le cavalier de tête. Je rapporte un superbe daim pour le dîner !

Il s'approcha et laissa tomber la bête aux pieds du capitaine.

— Rhonwyn ?

Llywelyn ap Gruffydd ne savait s'il devait être enchanté ou horrifié, devant le garçon manqué qui se tournait vers lui !

Une lueur s'alluma dans les yeux verts.

— Par la Sainte Croix, mes amis, voici mon père qui daigne nous rendre visite !

Elle se laissa glisser de la selle et esquissa un salut moqueur.

— Je suis à votre service, mon seigneur.

Consterné, il l'observait attentivement. Oui, c'était bien une fille – on le devinait à sa poitrine. Mais à part cela, rien ne la distinguait des soldats. Elle avait les cheveux courts, ébouriffés, sales. Elle était sale ! Pourquoi avait-il imaginé qu'elle ressemblerait à sa mère, à la si délicate et douce Vala ?

— Bon Dieu ! jura-t-il. C'est ainsi que tu as élevé ma fille, Morgan ap Owen ? Tu voulais qu'elle devienne le soldat le plus rude de la forteresse ? Mais où as-tu la tête ?

Le capitaine ne se laissa pas intimider par cet éclat.

— Et qu'attendiez-vous de moi, Llywelyn ? Il y a dix ans, vous m'avez amené une petite fille et un petit garçon. Puis vous êtes parti, et vous n'avez pas pris de leurs nouvelles pendant tout ce temps... J'ai fait de mon mieux. Ils ont été bien nourris, bien vêtus et même, j'ose le dire, aimés par les hommes qui vivent ici. Nous leur avons enseigné ce que nous pouvions : l'honneur, la loyauté envers vous et notre peuple.

— Tu aurais pu aussi lui enseigner qu'elle était une fille !

— Comment ? se défendit Morgan. Il n'y a pas de femme, dans cette forteresse. Certes, les hommes vont parfois rencontrer des prostituées, mais c'est tout. Alors ne vous plaignez pas. Rhonwyn est une merveilleuse jeune fille, même si elle ne sait pas minauder et faire des grâces, comme les belles dames avec lesquelles vous frayez sûrement. Si vous vouliez que votre fille leur ressemble, il fallait la confier à votre sœur, l'abbesse, au lieu de la laisser à nos soins... Rentrons, maintenant, si vous le voulez bien. Il va me falloir un verre pour poursuivre cette conversation !

Apaisé, ap Gruffydd le suivit en riant, et ils se servirent des gobelets de cidre. Après quoi ils s'assirent près de l'âtre, et le prince expliqua la raison de sa visite.

— J'ai promis Rhonwyn en mariage, annonça-t-il, mais le fiancé s'attendra à rencontrer une jeune personne féminine et convenablement vêtue, pas ce chenapan que tu as fait de ma fille. Je pensais qu'elle tiendrait de sa mère mais, visiblement, ce n'est pas le cas !

— Comment l'aurait-elle pu ? contra Morgan. Elle n'a pas d'exemple à suivre. Nous sommes des rustres.

— Bon Dieu ! jura de nouveau le prince entre ses dents.

— Ne pouvez-vous trouver dans votre famille une autre jeune fille pour ce fiancé ? Et avez-vous seulement pris la peine de reconnaître les enfants auprès de l'Église ?

— Oui. Depuis des années. Le prieur du monastère cistercien de Hir possède tous les documents paraphés de ma main... Mais ce mariage est la partie tacite du traité que j'ai signé avec le roi Henry à Montgomery. Comme preuve de ma bonne foi, j'ai offert Rhonwyn en mariage avec celui qu'il choisirait. Il s'agit d'Edward de Beaulieu, lord Thorley de Haven Castle. Ayant promis ma fille, je ne puis proposer quelqu'un d'autre sans trahir ma parole. Cela mettrait en péril tout ce pour quoi je me bats, Morgan, tu comprends ?

— Oui, je comprends, Llywelyn. Vous vous êtes donné beaucoup de mal pour notre peuple. Mais qu'allez-vous faire, maintenant ? Rhonwyn n'a rien d'une jeune mariée rougissante !

Avec un petit rire, il regarda vers l'autre bout de la pièce, où la jeune fille jouait aux dés en buvant avec ses compagnons.

— Elle est vierge, en tout cas, ajouta-t-il afin de rasséréner le prince. Cela, j'en suis certain. Elle ne s'intéresse absolument pas aux jeunes gens, bien que certains aient tenté de lui faire des avances. Elle les a repoussés avec une énergie... digne de son père !

— C'est déjà quelque chose, soupira le prince. Il va falloir que je l'amène chez ma sœur, à l'abbaye de la Pitié. Gwynllian saura la façonner en épouse convenable pour un lord anglais. C'est d'ailleurs ce que j'aurais dû faire dès le début, Morgan, tu as raison. Mais je ne voulais pas que l'on ait conscience de l'existence de ces enfants avant qu'ils ne soient grands. Et je préférais ne pas les séparer, après la perte de leur mère.

Il soupira de nouveau.

— Les années sont passées trop vite... Enfin, heureusement, mes enfants ont survécu. Les Anglais ont été diablement surpris, quand ils ont appris que j'avais une fille en âge de se marier ! précisa-t-il en riant. Ils auraient bien aimé la prendre en otage, s'ils l'avaient su plus tôt !

— Ça aurait peut-être mieux valu pour elle, dit Morgan. Elle aurait été bien traitée, et élevée comme une jeune fille de son rang... Emmènerez-vous aussi le garçon ?

Le prince secoua la tête.

— Non. Glynn restera ici pour l'instant.

Le capitaine comprenait ce que cela signifiait : le garçon ne présentait aucune utilité pour son père, donc il pouvait demeurer où il était. Glynn serait désespéré d'être séparé de sa sœur, qu'il chérissait pardessus tout, mais au moins le prince n'essaierait-il pas d'en faire un guerrier...

— Quand avez-vous l'intention de parler à Rhonwyn et de l'emmener ?

— Tout de suite, car le mariage doit avoir lieu dans un mois. Il faut nous rendre à l'abbaye de la Pitié dès que possible.

Il se tourna vers le fond de la salle.

— Rhonwyn uerch Llywelyn, venez ici ! cria-t-il.

Elle se leva à contrecœur, lança ses dés à son partenaire, cracha dans la paille et arriva près de son père, qu'elle salua avec une courtoisie presque insultante.

— Qu'y a-t-il pour votre service, mon seigneur ?

Il trouva qu'elle avait une voix agréable, malgré son attitude insolente.

Morgan se leva pour laisser son siège à la jeune fille.

— Assieds-toi, Rhonwyn, dit-il.

Elle obéit, étonnée, et le capitaine la laissa seule avec son père. Que lui voulait-il ?

— Que sais-tu de moi, au juste ? demanda-t-il.

— Que vous êtes un grand seigneur.

— C'est vrai. J'ai signé, il y a quelques jours, un traité avec le roi d'Angleterre. Une clause de ce traité est le mariage de ma fille avec un lord anglais, et tu dois épouser dans un mois Edward de Beaulieu. Haven Castle est petit, mais les terres sont prospères. Tu as de la chance d'avoir obtenu un tel époux.

Le prince attendait la réaction de Rhonwyn, mais elle demeura un long moment silencieuse, et il se demanda à quoi elle pensait.

— Alors ? dit-il enfin.

— Qu'est-ce qu'un mariage ? demanda-t-elle.

Il en resta bouche bée. D'abord, il la crut simple d'esprit, puis il comprit qu'elle ne pouvait rien savoir du mariage, ayant toujours vécu dans cette forteresse.

— Un mariage, expliqua-t-il en choisissant soigneusement ses mots, est une union formelle et légale entre deux êtres. C'est un état honorable, Rhonwyn. Le traité que j'ai signé avec le roi implique une confiance réciproque. Dans un cas semblable, la coutume exige qu'il y ait un mariage entre les deux partis. Tu as compris, ma fille ?

— Et qu'attendra-t-on de moi, ensuite ? Je sais que j'ai des devoirs envers vous, mon seigneur, et que je ne dois pas salir votre nom.

— Tu deviendras l'épouse d'Edward de Beaulieu, sa compagne. Tu t'occuperas de sa demeure et tu lui donneras des enfants.

Les yeux verts s'étaient agrandis, mais elle demeurait calme.

— Je n'ai pas la moindre idée de ce dont vous parlez, mon seigneur. N'y a-t-il pas dans votre famille une femme qui conviendrait mieux ?

— Non, Rhonwyn. En outre, j'ai donné ma parole que ce serait ma fille qui épouserait Edward de Beaulieu, et je dois la respecter.

— Oui, murmura-t-elle, comprenant que c'était une question d'honneur. Vous êtes mon seigneur, et je vous dois obéissance. Je suis donc obligée de me marier, c'est bien cela ?

— En effet.

Le prince était étonné que, ignorant presque tout de la vie, elle eût le sens de l'honneur et du devoir. Il en remercierait Morgan, car il avait redouté des larmes, un refus, alors qu'elle acceptait calmement ce qu'il lui imposait.

— Mon ignorance du monde extérieur risque de vous mettre dans l'embarras, mon seigneur, reprit-elle. Je ne voudrais pas vous faire honte, je ne voudrais pas que les Anglais pensent que Llywelyn ap Gruffydd se moque d'eux, en leur envoyant une femme barbare et peu convenable. Comment m'aiderez-vous ?

La requête était raisonnable, et le prince fut heureux qu'elle se rende compte elle-même de ses lacunes.

— Nous partirons demain pour l'abbaye de la Pitié dont ma sœur, ta tante, est l'abbesse. Elle t'apprendra les bonnes manières.

— Et mon frère ?

— Il reste ici. Je n'ai pas besoin de lui pour le moment, et il n'est encore qu'un adolescent.

Les yeux de Rhonwyn lançaient des éclairs, mais elle demeura silencieuse.

— Tu ne m'aimes pas beaucoup, n'est-ce pas, Rhonwyn ?

— Non, mon seigneur. Vous m'avez donné la vie et vous nous avez sauvés de la mort, mon frère et moi, mais je ne vous aime pas. Comment le pourrais-je ? Vous avez fait votre devoir envers nous : Glynn et moi vous le rendrons en nous montrant loyaux.

— Tu as des vêtements propres ? demanda-t-il, agacé par le tour que prenait la conversation.

— Seulement ce que je porte, mon seigneur. Vous n'avez jamais envoyé d'argent, ni de tissu, or Cythraul n'est pas très riche. Mon cousin et ses hommes ont fait de leur mieux pour nous. Si vous y tenez, je laverai mes affaires. Il y a du vent, elles sécheront pendant la nuit. Et même si elles sont encore un peu humides demain, quelle importance ?

— Lave-toi aussi, petite, ordonna-t-il. Qu'as-tu fait de tes beaux cheveux ?

— Les cheveux longs ne vont pas bien sous les casques, mon seigneur.

— Tu laisseras ton casque ici, ainsi que les armes auxquelles, paraît-il, tu excelles. C'est une douce vierge que je donne aux Anglais, pas une Amazone qui les terrorisera et leur fera penser que je veux du mal au futur mari.

Il fut surpris de voir Rhonwyn éclater de rire.

— Je ne ressemble pas aux filles de mon âge, n'est-ce pas ?

— Non, petite, pas du tout… Maintenant, file.

Rhonwyn se hâta d'aller rejoindre son frère à la cuisine, afin de lui raconter ce qui venait de se passer. Puis elle se tourna vers le cuisinier.

— J'ai besoin de votre aide.

— Tout ce que tu voudras, Rhonwyn.

— Est-ce que vous voulez bien mettre de l'eau à chauffer ? On m'a ordonné de laver mes vêtements et de faire ma toilette… Glynn, tu serais gentil d'aller demander à Morgan de me prêter une chemise.

Son frère obtempéra aussitôt.

— Quand j'aurai servi le souper, dit Gwilym, j'installerai un tréteau près du feu pour que tes vêtements sèchent. Dehors, il fait trop humide, et je ne veux pas que tu t'en ailles dans des vêtements mouillés. Après le repas, quand je distrairai les hommes, tu pourras venir tranquillement ici. Je préviendrai le prince et le capitaine : ainsi, tu ne seras pas dérangée...

Elle ne le fut pas, en effet, tandis qu'elle lavait sa chemise, brossait soigneusement sa tunique, cirait ses bottes. La cuisine était située sous la pièce commune et, après s'être assuré que la porte était bien fermée, elle ôta la chemise de Morgan et grimpa dans le baquet de bois afin de se laver. L'eau tiède lui parut fort agréable. Les rares fois où elle s'était baignée, c'était dans le ruisseau voisin, comme ses compagnons, et l'eau glacée ne donnait guère envie de s'y attarder !

À l'aide d'un morceau de savon, elle se lava de la tête aux pieds, puis elle s'essuya avec une rude serviette de laine. En fait, elle ne s'était jamais vue complètement nue, car lorsqu'elle se baignait au ruisseau, Morgan insistait pour qu'elle garde sa chemise. Cette fois, elle s'examina avec curiosité. Ses seins semblaient grossir chaque année, et elle avait un petit triangle blond en haut des cuisses. Mais comme elle avait un jour aperçu la même chose sur Glynn, cela l'inquiétait moins que ses seins.

Enfilant de nouveau la chemise, elle s'assit près du feu pour se peigner.

Elle entendait Gwilym et Glynn chanter en duo, là-haut.

Elle remonta dans le hall, se glissa vers l'endroit où elle dormait. Morgan avait décidé, depuis plusieurs années, que le frère et la sœur étaient trop grands pour dormir ensemble.

Glynn chantait à présent une ballade qui parlait d'un amour perdu et retrouvé. Rhonwyn se laissa bercer par sa voix douce...

Il vint la réveiller avant l'aube.

— Que va-t-il m'arriver maintenant, Rhonwyn? demanda-t-il en grimpant près d'elle. Pourquoi père me laisse-t-il ici tout seul?

Elle le prit dans ses bras.

— Il dit que tu n'es pas encore adulte, et qu'il n'a pas besoin de toi pour l'instant.

— J'ai peur, avoua le garçon.

— Il ne faut pas. Tu resteras ici, dans un endroit que tu connais, avec Morgan, qui était cousin de notre mère, et avec Gwilym. Ils t'aiment comme si tu étais leur fils, petit frère.

— Il y en a d'autres qui ne m'aiment pas. Ils disent que tu es plus le fils de notre père que moi.

— Ne les écoute pas!

Rhonwyn aurait volontiers étranglé ces imbéciles.

— Nous n'avons jamais été séparés, Rhonwyn, reprit-il, abattu. Où père t'emmène-t-il, et pourquoi est-ce que je ne peux pas venir avec toi?

— Je dois apprendre à devenir une épouse, et il n'y a que des femmes à l'abbaye de la Pitié. Mais quand je serai mariée, je demanderai à mon époux que tu viennes vivre avec nous, Glynn. Il y a plein de choses à connaître, dans le monde. Tu n'es pas fait pour devenir soldat, comme le prince. Et ce que tu seras, tu ne peux pas l'apprendre ici, à Cythraul. Ne répète à personne ce que je viens de te dire, sauf à Morgan et à Gwilym. Je ne t'ai jamais menti, et je te promets que je te ferai venir dès que possible.

Elle l'embrassa sur la joue, avant de le pousser gentiment.

— Va chercher mes vêtements à la cuisine, s'il te plaît.

Son frère parti, elle demeura allongée, bien réveillée et plutôt nerveuse. Elle allait abandonner ce qui était devenu son foyer, puis elle quitterait le royaume du prince pour l'Angleterre... Ce pays serait-il aussi vallonné et verdoyant que le pays de Galles? Aimerait-elle l'homme qu'elle devait épouser ? Et lui, l'aimerait-il ? D'ailleurs, cela n'avait peut-être pas d'importance. Elle avait un devoir à remplir : elle s'en acquitterait au mieux, afin de ne pas faire honte à son père.

Glynn était revenu, et Rhonwyn s'habilla, puis elle se coiffa avec les doigts, enfila ses bottes avec quelque difficulté, car ses pieds grandissaient encore. Elle boucla sa ceinture et glissa le poignard à manche de corne dans sa gaine.

Gwilym avait apporté un chaudron de porridge, qu'il répartit sur de grandes tranches de pain. Rhonwyn s'assit à sa place habituelle près de son frère et mangea en silence. Un peu plus loin, le prince et Morgan prenaient leur petit déjeuner en discutant. Ils la regardaient parfois, et elle se demandait ce qu'ils pouvaient bien dire à son sujet.

Enfin, son père se leva.

— Il est temps de partir, Rhonwyn. Tu es prête ? Où sont tes affaires ?

— Je n'en ai pas, mon seigneur, puisque vous m'avez ordonné de laisser mes armes ici.

Llywelyn ap Gruffydd observa sa fille, qu'il trouva infiniment jeune et vulnérable, dans la lumière du matin. Elle était propre, mais ses vêtements élimés étaient aussi rudimentaires que ceux des soldats de la forteresse. La tunique brune la faisait paraître pâle, bien qu'elle fût en excellente santé, et le prince eut un sentiment de culpabilité. Il n'avait pas pensé à elle, durant toutes ces années !

— Fais tes adieux, petite, grommela-t-il, avant de quitter la salle commune.

Les hommes qui l'avaient élevée se massèrent autour d'elle, les larmes aux yeux. Leurs voix se brisèrent quand ils lui recommandèrent d'être sage, de se rappeler ce qu'ils lui avaient enseigné, de ne pas les oublier... Puis ils s'en allèrent, les uns derrière les autres, après lui avoir souhaité bonne chance.

Morgan ap Owen fut le dernier.

— Tu es ici chez toi, dit-il, et nous sommes parents. Si tu as besoin de moi, je viendrai.

Il l'embrassa sur la joue et l'accompagna dans la cour, où l'attendaient son père et son frère.

Glynn avait les yeux humides. Elle le prit dans ses bras.

— Ne pleure pas, supplia-t-elle, sinon je pleurerai aussi… Sois patient, nous ne serons pas séparés longtemps, petit frère.

— Tu ne pleures jamais, protesta-t-il doucement. Tu es la plus forte.

— Et toi, tu es le plus intelligent. Je t'aime, Glynn. Tu es en sécurité, ici.

Il parvint à esquisser un sourire.

— Père a vu ce que je suis, il n'essaiera pas de me changer. Je vais écrire un poème sur toi, Rhonwyn, et je le chanterai ce soir. Tous les hommes pleureront en pensant à toi.

Ils se serraient dans les bras l'un de l'autre, mais la voix de leur père les rappela à l'ordre.

— Quand tu viendras me rejoindre, murmura Rhonwyn, apporte-moi mes armes, mais n'en parle à personne. Entendu, Glynn ?

Avec un dernier sourire, elle se mit en selle, sur le cheval gris que Morgan lui avait procuré quand la vieille jument avait terminé son temps. Le hongre était robuste, et le prince fut surpris de la voir monter une telle bête.

— Je voulais qu'elle ait un animal sûr, expliqua Morgan ap Owen.

Ils franchirent les grilles de Cythraul et chevauchèrent côte à côte en silence. La troupe d'ap Gruffydd suivait sans bruit.

À midi, ils s'arrêtèrent. Rhonwyn s'isola un moment dans les buissons. Lorsqu'elle revint, on lui offrit un morceau de pain et du fromage, qu'elle dévora de bel appétit. Puis le prince lui tendit sa gourde, et elle avala quelques gorgées de cidre.

Ils reprirent la route. Comme ils traversaient une clairière, elle demanda :

— Quand arriverons-nous à destination, mon seigneur ?

— Demain, en fin de journée.

Elle allait proposer de s'occuper de leur repas du soir, mais elle se rappela qu'elle n'avait pas son arc, et elle jura entre ses dents.

Son père eut un petit rire.

— Il va falloir changer ton langage, Rhonwyn. Les dames ne disent pas de gros mots, et je crains que ta tante ne te fouette au sang si elle t'entend jurer ainsi !

— Qu'elle ne se risque pas à porter la main sur moi ! s'indigna la jeune fille. Je ne suis pas un animal, et je n'ai jamais permis à quiconque de me battre.

— Morgan ne t'a jamais giflée, quand tu n'étais pas sage ? s'étonna le prince.

— Il ne se considérait pas le droit de frapper l'un de vos enfants, mais il avait d'autres moyens de nous punir. Il me privait de mon cheval, ou confisquait mon arc, afin que je ne puisse pas chasser. Glynn, lui, ne faisait pas beaucoup de bêtises. C'est un garçon gentil, même s'il n'est pas fait pour être soldat. Il est doué pour des tas de choses, et il y a sûrement une place pour lui, quelque part…

Le prince, qui avait bien vu, en effet, que son fils n'était pas de l'étoffe dont on fait les guerriers, l'imaginait plutôt barde, ou prêtre. Il en saurait davantage dès qu'il découvrirait si Glynn aimait les femmes. De toute façon, il n'était pas certain de vouloir un prêtre dans la famille. Sa sœur suffisait largement !

Il sourit. Gwynllian serait surprise d'apprendre qu'il avait deux enfants ! Elle lui reprochait toujours de ne pas être marié, et il lui répétait qu'il n'avait pas le temps de s'occuper d'une famille, s'il voulait sauvegarder l'indépendance du pays de Galles. Vala l'avait toujours attendu patiemment dans son petit cottage, sans se plaindre, parce qu'elle comprenait sa mission. Combien d'épouses auraient eu cette attitude ? Un jour, cependant, il lui faudrait trouver une compagne de haute lignée, dont les relations l'aideraient à garder ce qu'il avait gagné. Mais pas maintenant.

Il jeta un coup d'œil à sa fille. Elle avait le teint et les cheveux de sa mère, néanmoins elle lui ressemblait aussi... En fin de compte, songea-t-il, il tombait toujours au bon moment avec ses enfants. Il était arrivé à temps pour les sauver d'une mort certaine. À présent, il allait empêcher Rhonwyn de devenir un soldat. Gwynllian aurait du pain sur la planche ! La petite était ignorante et rustique. Le prince serait obligé d'offrir un cadeau consistant à l'abbaye de la Pitié, s'il voulait que sa fille devienne une épouse accomplie pour Edward de Beaulieu. Mais si quelqu'un pouvait y arriver, c'était bien Gwynllian !

Ils s'arrêtèrent au crépuscule. On alluma un feu, sur lequel on fit rôtir les lièvres que les hommes avaient attrapés en chemin. On conduisit les chevaux au ruisseau, puis on les laissa paître tranquillement. Enfin, après le souper, tout le monde s'installa pour la nuit.

C'était la première fois que Rhonwyn dormait à la belle étoile, et elle trouvait cela passionnant, bien qu'un peu effrayant. Les bruits de la nuit semblaient plus mystérieux et inquiétants que ceux de la journée. Pourtant, elle parvint à s'endormir... un peu avant que le prince ne la secoue pour la réveiller.

Tandis qu'ils chevauchaient dans la semi-obscurité qui précède l'aube, le prince tendit à sa fille une galette de maïs, qu'elle trouva insipide mais qu'elle avala consciencieusement. Le porridge de Gwilym lui manquait déjà !

Ils s'accordèrent à midi un bref repos, puis reprirent leur route. Le paysage était beau et sauvage. Ils ne virent aucune forteresse, aucune maison.

En fin d'après-midi, ils arrivèrent en vue d'une belle vallée, où se dressait un bâtiment de pierre grise.

Rhonwyn entendit un bruit inconnu et se tourna vers son père.

— Qu'est-ce que c'est, mon seigneur ?

— Une cloche, Rhonwyn. Tu n'as jamais entendu de cloche d'église ?

Il s'étonnait toujours de son ignorance.

— Je ne sais pas ce qu'est une église, mon seigneur…

Il éclata de rire. Oui, Gwynllian allait avoir du travail ! Sa sœur aînée les avait toujours martyrisés, lui et ses frères, quand ils étaient petits, mais il tenait sa vengeance !

— Qu'est-ce qui vous amuse, mon seigneur ?

— Rien, petite. Rien… Voilà l'endroit où nous allons, l'abbaye de la Pitié, ajouta-t-il en désignant le bâtiment.

— Est-ce que je m'y plairai ?

— Sans doute pas, répondit-il franchement. Tu auras beaucoup de choses à apprendre, et en peu de temps. Or il est important que tu deviennes parfaite, sinon je passerai pour un menteur. J'ai des ennemis, tu sais.

— Cela ne m'étonne pas !

Il appréciait décidément beaucoup son caractère direct.

— Tu as des devoirs envers moi, Rhonwyn uerch Llywelyn. Ce que tu auras à faire ne sera pas facile, mais je sais que tu y arriveras, car tu ne renâcles pas devant la tâche et tu es loyale, m'a-t-on dit.

— Mon cousin Morgan ap Owen parle de moi avec indulgence, répliqua Rhonwyn en esquissant un sourire, mais il ne ment pas. Je remplirai mes obligations envers vous, prince de Galles.

3

Gwynllian, la mère supérieure de l'abbaye de la Pitié, toisa son frère.

— Qu'est-ce qui me vaut ta présence ici, prince de Galles ?

Le frère et la sœur se ressemblaient tant qu'ils auraient pu être jumeaux. L'abbesse était une grande femme mince, que la robe noire et le voile blanc faisaient paraître plus impressionnante encore. Un crucifix d'ébène et d'argent ornait sa poitrine presque plate.

— Ne puis-je rendre visite à ma sœur sans raison ? rétorqua le prince, jovial.

Dieu, il avait horreur de quémander !

— Tu es venu il y a six ou sept ans, Llywelyn, et tu cherchais alors des fonds pour tes incessantes querelles avec les Anglais, ou bien avec Cymri, je ne me souviens plus. Nous t'avons donné ce que nous pouvions, et tu es reparti aussitôt. Alors je le répète, mon frère : dis-moi ce que tu veux, et évite de me faire perdre mon temps en tergiversations et demi-vérités !

Ap Gruffydd poussa Rhonwyn en avant.

— Voici ma fille, dit-il.

L'abbesse en resta un instant bouche bée.

— Eh bien ! Tu m'as surprise, pour la première fois depuis des lustres… Tu en es certain ?

Il était impossible d'en douter : la ressemblance était frappante.

— Sa mère, ma maîtresse, m'a donné deux enfants, une fille et un garçon. Elle est morte en mettant au monde un bébé mort-né. Je passais par hasard, et j'ai eu la chance de trouver les petits encore vivants. Alors je les ai amenés à Cythraul. Le garçon, Glynn, s'y trouve encore.

Gwynllian observait sa nièce, qui semblait forte, capable de se débrouiller.

— Depuis combien de temps tes enfants vivent-ils à Cythraul ? demanda-t-elle, redoutant la réponse.

Il rougit un peu.

— Dix ans, avoua-t-il.

— Dix ans et sept lunes, rectifia la jeune fille en adressant un regard mauvais à son père.

— Et pourquoi me l'amènes-tu maintenant, Llywelyn ?

— J'ai passé l'été à essayer d'obtenir une entente avec le roi d'Angleterre. Mon allié, Montfort, a été tué, et Edward, le fils de Henry, est redoutable. Donc j'ai voulu qu'un traité entre Henry et moi nous assure la paix. Nous avons signé le pacte à Montgomery, fin octobre. Tu connais la coutume, Gwynllian : j'ai offert ma fille en mariage à l'un de ses lords.

— Mais lorsque tu es allé la chercher, tu n'as pas trouvé exactement ce à quoi tu t'attendais, conclut l'abbesse avec un petit rire, avant de se tourner vers sa nièce. Comment t'appelles-tu, mon enfant ? Et qu'as-tu fait de tes cheveux ? Sais-tu quel âge tu as ?

— Je m'appelle Rhonwyn uerch Llywelyn, et j'aime bien porter les cheveux courts.

— Elle a eu quinze ans le 1er avril dernier, dit ap Gruffydd.

— Qui l'a élevée ?

— Morgan ap Owen, le capitaine de Cythraul.

— Il n'y avait donc pas de femme, dans cette forteresse ? s'écria l'abbesse, choquée.

— Il s'agit d'une place forte. Ce n'est pas un endroit pour les femmes.

— Pourtant tu y as laissé ta propre fille ! Tu es vraiment le plus inconséquent, le plus déraisonnable des hommes que je connaisse ! Pourquoi ne m'as-tu pas amené cette enfant tout de suite, et qu'attends-tu de moi à présent ?

— Cythraul était plus proche du cottage où elle vivait avec sa mère. Si j'avais dû t'amener les enfants, cela m'aurait pris au moins trois jours, et je n'avais pas le temps.

— Tu n'aurais pas pu demander à Morgan ap Owen de les conduire jusqu'ici, être sans cervelle ?

— Elle n'est pas mariable, soupira le prince, au bord du désespoir.

— Comment cela ? Elle est devenue une... catin ? explosa Gwynllian.

— Je ne suis pas une catin ! protesta Rhonwyn avec colère.

— Non, non ! rectifia vivement son père. Ce n'est pas ça, Gwynllian... Elle est ignorante. Elle ne connaît rien de la vie. Morgan et ses hommes ont aimé et protégé les enfants, mais ils n'ont pu leur apprendre que ce qu'ils savaient. Ma fille est douée pour les armes et la chasse, tandis que mon fils préfère la poésie, la chanson, et n'a aucun talent de guerrier. Il sera barde ou prêtre... Il faut que tu enseignes à Rhonwyn ce qu'est une vraie jeune fille. Comment pourrais-je la marier, alors qu'elle ne sait même pas ce qu'est le mariage ? Je voudrais aussi que tu lui apprennes le normand, car elle ne parle que notre langue. Elle doit s'habituer à porter une robe, au lieu d'une tunique et des braies. Elle ignore tout de la religion, de la foi, elle parle en lunes et non en mois. Je ne sais pas si elle est pubère... Bref, il faut que tu en fasses une jeune fille présentable, car dans un mois je l'emmène chez Edward de Beaulieu, à Haven Castle, pour la marier.

L'abbesse éclata de rire.

— Dans un mois ? Tu plaisantes, Llywelyn ! Il me faudra beaucoup plus d'un mois pour civiliser ce petit chat sauvage ! En supposant que j'y parvienne. Si elle refuse de coopérer, tant pis pour toi... Comment as-tu pu fiancer une enfant que tu n'as pas vue depuis dix ans ? Au nom du Ciel, à quoi pensais-tu ?

— Bon sang, que vais-je faire alors, Gwynllian ? demanda le prince en se passant une main nerveuse dans les cheveux.

L'abbesse se tourna vers Rhonwyn.

— Comprends-tu ce que nous disons, mon enfant ?

— Oui. Le prince m'a expliqué qu'un mariage est une union formelle et légale entre un homme et une femme. Et mon devoir envers mon seigneur exige que je m'y soumette.

— Parfait, dit l'abbesse. Elle manque sans doute de connaissances, mais elle est intelligente. Tu souhaites épouser Edward de Beaulieu ? reprit-elle.

— Ai-je le choix ?

— Non.

— Alors je ferai mon devoir.

— Tu as beaucoup à apprendre, mon enfant.

— J'apprendrai, si vous m'enseignez.

L'abbesse revint à son frère.

— Dis à Edward de Beaulieu que sa fiancée termine son éducation à l'abbaye de la Pitié, et qu'elle se rendra au début du mois d'avril à Haven Castle. Un messager confirmera son arrivée, mais elle y sera avant le 15. Il peut prévoir la cérémonie de mariage à cette époque, et tu lui amèneras son épouse toi-même. À mon avis, ton futur gendre ne verra aucun inconvénient à cet arrangement. Il doit avoir un certain nombre de problèmes à régler, avant de se marier. Mais ce service va te coûter cher, Llywelyn, conclut-elle dans un sourire.

— Je m'en doute.

— Je vais rédiger la liste de mes exigences, et aucune ne sera négociable, mon frère.

— Tout ce que tu voudras, Gwynllian…

Ayant obtenu ce qu'elle désirait, l'abbesse s'adressa à sa nièce.

— Voici ta première leçon, mon enfant : lorsque tu me parleras, tu termineras ta phrase par « révérende mère ». C'est bien compris ?

— Oui, révérende mère.

— Parfait !

Rhonwyn aimait bien la religieuse. Elle avait l'impression qu'elle la comprenait comme personne ne l'avait jamais comprise.

Gwynllian agita une clochette qui se trouvait sur la table, et une autre nonne ne tarda pas à apparaître.

— Oui, révérende mère ?

— Voici ma nièce, sœur Catrin. Elle passera quelques mois avec nous, afin que nous la préparions au mariage. Elle ne connaît rien du monde, et elle a été élevée par un groupe de rustres païens. Donnez-lui une chambre dans la maison d'hôtes… Tu y resteras jusqu'à nouvel ordre, Rhonwyn. À présent, dis au revoir à ton père.

Rhonwyn salua poliment le prince.

— Mon seigneur.

— Je reviendrai te chercher au printemps, c'est promis.

Elle eut un petit rire insolent.

— Vraiment ?

L'abbesse retint un sourire en voyant son frère grincer des dents.

— C'est différent, cette fois, Rhonwyn, dit-il. C'est une question d'honneur.

La jeune fille acquiesça de la tête, avant de suivre sœur Catrin hors du parloir.

— Elle a ton tempérament, fit remarquer l'abbesse avec humour.

— Tu trouveras cela moins drôle quand tu devras t'occuper d'elle ! rétorqua-t-il, irrité. Maintenant, rédige ta satanée liste, chère sœur, et finissons-en.

— À la réflexion, je ne pense pas qu'il soit indispensable de l'écrire, car je sais exactement ce que je veux. D'abord, tu paieras toutes les dépenses de l'éducation de ta fille. Tu te rendras à Hereford pour acheter tous les tissus nécessaires à un trousseau convenable. Tu prendras sa pointure et tu lui feras fabriquer des souliers. Tu achèteras aussi des voiles, des gants, une ceinture ornée de pierres, quelques discrets mais beaux bijoux. C'est ta fille, Llywelyn, tu es prince de Galles : elle est de haute lignée.

« Pendant que tu seras à Hereford, rends-toi au couvent de St. Mary. Ils sont en grande détresse financière, m'a-t-on dit, or ils possèdent une relique que je convoite pour notre abbaye. Il s'agit d'une rognure d'ongle de saint Cuthbert, qu'ils gardent dans un coffret d'or et de pierreries sur l'autel de leur chapelle. J'ignore ce qu'il t'en coûtera, mais il me faut cette relique, Llywelyn !

— Tu voudrais que je me rende en Angleterre afin de négocier l'achat d'une relique avec une nonne ? Et d'acheter les tissus, bijoux et autres colifichets pour ma fille ? Non ! Donne-moi ton prix, Gwynllian : je paierai, mais il n'est pas question que j'y aille moi-même. Je suis bien trop occupé à maintenir la paix dans notre pays !

— Tu n'auras pas la paix si tu ne livres pas ta fille en mariage à cet Anglais, mon frère. Or tu ne peux la lui amener, dans l'état où elle est. Ils la refuseraient, et prendraient cela pour un affront qui compromettrait la bonne application du traité. De toute façon, je t'ai dit que je refusais de discuter mes conditions. Rhonwyn reste ici, et toi tu vas me chercher la relique ! Je commencerai son éducation quand je l'aurai entre les mains, pas avant.

Elle se redressa de toute sa hauteur et le regarda dans les yeux.

— Plus tu tardes, Llywelyn, moins j'aurai de temps pour transformer cette sauvageonne en jeune fille accomplie.

— Tu es impossible, Gwynllian, se plaignit le prince. Tu l'as toujours été… et je crains que Rhonwyn ne te ressemble ! ajouta-t-il dans un petit rire. Bien. J'irai donc chercher la rognure d'ongle de ton saint. Je la volerai au besoin, mais tu l'auras, ma douce sœur, et tu seras obligée de respecter ta part du marché.

— Je t'interdis de la voler ! décréta-t-elle sévèrement. Dans ce cas, je ne pourrais pas l'exposer. Il ne s'agit pas d'un caprice, tu sais. Cette relique amènera des pèlerins à l'abbaye, qui en tirera le plus grand profit.

— Elle n'a servi à rien au couvent de St. Mary, objecta le prince.

— Parce qu'elle n'y a pas accompli de miracles, rétorqua l'abbesse avec un sourire malin. Je suis certaine que cette rognure d'ongle se sentira beaucoup mieux avec nous, et qu'elle agira pour la plus grande gloire de Dieu et de notre abbaye. J'en ai l'intime conviction.

Cette fois, il rit franchement.

— Tu es retorse, Gwynllian, et je me félicite que tu ne sois pas née garçon. Owain, Daffydd et Rhodri, nos frères, étaient des rivaux faciles à dominer, mais tu aurais été beaucoup plus forte qu'eux. Je ne m'étonne pas que tu sois à la tête de cette abbaye.

— N'oublie jamais, Llywelyn, que nous sommes égaux, toi et moi. Nos frères ne le sont pas.

— Est-ce tout ce que tu désires ?

— Non. Je veux aussi un jeune bouc viril, vingt chèvres, et une bourse contenant dix pièces d'or, ducats ou florins. C'est tout, conclut-elle, les yeux brillants.

— Tu cherches ma ruine ! protesta le prince. Pour les bêtes, d'accord. Mais où trouverais-je autant d'or ? C'est beaucoup trop !

— Je ne négocie pas, Llywelyn, lui rappela-t-elle.

Il lâcha un chapelet de jurons, et elle éclata de rire.

— Je n'avais pas entendu ces mots depuis des années, ironisa-t-elle. J'avais presque oublié leur existence.

— Tu as intérêt à ce que ma fille puisse rivaliser avec n'importe quelle princesse…

— Ce sera le cas, promit l'abbesse, qui ajouta : Il fait presque nuit. Puis-je vous offrir l'hospitalité, à toi et à tes hommes ?

— Non ! aboya-t-il. Si je restais une minute de plus, je serais tenté de t'étrangler. La nuit est claire, nous allons nous remettre en route. Adieu, ma sœur.

Sur un bref salut, il quitta la pièce.

L'abbesse sourit, contente d'elle. La visite de son frère avait été fort intéressante… Soudain, elle fronça les sourcils. Son frère n'avait pas pris la mesure du pied de Rhonwyn ! Elle sonna une nonne, et la chargea de courir après le prince afin qu'il accomplisse cette dernière tâche.

Enfin elle se rendit à la maison d'hôtes, où elle trouva sœur Catrin en compagnie de Rhonwyn. Elle congédia la religieuse et vint s'asseoir près de la jeune fille.

— Ton père est parti, et j'ai fixé le prix de ton éducation au plus haut, dit-elle en riant. Il va te falloir travailler d'arrache-pied, mon enfant. J'ai toujours su tirer le meilleur parti de ton père et de nos frères. Tu ne les connais pas, je crois ?

— Non, révérende mère. À Cythraul, Morgan m'a dit que le prince avait fait emprisonner son frère aîné, Owain, ainsi que le cadet, Daffydd. Le plus jeune, Rhodri, n'est pas ambitieux, m'a-t-on dit. Il doit ressembler à mon frère Glynn.

— Pour que le pays de Galles soit uni, il faut qu'il y ait un seul chef. Ton père a du mal à plier devant quiconque, même devant le Tout-Puissant. Il l'a fait face aux Anglais pour arriver à ses fins.

— Il n'y a pas de honte à ça.

— C'est bien, tu as l'esprit pratique, petite… J'ai dit à ton père que je ne m'occuperais pas de ton éducation avant qu'il n'ait rempli ses obligations envers moi, mais c'est faux. Toutefois, il en est persuadé, car jamais il ne m'a surprise en flagrant délit de mensonge. Tu as tellement à apprendre que nous commencerons dès demain… Dis-moi, mon enfant, as-tu eu des compagnes femmes ?

— Pas depuis la mort de maman.

Rhonwyn fit du regard le tour du salon.

— Je serai seule ici, révérende mère ? Je n'ai jamais vécu seule de ma vie.

— Non. Nous avons deux jeunes postulantes qui ont à peu près ton âge. Elles s'installeront avec toi, afin que tu ne sois pas isolée. Dans la journée, elles vaqueront à leurs tâches, et toi à tes études. La nuit, elles partageront ta chambre, et tu prendras tes repas au réfectoire, avec les autres. Tu pourras aussi te promener dans le parc.

— Et mon cheval ?

— Il est à l'écurie. Si tu te montres disciplinée, je te permettrai de le monter.

— Il a besoin d'exercice ! argumenta Rhonwyn.

— Tu auras le droit de le faire marcher un peu chaque matin, mon enfant, mais tu ne le monteras pas avant d'avoir progressé et montré ta bonne volonté.

Comme Rhonwyn était sur le point de protester, elle leva la main pour l'en empêcher.

— Une des premières leçons est l'obéissance, ce qui signifie que tu dois faire ce que tes supérieurs te disent. Tu obéissais à Morgan ap Owen, et tu dois aussi m'obéir, pour les mêmes raisons. L'obéissance et les bonnes manières couvrent toutes sortes de défauts, mon enfant. Tu as été élevée par des hommes frustes mais bons, et je comprends qu'ils te manquent. Néanmoins les soldats ne sont pas le meilleur exemple qu'une jeune fille puisse suivre... Maintenant, viens te restaurer. Pour ce soir, tu seras dispensée de l'office, mais à partir de demain, tu assisteras quotidiennement à la messe. Tu ne sais rien de Dieu ni de Notre Seigneur Jésus-Christ, n'est-ce pas ? Ne t'inquiète pas, tu apprendras vite.

Pour la première fois de sa vie, Rhonwyn se sentait un peu perdue. Elle suivit sa tante au réfectoire qui était, apprit-elle, l'endroit où les religieuses prenaient leurs repas. On les appelait des nonnes. Ou encore des sœurs, hormis sa tante qui était « révérende mère » ou « mère abbesse ». Chacune occupait un rang dans la hiérarchie de la communauté.

Ses compagnes les postulantes, Elen et Arlais, étaient en bas de l'échelle. Les novices – il y en avait cinq – avaient terminé leur année de postulat et, pendant deux ans, elles allaient se préparer à prononcer leurs vœux. Il s'agissait de pauvreté, chasteté et obéissance. Obéissance et pauvreté, Rhonwyn savait ce que c'était, et elle apprit que la chasteté était la promesse de rester pure… ce qui signifiait ne pas se comporter comme son père et sa mère autrefois.

Les nonnes vouaient leur vie au Tout-Puissant, et les deux postulantes passèrent leurs soirées à enseigner la religion à Rhonwyn, comme elles l'auraient fait à une enfant. Elles trouvaient Rhonwyn fascinante, car elles n'avaient jamais rencontré de jeune fille qui lui ressemblât, et elles la traitaient avec respect, parce qu'elle était la nièce de l'abbesse et la fille d'un prince. Elles-mêmes étaient filles de serfs affranchis qui cultivaient la terre, mais, malgré leurs différences, toutes trois s'entendaient bien.

Rhonwyn se rendait avec ses compagnes à l'office de six heures du matin, à la grand-messe de neuf heures, aux vêpres, mais elle était dispensée des autres services. Après le petit déjeuner, elle apprenait à lire et à écrire avec sœur Mair.

Puis, auprès de sa tante, elle étudiait le latin et la langue normande. Pour le plus grand bonheur de l'abbesse, elle était fort douée et progressait rapidement. Au bout d'un mois, elle chantait en latin comme si elle avait fait cela toute sa vie, et elle s'entretenait aisément avec sa tante en normand.

Gwynllian en remerciait le Ciel chaque jour !

Après le déjeuner, Rhonwyn rejoignait sœur Una à la cuisine, où elle se montrait moins brillante, et sœur Una ronchonnait en disant qu'elle aurait été capable de faire brûler une casserole d'eau ! Cela se passait mieux avec sœur Dicra, à l'infirmerie, car sa nouvelle élève avait un don pour fabriquer des potions, onguents et cataplasmes.

— La petite a le sens de la médecine, révérende mère ! s'enthousiasmait-elle.

— Alors elle pourra guérir les maux de ventre provoqués par sa cuisine ! rétorquait sœur Una avec une pointe d'acidité.

— Elle n'a pas besoin de savoir cuisiner, objecta l'abbesse, mais seulement de voir comment cela se passe. Il y aura des cuisiniers, au château. Lui avez-vous appris à fabriquer du savon ?

— Nous commençons demain. J'espère que cela marchera mieux !

— Et comment se sort-elle de la broderie, de la tapisserie, de la couture, sœur Braith ?

— Elle progresse lentement. Elle n'a guère de patience, vous le savez, et elle trouve la couture et la broderie stupides. Elle préfère le tissage. Je lui ai appris à filer, et elle semble aimer ça aussi.

Bref, les choses avançaient, se disait l'abbesse.

— Nous avons reçu les tissus de Hereford, dit-elle, et nous allons devoir préparer le trousseau de Rhonwyn.

— Et la relique ? demanda sœur Winifred.

— Mon frère a envoyé un message, disant qu'il avait pu l'obtenir à grands frais. Il nous l'apportera en personne...

Le prince arriva deux jours plus tard, avec une simple escorte de deux hommes. Il tendit le coffret à sa sœur.

— Il m'a coûté vingt florins d'or, marmonna-t-il. La mère supérieure de St. Mary a marchandé comme un maquignon ! J'espère que cela en valait la peine, Gwynllian.

— Veux-tu voir ta fille ?

— Tu as commencé son éducation ? demanda le prince.

— Bien sûr ! Nous n'avions pas le choix, s'il nous faut être prêtes pour le printemps.

Elle sonna et demanda à la nonne qui accourut d'aller chercher Rhonwyn.

Llywelyn sursauta, surpris, en voyant entrer sa fille vêtue d'une robe d'un bleu sombre aux manches étroites, ceinturée d'un lien d'or. Sa chevelure d'or pâle arrivait à présent à ses épaules, et elle portait sur la tête une couronne de fleurs fraîches. Elle salua d'abord sa tante, puis son père.

— Vous m'avez appelée, révérende mère ?

— Ton père voulait te voir avant de partir, mon enfant.

— Elle parle normand ! s'écria ap Gruffydd.

— Je l'apprends, mon seigneur, puisque c'est la langue que l'on utilise en Angleterre.

Le prince se tourna vers sa sœur.

— La transformation est spectaculaire ! Tu es certaine qu'elle n'est pas prête ?

— Absolument certaine ! Ne sois pas si pressé. Il y a des progrès, mais encore beaucoup de chemin à parcourir. Sans compter sa garde-robe... Non, tu ne la prendras pas avant le printemps. Reviens le jour de son anniversaire. À moins, évidemment, qu'entre-temps elle n'ait décidé de devenir l'une des nôtres... ajouta l'abbesse afin de taquiner son frère.

— Dieu m'en préserve !

Rhonwyn éclata de rire.

— Ne craignez rien, mon seigneur. Je n'ai pas l'intention de suivre l'exemple de ma tante, et je serai prête à faire mon devoir quand vous reviendrez me chercher.

— Dis au revoir à ton père, Rhonwyn, et tu pourras te retirer.

— Adieu, mon seigneur, dit la jeune fille avant de quitter la pièce.

— Elle ne t'appelle jamais père... fit doucement remarquer Gwynllian.

— Elle me rend responsable de la mort de sa mère. Elle ne m'a jamais aimé, d'ailleurs. Avec la logique des enfants, elle aurait préféré avoir sa mère pour elle seule, et elle m'en voulait chaque fois que je rendais visite à ma chère Vala. Elle est toujours dans les mêmes dispositions d'esprit, je le crains, mais peu importe, tant qu'elle m'obéit et me respecte.

— En tout cas, Llywelyn, elle ne faillira pas à son devoir. Tu peux être fier d'elle, son lord anglais aura une belle famille. Elle aura bien besoin de la loyauté de son époux, quand toi et les Anglais déciderez de suivre des chemins différents, ce qui ne manquera pas de se produire…

— C'est le destin, chère sœur. Maintenant, je dois te quitter.

Il lui tendit deux bourses.

— Une pour la pension de Rhonwyn, et l'autre avec tes pièces d'or. Je suis très satisfait des progrès de Rhonwyn et j'espère la trouver plus changée encore au printemps.

— Tu ne seras pas déçu, mon frère.

— J'en suis sûr. Tu as toujours tenu parole. Je te remercie de ce que tu fais, même si cela me coûte une fortune…

— Ne te plains pas, Llywelyn, répliqua-t-elle en riant. Payer une chose lui donne de la valeur ! Maintenant, que Dieu te garde, mon frère.

L'hiver arriva, et avec lui la neige. On ramena les moutons des collines afin de les protéger des loups. Rhonwyn découvrit que c'était une période de fêtes. La Sainte-Catherine d'abord, fin novembre, puis Noël, quand Dieu avait envoyé son fils sur terre pour qu'il expie les péchés des hommes. Rhonwyn était à l'aise avec la religion. L'abbesse la fit baptiser le jour de Noël.

Le jour des Rois marqua la fin des célébrations, et la jeune fille se remit au travail. Elle s'aperçut que son cerveau était une arme aussi puissante que son arc…

Elle avait été confiée à sœur Rhan, dont le physique replet et l'attitude joyeuse cachaient une incroyable intelligence. D'après Elen et Arlais, elle avait été jadis la maîtresse d'un très puissant lord. On racontait également qu'elle s'était habillée en homme et avait étudié avec les plus grands esprits d'Angleterre.

— Vous êtes intelligente, Rhonwyn, lui avait-elle dit le premier jour. Et votre tête vous servira bien mieux que votre corps, à long terme. C'est ainsi que j'ai gardé l'intérêt que mon seigneur me portait jusqu'à sa mort.

— Alors, c'est vrai ? demanda Rhonwyn, surprise d'entendre une nonne avouer ce que l'on considérait comme un péché.

La sœur se mit à rire.

— Oui, c'est vrai. D'ailleurs je ne m'en suis jamais cachée, mon enfant. J'ai aimé, j'ai été aimée, et nous étions fidèles l'un à l'autre.

— Mais il était marié, objecta Rhonwyn.

— À une excellente femme, qui lui avait apporté des terres et lui a donné de robustes enfants. Il la traitait d'ailleurs avec affection et respect, et nous avions chacune notre place dans sa vie. Lorsqu'il est mort, nous l'avons lavé ensemble et nous avons cousu son linceul. Elle est à présent l'une des bienfaitrices de l'abbaye de la Pitié.

— Alors un homme peut aimer deux femmes, murmura Rhonwyn, songeuse. Je l'ignorais. Je pensais qu'une fois le choix fait et les vœux prononcés, les époux étaient unis pour toujours.

— En principe, oui... Mais nous ne sommes pas ici pour parler de mes péchés. Vous maîtrisez le latin et le normand. Vous savez lire et écrire, vos talents de maîtresse de maison sont passables, bien que ce ne soit pas votre point fort. L'abbesse pense que vous devez acquérir d'autres connaissances, aussi allons-nous étudier la grammaire, la rhétorique, la logique, la musique, l'arithmétique et l'astronomie. Ainsi vous deviendrez une aide pour votre époux et, quand il sera lassé de votre joli corps, il découvrira en vous une compagne satisfaisante pour l'esprit.

— Vous voulez dire que l'amour conjugal ne dure pas ?

— Cela dépend, et il ne faut pas confondre amour et désir.

— Comment saurai-je les distinguer l'un de l'autre ?

— Excellente question, mon enfant ! Vous réfléchissez, au moins. Le désir, c'est quand deux corps s'attirent l'un l'autre sans raison. C'est un besoin, violent, exigeant… L'amour, c'est différent. On a envie non seulement du corps de l'être aimé, mais de tout son être. On souffre quand il n'est pas là. Le simple son de sa voix vous fait battre le cœur. Vous placez ses intérêts au-dessus des vôtres, car vous voulez le voir heureux. Et, dans l'idéal, il éprouve les mêmes sentiments à votre égard… Ah, mon enfant, l'amour est difficile à expliquer ! Vous verrez bien quand il vous frappera, et vous vous apercevrez, en faisant l'amour, que c'est fort différent du désir pur et simple.

— Je ne connais rien à tout cela, murmura Rhonwyn. À Cythraul, mon frère et moi étions les enfants de la forteresse. Plus tard, des jeunes gens nouvellement arrivés ont essayé de toucher ma poitrine et de m'embrasser. Je me suis battue contre eux, et les autres hommes les ont fouettés pour les punir de leur insolence… Était-ce du désir, ce qui les poussait ?

— Oui. Et vous, vous n'éprouviez rien pour eux ?

— Rien du tout ! Ils avaient le visage boutonneux, et ils étaient moins habiles que moi aux armes !… Il faudra que j'admire l'homme qui se servira de mon corps, je crois.

— Sage décision, mon enfant. Maintenant, venons-en aux mathématiques. Il est important que vous soyez familiarisée avec les chiffres. Si votre mari part à la guerre, vous pourrez vous assurer que votre régisseur ne vous vole pas. Vous connaissez vos nombres, je crois. Combien de doigts ? demanda-t-elle en levant deux doigts de la main droite.

— Deux.

— Et là ?

La religieuse levait deux doigts de l'autre main.

— Deux aussi.

— Combien en tout ?

— Quatre, répondit vivement Rhonwyn.

— Bravo ! Cela s'appelle une addition, mon enfant.

Elle sortit de son panier un boulier, qu'elle posa sur la table.

— Regardez...

Elle fit glisser deux boules d'un côté, puis deux encore.

— Deux plus deux ?

— Quatre !

— Ôtez-en une. Combien en reste-t-il ?

— Trois.

— Très bien. Ceci est une soustraction.

Rhonwyn se montra fort douée pour l'arithmétique, et bientôt sœur Rhan put affirmer à l'abbesse que personne ne parviendrait à rouler sa nièce sur ce plan. Elle aimait également la logique, la grammaire, l'écriture, pourtant elle n'avait guère de talent pour la rhétorique, et elle en était consciente.

— Mon frère adorerait ça, dit-elle à son professeur. Il invente des histoires, des poèmes, et il les chante le soir, à Cythraul. Je pense qu'il deviendra un grand barde...

Les jours passaient, et Rhonwyn était occupée de l'aube au couchant. Ses deux compagnes avaient terminé leur temps de postulat et, bien qu'elles ne soient pas devenues réellement proches, Rhonwyn en était heureuse. Pour sa part, elle commençait à songer à son mariage. Elle ne rencontrerait son fiancé que peu de temps avant la cérémonie, lui avait dit sa tante.

On s'occupait à présent de sa garde-robe, et personne n'aurait pu reprocher au prince de s'être montré avare dans ses choix. Il y avait de la soie, du velours, du brocart, ainsi que le lin et le coton les plus fins. Rhonwyn fut choquée d'apprendre que les femmes ne portaient pas de braies sous leurs jupes.

— Je les mets toujours, depuis que vous m'avez donné des robes, dit-elle à sa tante. Sinon, comment se couvre-t-on ?

— Les femmes ne portent rien sous leurs chemises, expliqua Gwynllian.

— Rien ?

— Les jupes cachent tout, Rhonwyn, je t'assure. C'est tout à fait convenable.

— Moi, je ne trouve pas ça convenable ! rétorqua la jeune fille.

L'abbesse pinça les lèvres pour ne pas sourire. Sa nièce était étonnamment prude, pour une enfant qui avait été élevée par des hommes ! Sans le goût de la jeune fille pour les armes, l'abbesse l'aurait crue plus faite pour le couvent que pour le mariage.

Le 20 mars, on célébra la Saint-Cuthbert, qui avait été évêque de Lindisfarne et dont la relique ornait désormais l'autel de la chapelle. On chuchotait qu'elle avait le pouvoir de guérir les petites maladies, mais que l'on ne pouvait en attendre de grands miracles. Toutefois, des pèlerins vinrent toucher l'écrin d'or et prier le saint. Les coffres de l'abbaye s'en trouvèrent un peu plus pleins...

Le 1er avril, date du seizième anniversaire de Rhonwyn, arriva enfin, et Llywelyn ap Gruffydd vint la chercher. L'attitude froide et élégante de la jeune fille était un peu intimidante, mais ses manières étaient irréprochables. Le prince fut stupéfait d'apprendre les progrès qu'elle avait faits depuis six mois. Il fut tout aussi étonné de la quantité de bagages qu'il lui faudrait emporter !

Rhonwyn n'avait plus rien du garçon manqué au langage de charretier. Elle était coiffée avec la raie au milieu, et sa chevelure était retenue dans son dos par un simple ruban argent. Sa poitrine s'était développée, et le prince s'en félicitait, car c'était un atout supplémentaire aux yeux des hommes. Elle avait renoncé à ses longues enjambées et se déplaçait avec grâce. Les mains qui avaient tenu l'épée étaient parfumées, manucurées, les doigts qui bandaient l'arc jouaient à présent de la harpe, tandis qu'elle chantait d'une voix charmante. L'Anglais n'aurait pas à se plaindre de la fille du prince de Galles !

— Tu as réalisé un miracle, Gwynllian, dit-il à sa sœur.

— C'est vrai. Cela vaut largement le prix que tu as payé pour sa transformation, mais je dois te faire un aveu, mon frère. Si Rhonwyn avait été moins intelligente, rien de tout ceci n'aurait été possible. Et tu devrais féliciter aussi les hommes de Cythraul, qui lui ont enseigné le sens de l'honneur et du devoir.

— Tout en faisant d'elle un soldat mal embouché ! grommela-t-il. Elle m'a coûté si cher par leur faute. J'ai plutôt envie de leur frotter les oreilles !

— C'est entièrement ta faute, corrigea sa sœur, tu le sais très bien ! Oublie tout ça et emmène ta fille vers son mari. Souviens-toi cependant que tu voyages avec une dame, cette fois, pas avec un garçon manqué.

Le 2 avril, on chargea les malles de Rhonwyn dans un grand chariot.

Elle fit ses adieux aux nonnes, en remerciant particulièrement celles qui avaient participé à son éducation, surtout la sœur Rhan et l'abbesse.

— Rappelle-toi, mon enfant, que tu seras toujours chez toi à l'abbaye de la Pitié, lui dit Gwynllian. Que Dieu veille sur toi et te donne beaucoup d'enfants.

— Pas trop, tout de même ! plaisanta Rhonwyn. Mais je vous promets de vous garder au moins une fille, révérende mère.

Sa tante l'embrassa sur les joues.

— Dieu te garde, Rhonwyn uerch Llywelyn.

Montée sur Hardd, Rhonwyn franchit au côté de son père les grilles de l'abbaye. Elle entendit les portes se fermer derrière elle, mais n'en fut pas triste. Elle était libre, elle partait vers l'aventure. On l'avait transformée en dame, on l'avait policée, sans toutefois mater son esprit ni diminuer son appétit de vivre. Elle avait passé six mois à étudier d'arrache-pied, afin d'être digne du nom de son père et de sa nouvelle situation. À présent, elle devait tourner ses pensées vers Edward de Beaulieu, celui qui serait son époux.

4

— Le messager du prince Llywelyn vient d'arriver, mon seigneur, dit le domestique à son maître.

— Faites-le entrer.

— Bien, mon seigneur.

Le serviteur fit quelques pas à reculons, avant de tourner les talons. Il revint un instant plus tard.

— Le messager du prince, mon seigneur, annonça-t-il.

Edward de Beaulieu jeta un rapide coup d'œil au rude Gallois que l'on venait d'introduire.

— Mon maître et lady Rhonwyn seront là en fin d'après-midi, dit-il.

— Je les attends, fut la brève réponse.

Le messager s'inclina et prit congé.

Edward de Beaulieu le regarda partir, prit distraitement le verre de vin que lui offrait un valet, et fixa le feu sans le voir. Il n'était pas vraiment prêt à se marier, pourtant il aurait bientôt une épouse... Une Galloise, qui avait à peine la moitié de son âge! Seulement, puisqu'il n'avait pas de fiancée et qu'il occupait une position stratégique à la frontière, le roi l'avait désigné comme l'agneau du sacrifice. Il avait envisagé de refuser, mais le prince Edward lui avait lancé un regard impératif quand le roi avait annoncé sa décision, et il n'avait pas osé s'y opposer. Il n'était pas recommandé de se faire un ennemi du prince.

Quand Llywelyn avait demandé que l'on retardât la date du mariage parce que sa fille terminait son éducation à l'abbaye de la Pitié, Edward de Beaulieu avait été heureux d'accepter. Il avait alors une ravissante maîtresse, et n'était en aucun cas pressé de prendre épouse.

Toutefois, une jeune fille sortant du couvent présentait des avantages, à mieux y réfléchir… Elle serait docile, soumise, bonne maîtresse de maison et bonne mère. Le château n'avait pas connu de femme depuis la mort de sa mère, sept ans plus tôt. Et, bien qu'il eût un temps apprécié les charmes de sa compagne, il s'était débarrassé d'elle en lui offrant une maison à Shrewsbury et une confortable rente annuelle.

À quoi ressemblerait la Galloise ? Il l'imaginait petite, brune, avec des yeux sombres et la peau laiteuse. Parlerait-elle la langue normande, ou seulement le gallois ? Peu importait, car les mots n'étaient pas nécessaires au lit.

Avec un peu de chance, ils s'entendraient à peu près, et trouveraient un arrangement qui leur garantirait une paix réciproque.

Néanmoins, il n'aimait guère l'idée d'avoir Llywelyn ap Gruffydd pour beau-père. Le prince était dangereux, extrêmement ambitieux. Haven Castle se trouverait pris entre lui et le prince anglais Edward, qui n'appréciait pas du tout le Gallois parce que ce dernier avait soutenu Simon de Montfort contre le roi.

Beaulieu se leva et se dirigea vers la tour sud, où l'on avait aménagé les appartements de sa future épouse. La camériste, qui servirait la jeune fille, sursauta à son arrivée et plongea dans une rapide révérence, les yeux baissés. Edward fit le tour de la pièce. Les meubles étaient bien cirés, le sol balayé, et il y avait un bouquet de jonquilles sur la table.

Il sourit.

— C'est parfait, Enit. Ta maîtresse arrive ce soir, m'a-t-on dit. Elle aura sans doute envie de prendre un bain, après ce long voyage. Veille à ce que tout soit prêt.

— Oui, mon seigneur, répondit la petite.

Nièce du majordome, Enit travaillait au château depuis l'âge de onze ans, et elle considérait comme une chance d'avoir été affectée au service de la nouvelle maîtresse...

Edward de Beaulieu alla rejoindre son aumônier, le père John. Tous les aspects légaux avaient été réglés à Montgomery, et il ne restait plus qu'à célébrer le sacrement. Beaulieu se décida pour le lendemain, afin que son épouse jouisse d'une bonne nuit de repos.

Le roi avait ordonné que le mariage fût consommé la nuit même des noces.

— Je n'ai guère confiance en ap Gruffydd, avait-il dit. Déflorez la petite, et accrochez le drap souillé à la tour du château afin que tout le monde le voie.

— Servez-vous d'elle au mieux, avait renchéri le prince Edward. Il faut qu'elle porte un enfant le plus vite possible, sinon son père risque de vouloir annuler votre mariage et de la récupérer. Ce Gallois ne m'inspire pas confiance, mais avec la fille d'ap Gruffydd en notre pouvoir, nous le tiendrons en respect. Il aime certainement cette petite, pour avoir tenu son existence secrète toutes ces années...

Edward de Beaulieu pénétra dans les quartiers du prêtre.

— Mon épouse sera à Haven ce soir, mon père, annonça-t-il. Le mariage aura lieu demain.

— C'est encore une enfant, mon seigneur. Ne voulez-vous pas lui accorder un peu de temps, afin qu'elle apprenne à vous connaître ?

— De toute façon, cela se terminera par une union, alors autant ne pas traîner. Ap Gruffydd restera sûrement pour la cérémonie, or j'aimerais le voir parti dès que possible.

— D'accord, mon seigneur, acquiesça le prêtre. Je vous marierai demain après-midi. Ainsi, lady Rhonwyn aura eu le temps de se remettre du voyage.

— Entendu.

Edward traversait la cour du château, quand il avisa la sentinelle en haut des remparts.

— Des cavaliers en vue ? cria-t-il.

— Pas encore, mon seigneur !

Il se dirigea vers les écuries.

— Sellez mon cheval ! ordonna-t-il à son palefrenier.

— Combien d'hommes emmenez-vous avec vous, mon seigneur ?

— Aucun. Je vais seulement au-devant de ma femme, et je n'ai rien à craindre sur mes terres.

Il sauta sur son étalon noir et s'éloigna, heureux de constater que l'on avait commencé à labourer. Les moutons blancs à tête noire paissaient tranquillement, tandis que les agneaux gambadaient autour d'eux. Son vaste troupeau fournissait du lait dont on fabriquait du beurre et du fromage, vendus au marché de Shrewsbury. Au-delà des prés s'étendaient des forêts giboyeuses, et au pied de la colline sur laquelle était bâti le château coulait la rivière Severn.

Il s'arrêta et se retourna pour admirer le bâtiment élégant. Les pierres s'étaient adoucies avec l'âge, et le lierre les recouvrait par endroits. Il y avait quatre tours et, bien qu'il pût soutenir un siège, l'intérieur était celui d'un confortable manoir. Edward de Beaulieu adorait son château, et bientôt il aurait des enfants avec qui partager cette passion…

Il reprit sa route, et aperçut au bout de quelques kilomètres l'escorte de son futur beau-père. Il s'arrêta et attendit que le prince le rejoignît.

— Vous aviez hâte de faire la connaissance de votre femme, Edward de Beaulieu ?

L'Anglais eut un sourire vaguement ironique, mais avant qu'il pût répondre, une jeune fille s'était approchée.

— Je pense que c'est plutôt de la curiosité, dit-elle de sa voix mélodieuse. N'est-ce pas, mon seigneur ?

Son regard était un défi, et il répondit du tac au tac :

— Et vous, madame, n'êtes-vous pas curieuse également ?

Elle eut un rire frais, se reprit bien vite et baissa brusquement les yeux, en jeune femme accomplie. Il en fut quelque peu déconcerté.

— Eh bien... je vous souhaite la bienvenue à Haven Castle, mon seigneur, ainsi qu'à lady Rhonwyn. Le voyage a certainement été exténuant, mais nous ne sommes qu'à quelques kilomètres de ma demeure, où vous pourrez vous reposer et vous restaurer. Le mariage sera célébré demain après-midi.

Il ne lui laissait guère de temps ! songea Rhonwyn. Mais, finalement, Edward de Beaulieu était une agréable surprise. Grand, mince, il semblait en parfaite forme physique, et ses yeux gris brillaient dans un visage aux traits réguliers, hormis le nez qui avait sans doute été cassé. Les pommettes étaient hautes, les lèvres minces. Les cheveux courts avaient la couleur des feuilles mortes. Il menait son cheval avec art, de ses longues mains aux ongles nets.

Si elle l'avait examiné, lui ne s'en était pas privé non plus, et il était étourdi par sa beauté. Il s'était attendu à voir une petite femme boulotte, non cette jeune personne élancée aux traits délicats. Le voile de soie qu'elle portait dissimulait mal sa chevelure d'un blond très pâle, et ses yeux, plus lumineux que les émeraudes qui sertissaient la garde de son épée, étaient ombrés de cils incroyablement longs. Elle avait le nez droit, les lèvres pleines.

Llywelyn ap Gruffydd le considérait, amusé – car il savait précisément ce que pensait son futur gendre.

— Elle est belle, n'est-ce pas... malgré sa ressemblance avec moi ?

— Je n'avais pas remarqué, rétorqua Edward, encore sous le choc.

— Elle vous donnera de beaux enfants, comme sa mère m'en a donné avant de mourir. Et c'est une jeune fille accomplie. Comme vous avez pu le constater, elle parle votre langue, en plus de la nôtre et du latin.

Edward ne s'en était même pas rendu compte, et il rougit.

— J'en suis heureux, ainsi nous communiquerons plus facilement... Parlez-moi de ses autres qualités, mon seigneur.

— Les religieuses disent qu'elle a beaucoup de talent en ce qui concerne le tissage, ainsi que la fabrication de remèdes divers.

Rhonwyn mena sa jument à la hauteur de son fiancé.

— Je m'y connais aussi en arithmétique, et en logique...

— Ce n'est pas important, pour une femme ! coupa vivement son père, comme si elle avait prononcé une incongruité.

— Je suis désolée de vous contredire, mon seigneur, mais je ne suis pas de cet avis. Si mon mari part à la guerre en me laissant la charge du château, aura-t-il envie que les domestiques le volent en son absence ? Et, mon seigneur, ajouta-t-elle en s'adressant directement à Edward, autant vous avouer tout de suite le pire : je sais lire et écrire.

Il hocha la tête sans un mot.

— Elle est musicienne, déclara précipitamment le prince, afin d'atténuer les tares de sa fille.

— Tous les Gallois sont plus ou moins musiciens, répliqua Rhonwyn.

Cette fois, Edward éclata franchement de rire.

Le château leur apparut soudain, et il prit la main de sa fiancée.

— Bienvenue dans votre demeure, lady Rhonwyn.

Elle resta un instant silencieuse, avant de murmurer :

— C'est magnifique !

Ils grimpèrent la colline, franchirent le pont-levis, la herse, et se retrouvèrent dans la cour. Edward fut amusé de voir le prince observer les défenses de la demeure. Jamais ap Gruffydd n'aurait à entrer de force à Haven Castle, et sans doute n'y pénétrerait-il plus jamais. Une fois mariée, la jeune fille devrait oublier le pays de Galles.

Il l'aida à mettre pied à terre, et elle adopta une attitude modeste, le regard détourné, les paupières baissées. Elle était décidément déconcertante ! Par moments directe et franche, par moments pleine de retenue.

Ils atteignaient la porte de la partie habitée du château, et il l'enleva dans ses bras afin de lui faire franchir le seuil.

— C'est une ancienne coutume : le mari doit porter sa jeune épouse pour entrer dans leur maison, expliqua-t-il en la reposant sur ses pieds.

— Nous ne sommes pas encore mariés, mon seigneur, objecta-t-elle.

— Légalement, si, madame. Il ne reste plus que la cérémonie religieuse, mais vous êtes officiellement mon épouse depuis que le traité de Montgomery a été ratifié, en automne dernier.

— Je l'ignorais... Je ne connais rien à la loi.

— Je ne vous le reprocherai certes pas, dit-il en la menant vers la grande salle commune. Avez-vous soif ? À moins que vous ne préfériez vous reposer dans votre chambre... Mon majordome vous a trouvé une jeune servante, qui s'appelle Enit.

— Merci, mon seigneur. Je n'ai jamais eu de servante, et je suis parfaitement capable de me débrouiller seule.

— Ma fille a été élevée très simplement, intervint ap Gruffydd, qui craignait que Rhonwyn n'en dise trop. L'abbaye de la Pitié ne brille pas par son confort...

Il jeta à sa fille un regard d'avertissement, qui ne sembla pas l'intimider le moins du monde. Elle lui répondit d'un haussement d'épaules presque impertinent.

Que signifiait tout cela ? se demandait Edward.

— Je boirais volontiers un verre de vin, dit Rhonwyn.

Le maître des lieux fit signe à des domestiques, et on alla chercher une carafe.

— Venez vous asseoir près de l'âtre, dit-il. Il fait souvent frais, en avril.

Rhonwyn s'installa sur un banc, ôta ses gants et présenta ses petites mains aux flammes. Même son profil était ravissant ! Edward prit un gobelet de vin qu'il lui offrit. Elle l'accepta en souriant et admira le gobelet d'argent, au pied rehaussé de pierres vertes. L'alcool la réchauffa délicieusement.

— Vos invités arriveront-ils à temps pour la cérémonie ? demanda le prince.

— Il n'y aura pas d'invités, répliqua Edward. Je n'ai pas de proche famille, à part mon cousin Rafe de Beaulieu et sa sœur Katherine. Je ne leur ai pas encore annoncé mon mariage, car Rafe a toujours espéré me voir épouser Katherine. En outre, je ne savais pas précisément quand vous arriveriez. Vous, ainsi que vos hommes et mes domestiques, assisterez à la cérémonie. Mais tout a déjà été signé depuis des mois, mon seigneur. Je pourrais passer la nuit avec votre fille en toute légalité, pourtant je préfère attendre que l'Église nous ait bénis.

Rhonwyn pâlit. Personne à l'abbaye ne lui avait parlé de la nuit de noces, et elle n'oserait pas aborder le sujet avec son père ! Elle se rappelait l'époque où il rendait visite à sa mère, et se doutait que ce serait la même chose, encore qu'elle n'eût jamais vraiment su ce qui se passait, car leurs corps étaient étroitement unis… Quelque chose en elle se révolta. Elle était légalement sa femme, cela ne suffisait-il pas ?

Elle se leva brusquement.

— Je suis un peu lasse, mon seigneur. J'aimerais me retirer jusqu'à demain.

— Je vais vous montrer votre chambre, madame, dit Edward, qui se tourna vers ap Gruffydd. Je reviens tout de suite, mon seigneur, ensuite nous souperons.

Il prit la jeune fille par le bras et ils quittèrent la pièce commune.

— Vos appartements sont exposés à l'ouest, madame, dans la tour la plus ensoleillée.

— Mes affaires… commença-t-elle.

— Elles vous attendent dans votre chambre, et Enit vous aidera à les ranger.

— Je ne me suis jamais trouvée dans un si bel endroit ! s'écria soudain Rhonwyn, qui ne pouvait se contenir davantage. Suis-je vraiment la maîtresse, ici ?

Il sourit de sa naïveté.

— Absolument, madame. Vous êtes chez vous, Rhonwyn uerch Llywelyn.

Comme elle était charmante, sa petite épouse ! Peut-être le roi lui avait-il fait un somptueux cadeau, finalement ! Involontairement, car Rhonwyn n'était qu'un otage destiné à s'assurer la loyauté de son père, et lui, Edward de Beaulieu, était son gardien. Ce mariage était tout sauf romantique, mais si les deux partis en étaient satisfaits, tant mieux !

Ils montèrent un escalier de pierre, s'engagèrent dans un couloir, puis Edward ouvrit une porte. Enit se retourna et fit une profonde révérence.

— Voici votre domaine, madame, dit Beaulieu. Un boudoir pour votre plaisir, une chambre à coucher, ainsi qu'une garde-robe où seront rangées vos affaires et où dormira Enit.

Il la conduisit dans la chambre.

— Cette porte donne accès à mes appartements, précisa-t-il.

Rhonwyn était un peu étourdie. Toute cette place pour elle seule ! À Cythraul, elle dormait pratiquement dans la salle commune ; à l'abbaye, elle occupait une petite cellule de la maison d'hôtes. Et tout cela était à elle ! Il y avait des tapisseries au mur, des peaux de mouton sur les dalles de pierre, de beaux meubles de chêne. Le lit était immense, avec des rideaux de velours vert et or et une couverture de renard.

— J'ai deux cheminées ? s'étonna-t-elle.

— Cela vous plaît ?

Elle tourna vers lui des yeux brillants.

— Oh, oui, mon seigneur !

— Voulez-vous qu'Enit aille vous chercher quelque chose à manger ? proposa-t-il.

Dieu, que ses yeux verts étaient magnifiques ! Comment ap Gruffydd avait-il pu engendrer une fille aussi délicate ?

— Je vous remercie, mon seigneur. J'ai un peu faim, mais je ne me sens pas le courage de descendre souper avec mon père. Je suis exténuée. Nous avons chevauché plusieurs jours d'affilée, de l'aube au couchant.

— Je suis heureux que vous soyez là, mais votre père n'aurait pas dû vous imposer un rythme aussi rude. Je vais lui en parler.

— Ce n'est pas la peine, mon seigneur. Il partira bientôt, n'est-ce pas ?

Elle se dirigea vers la fenêtre et contempla le coucher de soleil.

— C'est splendide ! Jamais je ne me lasserai de cette vue ! Vous êtes généreux, je vous en remercie.

Il rougit légèrement.

— Je suppose qu'il n'est pas difficile d'être généreux avec vous, Rhonwyn... À présent, je vous souhaite une bonne nuit. Enit veillera à satisfaire le moindre de vos désirs.

Il s'inclina et se retira.

— Avec votre permission, madame, je vais chercher de quoi vous restaurer, dit la jeune domestique.

— Oui, merci, répondit distraitement Rhonwyn.

Lorsqu'elle entendit la porte se refermer, elle se lança dans l'exploration de son domaine. Dans ce qu'Edward avait appelé la garde-robe, elle trouva ses vêtements déjà soigneusement rangés. Une petite porte, au fond, donnait sur un siège de pierre percé d'un trou. À côté se trouvait un baquet d'eau. De quoi pouvait-il bien s'agir ?

Elle retourna dans le boudoir, où la cheminée était flanquée de deux anges. Il y avait une table rectangulaire, deux chaises à haut dossier, un banc de chêne orné d'un coussin de tapisserie près de l'âtre. Par les deux étroites fenêtres qui donnaient sur la colline, le soleil couchant pénétrait dans la pièce, teintant de rose les dalles de pierre et les peaux de mouton.

Elle s'assit devant le feu avec un petit soupir. Seraitelle vraiment capable d'être la maîtresse de Haven Castle ? L'abbesse le lui avait assuré, pourtant tout cela était étrange, un peu effrayant... En avait-elle envie ? De toute façon, elle n'avait pas le choix : c'était son devoir envers ap Gruffydd, qui l'avait donnée en mariage et s'attendait qu'elle se comporte en dame.

« Mais je ne suis pas faite pour cela ! » se révolta-t-elle. Six mois auparavant, elle n'était qu'un des soldats de la forteresse de Cythraul, et elle aurait tué un Anglais plutôt que de le prendre pour époux !

Elle se mit à arpenter le sol de sa nouvelle demeure. Elle n'avait guère envie de donner des ordres à ses domestiques : elle voulait monter à cheval et chasser, au lieu de rester assise au coin du feu à filer ou broder. Que son père soit maudit, pour lui avoir imposé une telle vie ! Elle avait déjà eu du mal à supporter les six mois passés à l'abbaye, mais elle ne resterait pas ainsi captive, comme un animal sauvage que l'on veut apprivoiser ! Et quelle intimité devrait-elle partager avec son mari ? Elle ignorait ce que l'on attendait d'elle, et n'était pas du tout certaine de souhaiter le découvrir !

Enit revenait avec un plateau, qu'elle posa sur la table.

— Vous devez avoir faim, mais comme vous êtes fatiguée, j'ai choisi des mets légers, madame. Venez manger, tant que c'est chaud.

La domestique lui servit, dans une assiette d'argent, une aile de chapon rôtie et une large tranche de pain grillé couverte de fromage fondant, ainsi qu'un verre de vin blanc fruité.

Rhonwyn mangea à belles dents. Elle avait à moitié vidé son assiette quand elle sourit à la camériste.

— On ne peut pas dire que j'aie un appétit d'oiseau... Mon cousin Morgan ap Owen disait toujours que je dévorais comme un ogre.

Enit eut l'air inquiet.

— Vous n'en aurez pas suffisamment, madame ?

— Oh, si ! répondit Rhonwyn en riant. Mais la nourriture du couvent était beaucoup moins bonne !... Et vous, Enit ? Vous avez dîné ?

— Je mangerai plus tard, madame. Nous avons des cuisines sous la salle commune, alors que la plupart des châteaux ont des cuisines extérieures : quand on apporte les plats, ils ont eu le temps de refroidir. Or notre maître aime bien manger chaud. Il a même inventé un moyen d'apporter les mets plus rapidement : c'est un trou dans le mur, avec une sorte de plateau, et on monte les plats à l'aide de poulies et de cordes.

— À propos ! s'écria Rhonwyn en bondissant sur ses pieds, avant de se diriger vers la garde-robe. Qu'est-ce que c'est que ça ? demanda-t-elle après avoir ouvert la petite porte au fond.

— C'est un endroit pour les besoins naturels, madame. Quand vous avez terminé, je nettoie avec l'eau du baquet. N'est-ce pas ingénieux ?

— Sacrebleu ! jura Rhonwyn, qui porta aussitôt la main à sa bouche, honteuse.

Enit pouffa.

— Mon oncle, le majordome, dit qu'il y a cette installation dans tous les bons châteaux. C'est agréable de ne pas avoir à sortir, quand il fait froid !

Rhonwyn se mit à rire, elle aussi.

— J'ai tant à apprendre, Enit ! J'ai été élevée à l'écart du monde, et le pays de Galles ne connaît pas ce luxe… Demain, je parlerai avec votre oncle, afin qu'il me mette au courant de tout.

— Demain, vous vous mariez, madame, lui rappela la servante.

— Alors, après-demain. Y a-t-il un prêtre attaché au château ?

— Oui, madame. Le père John, et il dit la messe tous les matins.

— Vous me réveillerez chaque jour à temps pour que j'y assiste.

L'abbesse lui avait inculqué l'obligation de se rendre à l'office quotidiennement, afin de montrer le bon exemple à la domesticité.

— Maintenant, je vais terminer mon repas ! déclara Rhonwyn qui n'était pas encore rassasiée.

Lorsqu'elle eut fini, Enit lui proposa un bain, mais elle préférait se coucher tout de suite. La jeune fille lui apporta une cuvette d'eau tiède, pour qu'elle puisse se laver le visage et les mains.

— Parmi mes affaires, vous trouverez une petite brosse, dit ensuite Rhonwyn. Apportez-la-moi.

Elle montra à Enit comment elle lavait ses dents, en les frottant énergiquement avant de les rincer à l'aide du vin qui restait dans son verre.

— À l'avenir, il me faudra des feuilles de menthe à mâcher pour avoir bonne haleine, ajouta-t-elle. C'est sœur Dicra qui m'a enseigné ça.

Enit aida sa maîtresse à se déshabiller, plia ses vêtements, ôta ses souliers en promettant de les cirer pour le lendemain, puis elle lui demanda si elle voulait garder sa chemise pour dormir.

— Pas celle-là, elle a les manches trop étroites. J'en ai une autre plus confortable.

Une fois Rhonwyn changée, elle s'assit sur un tabouret et Enit lui brossa les cheveux.

— Je n'ai jamais vu une telle chevelure, madame ! s'extasia-t-elle. Douce comme la soie, et rayonnante comme le soleil du matin.

— Il paraît que je descends des Cimri, dit Rhonwyn tandis que la jeune fille lui tressait les cheveux pour la nuit. Ils étaient blonds comme moi, comme ma mère, et non bruns comme ap Gruffydd.

Enit l'aida à se mettre au lit.

— Le feu devrait vous tenir chaud toute la nuit, madame. Si vous avez besoin de moi, appelez, j'ai le sommeil léger.

Elle souffla la bougie et se retira dans l'antichambre.

Rhonwyn garda les yeux ouverts. Elle était là, dans la demeure qui serait la sienne jusqu'à la fin de sa vie... Dès demain, elle serait mariée, et ap Gruffydd s'en irait. Bon débarras ! Elle resterait seule avec Edward de Beaulieu, qui n'était pas du tout désagréable. Lui permettrait-il de faire venir son frère ? Elle avait promis à Glynn qu'elle enverrait quelqu'un le chercher. À l'abbaye, rien n'était possible, mais à présent... Cela n'ennuierait sans doute pas son mari, et comme ap Gruffydd ne s'occupait pas de lui, Glynn risquait de passer le reste de ses jours à Cythraul. Et si la forteresse était attaquée ? Glynn serait peut-être tué – ou pire, au cas où les ennemis apprenaient qui il était. Il fallait absolument le faire venir ici, le plus vite possible !

Enit la réveilla aux premières lueurs de l'aube, et elle enfila une simple robe grise ornée d'une ceinture de cuivre, posant sa cape doublée de fourrure sur ses épaules. Ensemble, les deux jeunes femmes se rendirent à la chapelle, où elles assistèrent à l'office. Ensuite, le prêtre vint saluer la nouvelle maîtresse du château.

— Êtes-vous reposée, mon enfant ? demanda-t-il avec sollicitude. J'étais navré de ne pas vous voir à la table du souper, hier soir.

— J'étais lasse, expliqua Rhonwyn. Le prince avait hâte de me remettre entre les mains des Anglais, de peur qu'ils ne pensent qu'il trahissait sa promesse.

Le père John décela une trace certaine d'ironie dans sa voix.

— Vous êtes heureuse de cet arrangement, mon enfant ?

— On m'a dit que je devais me marier, mon père, sauf si je souhaitais entrer au couvent, ce qui n'est certes pas le cas ! J'ai donc le devoir d'accepter la décision de mon prince. Le seigneur de ce château me semble aimable, et plein de considération envers moi. Je n'ai jamais eu de prétendant, aucun homme n'a jamais retenu mon attention, aussi je considère cette union acceptable.

— Bon. Je suis heureux de voir que vous êtes une jeune personne docile et que vous avez le sens du devoir. Vous serez sûrement une bonne épouse. Votre futur mari a demandé que la cérémonie ait lieu après none, vers trois heures. Cela vous convient-il ?

Rhonwyn avait les yeux brillants de malice.

— Il me suffira de faire acte de présence, n'est-ce pas ?

Sur ce, elle s'éloigna avec Enit.

Le prêtre la regarda sortir, le sourire aux lèvres. La nouvelle maîtresse de Haven Castle avait de la personnalité ! Elle ressemblait beaucoup à sa tante, la révérende mère de l'abbaye de la Pitié, qu'il avait connue autrefois. Il sentait que la jeune châtelaine éprouvait du mépris pour son père, et il se demandait pourquoi. Toutefois elle semblait résignée à son sort, donc tout irait bien.

Par tradition, le marié ne devait pas voir son épouse avant la cérémonie, aussi Rhonwyn resta-t-elle dans sa chambre, jusqu'à ce qu'il fût l'heure de se rendre à la chapelle. Enit l'aida à revêtir la toilette que sa tante avait fait confectionner pour l'occasion. Il s'agissait d'une robe de soie ivoire aux longues manches ajustées, sur laquelle elle portait une tunique de brocart et une ceinture rebrodée de petites perles. Enit lui brossa les cheveux, mais les laissa libres en signe de virginité, posant simplement une légère résille d'or et d'argent sur sa tête.

Lorsque l'on frappa, la servante alla ouvrir à Llywelyn ap Gruffydd, devant lequel elle s'inclina.

— Laisse-nous, petite, dit-il. J'aimerais m'entretenir un instant avec ma fille avant de la conduire à l'autel.

Enit sortit, et il ferma la porte derrière elle.

— Que voulez-vous ? demanda Rhonwyn avec une irritation mal dissimulée.

— Te rappeler que, quels que soient tes sentiments envers moi, tu es fille du prince de Galles et galloise de naissance. Ne l'oublie pas, Rhonwyn uerch Llywelyn. J'espère que tu m'écriras régulièrement pour me donner des nouvelles…

— Vous savez donc lire ? lança-t-elle avec insolence.

Puis son visage se durcit.

— Je me suis donné beaucoup de mal pour surmonter votre indifférence, mon seigneur, et j'ai accepté le mari que vous avez choisi pour moi. J'ai rempli mon devoir envers vous. Mais dès que le prêtre m'aura déclarée épouse d'Edward de Beaulieu, ma loyauté ne sera plus que pour lui. Vous avez compris, mon seigneur ? Je n'espionnerai pas mon mari, ni les Anglais, à votre profit !

— Ton devoir…

Elle le coupa.

— Mon devoir, je l'accomplis, mon seigneur, mais bientôt vous n'aurez plus aucun pouvoir sur moi. Je serai sous la responsabilité de mon époux anglais, et je ne le trahirai pas. Que vous faut-il que vous ne possédiez pas, Llywelyn ap Gruffydd ? Vous avez le pays de Galles, le roi d'Angleterre est votre puissant suzerain. Si vous ne les trompez pas, que peut-il vous arriver de mal ? Et comment osez-vous sous-entendre que je pourrais trahir mon mari ? Ma mère vous a toujours été fidèle. En attendriez-vous moins de moi ?... Ah, je vous méprise, ap Gruffydd ! Maintenant, conduisez-moi à la chapelle, que je sois débarrassée de vous !

— Ta mère m'aimait, et elle aurait tout fait pour assurer ma sécurité et mon bien-être, objecta le prince.

— Mais moi, je ne vous aime pas !

— Je t'ai donné la vie, petite ! gronda-t-il.

— Jusqu'à ce jour, c'est tout ce que vous m'avez donné !

— On ne peut vraiment pas discuter avec toi, n'est-ce pas ? dit-il, brusquement amusé par la ressemblance frappante entre sa fille et Gwynllian.

— Non, admit-elle calmement. Il n'y a pas de discussion possible, mon seigneur le prince de Galles. Maintenant, conduisez-moi à la chapelle !

5

Edward de Beaulieu, en tunique vert olive et or, attendait son épouse devant l'autel. Il eut un sourire d'encouragement lorsque Llywelyn ap Gruffydd plaça la petite main de Rhonwyn dans la sienne.

Quand ils furent enfin déclarés mari et femme, il baisa doucement ses lèvres. La lueur d'étonnement qui passa dans les yeux verts le surprit.

— C'est le baiser de paix, dit-il.

— Je... je n'ai jamais été embrassée auparavant...

Edward songea à tout ce que sa petite épouse ignorait encore. Le roi tenait à ce que le mariage fût consommé immédiatement, afin que le prince ne risque pas de repartir avec sa fille, sous un prétexte ou un autre. Pourtant, de toute évidence, Rhonwyn était totalement innocente. Il se promit de se montrer doux et patient...

La journée avait été relativement ensoleillée, mais le soir, les nuages s'accumulèrent dans le ciel, annonciateurs d'averse. Un souper fut servi dans la pièce commune, composé d'agneau, de gibier, de canard farci accompagné d'une sauce aux raisins. On apporta également du blanc-manger, menus morceaux de poulet mélangés à du riz, saupoudrés d'amandes grillées et d'anis. Rhonwyn, qui n'en avait jamais goûté, sut tout de suite que ce serait l'un de ses plats favoris.

Il y avait du pain frais, du beurre, du fromage, des petits pois nouveaux. Le cuisinier avait réalisé en pâte d'amande un couple dans une coquille tirée par un cygne, et tout le monde s'extasia longuement sur cette œuvre d'art...

La nuit était tombée, la pluie martelait les volets lorsque Rhonwyn demanda qu'on lui apportât sa mandore, sorte de petit luth, dont elle se mit à jouer pour son époux et pour le prince. Elle chanta d'abord en gallois une mélopée triste, dont son père traduisit les paroles à l'intention d'Edward, puis un air guilleret dont les paroles normandes amusèrent son mari. Il commençait à penser que son épouse était la créature la plus parfaite qui fût, et avait hâte de se retrouver seul avec elle.

Quand elle égrena son dernier accord, il suggéra :

— Peut-être souhaitez-vous vous retirer, madame...

Elle rougit, tandis qu'ap Gruffydd renchérissait :

— Vous ne pourriez avoir plus pure vierge dans votre lit ce soir, mon gendre.

— Voilà des paroles inconvenantes et indélicates, mon seigneur, le réprimanda Rhonwyn.

— Inutiles, en outre, dit Edward en portant tendrement sa main à ses lèvres. Je vous rejoindrai plus tard, madame, ajouta-t-il.

Elle sortit dignement de la pièce, blessée par la grossièreté de son père, mais charmée par la galanterie de son époux.

Enit avait rempli le tub en chêne d'eau chaude. C'était délicieux ! se dit la jeune femme en attachant ses cheveux en chignon afin de ne pas les mouiller.

— Occupez-vous de mes vêtements, Enit. Je suis capable de me laver toute seule... Quel est ce merveilleux parfum ?

— De la lavande. Ma mère fabrique de l'huile avec les fleurs chaque année. J'en ai mis un peu dans l'eau. J'espère que vous aimez...

— J'en raffole ! C'est mon premier bain parfumé, et je vous en remercie.

Le tub avait été installé devant la cheminée du petit salon, et Rhonwyn prit tout son temps pour procéder à sa toilette.

Soudain, la porte de la chambre s'ouvrit et elle entendit son mari déclarer :

— Tu dormiras dans le cottage de ta mère, cette nuit, Enit.

— Bien, mon seigneur.

La porte se referma.

— Votre bain est-il agréable, madame ? demanda Edward de Beaulieu.

Elle se retourna lentement, afin de ne pas éclabousser le sol. Edward était vêtu d'une simple chemise qui lui arrivait aux genoux.

— N'ai-je pas droit à quelque intimité lorsque je prends mon bain ?

— J'ai toujours aimé voir mes femmes à la toilette.

— *Vos* femmes ? releva Rhonwyn.

— Vous n'imaginez pas que je puisse être puceau, madame ? répliqua-t-il calmement. Je suis un homme robuste, avec de robustes appétits. J'ai eu mon compte de maîtresses, mais c'est fini puisque je suis désormais marié.

Elle hocha la tête. C'était raisonnable.

— Vous avez pris des couleurs, avec la chaleur de l'eau, commenta-t-il. Cela vous sied à merveille.

Elle ne dit rien, tout simplement parce qu'elle ne savait pas quelle attitude adopter.

— Vous avez l'intention de sortir un jour de ce tub, Rhonwyn ?

— Comment le pourrais-je en votre présence, mon seigneur ?

— J'ai le droit de vous voir telle que Dieu vous a créée, femme, dit-il, les yeux pétillants.

— Mais je ne me suis jamais tenue ainsi devant un homme, et je…

Il se pencha, la prit sous les aisselles, la souleva pour la déposer à terre. Et il eut un petit sursaut d'admiration. Elle avait les plus jolis seins du monde !

Rhonwyn se jeta sur la grande serviette afin de cacher sa nudité.

— C'est injuste, mon seigneur ! s'écria-t-elle, choquée.

Il sourit.

— Ne vous a-t-on jamais dit que tout était injuste, à la guerre comme en amour ?

— Comme il n'est pas ici question d'amour, ce doit être la guerre, rétorqua-t-elle. Or vous verrez que je suis une ennemie coriace !

D'un geste, il ôta le peigne qui retenait ses cheveux puis, enroulant une longue mèche autour de sa main, il l'attira à lui.

— Vous m'appartenez, Rhonwyn, déclara-t-il. Comme mes destriers, mes armes et mon château m'appartiennent. Je suis votre époux, ce qui me donne certains droits, vous le savez…

Il effleura son front de ses lèvres.

— Vous êtes jeune, innocente, intimidée. Je le comprends, mais notre mariage doit être consommé.

— Je devine à peine ce que vous attendez de moi, mon seigneur, mais faut-il absolument que cette… consommation ait lieu cette nuit ? Ne pouvons-nous prendre le temps de mieux nous connaître ? Nous venons à peine de nous rencontrer.

— Quelle différence cela ferait-il ? Si vous n'étiez pas la fille d'ap Gruffydd, j'accéderais à votre requête, mais vous l'êtes. Et mon roi craint que votre père ne cherche à vous reprendre, au cas où le mariage ne serait pas consommé immédiatement. Il pourrait demander une annulation et vous offrir en mariage à un ennemi du roi Henry.

— Oui, mon seigneur, il est assez retors pour ça...

— Je serai aussi doux que possible, promit-il en lui caressant la joue.

Instinctivement, elle se déroba.

— Ma mère est morte lorsque j'avais cinq ans, et je ne connais rien de la vie. Les religieuses ne m'ont pas expliqué ce que l'on attendrait de moi, la nuit de mes noces. J'ai vu le prince couché sur ma mère, mais je n'ai jamais su ce qui se passait entre eux. Je déplore mon ignorance, hélas je n'y peux rien, mon seigneur, et je préfère être honnête avec vous.

— Vous avez été élevée dans un couvent, Rhonwyn, vous n'êtes pas censée savoir ce qui se passe entre un homme et une femme.

— Je n'ai pas été élevée dans un couvent, rectifia-t-elle. J'ai passé les six derniers mois avec ma tante, l'abbesse Gwynllian, mais auparavant je vivais à Cythraul.

— Si nous allions au lit ? Ensuite, vous me raconterez...

Il lui prit la serviette des mains afin de finir de la sécher, puis il l'entraîna vers la chambre. Elle se glissa vivement sous les draps et son mari, après avoir ôté sa chemise, vint la rejoindre.

— Maintenant, dites-moi, Rhonwyn... qu'est-ce que Cythraul ?

— Une forteresse du pays de Galles, mon seigneur. Ap Gruffydd est arrivé, par chance, le lendemain du jour où notre mère est morte en mettant au monde un bébé. Après l'avoir enterrée, il nous a emmenés, mon frère Glynn et moi, à Cythraul où il nous a laissés à la charge de notre cousin Morgan ap Owen. J'ai vécu là-bas jusqu'à ce que le prince vienne me chercher, il y a quelques mois.

— Vous avez été élevée par la femme de votre cousin ?

Rhonwyn secoua la tête.

— Il n'y a que des hommes à Cythraul. Pas une seule femme. Cela aurait été trop dangereux, si les Anglais avaient franchi la frontière.

— Pas une seule femme? répéta Edward, qui se demandait si elle se moquait de lui.

— Aucune, mon seigneur.

— Et n'aurait-ce pas été dangereux pour vous, si vos ennemis avaient attaqué la forteresse?

— Peut-être, en effet, lorsque nous étions petits... avant que j'apprenne à être un bon soldat.

Diantre, elle n'avait pas l'air de plaisanter!

— Un soldat? murmura-t-il, estomaqué.

— On dit que je monte comme si le cheval et moi ne faisions qu'un. Je sais manier l'épée et le poignard de la main gauche. Je suis assez adroite avec une masse et une lance, mais j'excelle surtout au tir à l'arc. Je chassais pour nourrir la forteresse depuis l'âge de dix ans, et nous ne manquions de rien!

— Et votre frère est aussi doué pour le métier des armes?

— Glynn ne s'y intéresse absolument pas. C'est un poète, un barde, alors ap Gruffydd n'a pas besoin de lui.

— Dites-moi que vous plaisantez, Rhonwyn... supplia-t-il.

— Pourquoi le ferais-je, mon seigneur? Bien sûr que je ne plaisante pas!

— Mais vous êtes si... belle, si raffinée!

— Quand ap Gruffydd est arrivé à Cythraul il y a six mois, il y a trouvé deux fils, dit-elle en riant. Il m'a aussitôt emmenée chez ma tante. Tout ce que je sais, je l'ai appris au cours des derniers mois. Je n'avais jamais entendu prononcer le nom de Jésus-Christ. À la vérité, je ne connaissais que la guerre et les armes. Le prince de Galles avait besoin d'une fille pour son traité, et ma tante s'est arrangée pour qu'il en ait une. Croyez-moi, cela lui a coûté une fortune!

Edward n'en revenait pas.

— C'est la raison pour laquelle il a retardé le mariage, dit-il, songeur.

— Oui. Vous prétendez que je suis belle, mon seigneur, mais vous n'en auriez pas dit autant il y a six mois ! Mon père aurait dû nous confier à notre tante, lorsqu'il nous a trouvés seuls au cottage, mais Cythraul était plus proche et il était plus simple de nous y laisser. Heureusement, notre cousin Morgan a un grand cœur, cependant je n'ai pas eu de modèle féminin avant de me rendre à l'abbaye. Je suis certaine que les jeunes filles élevées normalement en connaissent assez sur le mariage pour ne pas avoir l'air stupide. Ma tante est vierge, et si elle sait ce qui se passe entre un homme et une femme, elle ne m'en a pas parlé.

Beaulieu éclata soudain de rire. La situation était cocasse.

— Vous trouvez cela amusant, mon seigneur ? s'étonna-t-elle.

— Je ne peux m'empêcher d'imaginer la tête de votre père quand il est venu vous chercher ! Il a dû être horrifié !

— Vous ne l'aimez guère, remarqua Rhonwyn.

— Oh, je ne le déteste pas…

— Mais vous ne l'aimez pas, insista-t-elle. Moi non plus. Je n'ai pas dû le voir plus d'une douzaine de fois dans ma vie, et s'il n'était pas méchant avec nous, son amour allait à notre mère, pas à ses enfants.

— Tout cela ne change rien à la situation, Rhonwyn. Notre mariage doit être consommé cette nuit…

Il effleura tendrement ses petits seins, et elle eut un sursaut nerveux.

— Non, je vous en prie…

— Pourquoi ? demanda-t-il, irrité.

— Je n'ai pas l'habitude d'être touchée de façon si intime, et cela me trouble, mon seigneur.

— Vous finirez par y prendre goût, affirma-t-il en continuant sa caresse.

— Jamais ! C'est... beaucoup trop possessif ! Comme si je vous appartenais corps et âme.

Elle se dérobait, angoissée.

— Vous m'appartenez, Rhonwyn. Vous êtes à moi, et je peux faire ce que je veux de vous. Notre mariage sera consommé cette nuit, et j'en ferai une expérience aussi agréable que possible. Je ne suis pas le genre d'homme qui prend son plaisir sans se soucier de celui de sa partenaire.

Il se retrouva rapidement sur elle... et, tout aussi rapidement, il sentit la pointe d'un poignard contre sa gorge !

— Quoi ? Vous voulez me tuer pour préserver votre vertu ?... À moins que ce ne soit de peur que je découvre que vous n'êtes pas vierge !

— Vous serez le premier et le seul homme à prendre ma vertu, mon seigneur, mais j'ai quelque chose à vous demander en retour.

— De quoi s'agit-il ? grommela-t-il en cherchant le meilleur moyen de lui arracher son arme.

— Ap Gruffydd doit quitter Haven Castle dès que le mariage sera consommé, n'est-ce pas ?

— Oui. Il reste là cette nuit, pour voir s'il peut vous ramener avec lui demain. Mais il partira, je vous le promets, lorsqu'il aura vu le drap nuptial taché de sang.

— Avant qu'il s'en aille, exigez de lui qu'il nous envoie mon frère Glynn. Il est encore très jeune, et nous n'avions jamais été séparés avant ces derniers mois. J'ai vu bien des choses depuis que j'ai quitté Cythraul, j'ai appris énormément, et je voudrais qu'il en profite aussi. C'est un garçon doux, peu fait pour la rude vie d'une forteresse. Je vous en supplie, mon seigneur, faites cela pour moi, et je promets de me plier à tous vos désirs. S'il vous plaît...

Sans qu'elle pût le prévoir, il lui saisit le poignet, la désarma et jeta le poignard de l'autre côté de la chambre. Puis il lui donna une tape sur la joue.

— Dorénavant, quand vous aurez une faveur à me demander, Rhonwyn, ne me menacez pas.

Il l'écrasait de tout son poids, et il rit de voir une lueur furieuse s'allumer dans son regard.

— Ma féroce petite vierge, dit-il tendrement. J'accéderai à votre requête, Rhonwyn... Mais que me donnerez-vous en retour ?

Sa bouche s'abattit sur la sienne, et il força le passage de ses dents.

Elle demeurait immobile, à demi étouffée par sa langue avide. Puis ses lèvres descendirent le long de son cou, sur ses seins, son ventre. Elle faillit crier lorsqu'il se mit à caresser son intimité, à la pénétrer doucement d'un doigt. Elle se mordit les lèvres au sang.

— C'est là que nos corps vont se joindre, expliqua-t-il. Je vais entrer en vous comme une épée entre dans son fourreau...

Il joignit le geste à la parole en une violente poussée, qui déchira son hymen et lui arracha un hurlement de douleur.

Dieu, elle détestait ça ! Elle ne pouvait en supporter davantage ! Elle se débattit de toutes ses forces, le griffa, le mordit.

— Non... non ! sanglotait-elle.

Mais il continuait à la marteler, poussant des gémissements de plaisir, jusqu'à ce qu'il se raidisse un instant puis s'effondre sur elle.

Il était le premier surpris de sa réaction. La petite l'avait excité en luttant contre lui, et il avait ressenti un désir d'une intensité inouïe. Il regrettait seulement que l'expérience eût été pénible pour elle.

Il baisa tendrement ses joues baignées de larmes.

— Voilà, c'est fini, Rhonwyn... Nous avons tous les deux rempli notre devoir. À présent, je vais vous laisser vous reposer.

Il descendit du lit.

— Et Glynn ? demanda-t-elle d'une voix brisée.

— Votre père ne quittera pas ma demeure sans avoir promis de nous envoyer votre frère. Quoi que vous puissiez penser de moi, je ne veux que votre bonheur.

— Faudra-t-il...

La question resta en suspens, mais il avait compris.

— Pas tant que vous ne serez pas prête, Rhonwyn. Nous avons fait ce que le roi et le prince attendaient de nous, maintenant ce sera à vous de décider. Bonne nuit, femme.

Il franchit la porte voûtée qui séparait leurs chambres, et Rhonwyn entendit le loquet se fermer.

Alors, pour la première fois de sa vie, elle pleura...

Edward, qui l'entendait de l'autre côté de la cloison, en fut désolé, et il se consola en espérant que tout irait mieux, une fois son frère arrivé. Jamais il n'avait violé une femme, jamais il n'en avait eu besoin, et il éprouvait un sentiment de honte. Pire que tout, il avait pris du plaisir malgré tout. Pourquoi ?

Il s'ébroua. Elle était intelligente, et il lui avait expliqué la situation. Il comprenait ses craintes, mais sa stupide obstination l'avait irrité. Elle lui appartenait, tout de même ! Elle devait lui obéir, un point c'est tout. Néanmoins, il avait promis de ne plus la brusquer, et il tiendrait parole. De toute façon, ils ne perdraient rien à mieux se connaître. Au contraire.

Il prêta l'oreille et s'aperçut que les sanglots de la jeune femme avaient cessé. Il se sentit rasséréné.

Enit secoua doucement sa maîtresse, le lendemain matin.

— Réveillez-vous, madame. Il est l'heure de vous habiller pour la messe.

La jeune servante, intimidée, avait craint de trouver le maître dans le lit. Elle s'affaira tandis que Rhonwyn se levait, endolorie, et ramassait vivement le poignard. Elle le gardait toujours sous son oreiller, car on lui avait appris que l'ennemi pouvait surgir à n'importe quel moment. Un ennemi avait surgi, en effet, mais elle ne l'avait pas tué quand elle en avait eu l'opportunité. Pourquoi avait-il été si brutal ? Et il y avait pris plaisir, le monstre ! Enfin, au moins, il la laisserait tranquille pendant un certain temps. Il le lui avait promis, et elle devinait qu'Edward de Beaulieu était un homme de parole.

Elle s'habilla en silence et partit avec Enit pour la chapelle, où elle récita machinalement les prières. Soudain, elle sursauta en s'apercevant que son mari l'avait rejointe. Ap Gruffydd, lui, ne se rendait à l'office que lorsque c'était absolument indispensable.

À la fin de la messe, Edward la prit par la main, et tous deux se dirigèrent vers la grande salle où l'on servait le premier repas de la journée. Le prince était assis près de l'âtre, un gobelet à la main.

— Vous n'avez pas oublié ? demanda Rhonwyn, anxieuse.

— Non, assura-t-il à voix basse. En échange, j'aimerais que vous m'appeliez par mon prénom, dorénavant. Est-ce possible ?

— Oui… Edward.

Llywelyn ap Gruffydd vit Beaulieu sourire à sa fille, et il se dit que ce serait peut-être une union heureuse, finalement. Il le souhaitait de tout son cœur. « J'ai quand même fait ce que j'ai pu pour elle, Vala », songea-t-il.

— Bonjour ! lança-t-il d'une voix tonitruante.

— Bonjour, mon seigneur, répondit Beaulieu. Vous nous quittez ce matin, je crois ?

Ce n'était pas vraiment une question.

— Si je suis certain que vous êtes réellement marié à ma fille, Edward de Beaulieu. Montrez-moi la preuve que le mariage a été consommé. Je veux voir l'innocence de ma fille tacher les draps nuptiaux.

Rhonwyn avait les joues en feu.

Son époux se tourna vers Enit :

— Va chercher les draps, petite...

— Non ! intervint ap Gruffydd. J'y vais avec elle, si cela ne vous ennuie pas.

— Allez-y, acquiesça calmement Edward.

En réalité, il était furieux que le prince embarrasse sa fille en public.

Ap Gruffydd ne tarda pas à revenir dans la pièce commune.

— Vous ne l'avez pas épargnée ! commenta-t-il. Parfait, ma fille est désormais votre épouse. Je n'ai plus sur elle d'autre droit que celui que me confère mon affection paternelle.

— Affection paternelle ? explosa Rhonwyn. Vous n'avez jamais eu d'affection pour moi, ap Gruffydd ! Comment pouvez-vous être aussi fourbe ? Vous devriez avoir honte !

— Rhonwyn ! la réprimanda son mari.

Elle allait retourner sa colère contre lui, quand elle se souvint de la requête concernant son frère, et elle se maîtrisa.

— Venez, mon seigneur, reprit Edward. Asseyons-nous et mangeons. J'ai une faveur à vous demander.

Rhonwyn s'installa entre son mari et son père, tandis que les serviteurs s'affairaient autour d'eux. On apporta des tranches de pain frais sur lesquelles on tartina du porridge aux fruits secs, du fromage, du rôti froid, et on remplit leurs gobelets de vin coupé d'eau. Ils mangèrent en silence.

Les domestiques débarrassaient la table, lorsque le prince prit enfin la parole.

— Que vouliez-vous me demander, mon gendre ?

— Rhonwyn souhaite avoir son frère près d'elle. Il lui manque, et si cela la rend heureuse, je suis tout à fait d'accord.

— Ainsi l'Anglais, après avoir pris ma fille, prendrait mon unique fils ?

— Pas l'Anglais, prince, mais sa sœur. Il n'y a pas de ruse là-dessous. Vous devez bien comprendre que, n'ayant jamais été séparée de son frère, elle se languit de lui.

— Rhonwyn et son frère sont mes seuls descendants. Mon fils pourrait un jour m'être utile. Mais s'il se trouve entre les mains des Anglais, il perd toute valeur pour moi.

— Vous finirez bien par vous marier, prince, rétorqua Edward. Il le faudra, pour votre lignée. Les enfants issus d'un mariage légal auront plus de valeur que ceux qui sont nés de la main gauche… Permettez à Rhonwyn d'avoir son frère près d'elle, mon seigneur. Je vous jure de protéger le garçon des machinations politiques, et de le renvoyer tout droit à Cythraul si je m'apercevais que je n'en suis pas capable.

— Je vais y réfléchir, dit ap Gruffydd.

Rhonwyn ne put se contenir davantage.

— Glynn ne signifie rien pour vous ! s'écria-t-elle. Je vous connais bien, prince des Gallois. Glynn est votre fils, mais il ne vous ressemble pas. Il n'a d'autre ambition que de créer le beau… Laissez-moi m'occuper de lui, mon seigneur. Vous savez bien, au fond de votre cœur, que vous ne tenez pas à lui.

— Si je le laisse venir en Angleterre, il risque un jour d'être utilisé contre moi, Rhonwyn.

— Et si vous ne l'envoyez pas ici, que deviendra-t-il ? Allez-vous détruire son avenir au nom de craintes imaginaires ?

Il y avait des larmes dans ses grands yeux verts, et Beaulieu se jura que si le prince n'accédait pas à la requête de sa fille, il irait lui-même chercher le garçon.

— Je vous en prie, mon seigneur, suppliait la jeune femme, laissez-moi avoir Glynn près de moi. Vous avez dit vous-même qu'il n'était bon à rien d'autre que la religion ou la poésie. Il n'y a pas de menace dans ces activités !

— Ce n'est pas Glynn qui me pose problème, Rhonwyn. Ce sont les Anglais.

— Je me suis engagé à le protéger, rappela Beaulieu.

— Vous êtes proche du roi, mon gendre. C'est d'ailleurs la raison pour laquelle il vous a choisi pour épouser ma fille. Savez-vous pourquoi je suis resté célibataire, jusqu'à présent ? Je ne voulais pas être déchiré entre mon devoir et la femme que j'aimais. Or c'est ce qui va vous arriver, Edward de Beaulieu, si je vous confie la garde de mon fils. Et je crois que votre loyauté ira finalement à votre roi, et non à ma fille ou à son frère.

— Je vous en prie, père… murmura Rhonwyn dans sa langue natale.

— Tu ne m'as jamais appelé ainsi, répliqua-t-il en gallois également.

Rhonwyn sourit.

— Et je ne pense pas que cela se reproduira, admit-elle. Laissez-moi avoir Glynn près de moi. Je jure sur la tombe de ma mère que si je pense que les Anglais cherchent à l'utiliser contre vous ou contre le pays de Galles, je l'aiderai à se sauver, ou bien je le tuerai de mes mains. Vous savez que je suis digne de votre confiance, Llywelyn ap Gruffydd. Vous savez que malgré tout l'amour que je porte à Glynn, mon devoir passe avant tout, quel qu'il soit. Je vous en supplie.

— Dis-le encore une fois.

Elle hésita un moment, avant de répéter :

— S'il vous plaît… père.

Il poussa un soupir.

— Tu es aussi orgueilleuse que moi, ma fille. Si tu étais mon fils, les Anglais auraient de quoi trembler, Rhonwyn uerch Llywelyn !

Le prince se tourna vers son gendre, à qui il s'adressa en normand :

— Ma fille m'a convaincu que les intérêts de mon fils seraient mieux servis ici qu'à Cythraul. Puisque vous m'avez donné votre parole de le protéger, je vais vous l'envoyer.

— Rhonwyn en sera fort heureuse, mon seigneur, et je vous en remercie. Vous verrez que je tiendrai parole, dussé-je protéger votre fils contre la Couronne. Comme je n'ai pas l'intention d'avertir le roi que Glynn réside avec nous, je pense que n'aurons aucun souci.

— Henry n'est guère querelleur, mais son fils est beaucoup plus ambitieux, dit le prince. Il sera roi, un jour ou l'autre, et mieux vaudra se trouver de son côté. J'ignore combien de temps tiendra la paix, une fois qu'il aura pris le pouvoir, mon gendre… Si nous nous croisons sur un champ de bataille, Edward de Beaulieu, tenez-vous à l'écart. Je détesterais tuer le mari de ma fille, le père de mes petits-enfants.

Le prince se leva de table.

— Il est temps que je m'en aille, dit-il dans un petit rire, sinon on va vous accuser de comploter avec moi !

Rhonwyn et Edward accompagnèrent ap Gruffydd dans la cour, où l'attendaient ses hommes. Il prit sa fille aux épaules et l'embrassa sur le front, puis sur les joues.

— Au revoir, ma fille. Que Dieu te garde.

— Au revoir, mon seigneur. Et merci.

— Merci pour quoi ? la taquina-t-il.

— Pour mon mari, et pour mon frère, répondit-elle en souriant.

— Tu aurais dû être un garçon ! grommela-t-il en gallois, avant de revenir à Beaulieu. Adieu, mon gendre. J'espère que ma fille vous donnera beaucoup de robustes enfants.

— Merci, prince. Que Dieu vous protège !

Ap Gruffydd grimpa sur son destrier et, à la tête de sa petite troupe, il quitta Haven Castle.

Edward et sa femme le regardèrent s'éloigner, puis ils rentrèrent au château.

— Comment avez-vous convaincu le prince de nous envoyer Glynn ? demanda Beaulieu.

— Je l'ai appelé « père », répondit-elle, et c'était la première fois de ma vie. Le prince est un guerrier, mais il a un côté sentimental, et il a été ému. C'était aussi une victoire, à ses yeux. Il a eu l'impression que j'étais obligée de faire une chose qu'il avait toujours souhaitée. Mais il n'ignore pas que nous sommes tous les deux vainqueurs, dans cette histoire.

— Que lui avez-vous promis ? s'interrogea Edward à haute voix.

— Rien. Pourquoi lui aurais-je promis quelque chose ?

— Vous auriez pu accepter de lui envoyer certaines informations...

— Si vous doutez de ma loyauté, soyez certain que je ne connais rien aux affaires de l'Angleterre. Je n'ai rien promis du tout à ap Gruffydd, je l'ai seulement appelé « père », et c'est ce qu'il voulait entendre depuis longtemps. Il n'y a rien de plus, Edward.

— Vous allez devoir gagner ma confiance, Rhonwyn.

— Que vous ayez ou non confiance en moi m'indiffère, rétorqua-t-elle froidement. C'est avec ma conscience que je dois vivre.

— Vous êtes la femme la plus exaspérante que j'aie jamais connue !

— Vous en avez connu beaucoup ? demanda-t-elle, doucereuse.

— Une femme doit être souple et obéissante, lui rappela-t-il.

— Ma mère était souple et obéissante. C'est sans doute pour cela qu'elle n'a pas eu de bague au doigt et qu'elle a perdu la vie. Je n'ai aucune envie de suivre son exemple.

— Mais vous, vous portez une alliance...

— Et vous avez déjà honoré le traité entre nos deux nations, Edward...

Il rougit légèrement.

— Aimeriez-vous venir vous promener avec moi, afin que je vous montre mes terres ?

— Avec plaisir, mon cher époux.

La paix était signée entre eux. Chacun dormait dans sa chambre, mais ils se retrouvaient aux repas et pour de longues chevauchées dans la campagne. Edward passait ses journées à superviser le bon fonctionnement de ses terres, rencontrer ses régisseurs et les serfs émancipés qui cultivaient ses fermes et payaient des redevances. Il avait de vastes troupeaux de moutons et de vaches, il pratiquait l'assolement, il fallait semer, récolter, engranger pour l'hiver. Il n'avait guère de temps à lui !

Rhonwyn, avec l'aide d'Alfred, le majordome, apprenait à tenir sa maison et mettait en application ce qu'elle avait appris à l'abbaye. Elle était stupéfaite par le nombre de choses auxquelles elle devait veiller.

Il y avait à faire tout au long de l'année, lui apprit Alfred. L'abattage des bêtes et le salage pour l'hiver. Le potager à entretenir, les racines alimentaires à entreposer dans un endroit frais, afin qu'elles se conservent jusqu'à la mauvaise saison. Il fallait aussi cueillir les fruits au bon moment pour faire de la confiture. Pommes, poires et coings pouvaient également être séchés. Et puis il y avait la fabrication des savons, des bougies, de la bière. Les ruches devaient être bien entretenues si l'on voulait du miel, car le sucre, vendu en pains chaque mois au marché de Shrewsbury, était hors de prix…

Le temps passait comme l'éclair et, par une belle journée de juin, la sentinelle annonça l'arrivée de cavaliers. Ils étaient trois, ainsi qu'un cheval de bât. Rhonwyn ne pouvait contenir son excitation quand elle se précipita vers Edward.

— Le guetteur a aperçu trois cavaliers ! C'est mon frère, sûrement ! Laissez-moi aller à sa rencontre, je vous en supplie !

— Je vous accompagne, décida Edward, qui ordonna que l'on sellât leurs montures.

Ils partirent avec quelques hommes d'armes et, à chaque foulée, la jeune femme sentait sa joie grandir. Enfin, n'y tenant plus, elle lança sa jument au grand galop. Parmi les arrivants, un cavalier se détachait aussi du groupe pour venir vers elle. Edward immobilisa son escorte, et les autres cavaliers firent de même. Le sourire aux lèvres, il vit Rhonwyn arrêter sa monture, sauter à terre, tandis que son frère l'imitait. Ils se jetèrent dans les bras l'un de l'autre avec des larmes de bonheur.

— Rhonwyn... comme tu es belle ! s'écria Glynn, ébloui.

— Et toi ! Tu es tellement grand !... Oh, Glynn, j'ai tant de choses à te raconter ! Quand je l'ai enfin appelé « père », il s'est adouci et a dit que tu viendrais me rejoindre. Je t'avais promis, Glynn, souviens-toi !

— J'ai tes armes, dit-il doucement. Mais tu es devenue une lady, Rhonwyn. Les voudras-tu toujours ?

— Bien sûr ! Maintenant, viens faire la connaissance de mon mari.

— Et nous, alors ? gronda une grosse voix derrière elle.

— Oth ! Dewi ! s'exclama-t-elle en riant tandis qu'elle plongeait dans une gracieuse révérence.

— On ne vous aurait pas reconnue, Rhonwyn uerch Llywelyn, dit Oth. Vous êtes devenue une grande dame !

— Je ne suis pas une grande dame, répondit-elle. Seulement la femme d'un châtelain. Mais vous n'êtes pas habitué à me voir si élégante.

— Heureusement que vous n'étiez pas habillée comme ça à Cythraul, reprit le brave homme, car on aurait eu du mal à vous garder chaste !... Allez-y, maintenant. On vous suit.

Les deux jeunes gens menèrent leurs chevaux par la bride jusqu'à l'endroit où se tenait Edward. Elle présenta son frère à son époux. Edward accueillit aimablement Glynn, qui répondit de même. Rhonwyn traduisait.

— Ce sera ta première tâche, dit-elle à son frère. Apprendre le normand. Ce n'est pas difficile, tu verras.

— Beaucoup moins difficile que le gallois, renchérit Edward dans cette langue.

La jeune femme sursauta.

— Vous parlez gallois ?

— Ma nourrice était une Cymri, acquiesça-t-il.

— Pourquoi ne m'en avez-vous rien dit ? demanda-t-elle, à la fois furieuse et inquiète.

S'il comprenait sa langue, il l'avait entendue promettre au prince qu'elle libérerait Glynn ou le tuerait elle-même, si les Anglais tentaient de s'emparer de lui.

Il eut un sourire malicieux.

— Je voulais vous faire la surprise ! Mais je ne vous parlerai pas souvent gallois, mon garçon, ajouta-t-il, car vous devez apprendre le normand. C'est bien compris, Glynn ap Llywelyn ?

— Oui, mon seigneur, dit Glynn, qui ne comprenait pas pourquoi une étincelle s'allumait dans les yeux de son beau-frère.

— Comment avez-vous pu me faire ça ? grommela Rhonwyn alors qu'ils retournaient vers le château.

— Pourquoi croyez-vous que l'on m'ait choisi comme mari pour vous, Rhonwyn ? répliqua Edward. Le roi a demandé qui, parmi les hommes célibataires de la région, était capable de parler gallois. J'étais le seul. Je pensais que vous ne connaîtriez pas ma langue. Quand j'ai vu que vous vous exprimiez parfaitement en normand, je n'ai pas jugé utile de vous avouer que je parlais gallois, voilà tout.

— Mais alors, vous savez ce que j'ai promis au prince...

— Et vous, vous devriez savoir que je ne laisserai jamais les choses en arriver là ! J'ai bien compris que si vous deviez tuer Glynn, ce serait vous tuer vous-même. Je saurai protéger votre frère sans trahir mon pays, je vous le jure, Rhonwyn… Me croyez-vous ?

Leurs regards s'affrontèrent un instant, puis elle répondit :

— Oui, Edward. Je vous crois.

— Parfait ! Alors n'en parlons plus.

6

Glynn n'avait jamais vu ça ! Il disposait d'une chambre rien que pour lui, on le traitait avec le respect dû au fils du prince de Galles, alors qu'à Cythraul, il était simplement « le petit ».

Il connut de nouvelles expériences, en particulier celle d'être baptisé selon la foi chrétienne, avec son beau-frère pour parrain. Lorsque ses deux compagnons, Oth et Dewi, avouèrent qu'ils ignoraient s'ils étaient baptisés, on les baptisa également.

— Je ne veux pas de païens chez moi, expliqua Edward. On ne vous a sûrement jamais enseigné la religion, sinon vous en auriez parlé aux enfants du prince Llywelyn.

— Et toi, Rhonwyn ? interrogea Glynn.

— J'ai été baptisée à l'abbaye, et notre tante Gwynllian est ma marraine.

Ap Gruffydd avait émis le souhait que Dewi et Oth restent à Haven Castle, près de son fils, et Beaulieu avait accepté de bon cœur.

— Il est normal que le fils d'un prince ait sa propre escorte.

En vérité, il comprenait l'inquiétude du prince. Si les Anglais menaçaient Glynn, ses deux chiens de garde lui feraient franchir la frontière et le ramèneraient sain et sauf dans son pays.

— Il faut que vous appreniez à parler normand, dit Edward aux deux hommes. Ainsi vous me serez plus utiles. Mais il vaut mieux laisser les gens ignorer que vous possédez ce talent, ajouta-t-il avec un clin d'œil complice.

— Nous sommes loyaux d'abord à notre prince, mon seigneur, dit honnêtement Oth. Nous sommes gallois, pas anglais.

— Au cas où la guerre serait de nouveau déclarée entre nos deux pays, vous partiriez sans que j'aie un mot à dire. Je comprends votre loyauté, et je sais que vous comprenez la mienne. En attendant ce jour, vous me devez fidélité, au moins partiellement. Sommes-nous bien d'accord ?

— Rhonwyn...

— Est mon épouse, donc elle est loyale envers moi. Quant au garçon, ce sera à lui de choisir. Mais assurez-vous qu'il n'oublie pas sa langue maternelle, car il pourrait en avoir besoin plus tard.

— Tout cela est juste, mon seigneur, répondit Oth en s'inclinant.

Les journées de Glynn étaient désormais parfaitement réglées et, comme sa sœur à l'abbaye, il s'en irrita un peu. Il se rendait à la première messe du matin avec Rhonwyn puis, après avoir déjeuné, se plongeait dans l'étude avec le père John. Il n'était libre que vers le milieu de l'après-midi. Apprendre à lire et à écrire fut une véritable joie. Il pouvait copier les paroles des chansons qu'il créait sur un parchemin ! Avec l'aide de son beau-frère, il s'initia aux bonnes manières et, grâce aux repas copieux et réguliers, il grandit encore et s'étoffa.

Un jour que Rhonwyn et lui avaient arrêté leurs chevaux sur une colline surplombant Haven Castle, elle dit à son frère :

— Je crois que tu es vraiment heureux, ici, pour la première fois de ta vie.

Il réfléchit un instant avant de répondre :

— Oui, ma sœur, je suis heureux, et je n'ai plus peur. À Cythraul, j'avais peur, surtout après ton départ... Et toi, Rhonwyn, es-tu heureuse ? Edward est un homme bon, mais il me semble qu'il n'y a pas grand-chose de profond entre vous.

— Nous apprenons à nous connaître. Il paraît que les mariages sont toujours des unions arrangées, où chaque parti tire son avantage. Le nôtre était une preuve de bonne foi entre deux nations. L'Angleterre a épousé le pays de Galles. Mon mari et moi sommes encore des étrangers l'un pour l'autre... Mais assez parlé de ça ! J'ai juste le temps de m'entraîner à l'escrime avec Oth, avant le souper. Allez, petit frère, faisons la course jusqu'à la maison !

Du haut des remparts, Edward les regardait dévaler la colline, effrayant les moutons sur leur passage. Il ne put s'empêcher de rire, attendri. Son épouse était une autre femme depuis l'arrivée de son frère. Il en avait même éprouvé une certaine jalousie, puis s'était rendu compte qu'elle portait à Glynn un amour presque maternel. Elle s'était occupée de lui toute sa vie, et elle se sentait responsable. D'ailleurs il n'était pas gênant. Il apprenait avec une facilité et une bonne volonté surprenantes, et c'était un gentil garçon, peu fait pour le métier des armes. Il écrivait des poèmes en normand, à présent, et les mettait en musique.

Les deux jeunes gens pénétrèrent dans la cour, mirent pied à terre, et Oth apporta à Rhonwyn une cuirasse rembourrée. Fasciné, Edward contempla sa femme, qui maniait si habilement l'épée.

Le Gallois la reprit sévèrement.

— Vous n'êtes pas en forme, madame ! Pensez ! Pensez ! Et suivez votre instinct, sinon votre négligence sera la cause de votre perte.

Oth parait les coups de la jeune femme.

— Oui... c'est mieux !

Il fit un bond de côté, évitant un coup.

— Vous n'aviez pas prévu ça, madame... Oh !

Il sauta en arrière en pestant.

— Vous n'aviez pas prévu ça, monsieur ! lança-t-elle en riant. Je ne vous ai pas fait mal, j'espère ?

— Allons, ça revient ! dit le Gallois avec un sourire. Remettons-nous au travail, madame…

Edward regardait sa ravissante épouse se transformer en guerrier sous ses yeux. C'était un nouvel aspect de Rhonwyn qui l'excitait, mais qu'il n'était pas sûr d'approuver. Il craignait que ces pratiques masculines ne l'empêchent de porter des enfants. Toutefois, il se gardait bien de lui en parler.

Elle était tellement complexe ! Il souhaitait sincèrement mieux la connaître, cependant ce n'était pas facile. Ils vivaient l'un à côté de l'autre, sans plus. Avec l'aide d'Alfred, elle apprenait à diriger la maisonnée, elle se consacrait aux œuvres de charité en compagnie du père John. Les domestiques et les paysans l'aimaient beaucoup. Edward avait l'impression qu'il était le seul qu'elle écartât de sa vie, bien qu'elle fût toujours polie envers lui et soucieuse de son bien-être.

Toutefois, il n'avait pas partagé son lit depuis leur nuit de noces, cinq mois auparavant.

Il voulait des héritiers, et c'était le devoir de Rhonwyn de lui en donner, mais chaque fois qu'il essayait de la toucher, elle se dérobait, l'air terrorisé. Cela ne pouvait durer, et si elle refusait de faire le premier pas, il faudrait bien qu'il agisse. Néanmoins, il choisirait soigneusement son moment, sous peine de la rebuter davantage. Il faudrait qu'il soit seul avec elle, sans son frère et les deux Gallois…

Enfin, le destin lui vint en aide, en la personne du père John.

— J'aimerais emmener Glynn à Shrewsbury, dit-il un soir au souper. Il n'a jamais vu de ville, or celle-là est fort belle. Il y a une abbaye, des églises, des échoppes. Des bateaux remontent la Severn depuis Bristol, car le fleuve est navigable. Naturellement, Oth et Dewi nous accompagneront. De nombreux Gallois visitent la ville, aussi ne les remarquera-t-on pas.

— Qu'en pensez-vous, Rhonwyn ? demanda Edward. Et vous, Glynn, cela vous ferait plaisir ?

— Oh oui, énormément! s'écria le garçon avec fougue. Je t'en prie, Rhonwyn, accepte...

— J'irai peut-être avec toi, petit frère, répondit-elle. Je n'ai jamais vu de ville, moi non plus.

Le jeune homme se rembrunit.

— Oh, tu veux venir? dit-il, visiblement contrarié.

Edward se pencha pour murmurer à l'oreille de son épouse :

— Il grandit, Rhonwyn. Pour la première fois de sa vie, on le traite comme il doit l'être, comme le fils d'un prince. Son précepteur souhaite l'emmener faire un bref voyage, et il n'a pas besoin de sa grande sœur, malgré toute l'affection qu'il lui porte...

Rhonwyn n'avait jamais envisagé que son frère grandirait un jour. C'était son bébé, le petit qu'elle avait toujours protégé. Et voilà qu'il voulait voler de ses propres ailes? Elle en reçut un choc. Non, il n'était pas encore prêt!

Elle s'aperçut que la grande main d'Edward couvrait la sienne et qu'il lui adressait un sourire d'encouragement.

— Je vous conduirai moi-même à Shrewsbury, un de ces jours, dit-il doucement afin qu'elle fût seule à l'entendre.

Rhonwyn se tourna vers son frère en soupirant.

— Combien de temps seras-tu absent?

— Seulement une semaine, promit Glynn.

— Personne ne doit savoir que tu es le fils du prince de Galles, lui rappela-t-elle.

— Nous pourrions dire qu'il s'agit de Glynn de Thorley, mon jeune cousin, suggéra Edward. Tout le monde pensera qu'il est le fils d'une de mes anciennes maîtresses. Comme il sera avec le prêtre de Haven Castle, on imaginera que sa mère est morte.

— Excellente idée! s'écria le garçon, enthousiaste. Quand pouvons-nous partir, père John?

— Demain, si ce n'est pas trop tôt, mon fils.

Glynn poussa un rugissement de joie, et Rhonwyn ne put s'empêcher de sourire.

— Tu ne devras pas te séparer de Dewi et Oth, déclara-t-elle fermement, et tu obéiras au père John sans discuter. Si j'apprends que tu t'es mal conduit, il n'y aura plus jamais de voyage !

Le lendemain matin, Glynn partit avec sa petite escorte, en adressant à peine un signe d'adieu à sa sœur. Celle-ci, stupéfaite, se surprit à fondre en larmes.

Edward posa la main sur ses épaules et, pour une fois, elle ne le repoussa pas.

— Là, ma chère… il reviendra bientôt.

— Il devient grand… Oh, Edward, que vais-je faire quand il s'en ira pour de bon ? Je suis tellement habituée à veiller sur lui. Que ferai-je ?

— Vous élèverez nos enfants pour qu'ils deviennent de beaux jeunes gens comme votre frère, Rhonwyn.

— Nos enfants ?

Elle avala sa salive avec peine.

— Nous n'en avons pas, mon seigneur…

— Et aucune chance d'en avoir tant que vous n'aurez pas surmonté vos frayeurs, Rhonwyn. Notre nuit de noces vous a été pénible, mais elle était indispensable, pour toutes les raisons que vous connaissez… Sapristi, vous ne vouliez tout de même pas que votre père s'installe ici avec nous, la taquina-t-il comme ils rentraient dans la salle commune.

— Grands dieux, non !

— Croyez-vous que vous me connaissez assez, ma petite épouse sauvage, pour m'ouvrir à nouveau votre lit ? Glynn parti, il me semble que le moment est parfait pour nous…

— Laissez-moi réfléchir, dit-elle à voix basse.

— Vous avez eu six mois pour réfléchir, Rhonwyn, rétorqua-t-il avec une pointe d'irritation.

— Me violerez-vous encore, mon seigneur ? demanda-t-elle, furieuse. Je sais que je ne pourrais vous en empêcher, mais je vous détesterais ensuite. Je ne suis pas sûre de supporter d'être possédée de cette manière.

— Quand la passion est partagée par les deux amants, Rhonwyn, chacun possède l'autre, et le plaisir que l'on en tire est sublime, je vous le promets, dit-il en feignant une patience qu'il était loin d'éprouver.

Dès qu'il s'agissait de relations conjugales, il avait l'impression que sa femme le considérait comme un monstre.

— J'ai eu mal, j'ai eu peur, j'ai eu honte lors de notre nuit de noces, mon seigneur, avoua-t-elle franchement. J'ai détesté votre corps sur le mien, mais je ne pouvais y échapper. J'ignore si je suis capable de ressentir les choses autrement.

— Nous ne sommes pas obligés de nous accoupler tout de suite, Rhonwyn. Nous pouvons commencer par des caresses, sans même être nus. Ce sera plus facile pour vous.

— Est-ce que cela fait toujours mal ?

— Non. La première fois seulement, quand une jeune fille perd sa virginité. Mais ensuite, lorsqu'elle s'est habituée au sexe de son mari, la douleur n'existe plus.

Rhonwyn réfléchit un instant. Elle n'était pas sûre de pouvoir surmonter son dégoût, pourtant il fallait qu'elle essaye. Edward était un homme bon, il s'était montré fort patient.

— Pourrez-vous aller lentement, mon seigneur ?

— Je m'y efforcerai.

— Alors peut-être…

— Pourquoi avez-vous si peur ? murmura-t-il.

Elle haussa les épaules.

— Je l'ignore. Je sais que ce que vous désirez est naturel, surtout entre mari et femme, pourtant je me suis sentie si impuissante, le soir de nos noces ! Je reverrai toujours ma mère, sous les assauts d'ap Gruffydd… même si cela ne lui déplaisait pas. Elle ne vivait que pour lui, alors c'est moi qui m'occupais de mon frère. Certes, mon cousin et les soldats de Cythraul nous ont pris en charge, mais j'étais ma propre maîtresse. Quand j'ai voulu monter à cheval, ils m'ont appris. Quand j'ai voulu manier l'épée, ils m'ont enseigné l'escrime. Ils m'ont même initiée aux jeux de hasard, bien qu'ils l'aient fait à contrecœur et l'aient regretté lorsque j'ai commencé à les battre. Je me suis toujours prise en main… sauf le soir où nous avons consommé notre mariage. Là, c'était vous qui aviez le contrôle sur moi, et je n'ai pas pu le supporter.

Elle se mordilla la lèvre.

— Je suis désolée, Edward. Vraiment désolée.

— Mais c'est le rôle d'un homme, de diriger, dit-il en essayant en vain de comprendre.

Pourquoi n'était-elle pas docile ? Il était plus ou moins amoureux d'elle, pourtant il ne savait pas s'il pourrait être heureux avec une femme qui discutait sans cesse et refusait de remplir son devoir conjugal.

— Pourquoi ? rétorqua-t-elle.

— Pourquoi ? Mais… parce qu'il en a toujours été ainsi, Rhonwyn. N'est-ce pas ce que nous enseigne l'Église ? Et Dieu n'a-t-Il pas créé Adam avant la femme ?

— Et, comprenant son erreur, il a créé Ève… C'est du moins ce que dit ma tante l'abbesse.

— Vous êtes bien trop indépendante ! grommela-t-il en secouant la tête.

— C'est ainsi que j'ai été élevée, lui rappela-t-elle doucement.

— Alors soyez indépendante partout, sauf au lit. Là, vous devrez vous remettre entre mes mains. Je m'aperçois que je tiens à vous d'une manière qui n'a rien à voir avec le sexe, bien que je vous désire. Je crois que ce que j'éprouve s'appelle l'amour.

Il lui prit la main et embrassa tendrement sa paume.

Un petit frisson la parcourut. Mais ce n'était pas vraiment désagréable, et elle ne retira pas sa main.

Il l'attira contre lui.

— Posez la tête sur ma poitrine, Rhonwyn, et laissez-moi vous tenir dans mes bras.

Elle aurait pu aisément se détacher de lui, si elle l'avait voulu.

— Vous êtes si belle, Rhonwyn uerch Llywelyn, poursuivit-il. Vos cheveux ont les reflets de la lune et du soleil.

Elle sentait son odeur d'homme... et ce n'était pas déplaisant.

Il lui releva le menton.

— Vos yeux sont des émeraudes.

— Qu'est-ce que des émeraudes ? demanda-t-elle naïvement.

— Les pierres vertes qui ornent la poignée de mon épée.

— Et vous comparez mes yeux à des cailloux ?

Rhonwyn n'était pas sûre que ce fût vraiment un compliment !

Edward éclata de rire, et il effleura ses lèvres des siennes.

— Les émeraudes sont d'exquis joyaux... comme vos yeux, mon exquise femme.

Rhonwyn frémissait, comme elle avait frémi lors de leur premier baiser, devant l'autel.

— Vos yeux ont la couleur du ciel avant la pluie, dit-elle, et vos cheveux celle des feuilles de chêne en octobre.

— C'est le plus joli compliment qu'on m'ait jamais fait, ma douce.

Rhonwyn pouffa.

— Vous êtes fou, mon seigneur ! Maintenant, je dois vaquer à mes occupations. Ce n'est pas parce que Glynn est parti et que vous vous sentez d'humeur badine, que je dois oublier tout le reste.

Sur une brève révérence, elle tourna les talons.

Edward la regarda partir, plutôt content de lui. Au fil des mois, il s'était pris d'une réelle affection pour elle, malgré l'absence de contact physique, et cela ne manquait pas de l'étonner. Lors de leur nuit de noces, il avait fait ce que l'on attendait de lui. Or à présent, il la désirait avec plus de force. Il n'y avait aucun plaisir à simplement assouvir un instinct : il voulait de l'amour, un amour partagé...

Le soir, il l'invita à jouer aux dés, et il éclata de rire quand elle gagna une pièce d'argent.

— Vous avez eu de bons maîtres, admit-il. La prochaine fois, je vous défierai aux échecs, dit-il en se levant de table afin d'aller s'installer dans son fauteuil, près du feu.

— Je sais aussi y jouer, répondit-elle.

La pièce était vide, les serviteurs s'étaient retirés pour la nuit.

— Voulez-vous vous asseoir sur mes genoux, Rhonwyn ? proposa Edward.

Quel mal y aurait-il ? La jeune femme vint se lover dans le cercle de ses bras, et ils restèrent un instant silencieux.

— La moisson a été excellente, mon seigneur, dit-elle enfin. Les greniers sont pleins. S'il ne pleut pas, nous pourrons commencer la cueillette des fruits du verger dès demain.

— Pourquoi vos cheveux sentent-ils la lavande ?

— La mère d'Enit fabrique de l'huile que nous mettons dans mon savon. Il y a énormément de pommes, et nous commencerons à les presser pour le cidre d'ici une semaine ou deux...

— C'est délicieux, ma douce. Ce délicat parfum vous convient à merveille.

— Mon seigneur ! Vous ne voulez pas savoir ce qui se passe sur vos terres ?

— Vous me raconterez tout cela demain, après la messe, quand nous prendrons notre petit déjeuner. Le soir, nous avons mieux à faire...

Il la fit basculer entre ses bras et lui donna un tendre baiser qui lui fit battre le cœur. Puis il la repoussa gentiment.

— Allez vous coucher à présent, femme. Faites de beaux rêves. Pour moi, je suis certain qu'ils seront agréables…

Un peu étourdie, elle monta l'escalier en colimaçon qui menait à sa chambre, où Enit attendait afin de la préparer pour la nuit.

Une fois seule, Rhonwyn resta longtemps dans le noir, les yeux grands ouverts, à réfléchir aux événements de la journée. Serait-elle enfin capable de surmonter son aversion ?

Elle commençait à l'espérer.

Le lendemain leur apporta une surprise. Edward était au verger, en train de superviser la cueillette des pommes, quand Alfred, bouleversé, fit irruption dans le hall où sa maîtresse faisait de la tapisserie.

— Madame ! Madame ! s'écria-t-il. Lord Edward et son épouse sont à un kilomètre d'ici ! Le messager vient d'arriver pour l'annoncer.

— Lord Edward ? répéta Rhonwyn, un peu désorientée.

— Le prince, madame. Le fils du roi Henry, accompagné de sa femme… Qu'allons-nous faire ?

Rhonwyn posa son ouvrage et se leva.

— Nous ne savons pas s'ils passeront la nuit ici, mais faites quand même préparer la meilleure chambre. Le messager a-t-il dit s'ils étaient nombreux ? Il faut que le cuisinier soit prêt à les restaurer tous, et le mieux possible. Envoyez John chercher mon époux au verger. Je dois aller me changer… Vite, Alfred, vite !

Elle traversa le hall à la hâte, tout en appelant sa servante.

Enit, en parfaite camériste, avait déjà choisi dans la garde-robe de sa maîtresse une tenue élégante. Il s'agissait d'une robe de soie verte et d'une tunique sans manches d'un vert plus sombre, brodé d'argent. La jeune femme entra en trombe dans sa chambre, s'habilla, puis Enit tressa ses cheveux avant de les remonter sur sa tête. Un voile retenu par un fin cercle d'argent complétait la coiffure.

Rhonwyn bondit sur ses pieds en remerciant la servante, puis quitta vivement la pièce. Il ne fallait pas que le prince et son épouse ne trouvent personne pour les accueillir !

Dans la salle de réception, les domestiques apportaient du vin, des plateaux de fruits et de fromage qu'ils déposaient sur la grande table.

Edward de Beaulieu arriva, le visage maculé de boue. Il fit un petit signe à son épouse et fila se changer dans sa chambre.

— Ils sont au pied de la colline, madame, annonça Alfred, à qui un jeune garçon venait de passer le message.

Rhonwyn allait être obligée de recevoir seule le prince d'Angleterre... Elle se rendit sur le perron, où elle resta un instant tandis que lord Edward et son épouse pénétraient dans la cour. Alors elle descendit et les rejoignit. Le prince aidait sa femme à mettre pied à terre.

Elle plongea dans une gracieuse révérence.

— Mon seigneur, madame, je vous souhaite la bienvenue à Haven Castle.

Le prince la releva.

— Ainsi, vous êtes la fille d'ap Gruffydd...

— En effet, mon seigneur.

— Vous n'êtes pas du tout telle que je vous imaginais. Les Gallois ne sont-ils pas tous bruns ?

— La plupart, mon seigneur, mais ma mère descendait de ceux que l'on appelle les Fair Folks, les Blonds. Je ressemble à mon père, tout en ayant la carnation et les cheveux de ma mère.

— Vous êtes beaucoup plus jolie qu'ap Gruffydd ! déclara le prince avec un petit rire, avant de se tourner vers sa femme. Voici lady Rhonwyn, mon cœur. C'est la fille du prince de Galles et l'épouse d'Edward de Beaulieu... Lady Eleanor, mon épouse...

Rhonwyn salua de nouveau.

— Voulez-vous venir vous rafraîchir à l'intérieur ? proposa-t-elle.

Edward de Beaulieu les attendait dans le hall.

— Pardonnez-moi, mon seigneur, de ne pas avoir été là pour vous accueillir, mais j'étais au verger lorsque l'on m'a averti de votre arrivée, et je n'aurais pas aimé vous recevoir dans mes vêtements de travail.

Il baisa la main de lady Eleanor.

— Votre épouse vous fait honneur, Beaulieu, et j'ai été heureux d'être aussi bien accueilli.

Sur un signe de Rhonwyn, Alfred s'approcha avec un plateau, sur lequel se trouvaient quatre gobelets d'argent incrustés de pierres vertes.

— Au roi ! déclara Beaulieu en levant le sien.

— Au roi ! répétèrent les autres avant de boire le vin.

L'escorte du prince entrait dans la pièce.

— Nous ferez-vous l'honneur de passer la nuit ici ? demanda Edward de Beaulieu.

— Avec plaisir. Mais pourrez-vous nourrir ma petite troupe ? Ils sont vingt.

— Il y a tout ce qu'il faut à Haven Castle, mon seigneur, assura vivement Rhonwyn. En général, je demande au cuisinier de prévoir large, ainsi nous pouvons sans peine sustenter les pauvres qui se présentent à notre porte. Et nous avons tout de même eu une demi-heure pour préparer votre arrivée ! ajouta-t-elle, malicieuse.

Le prince éclata de rire.

— Vous n'avez décidément rien de votre père ! dit-il gaiement.

— Tant mieux, lord Edward, répliqua-t-elle. Ap Gruffydd n'est pas un homme auquel j'aimerais ressembler.

— Vous êtes dure avec lui, madame !

— N'y voyez aucun manque de respect de ma part, mon seigneur. C'est un homme difficile, mais je lui suis reconnaissante d'avoir arrangé mon mariage avec lord Edward de Beaulieu.

— Avez-vous des enfants, lady Rhonwyn ? intervint lady Eleanor. Nous en avons eu quatre. Hélas, nous avons perdu notre fille Joan peu après sa naissance. Eleanor, John et Henry sont de beaux enfants, et j'en remercie Dieu chaque jour.

— Nous nous sommes mariés seulement en avril, répondit Rhonwyn.

— Et vous n'êtes pas encore enceinte ? Il faut prier sainte Anne : elle exaucera vos vœux, assura la princesse avec un chaleureux sourire. Je vois que vous aimez votre mari, alors les enfants viendront...

Le cuisinier du château avait accompli des miracles, et quand vint l'heure du souper, les tables se couvrirent de mets copieux. Outre le pain et les fruits, il y avait suffisamment de gibier pour tous, des chapons, des truites servies sur un lit de cresson, de la lamproie, des œufs gratinés, et le plat favori de Rhonwyn : le blanc-manger. Le tout était accompagné de petits pois, de cœurs de laitue braisés, de pain chaud et de beurre. On servit du cidre, mais surtout du vin à la table de maître.

— Vous avez un prêtre, au château ? demanda le prince.

— Oui, mais il est allé rendre visite à des amis à l'abbaye de Shrewsbury, répliqua Edward.

— J'aurais aimé qu'il soit là, car je voudrais vous entretenir d'un sujet particulier. Le roi Louis de France prépare une nouvelle croisade pour l'année prochaine, or ma femme et moi-même avons l'intention de nous joindre à lui. J'ai passé l'été à gauche et à droite, afin de proposer à divers seigneurs de venir avec moi. Qu'en pensez-vous, Edward de Beaulieu ?

— N'est-il pas dangereux pour vous de quitter l'Angleterre, mon seigneur ?

— Maintenant que mon oncle de Montfort est mort et enterré, plus personne ne s'opposerait à mon père, ni à moi. Lorsque je serai roi, je ne pourrai plus m'offrir ce genre de plaisir. Je ne suis pas comme mon grand-oncle, Richard Cœur de Lion : si je veux gouverner, je dois être en Angleterre. Pour l'instant, j'ai l'occasion d'aider à reprendre la Terre sainte et à envoyer les Infidèles au diable. M'accompagnerez-vous, Edward de Beaulieu ?

— J'irai, mon seigneur, répondit Edward.

— Moi aussi ! s'écria Rhonwyn avec enthousiasme.

Le seigneur de Haven Castle eut un petit rire.

— Ma femme a l'âme guerrière, expliqua-t-il.

— Mais je veux y aller ! insista-t-elle.

Avant que son mari pût répondre, la princesse prit la parole.

— Je pars avec mon époux, mon seigneur. Si votre femme veut venir, je ne vois pas de raison de l'en empêcher. À moins que vous ne souhaitiez pas l'avoir auprès de vous.

— Edward, je vous en supplie ! Je ne veux pas me séparer de vous maintenant !

Les yeux verts pétillaient d'excitation, et Edward dut s'avouer qu'il ne tenait pas non plus à être séparé d'elle.

— La vie sera rude…

— Je connais tout de la vie rude, mon seigneur, répliqua-t-elle.

Il soupira.

— Vous devez promettre de m'obéir aveuglément, si je vous autorise à venir.

— Je le jure !

— Je serai ravie d'avoir lady Rhonwyn parmi mes compagnes, dit la princesse.

— C'est entendu, lady Eleanor. Et je vous suis reconnaissant de l'accueillir dans votre suite.

— Merci infiniment à vous deux ! s'écria Rhonwyn, joyeuse.

Le prince d'Angleterre était heureux que Beaulieu eût accepté de se joindre à l'expédition. Cela prouvait sa fidélité aux Plantagenêts. Il savait que le roi son père ne vivrait pas longtemps : il avait plus de soixante ans. Néanmoins, si le roi mourait pendant que son fils était en croisade, la reine Éléonore serait assez forte pour gouverner le pays jusqu'à son retour. Et si lui-même trouvait la mort en Terre sainte, il avait deux fils que sa mère protégerait jusqu'à leur majorité. La lignée serait assurée, et il en était rasséréné.

Le prince et son épouse partirent le lendemain matin, après que les deux Edward eurent fixé la date et le lieu de leur rendez-vous. Beaulieu promit d'amener avec lui cent soldats qu'il nourrirait, équiperait et logerait à ses frais. Il essaierait aussi de rassembler une équipe de dix chevaliers. Mais, dit-il honnêtement au prince, il n'était pas sûr d'y parvenir.

— Faites au mieux, répondit le prince. Chaque homme qui participera à la croisade obtiendra le pardon de tous ses péchés, quand il reviendra en Angleterre. C'est l'archevêque de Canterbury en personne qui me l'a dit. Et ceux qui mourront en Terre sainte iront directement au ciel, sans passer par le purgatoire. Le pape l'a promis.

À peine le couple princier parti, Rhonwyn s'exclama :

— Il faut que je m'entraîne sérieusement avec Oth, si je veux être prête !

Mais un nouveau visiteur inattendu se présenta, peu après le départ du prince Edward…

Rafe de Beaulieu n'avait guère été content, lorsqu'il avait appris le mariage de son cousin. Comme il pénétrait dans la grande pièce du château, il vit Edward baiser la main d'une ravissante jeune personne. Ce ne pouvait être sa femme !

— Mon cousin ! s'écria-t-il d'une voix forte, faisant sursauter le couple. Qui est donc cette charmante créature ? Serais-tu déjà lassé de ta petite épouse galloise ?

— Bonjour, mon cousin. Comme d'habitude, tu tires tes conclusions personnelles... Voici ma femme, Rhonwyn uerch Llywelyn. Ma chère, je vous présente mon cousin, Rafe de Beaulieu.

Rafe, stupéfait, reprit bien vite ses esprits et s'inclina devant Rhonwyn.

— Je suis bouleversé par la bonne fortune de mon cousin, madame. Tous les Gallois que j'ai connus étaient bruns de cheveux et de peau.

Par le Ciel, elle était absolument magnifique ! La pauvre Kate aurait été totalement éclipsée par sa beauté... Au début, il avait été furieux qu'Edward l'eût trahie, mais après tout, ce n'était pas la faute de Rhonwyn. Elle n'était qu'une femme et devait se plier aux ordres de son père.

— Bienvenue à Haven Castle, seigneur Rafe, dit Rhonwyn, qui trouvait cependant l'arrogance de cet homme plutôt désagréable.

Il lut la colère dans son regard et songea qu'elle avait toutes les raisons de ne pas l'aimer, en effet.

— Je suis venu t'offrir mes félicitations et les vœux de bonheur de Katherine, mon cousin, dit-il.

— Ta sœur se porte bien ? demanda Edward.

Il lui venait tout à coup à l'esprit que la jeune fille avait dû être blessée par son mariage avec une autre. Kate était si douce, si gentille !

— Elle va bien. Elle m'aurait accompagné, si ce n'était la saison des pommes. Comme tu le sais, le cidre de Kate est renommé dans toute la région. Elle ne laisserait à personne le soin de superviser sa fabrication, ajouta Rafe dans un petit rire. C'est une excellente châtelaine. J'aurai du mal à trouver une épouse qui s'occupe d'Ardley aussi bien que notre Kate...

Rafe de Beaulieu, grand et mince, avait la chevelure châtaine d'Edward et des yeux d'un bleu très clair. Lui et sa sœur vivaient dans un manoir proche de Shrewsbury, à deux jours de Haven Castle.

— Tu restes un peu parmi nous ? proposa Edward qui devinait déjà la réponse.

— Juste cette nuit. Je dois partir demain.

— Ainsi, vous êtes venu par simple curiosité ? intervint un peu sèchement Rhonwyn.

— Je l'avoue, madame… admit-il en souriant.

Bon sang, pensa-t-il, Edward avait vraiment une sacrée chance !

— Je vais faire préparer une chambre.

Rhonwyn adressa un sourire à son époux, un bref signe de tête à son cousin, puis sortit de la pièce. Leur visiteur était décidément un irritant personnage, et elle était ravie qu'il habitât loin du château !

Elle fut plutôt soulagée de le voir s'en aller, le lendemain matin.

Edward n'avait pas parlé à Rafe de la croisade. D'une part, il avait l'intention de lui demander de veiller sur le château en son absence. D'autre part, il n'était même pas certain de se rendre en Terre sainte. Le roi Henry ne serait pas ravi de voir son héritier partir si loin de l'Angleterre, or c'était lui qui tenait les cordons de la bourse, et il pouvait refuser de financer cette aventure.

Rhonwyn, de son côté, n'avait pas ces hésitations. À peine Rafe les avait-il quittés qu'elle commença à s'inquiéter pour son frère.

— Qu'allons-nous faire de Glynn, Edward ? Ap Gruffydd ne nous permettra jamais de l'emmener, et nous ne pouvons le laisser seul ici. Nous ne pouvons pas non plus le renvoyer à Cythraul, ce serait trop cruel.

Nous. La jeune femme commençait à penser à leur couple comme à une entité, et Edward en était enchanté.

— Si nous le laissions à l'abbaye de Shrewsbury ? suggéra-t-il. Son collège est réputé, et il en apprendrait plus là-bas qu'avec le père John. Je paierais sa pension, et il y serait à l'abri de votre père.

— Mais pour son identité ?

— Glynn de Thorley, lui rappela-t-il. Je dirai au père supérieur qu'il m'est apparenté, que sa mère est morte et que je ne tiens pas à parler de son père. Ainsi, on pensera qu'il est mon fils naturel. Mais il faudra qu'il reste discret sur son véritable lignage. Le pourra-t-il ?

Rhonwyn hocha la tête.

— J'en suis certaine. Il sera déçu de ne pas nous accompagner en Terre sainte, cependant il sera heureux d'aller étudier à l'abbaye. Maintenant qu'il a commencé à s'instruire, il y a pris goût, et il est fort doué. Je pense qu'il pourrait devenir prêtre, ou philosophe…

Ce soir-là, elle vint de nouveau se lover sur les genoux de son mari, et il lui caressa les cheveux, satisfait. C'était elle qui avait pris l'initiative.

— Lorsque nous serons en voyage, nous aurons peu d'intimité, ma belle…

— Nous avons encore plusieurs mois devant nous, répondit-elle doucement.

Il fallait qu'elle demande à la mère d'Enit comment on pouvait éviter d'avoir des enfants. Si elle cédait à Edward, elle n'avait aucune envie de se retrouver enceinte : cela l'empêcherait de partir en croisade.

— Oh… !

Il effleurait tendrement ses seins.

— Ils sont aussi ronds que les plus parfaites pommes de nos vergers, murmura-t-il.

Rhonwyn avait soudain le souffle court, sous cette caresse, mais elle ne fit rien pour l'arrêter.

— Je sais que c'est trop tôt, reprit-il, mais j'ai du mal à attendre la nuit où nous serons enfin nus sous les draps, ma chérie, et où je pourrai vous couvrir de baisers…

— Je suis moins effrayée qu'avant, avoua-t-elle timidement.

— Nous commençons à mieux nous connaître.

Il lui releva le visage et prit sa bouche, d'abord doucement, puis avec passion. Elle ne se déroba pas, et ses lèvres s'unirent à celles de son mari avec une innocence qui l'enchanta. Toutefois, de peur de l'effrayer s'il se laissait aller, il brisa leur étreinte.

— Vous êtes si belle, Rhonwyn ! Je vous aime, et je souhaiterais que vous m'aimiez aussi.

— Donnez-moi le temps, Edward. Je commence tout juste à comprendre ce que vous appelez « passion ». Et je vous remercie de votre patience, de votre délicatesse.

— Vous en êtes digne, Rhonwyn uerch Llywelyn. Notre union n'en sera que plus merveilleuse, le jour venu.

Elle lui caressa la joue.

— J'essaierai de ne pas vous faire attendre trop longtemps…

Il prit la petite main dans la sienne et baisa ses doigts avec ferveur.

— Ce sera quand vous le souhaiterez, ma chérie, car je veux avant tout que vous soyez heureuse.

— Je suis heureuse, dans vos bras.

— La nuit où vous déciderez que l'attente a assez duré, je vous rendrai plus heureuse encore, promit-il.

DEUXIÈME PARTIE

Rhonwyn, 1270-1273

7

Glynn rentra de Shrewsbury, enchanté par tout ce qu'il avait découvert. Jamais Rhonwyn ne l'avait vu aussi bavard.

— Il y avait des bateaux qui remontaient de Cardiff, s'écria-t-il, tout excité. Et l'abbaye, et les églises ! Les marchés qui regorgent de marchandises, les échoppes ! C'était magnifique ! J'ai mangé une grenade, un fruit qui vient des pays du Sud. Le monde est immense et je veux voyager, quand j'en aurai l'âge. Je gagnerai ma vie en chantant mes ballades dans les auberges, dans les cours des nobles !

— Il faut d'abord que tu termines tes études, lui rappela Rhonwyn. Et, même si cela m'ennuie, notre père a son mot à dire. Peut-être projette-t-il de te marier, comme il l'a fait avec moi…

— Pas question, avant que j'aie parcouru le monde ! décréta l'adolescent.

Pour la première fois, Rhonwyn retrouvait un peu de leur père en lui…

Ils étaient assis à la table du souper, ce soir-là, lorsque Edward lança :

— Aimeriez-vous aller à l'école de l'abbaye de Shrewsbury, Glynn ?

— Ce serait possible ? demanda le garçon avec de grands yeux.

— Nous pourrions arranger cela pour le printemps prochain… Pendant votre absence, le prince Edward et son épouse nous ont rendu visite. Le roi de France organise une nouvelle croisade en Terre sainte, et votre sœur et moi participerons à l'expédition. Quant à vous, vous devrez compléter votre éducation, or quel meilleur endroit que l'abbaye ?

— Pourquoi, mon seigneur, le prince est-il venu ici ? intervint le père John. Nous ne sommes qu'un petit domaine, de peu d'importance.

— Edward de Plantagenêt sera bientôt roi d'Angleterre. C'est à cause de ce petit domaine qu'il est venu ici, également parce que je suis le mari de la fille d'ap Gruffydd. Il cherche à s'assurer ma loyauté, et si j'avais refusé, j'aurais éveillé ses soupçons. L'enthousiasme de mon épouse à l'idée de partir m'a considérablement fait remonter dans son estime ! conclut Edward de Beaulieu, amusé.

— Pourquoi ne puis-je venir avec vous ? demanda Glynn.

— Parce que, mon cher beau-frère, le prince de Galles s'y opposerait sûrement. Vous irez en croisade quand vous serez plus âgé, mais pour l'instant, il est préférable que vous poursuiviez vos études à Shrewsbury.

— Si vous reprenez la Terre sainte, il n'y aura plus de croisades, objecta Glynn.

— Sarrasins et Chrétiens se battent depuis des siècles, et je crains que cela ne cesse pas de sitôt… Ne vous inquiétez pas : vous aurez votre chance, un jour ou l'autre.

Le 11 novembre, on fêta la Saint-Martin, et on fit rôtir une oie grasse. Le 25, ce fut le tour de la Sainte-Catherine, et Edward offrit à son épouse une broche qui représentait une roue à pointes, en souvenir du martyre de la sainte. Puis Noël passa, et ce fut janvier.

Edward recrutait les hommes qui les accompagneraient en Orient. Un messager royal vint l'informer que, durant son absence, il serait exempté d'impôts. Il fit donc savoir à ses fermiers et à ses serfs que ceux qui viendraient avec lui profiteraient des mêmes avantages : ainsi, il ne manqua pas de volontaires ! Il n'avait que l'embarras du choix, et ceux qu'il décida d'emmener avec lui étaient des hommes rudes, habiles au maniement des armes. On leur apprit comment utiliser un bélier ou creuser un tunnel afin de saper les murailles des places fortes.

Trois jeunes chevaliers, qui appartenaient à des familles moins importantes que celle de Beaulieu, vinrent se joindre à l'aventure. S'ils se comportaient bien sur le champ de bataille, leur fortune serait assurée. Sir Fulk, sir Robert et sir Hugo se présentèrent avec écuyers, chevaux et armes. Ils furent bien accueillis et on les reçut à la table du châtelain. D'abord amusés par le souhait de la maîtresse de maison de se battre à leurs côtés, ils ne tardèrent pas à constater qu'elle ne se vantait pas !

Edward s'irritait en silence de l'enthousiasme de son épouse, d'autant qu'elle semblait de moins en moins intéressée par leurs relations. Son désir continuait de croître, et il était obligé de refréner les élans de jalousie qu'il éprouvait devant l'admiration non dissimulée des trois jeunes chevaliers pour la jeune femme. Mais Rhonwyn, il le savait, ne leur prêtait pas plus d'attention qu'à Oth ou Dewi. Entourée de guerriers, elle était dans son élément. Edward commençait toutefois à regretter sincèrement que le prince fût venu troubler leur existence...

Rhonwyn, quant à elle, se rendait compte que son époux était malheureux, et elle savait qu'il y avait un seul moyen de l'apaiser : le laisser prendre possession de son corps. Mais elle se demandait si elle y parviendrait sans trahir son dégoût. Elle n'était plus inquiète à l'idée de se retrouver enceinte, car la mère d'Enit lui avait fabriqué une potion dont elle avalait une gorgée chaque jour. Évidemment, elle ne pouvait être sûre de son efficacité tant qu'elle ne prenait pas le risque d'avoir un enfant...

Elle devait reconnaître qu'elle trouvait les caresses et les baisers d'Edward moins désagréables qu'au début. Celui-ci, d'ailleurs, ne s'était jamais montré brutal ni cruel, hormis la première fois. Rhonwyn se targuait d'être courageuse, elle ne redoutait ni la guerre ni la mort... mais elle avait peur de l'acte conjugal. C'était tellement possessif ! Pourtant, il faudrait bien qu'elle le supporte. Edward était un homme bon, et elle lui devait cet effort. S'il la répudiait, ap Gruffydd aurait honte d'elle...

Un soir, avant de quitter la pièce commune, elle rassembla son courage et murmura :

— Peut-être suis-je assez forte pour partager mon lit avec vous, mon seigneur...

Puis elle se réfugia dans sa chambre où, comme tous les soirs, elle se baigna et enfila une chemise propre. Enfin elle congédia Enit et attendit, assise au bord du lit, en peignant ses cheveux.

Il arriva sans bruit derrière elle, et lui prit la brosse des mains pour lisser lui-même les mèches soyeuses. Il savait qu'il lui fallait être tendre. Surprise, elle se rendit compte qu'il lui tressait les cheveux.

Ensuite, il dégagea ses épaules et la chemise tomba jusqu'à sa taille. Agenouillé devant elle, il caressa ses petits seins. Elle frémit, mais ne fit rien pour l'arrêter tandis que ses doigts habiles l'éveillaient au plaisir. Lorsqu'il se releva, il l'entraîna avec lui et l'embrassa.

Rhonwyn glissa les bras autour de son cou et s'aperçut qu'il était nu. Elle avait été tellement absorbée par ses propres réactions qu'elle n'avait pas pensé à le regarder. Elle sentait sa peau légèrement rugueuse contre la sienne. Grisée par ses baisers, elle se laissa aller un instant. Puis elle sentit sa virilité gonfler, et elle se raidit. Il allait s'allonger sur elle et la posséder avec cette force qui la terrifiait !

— Faites-moi confiance, murmura-t-il en la sentant se crisper.

Il baisa ses paupières, le bout de son nez, le coin de sa bouche en la poussant contre l'oreiller.

— Le plaisir existe entre un homme et une femme, dit-il doucement. Laissez-moi le partager avec vous, Rhonwyn, je vous en supplie !

— Je n'y peux rien, répondit-elle dans un sanglot. Je... je vous en prie, Edward, faites ce que vous voulez... et finissons-en.

Il se redressa, furieux.

— Vous vous conduisez comme une catin, bon sang ! Vous vous offrez à moi, pourtant vous n'éprouvez rien. Pourquoi ?

— Je ne sais pas, dit-elle à travers ses larmes.

— Ap Gruffydd aimait votre mère, il la traitait sûrement bien, reprit Edward qui luttait pour conserver son sang-froid.

— Oui ! Leur amour était aussi fort que dans les légendes, je le sais, à présent. Plus rien n'existait dans leurs instants de passion, plus rien ni personne... pas même Glynn et moi.

— Avez-vous peur de m'aimer, Rhonwyn ?

— Oui ! Je ne veux pas perdre mes esprits, Edward. Comprenez-vous ?

— Je vous aime, et pourtant je n'ai pas changé depuis le jour où nous nous sommes rencontrés.

— Vous êtes plus gentil, murmura-t-elle.

— C'est vous qui me rendez gentil, Rhonwyn, mais cela ne signifie pas que j'aie perdu mon identité, et vous ne perdriez pas la vôtre en m'aimant, ma chérie. La passion d'ap Gruffydd pour Vala était quelque chose d'unique, une sorte d'obsession mutuelle. Ce qui n'est pas le cas, dans la plupart des couples.

— Comment est-ce, alors ?

Il jouait avec sa toison blonde, et elle ne protesta pas. Elle avait peur, et en même temps cela lui plaisait, d'une certaine manière.

— Mes parents se méprisaient, expliqua-t-il. Ils s'étaient mariés parce que leurs terres étaient adjacentes et que ma mère était fille unique. Mais le frère de mon père, lui, était amoureux de son épouse. Ils étaient heureux ensemble, ils se respectaient, et ils ont été fidèles l'un à l'autre jusqu'à la mort, contrairement à mes parents. Mon père avait une quantité d'aventures, et ma mère devenait de plus en plus aigrie. Elle lui a interdit l'accès de son lit à partir du jour où elle lui a donné un héritier. Il est mort auprès de l'une de ses maîtresses, et ma mère a refusé de préparer son corps pour les funérailles. C'est ma tante qui s'en est chargée. Ma mère est morte plusieurs années plus tard, rongée par l'amertume… Seuls les pauvres peuvent s'offrir le luxe de se marier par amour, Rhonwyn, mais souvent l'amour vient après le mariage. Je suis moi-même tombé amoureux de vous, et je suis fou de rage quand je vois les regards concupiscents que d'autres posent sur vous. Surtout que, tout comme eux, je ne vous possède pas… Cela ne peut durer ainsi, ma chérie.

— Je sais.

— À partir de cette nuit, nous partagerons le même lit. Je vous désire et, par le Ciel, je vous aurai !

Il caressait doucement la petite fente rose qui cachait tous ses trésors, et elle se sentait fondre. Mais lorsqu'il glissa un doigt en elle, elle se mordit la lèvre pour ne pas protester. D'ailleurs, ce n'était pas si pénible…

Soudain il la pénétra, l'écrasant contre le matelas.

— Alors, ma douce… n'est-ce pas mieux cette fois ? murmura-t-il.

Son souffle était chaud et humide à son oreille.

Elle était incapable de répondre, elle avait du mal à respirer. Pourtant elle s'obligea à nouer les bras autour de son cou afin de lui masquer sa terreur. Qu'il prenne son plaisir, et qu'il la laisse tranquille !

Il accélérait le rythme, et il ne tarda pas à s'abattre sur elle. Enfin il roula sur le côté. Elle ne put retenir un soupir de soulagement.

— Vous n'avez eu aucun plaisir, n'est-ce pas ? dit-il tristement. Je veux que vous m'aimiez, Rhonwyn, et je jure qu'un jour cela viendra !

— C'est fort possible, répondit-elle. En tout cas, jamais plus je ne vous refuserai mon lit, Edward. Avec le temps, je finirai peut-être par en tirer de la joie. Je ne redoute plus vos baisers ni vos caresses. La suite viendra d'elle-même, j'en suis sûre !

Elle le souhaitait de toute son âme, songea-t-elle tandis qu'Edward la prenait dans ses bras et s'endormait aussitôt. Qu'y avait-il en elle qui se révoltait avec tant de violence contre un acte aussi naturel ? Edward était tendre, doux... Pourtant quelque chose, au fond de son cerveau, l'empêchait d'accepter la passion...

Edward continua à dormir près d'elle chaque nuit, et elle s'habitua à sa présence dans son lit. Elle la trouvait même plutôt réconfortante. Excepté durant les mauvais moments du mois, il lui faisait l'amour régulièrement. Mais, si elle avait vaincu sa peur, elle ne parvenait toujours pas à prendre le même plaisir que lui.

Le printemps succéda à l'hiver. Les deux jeunes gens étaient mariés depuis un an, et ils n'avaient pas reçu la moindre nouvelle d'ap Gruffydd. Comme le prince Edward avait envoyé un message à Beaulieu, celui-ci fit appel à Rafe, qui vint à Haven Castle en compagnie de sa jeune sœur, Katherine.

Katherine de Beaulieu ressemblait physiquement à son frère, mais elle avait un comportement calme et effacé. À dix-huit ans, plus âgée que Rhonwyn d'un an, elle n'était ni mariée ni fiancée. Selon Rafe, elle ne possédait pas une dot assez importante.

— Nos parents étaient de condition modeste, expliqua-t-il, et nous avons toujours pensé qu'elle épouserait Edward...

— Je t'ai dit que je pouvais lui offrir une dot confortable, répondit Edward, les dents serrées. Elle le mérite, et de plus nous sommes cousins.

— Je suis heureuse de m'occuper d'Ardley pour toi, Rafe, intervint la jeune fille, embarrassée par la grossièreté de son frère.

— Resterez-vous ici, ou retournerez-vous chez vous ? demanda Rhonwyn.

— Mon frère ne tient pas à ce que je vive seule à Ardley, cousine, répondit Kate. Il a un régisseur tout à fait digne de confiance, qui dirigera le manoir en notre absence. Donc, si vous le permettez, je prendrai votre place ici…

— Avec plaisir ! Et je vous serais reconnaissante, si vous acceptiez de recevoir le jeune Glynn de Thorley lors des vacances scolaires.

— Je vois que ta femme se soucie du sort de ton bâtard, Edward ! s'écria Rafe de Beaulieu en assenant à son cousin une grande claque dans le dos. Avec laquelle de tes maîtresses l'as-tu eu, espèce de coquin ?…

— Comment pouvez-vous endurer ses manières de rustre ? marmonna Rhonwyn un peu plus tard, lorsqu'elle se retrouva seule avec son mari.

Edward sourit.

— Rafe est un bon garçon, ma chérie, mais il aime sa sœur, et il enrage de vous voir à la place qu'il briguait pour elle. Il a un langage un peu cru, cependant ses fermiers et ses serfs l'adorent, car il est généreux. Il interdit que les enfants au-dessous de dix ans travaillent aux champs plus de trois heures par jour.

— Je trouve sa sœur charmante, sans jalousie ni mauvaise pensée. Mais Rafe est arrogant, et je pense qu'il aimerait surtout se trouver à votre place !

Edward se mit à rire.

— Je ne crois pas, mais je reconnais qu'il a des comportements assez brutaux, parfois. Cependant, si c'est vraiment ce que vous craignez, donnez-moi un fils, ma chère petite épouse galloise, et Rafe sera bien obligé de renoncer à la possibilité d'hériter de mes terres.

Ils avaient décidé de cacher la véritable identité de Glynn aux Beaulieu. Le fils du prince de Galles était ainsi plus en sécurité, car ils ne savaient pas jusqu'à quel point ils pouvaient faire confiance à Rafe. Mieux valait qu'il crût qu'Edward avait déjà un enfant : ainsi, il renoncerait à Haven Castle. Il avait été furieux et déçu, quand Edward lui avait annoncé son mariage…

Cependant, Rafe avait renoncé à chercher un mari pour sa sœur depuis qu'il avait appris le départ d'Edward et sa femme pour la croisade. C'était une dangereuse aventure, et ceux qui s'embarquaient ne revenaient pas toujours, loin de là ! S'il devenait le seigneur de Haven, il trouverait pour Kate un bien meilleur parti. Cela valait donc la peine d'attendre. Et puis il était possible que, par malheur, la jeune Galloise périsse en Terre sainte et que seul Edward rentre à la maison. Alors Kate l'épouserait, comme leurs parents l'avaient toujours souhaité. Ou bien, si c'était Edward qui trouvait la mort et si Rhonwyn rentrait seule, il se marierait avec elle… Cette femme était magnifique.

Les préparatifs avançaient. On rassemblait des provisions afin de nourrir les hommes de troupe, on ferrait les chevaux, on réparait les chariots, on les chargeait. Les femmes avaient, durant l'hiver, cousu de solides tentes : une grande pour le seigneur et son épouse, de plus petites pour les chevaliers et les soldats. Il fallait des meules à aiguiser, un mobilier de campagne pour la tente du seigneur. Un chariot fut équipé en cuisine avec les ustensiles de base.

Edward et Rhonwyn conduisirent Glynn à l'abbaye, comme prévu.

Le père supérieur les reçut dans ses appartements privés. Il fixa Edward de Beaulieu d'un air sévère.

— Je dois tout savoir sur l'origine de ce garçon, mon seigneur, sinon je ne puis le garder. On sous-entend que c'est votre fils, or je ne lui trouve rien de vous. Vous pouvez me parler comme si nous étions au confessionnal, mais dans l'intérêt de l'abbaye, j'ai besoin de connaître la vérité.

— C'est le frère de ma femme, Glynn ap Llywelyn, mon père, avoua aussitôt Edward. Le prince me l'a confié il y a quelques mois, car il n'avait jamais été séparé de sa sœur, et de toute évidence il n'a rien d'un guerrier. Il aime étudier, écrire de la musique, de la poésie, des ballades. Nous avons soigneusement tenu son identité secrète. Même mon cousin Rafe l'ignore. Tout le monde pense qu'il s'agit de mon fils naturel.

Le religieux hocha la tête.

— Son père sait-il où il se trouve, mon seigneur?

— Oui. Lorsque le prince nous l'a envoyé, il était accompagné de deux gardes du corps, qui sont à présent repartis au pays de Galles afin de donner au prince des nouvelles de son fils. Et il n'y verra aucune objection, j'en suis certain. Vous avez promis que cette conversation serait privée, mon père. Je vous supplie de garder le secret sur l'identité de mon beau-frère. Si la guerre éclatait entre l'Angleterre et le pays de Galles, le garçon quitterait aussitôt l'abbaye et vous ne seriez pas ennuyé. Bien que le prince n'apprécie guère la poésie, il aime sincèrement son fils, et pratiquement personne n'est au courant de son existence.

Le père supérieur demeura un instant silencieux, avant de se tourner vers Glynn.

— Dites-moi, mon enfant, accepterez-vous d'être considéré comme un bâtard ici? En tant que fils d'un noble, vous serez bien traité, évidemment, mais on pourrait parfois vous brocarder sur votre naissance.

— Je suis un bâtard, répondit calmement Glynn, car notre père et notre mère n'étaient mariés que dans leurs cœurs, mon père. Si certains se croient malins en me dénigrant, je ne pourrai que prier pour eux. Je n'ai pas une âme de combattant, je le crains.

Le père Boniface eut un petit sourire.

— Alors soyez le bienvenu à l'abbaye, Glynn de Thorley.

L'adolescent était intelligent, et sa réponse laissait penser qu'il pourrait un jour embrasser la carrière religieuse.

— Dites adieu à votre sœur et à votre beau-frère, mon enfant.

Glynn serra la main d'Edward.

— Merci, dit-il simplement. Je prierai pour vous, mon seigneur.

— Vous pouvez revenir à Haven Castle chaque fois que vous en aurez envie. Rafe et Katherine nous remplaceront, répondit Edward en lui donnant une brève accolade.

Glynn se tourna vers sa sœur. Il y avait des larmes dans les yeux de la jeune femme, et ses lèvres tremblaient.

— Ne t'avise pas de pleurer, petite sœur, dit-il. Je suis heureux d'être ici, comme tu seras heureuse de servir Dieu aux côtés de ton mari.

Il la serra fort dans ses bras.

Elle se dégagea, prit son visage entre ses mains. Quand avait-il grandi ainsi ? Elle l'embrassa sur les deux joues.

— Tu seras un homme, lorsque je reviendrai, murmura-t-elle.

— Je le serai de toute façon tôt ou tard, se moqua-t-il en lui effleurant les cheveux.

— Tu vas travailler dur et obéir aux frères, déclara-t-elle, reprenant soudain son rôle d'aînée. Et s'il y a le moindre problème, ajouta-t-elle à voix basse, Oth et Dewi viendront te chercher. Il faudra que tu partes avec eux sans hésiter. Promets-le-moi, Glynn.

— Je le promets.

Il l'embrassa sur le front et sur les lèvres.

— Que Dieu te protège, Rhonwyn uerch Llywelyn, et qu'Il te ramène rapidement vers nous.

Sur ce, il tourna les talons et suivit le frère qui devait le conduire dans ses quartiers.

Rhonwyn éclata en sanglots et se jeta dans les bras de son mari.

— Ils ont rarement été séparés, expliqua Edward au père supérieur.

— Il est réconfortant de voir une telle affection entre un frère et une sœur, dit le moine avant de s'adresser à Rhonwyn. Nous prendrons grand soin de votre frère, madame, je m'y engage.

— M... merci, mon père...

Ils quittèrent l'abbaye, pour rentrer directement à Haven Castle, où l'expédition était prête à se mettre en route...

— Je prierai chaque jour pour que Dieu vous ramène victorieux et en bonne santé, dit Katherine alors qu'ils étaient sur le départ.

Ses yeux bleus étaient embués, et Rhonwyn dut lutter contre un violent sentiment de jalousie en voyant son regard s'attarder un peu trop longtemps sur Edward.

— Mon époux et moi vous remercions, chère Kate. Vos prières seront les bienvenues.

La caravane se mit en branle en direction de la grand-route.

— Quelle femme ! commenta doucement Rafe. Le destin nous a joué un drôle de tour, petite sœur. Avec ta douceur, tu aurais été une meilleure compagne pour Edward, et cette Rhonwyn au tempérament de feu aurait été plus heureuse avec moi.

— Rafe ! s'écria Kate, choquée. Ils ont été unis par la volonté du roi !

Il eut un petit rire.

— Ne me reproche pas, Kate, de désirer ce que je n'obtiendrai jamais. Je suis persuadé qu'ils reviendront un jour, tous les deux...

L'armée anglaise devait se rassembler à Douvres, et de là partir pour Bordeaux. Des barges les emmenèrent par la Severn jusqu'à Gloucester, puis ils empruntèrent les routes, pour arriver à Douvres vers la mi-mai. Mais le prince Edward n'était pas encore prêt à partir. Ceux qui étaient déjà là devaient prendre un navire pour Bordeaux, et ils traverseraient ensuite le sud de la France en direction d'Aigues-Mortes, sur la mer Méditerranée, où ils retrouveraient les Français.

— Mon épouse devait voyager avec la princesse, dit Edward à l'officier en charge du port.

— Elle se joindra à la princesse quand le prince Edward arrivera à Aigues-Mortes, répondit l'homme. Il faut qu'elle voyage sur ce bateau, dans un premier temps, mon seigneur. D'ailleurs, il y a une autre dame sur ce navire, et elle partagera une cabine avec vous, madame. Son époux fait partie des chevaliers.

— Mon mari et moi ne pourrons être ensemble ? demanda Rhonwyn, inquiète.

— Les hommes dormiront sur le pont, madame. Vous embarquez pour une guerre contre les Infidèles, pas pour une lune de miel, lui rappela sèchement l'officier.

— Je vous prie de me parler sur un autre ton, monsieur. Je suis la fille du prince de Galles.

— Pardonnez-moi, madame, s'excusa vivement l'homme. Avec le retard du prince, j'ai un mal fou à tout régler…

Rhonwyn eut un petit signe de tête tout à fait impérial, qui fit sourire son mari.

Ils montèrent à bord d'un navire assez vaste pour les accueillir tous, ainsi qu'une petite troupe en provenance d'Oxford. Le temps était clément, pourtant il leur fallut dix jours pour atteindre Bordeaux.

Ils pénétrèrent dans Aigues-Mortes à la fin du mois de juin, pour apprendre que le prince Edward n'avait pas encore quitté l'Angleterre. La troupe ne savait quelle décision prendre, quand le roi de France vint leur parler.

— Nous sommes certains, dit-il, que votre prince se joindra à nous, si ce n'est ici, du moins en Terre sainte. Il vous fait dire de partir avec moi. Nous avons suffisamment de navires, et nous sommes heureux d'avoir été élus pour partir en croisade au nom de Notre Seigneur Jésus-Christ.

Dès que Louis IX eut tourné les talons, les hommes discutèrent entre eux. Certains étaient furieux, d'autres hésitaient à suivre le roi de France en l'absence de leur prince.

— Edward nous abandonne à la merci des Français, grommela un chevalier. Il insistait pour que nous soyons prêts à temps, et maintenant c'est lui qui n'est pas là !

— Il viendra, objecta un autre. J'ai entendu dire qu'il avait eu du mal à obtenir de l'argent du roi. Henry ne voulait pas qu'il parte. Mais la reine a eu le dernier mot en affirmant qu'il y avait suffisamment d'hommes de valeur avec lui, et que le prince ne pouvait se dédire après avoir donné sa parole.

— Et d'où tenez-vous cette information ? insista le premier chevalier, peu convaincu.

— Du messager que notre roi a envoyé à Louis. Quelques chopes de bière lui ont délié la langue.

— Qu'allons-nous faire des femmes ?

Ce fut Edward de Beaulieu qui intervint :

— Elles viendront comme prévu. Nous ne pouvons les laisser en France, aux mains d'étrangers. Nous allons demander aux Français de leur trouver un moyen confortable de voyager.

Les hommes acquiescèrent.

Il y avait seulement six dames, ainsi que leurs servantes, et la reine de France proposa aimablement qu'elles fassent la traversée jusqu'à Carthage sur son propre navire.

— Après tout, dit-elle afin de persuader son mari d'accepter, elles devaient voyager avec l'épouse de mon neveu. Nous ne pouvons refuser de les prendre à bord.

Elles sont courageuses, Louis, d'accompagner leurs maris en Terre sainte. Nous devons nous occuper d'elles, jusqu'à l'arrivée d'Edward...

Ils prirent la mer le 1er juillet de l'an 1270. La traversée dura sept jours et fut calme, hormis le départ : Aigues-Mortes était un petit port, et ils durent franchir quantité de canaux avant de rejoindre la haute mer.

Il faisait de plus en plus chaud, et les armées n'étaient pas habituées à ce climat.

Une fois à Carthage, ils installèrent le campement autour de la grande tente du roi Louis de France. L'eau était peu abondante, car quelques puits entourant la ville avaient été volontairement empoisonnés. Une épidémie se répandit rapidement à travers le campement, malgré les efforts des médecins pour l'enrayer, et bientôt la tente-hôpital fut pleine. On creusa des fosses pour enterrer les soldats qui mouraient de dysenterie.

Le roi Louis tomba malade. Il était déjà âgé, et la chaleur ne lui convenait guère.

Lorsque Edward de Beaulieu fut atteint à son tour, Rhonwyn, d'abord paniquée, comprit que c'était à cause de l'état de saleté du camp, et elle fit transporter leur tente à la limite du campement. Edward était affaibli par la dysenterie, et la jeune femme exigea que l'eau fût bouillie avec des coings et filtrée ensuite à travers un linge propre. Puis elle écrasait la pulpe des fruits avec des dattes et essayait de le nourrir. Elle tenait à ce que l'on nettoyât le seau des toilettes, après chaque usage, avec du vinaigre et de l'eau bouillie. Elle recommanda cette méthode à la reine de France, mais le médecin du roi déclara que c'était une pratique démodée.

Edward de Beaulieu s'était vraiment vu aux portes de la mort. Mais, grâce à sa femme, il commençait à reprendre des forces.

— Êtes-vous sorcière ? lui demanda-t-il un jour en souriant.

— Ce sont simplement les notions de médecine que l'on nous enseignait à l'abbaye de la Pitié, répondit-elle en venant s'asseoir au bord du lit de camp sur lequel il reposait.

Elle mouilla un linge et lui tapota doucement les tempes. La sœur infirmière lui avait répété que la saleté attirait la maladie, même si les prêtres prétendaient que la toilette était une vanité...

— L'eau a le même parfum que vous, dit-il.

— J'y ai versé une goutte de mon huile.

Elle le lava rapidement et le recouvrit, afin qu'il ne prît pas froid, puis elle vida la cuvette et revint s'asseoir près de lui.

— Allongez-vous, murmura-t-il en la prenant dans ses bras.

Il lui caressait les cheveux. Il se sentait réellement mieux et lui en était reconnaissant.

La jeune femme sentait le cœur d'Edward battre contre son oreille. « Je l'aime », se dit-elle soudain. À la seule idée qu'il ait pu disparaître, son cœur se brisait. Il fallait qu'elle le lui dise !

Elle leva les yeux vers lui.

— Je vous aime, Edward... Je sais que je ne suis pas la plus démonstrative des épouses, mais je vous aime vraiment. Si je devais vous perdre, je mourrais, mon seigneur.

Les larmes se mirent à rouler sur ses joues, et il la serra davantage dans ses bras.

— Rhonwyn, ma sauvageonne... savez-vous depuis combien de temps j'attends ces mots ? Non, vous ne pouvez l'imaginer, ma chérie. Savoir que vous m'aimez me redonne espoir. Je sens une force nouvelle m'envahir. Votre sollicitude m'aidera à retrouver plus vite toute ma forme... Quel amour vous êtes !

Il la contemplait avec tendresse. Oui, elle avait changé. Dès qu'il aurait recouvré la santé, il lui ferait un enfant, puis il la renverrait en Angleterre avec son héritier dans le ventre. Elle ne protesterait pas, car elle comprendrait que c'était son devoir.

Satisfait de cette décision, il sourit et lui baisa doucement les lèvres...

L'état du roi Louis empirait. La dysenterie et la peste faisaient des ravages parmi les soldats, tandis que les Infidèles envoyaient des troupes harceler les envahisseurs. Le frère du roi, Charles d'Anjou, roi de Naples et de Sicile, avait été responsable de cette croisade. Il avait convaincu Louis qu'en convertissant le sultan de Carthage, il s'attirerait les faveurs du pape. Cependant, comme le roi s'affaiblissait, Charles entama des négociations de paix.

Le 25 août, Louis IX mourut.

Le prince Edward arriva enfin, quelques jours plus tard, et il trouva son oncle déjà enseveli, prêt pour le long voyage de retour dans son pays. Charles d'Anjou négociait toujours avec les Infidèles, à la grande colère d'Edward.

— Vous n'êtes qu'un traître à la Chrétienté ! rugit-il. Je ne cautionnerai jamais une telle trahison ! Il faut libérer Jérusalem des Infidèles et au lieu de cela, comme un lâche, vous cherchez à faire la paix avec l'ennemi. Vous me rendez malade, mon seigneur. Votre seule présence me donne envie de vomir !

— Vous êtes libre de poursuivre votre croisade, mon seigneur, répondit Charles d'Anjou, doucereux. Mais, avec la mort de mon frère, je dois à présent songer à mon royaume de Sicile, qui se trouve beaucoup moins loin des Infidèles que l'Angleterre.

Le prince Edward quitta la tente royale et convoqua ses chevaliers.

— Je vais me rendre à Acre, d'où je monterai une expédition pour bouter les Infidèles hors de Jérusalem. Êtes-vous avec moi, messieurs ? Pour Dieu et pour l'Angleterre ! cria-t-il en brandissant son épée.

— Pour Dieu et pour l'Angleterre ! répétèrent les Anglais comme un seul homme.

Le prince se rendit ensuite sous la tente d'Edward de Beaulieu.

— On raconte, madame, dit-il à Rhonwyn, que votre mari se porte de mieux en mieux, et qu'il le doit à vos soins affectueux. Si ma tante avait suivi vos conseils, mon oncle le roi Louis serait sans doute en vie.

Edward tentait de se redresser, mais il l'en empêcha d'un geste.

— Ne bougez pas. Vous êtes encore faible, je le vois.

Il s'assit sur la chaise que lui présentait Rhonwyn et entreprit d'exposer la situation.

— Si vous n'êtes pas en état de continuer, conclut-il, rentrez en Angleterre, avec mes vœux de guérison et mes remerciements.

— Je vous accompagne, mon seigneur, protesta Edward. Serions-nous venus si loin pour renoncer au dernier moment ? Quand partez-vous ?

— Il me faut une dizaine de jours pour organiser l'expédition. Pensez-vous que vous serez tout à fait remis, à ce moment-là ?

— Je serai prêt ! déclara Edward avec enthousiasme.

Rhonwyn, contrariée, se mordait la lèvre, mais elle garda le silence.

Le prince se leva.

— Je vous remercie de votre loyauté, milord. Vous le savez, je n'oublie jamais mes amis... Ma femme sera ravie de vous recevoir dès que vous pourrez quitter un instant votre époux, madame, ajouta-t-il aimablement à l'intention de Rhonwyn.

Dès que le prince fut sorti, la jeune femme secoua la tête.

— Vous n'êtes pas assez bien pour continuer la croisade...

— Je le serai.

— Dans dix jours ?

— Il le faut. En outre, le prince est un peu trop optimiste. Il ne sera pas prêt avant deux bonnes semaines, et il mènera un train raisonnable, avec des femmes dans l'expédition... Allez donc rendre visite à lady Eleanor, ma chérie. Enit veillera sur moi en votre absence.

— Si je considère que vous n'êtes pas en état de voyager, Edward, je vous en empêcherai ! s'entêta-t-elle.

— Quelle petite épouse autoritaire ! dit-il en riant. Mais je promets d'être sage... Maintenant, allez présenter vos respects à la princesse, Rhonwyn.

Elle se lava soigneusement le visage et les mains, lissa ses cheveux sous le voile, défroissa sa jupe, puis se dirigea vers la tente du prince, où elle fut aussitôt introduite auprès de la princesse.

— Quel plaisir de vous revoir, Rhonwyn de Beaulieu ! s'écria celle-ci. Venez vous asseoir près de moi, et donnez-moi des nouvelles de votre époux. Il a été malade, paraît-il ?

Rhonwyn entreprit de tout lui raconter.

— Je crains, conclut-elle, que mon mari ne soit pas assez robuste pour continuer le voyage. Mais il n'est pas de cet avis.

— Ah, les hommes ! Ils se croient indestructibles ! Retournez donc auprès du vôtre et tâchez de le remettre sur pied, ajouta-t-elle en riant. Que d'histoires nous aurons à raconter à nos petits-enfants !

— Il faudrait d'abord que j'aie un bébé, répliqua Rhonwyn.

— Mon Dieu ! Nous allons adresser des prières particulières à sainte Anne. Pendant le voyage, nous prierons ensemble...

Rhonwyn retourna à sa tente, pleine d'une énergie débordante.

— Trouvez-moi sir Fulk, ordonna-t-elle à Enit. J'ai envie de m'entraîner un peu à l'épée... Vous soigner est un travail à plein temps, mon seigneur, ajouta-t-elle à l'adresse de son époux, et j'ai besoin d'exercice. Pouvez-vous vous passer de moi un moment ?

Il acquiesça, bien que la requête lui déplût. Mais il ne pouvait espérer que sa femme eût changé du tout au tout en une nuit !

— Que vous a dit lady Eleanor ? demanda-t-il.

— Que les hommes se croient indestructibles, pouffa Rhonwyn.

Elle lui tourna le dos, afin qu'il puisse fermer son gilet rembourré.

— Mettez aussi votre cotte de mailles.

— Il fait trop chaud !

— Portez-la malgré tout, gronda-t-il. Même pendant un entraînement, les accidents arrivent, et je ne veux pas que vous soyez blessée, ma chérie.

Il ne voulait pas non plus qu'une blessure l'empêche de concevoir des enfants !

Rhonwyn obtempéra, puis elle enfila des chausses, le haubert articulé aux épaules et le casque de mailles.

— Je vais étouffer, là-dessous ! ronchonna-t-elle.

— C'est le prix à payer pour être un guerrier, la taquina-t-il. Entraînez-vous à l'ombre, et pas trop longtemps. Si vous tombiez malade, qui prendrait soin de moi ?

— Méchant ! Vous êtes simplement jaloux que j'aille me distraire, alors que vous ne le pouvez pas.

— J'aurais pu vous proposer d'autres distractions, dit-il avec un sourire coquin.

— Edward ! s'écria-t-elle en rougissant.

— Venez me donner un baiser, ma chérie...

— Vous ne le méritez pas ! Je vous laisse méditer sur vos mauvaises pensées, mon seigneur, et quand je rentrerai, je vous donnerai peut-être un baiser, à condition que vous le méritiez par un sincère repentir !

Il la regarda sortir de la tente en souriant. Jamais il n'aurait imaginé que le fait de partir en croisade avec sa femme les rapprocherait. Et pourtant...

8

Rhonwyn s'exerça avec sir Fulk sous une bâche tendue à cet effet. Ceux qui passaient par là devaient penser qu'il s'agissait de deux chevaliers, car la chevelure blonde de la jeune femme était dissimulée par la coiffe de mailles. Il faisait tellement chaud qu'ils ne pouvaient faire de longs assauts. Ils étaient obligés de s'arrêter souvent, afin de s'abreuver et de se reposer.

Ce fut lors d'un de ces moments de détente que l'alarme sonna.

— Vite, madame, il faut que je vous ramène à votre tente !

— Non, répondit Rhonwyn. Voilà une chance de rencontrer des Infidèles, Fulk ! Avec les Français qui négocient une trêve, en aurons-nous une autre fois l'occasion ?

— Nous nous battrons pour Jérusalem une fois à Acre, madame, insista Fulk.

— Sornettes ! Nous ne pouvons en être certains. Nous n'avons pas encore éprouvé nos épées. Or si mon époux était bien portant, ce serait fait depuis longtemps… Allons-y ! À cheval, Fulk ! À cheval !

Fulk n'hésita qu'un instant. Il aurait dû prévenir Edward de Beaulieu, il le savait, mais dans ce cas, l'échauffourée risquait d'être terminée avant qu'il eût le temps de s'en mêler. Les Infidèles tarabustaient les croisés plusieurs fois par jour, mais ils ne restaient jamais assez pour engager une sérieuse bataille. Il courut donc à la suite de Rhonwyn. Il n'y avait pas de raison pour qu'elle fût la seule à s'amuser !

Son écuyer avait déjà sellé leurs chevaux, et ils chargèrent au milieu des tentes dans la direction du vacarme. Lady de Beaulieu était véritablement intrépide ! Elle se lança dans la bagarre en poussant un cri de guerre…

C'était exaltant ! se disait Rhonwyn en ferraillant à droite et à gauche. Jamais elle n'avait connu une telle excitation ! Elle n'avait pas vraiment peur, elle avait confiance en ses talents. Elle avait l'impression d'entendre les directives d'Oth à son oreille, comme s'il était tout près. Les ennemis reculaient devant elle, et elle faillit éclater de rire. Les Anglais et les Français qui luttaient à ses côtés semblaient galvanisés par son énergie, et les Infidèles sentirent que cette fois, il ne s'agissait pas d'une simple escarmouche.

L'épée de Rhonwyn plongea soudain dans un corps, et elle vit l'incrédulité se peindre sur le visage de sa victime, qui s'effondra entre les pattes de son cheval. Un hurlement s'éleva parmi les Infidèles. Il devait s'agir de quelqu'un d'important.

Elle avait tué un homme ! Ce n'était pas un jeu, c'était la réalité, la sanglante réalité... Elle percevait les cris de douleur des mourants. Son bras retomba momentanément, et elle fut aussitôt entourée d'Infidèles. Son instinct de survie reprenant le dessus, elle tenta de se frayer un chemin parmi eux, tandis que sir Fulk venait à la rescousse.

Sans qu'elle sût comment cela s'était produit, ils se retrouvèrent tous les deux isolés des autres croisés. Un Infidèle saisit les rênes de Hardd, le cheval de Rhonwyn, et la troupe s'éloigna au grand galop, la jeune femme au milieu. Sir Fulk s'élança à leur poursuite. Bien qu'elle eût encore son épée, elle ne pouvait rien faire !

La bataille s'était déclenchée en fin d'après-midi, et à présent il faisait sombre. Rhonwyn remarqua tout de même qu'ils se dirigeaient vers une ligne de montagnes. Quand ils s'arrêtèrent enfin, les Infidèles la firent descendre de cheval et prirent son arme. Sir Fulk subit le même traitement. L'un des Infidèles leur ordonna d'un ton rude de s'asseoir.

— Pas un mot, murmura sir Fulk à l'oreille de la jeune femme.

Elle hocha la tête. Bien entendu, les ennemis n'imaginaient pas une seconde qu'ils avaient capturé une femme…

On leur donna un pain rond et plat, ainsi qu'un gobelet d'eau saumâtre à se partager. Lorsqu'ils eurent terminé ce festin, en gardant un peu d'eau pour plus tard, sir Fulk lui conseilla de se reposer un peu.

Rhonwyn ferma les yeux, mais le sommeil ne vint pas facilement. Il fallait qu'ils s'échappent, et vite ! Ils auraient déjà assez de mal à retrouver le chemin du campement… Et Edward ! Il devait être fou de rage ! Fulk avait eu raison : elle aurait dû retourner auprès de son mari, dès qu'elle avait entendu l'alarme.

Et si les Infidèles s'apercevaient qu'elle était une femme ? Un frisson la parcourut de la tête aux pieds, et des larmes brûlantes lui montèrent aux yeux. Elle lutta pour les ravaler. Si elle se laissait aller à la peur, elle serait incapable de réfléchir, d'élaborer un plan de fuite…

Fulk la secoua doucement.

— Nous reprenons la route, madame.

— Mais… il fait encore nuit !

— La lune est pleine, et il vaut mieux voyager la nuit que le jour, avec cette chaleur. L'un de ces hommes parle le normand. Dépêchez-vous de vous mettre en selle, avant que l'on ne s'approche trop près de vous.

— Nous devons nous échapper, murmura-t-elle avec désespoir.

— Comment ?

Rhonwyn monta sur son cheval et on lui attacha les mains, toujours protégées par les gantelets, au pommeau de la selle.

Ils chevauchèrent jusqu'à ce que le soleil soit haut dans le ciel, puis on leur donna à nouveau du pain et de l'eau, et ils s'assirent à l'abri du soleil. Ils dominaient la plaine et la mer, mais Rhonwyn ne vit pas trace de Carthage, ni du campement des croisés.

— Que va-t-il nous arriver ? demanda-t-elle à Fulk à voix basse.

— Celui qui parle notre langue dit que les chevaliers sont souvent échangés contre une rançon. Ils ont été impressionnés par vos talents de guerrier, et ils vous emmènent auprès de leur chef, dans l'espoir qu'il vous convertira à l'islam et qu'ils vous auront ainsi de leur côté. Ils disent que vous êtes un trop bon guerrier, et que personne n'aurait assez d'or pour payer votre rançon.

— Seigneur !

Rhonwyn n'osait demander ce qui se passerait, quand ils apprendraient qu'elle était une femme.

Sir Fulk devinait ses pensées, mais il ne savait que dire pour la rassurer. Les femmes blondes avaient infiniment de valeur aux yeux des Infidèles.

— Reposons-nous, madame. Nous reprendrons la route dès la tombée de la nuit.

Rhonwyn acquiesça. Si elle parvenait à tenir son identité secrète, elle avait une chance d'être renvoyée à son mari, et sir Fulk également.

Elle jeta un coup d'œil à son compagnon. C'était un jeune homme d'une vingtaine d'années, assez trapu, avec des cheveux cendrés et de chaleureux yeux bruns. Edward le connaissait depuis toujours, car sa famille vivait non loin de Haven. Il avait été fort courageux de se lancer à sa poursuite, mais peut-être aurait-il mieux fait de retourner au campement, afin de donner l'alerte. Sir Fulk avait suivi son instinct plutôt que sa tête… et elle aussi, songea-t-elle tristement.

Ils chevauchaient la nuit, se reposaient le jour. Les Infidèles leur donnaient peu d'eau, et ils ne parvenaient pas à étancher leur soif. Rhonwyn ne cessait de penser à Edward. Allait-il mieux ? Lui pardonnerait-il sa folie ?

Au terme de leur quatrième nuit de voyage, ils franchirent une passe creusée dans le roc, pour découvrir de l'autre côté une vallée verdoyante. Devant eux s'étendait un lac d'un bleu profond, et tout au bout se dressait une petite ville blanche. L'Infidèle qui parlait leur langue chevauchait à leur côté.

— Cinnebar, annonça-t-il.

De nombreux chemins rejoignaient la large route pavée qu'ils empruntaient. Ils doublèrent une caravane de chameaux lourdement chargés, un fermier et son fils menant un troupeau de chèvres. L'air embaumait les épices. C'était tellement fascinant qu'un instant, Rhonwyn oublia son angoisse pour regarder autour d'elle. Elle aurait bien des choses à raconter à Edward et à leurs enfants, plus tard !

Alors que le soleil s'élevait au-dessus des collines, à l'est, les énormes portes de la ville s'ouvrirent dans un grincement. Les sentinelles vérifiaient soigneusement les identités, mais on les laissa passer sans peine. Les rues de la cité étaient étroites et sinueuses. Ils ne cessaient de monter, et ils finirent par déboucher sur une vaste place, au bout de laquelle se dressait un palais de marbre.

On les introduisit dans une cour pavée de marbre blanc et noir. Les prisonniers mirent pied à terre, et on défit leurs liens.

Leur interprète s'approcha.

— Nous sommes au palais de Rashid al Ahmet, le puissant calife de Cinnebar. Allah bénisse ses aïeux et ses descendants. Votre sort repose entre ses mains, mais il a hâte de rencontrer le grand guerrier chrétien qui a tué son frère, jusqu'alors considéré comme le meilleur combattant de Cinnebar… Venez, suivez-moi !

Rhonwyn et Fulk se regardèrent, effondrés, tandis qu'ils emboîtaient le pas à leur guide. Celui-ci les mena dans une petite pièce, où on leur apporta de l'eau afin qu'ils puissent se débarrasser de la poussière du voyage. Puis on leur offrit du pain frais, des fruits, et un breuvage brûlant parfumé à la menthe. Enfin ils se retrouvèrent seuls, pour la première fois depuis leur capture.

— Ne mangez pas, dit sir Fulk. Cela pourrait être empoisonné.

Sans l'écouter, Rhonwyn mordit à belles dents dans une tranche de melon.

— Si c'est le cas, ce sera une mort plus rapide que celle qui m'attend pour avoir tué le frère du calife... Mieux vaut en profiter, Fulk. Mais je ne pense pas qu'ils nous auraient gardés si longtemps en vie pour se débarrasser de nous maintenant.

Elle goûta un morceau du pain qui sortait du four. Délicieux.

Son compagnon, reconnaissant la sagesse de ses paroles, se restaura également. Puis, après s'être de nouveau lavé les mains et le visage, ils attendirent.

Fulk se demandait comment il pourrait protéger Rhonwyn. On ne tarderait pas à découvrir qu'elle était une femme et, sans arme, il serait impuissant. S'il avait eu son épée, il l'aurait tuée plutôt que de la voir exposée à l'humiliation et au viol. Mais peut-être seraient-ils assez furieux qu'elle eût trucidé le frère du calife pour la décapiter sur-le-champ ? Il priait pour que ce fût le cas.

La porte s'ouvrit sur l'interprète.

— Venez, dit-il. Le calife tient son audience hebdomadaire.

Ils le suivirent à travers les couloirs du palais. Deux gardes noirs étaient postés de chaque côté d'une double porte de bronze. Ils portaient de larges pantalons de tissu or, de gros médaillons en forme de léopard sur la poitrine, et tenaient à la main des lances d'onyx aux pointes d'argent. Sans un mot, ils ouvrirent les portes, et le trio pénétra dans la salle d'audience.

La pièce était carrée, soutenue par des piliers de marbre vert et blanc. Le sol de marbre blanc était recouvert d'épais tapis bleus. Dans les encensoirs en forme de fleurs se consumait de l'aloès, et l'huile qui brûlait dans les torches était parfumée. Au fond de la pièce, sur une estrade, un homme était assis en tailleur.

Grand, mince, il portait une barbe noire bien taillée qui rejoignait sa moustache. Ses mains, fines et élégantes, s'ornaient de bagues. Il était vêtu d'une simple robe blanche, et coiffé d'un turban.

La salle était pleine d'hommes, sans doute venus demander au calife de régler leurs différends. Les prisonniers restèrent au fond de la pièce, jusqu'à ce que leur guide les conduise vers le trône du calife.

— À genoux, chiens ! ordonna-t-il.

— Nous ne nous prosternons que devant notre roi ! rétorqua Rhonwyn avec défi.

Aussitôt, des gardes les forcèrent à se mettre à genoux.

— Lequel des deux a tué le prince Abdallah ? demanda le calife.

— Celui-là, mon seigneur, répondit l'interprète en désignant Rhonwyn, qui gardait la tête baissée.

Le calife se leva, s'approcha des deux prisonniers agenouillés. Ses narines palpitèrent, il renifla par deux fois puis, d'un geste vif, il arracha la coiffe de mailles de Rhonwyn. Il la mit sur ses pieds et la regarda une seconde, avant d'éclater de rire quand sa longue chevelure blonde croula sur ses épaules.

— Une femme ! C'est une femme qui a tué mon fanfaron de frère ? C'est elle, le meilleur guerrier de la Chrétienté, Farouk ? Tu plaisantes !

Il ne pouvait quitter Rhonwyn des yeux.

— C'est de la sorcellerie, mon seigneur ! répliqua Farouk. C'est bien un cavalier qui a tué votre frère, et que j'ai capturé. Je vous le jure, mon seigneur... Je le jure !

L'homme était décomposé par la peur.

— Ne me touchez pas, Infidèle ! cria Rhonwyn en se dégageant des mains du calife. Votre chien rampant ne ment pas : c'est moi qui ai tué votre frère. Il se battait en dépit du bon sens, et il méritait ce qui lui est arrivé.

Le calife s'exprima dans la langue de la jeune femme.

— Ah… Tu as raison. Abdallah était un piètre guerrier s'il a été tué par une femme… Es-tu aussi ardente au lit que dans la bataille ? Nous allons le vérifier.

Il s'empara d'une mèche de cheveux qu'il enroula sur sa main avant de la porter à son nez.

— C'est bien ce que j'avais senti. Tes cheveux sont parfumés, femme.

Il lâcha ses cheveux, prit son visage entre ses doigts.

— Ta peau a la pureté des rayons de lune, ta chevelure celle de l'or pâle. Tu es belle, et tu le sais certainement. Les émeraudes de tes yeux scintillent de colère… Je t'appellerai Noor, ce qui veut dire « lumière ». Je suis Rashid al Ahmet, calife de Cinnebar, et tu seras le plus beau joyau de mon harem, Noor.

Il se tourna vers un grand homme noir :

— Emmène-la dans les quartiers des femmes, Baba Haroun, afin qu'on la baigne et qu'elle se repose. Tu me la ramèneras quand la lune se lèvera. Et trouve quelqu'un au harem qui connaisse sa langue, afin de servir d'interprète jusqu'à ce qu'elle ait appris la nôtre.

— Attendez, mon seigneur, dit Rhonwyn. Que va-t-il arriver à mon compagnon ?

— Est-il ton amant ?

— Bien sûr que non ! répliqua-t-elle, indignée. C'est l'un des chevaliers de mon époux. Il s'appelle sir Fulk Anthony.

— S'il n'est pas ton amant, je serai magnanime : je l'échangerai contre une rançon. Si on me la refuse, je le vendrai comme esclave.

Le calife était un peu déçu que Noor ne fût pas vierge, mais il n'en était pas étonné outre mesure. Elle était si belle ! D'ailleurs, en général, les Chrétiennes étaient assez ignorantes en matière d'érotisme, et il se ferait un plaisir d'initier celle-ci aux délices de l'amour.

Le grand Noir vint prendre Rhonwyn par le bras.

— Que Dieu vous protège, Fulk ! cria-t-elle.

— Qu'Il vous protège aussi, madame ! répondit-il tandis qu'on l'entraînait dans la direction opposée.

D'une secousse, Rhonwyn se libéra de l'étreinte du Noir et lui lança un regard meurtrier.

— Je vous suis. Vous n'êtes pas obligé de me traîner comme un animal !

Baba Haroun, furieux, allait lui répondre, mais le calife intervint et il hocha la tête.

— Il ne parle pas ta langue, Noor, expliqua le calife. Je lui ai ordonné de te traiter avec respect et douceur. Il n'a pas l'habitude que les femmes lui résistent... conclut-il avant de passer à l'affaire suivante.

Il la congédiait, et elle n'avait pas le choix : il lui fallait suivre Baba Haroun. Il l'emmena dans une aile du palais surveillée par des gardes, qui se redressèrent à leur arrivée. Ils franchirent une arche et pénétrèrent dans une salle, où chantonnait une fontaine et où une quantité de femmes bavardaient. À la vue de Baba Haroun, elles se turent, et il eut à l'intention de Rhonwyn un sourire qui semblait dire : « Vous voyez, je suis quelqu'un d'important... »

— Où est Nilak ? demanda-t-il en arabe.

Une petite femme bondit de son siège.

— Oui, seigneur Haroun, que puis-je faire pour vous ?

— Tu parles toujours ta langue d'origine ?

— Oui.

— Alors cette femme est à ta charge, selon le vœu de notre calife. Tu dois la préparer, car il souhaite l'avoir près de lui quand la lune se lèvera. Dis-le-lui, et informe-la que toute désobéissance, toute attitude agressive sera punie par des coups de fouet sur la plante des pieds, jusqu'à ce qu'elle ne puisse plus marcher mais seulement ramper.

Il poussa Rhonwyn vers Nilak.

Celle-ci la recueillit dans ses bras en lui murmurant à l'oreille :

— Ne vous rebellez pas, mon enfant. Le chef eunuque est rancunier. Si vous l'humiliez devant les autres femmes, il ne vous le pardonnera jamais, et personne, pas même le calife, ne pourra vous protéger contre sa vengeance.

Rhonwyn ravala sa colère.

— Parfait, la félicita Nilak. Maintenant, venez avec moi, nous allons parler. Vous me direz qui vous êtes, et je répondrai à toutes les questions que vous voudrez me poser, or il doit y en avoir beaucoup !

Elle entraîna Rhonwyn vers un coin tranquille, lançant au passage quelques ordres à une jeune esclave.

— Je lui ai demandé de nous apporter du thé à la menthe et des cornes de gazelle, expliqua-t-elle. Asseyez-vous, mon enfant.

— Qui êtes-vous ? demanda Rhonwyn. Et comment connaissez-vous la langue des Normands ?

— Je m'appelle Nilak, ce qui signifie « lilas », et mon histoire est simple. Mon père était marchand en Provence. Les Maures ont assailli la ville dans laquelle je vivais, j'ai été capturée, vendue sur le marché aux esclaves. J'avais alors douze ans, j'en ai à présent quarante-deux. J'ai été amenée à Cinnebar, avec une princesse que l'on offrait en cadeau au père de l'actuel calife. Elle est morte en donnant le jour à une fille, la demi-sœur du calife. J'ai élevé l'enfant, jusqu'à ce qu'elle soit mariée. Je suis dorénavant trop vieille pour être vendue, alors je reste ici et je me rends utile dans la mesure du possible. Baba Haroun est heureux de m'utiliser comme interprète quand une fille qui parle ma langue se retrouve ici… Maintenant, à votre tour, mon enfant. Qui êtes-vous, et comment êtes-vous arrivée ici ?

Rhonwyn raconta ses aventures à Nilak, qui en resta bouche bée.

— Vous avez tué le prince Abdallah ?

— Je ne savais pas de qui il s'agissait. C'était un ennemi comme un autre… Mais parlez-moi de Baba Haroun. Qui est-ce ?

— L'eunuque chef du harem.

— J'ignore ce qu'est un eunuque, ou un harem.

— Le harem, c'est l'endroit où vivent les femmes du calife. Ses épouses, ses concubines, ses sœurs et ses parentes. Aucun homme véritable n'est autorisé à y pénétrer, sauf le calife, évidemment. Un eunuque est châtré, c'est-à-dire qu'il ne peut plus se conduire en homme normal. En général, la castration a lieu quand il est jeune. Tous les hommes que vous verrez dans cette partie du palais – serviteurs, esclaves, gardes – sont des eunuques.

— Donc, ce Baba Haroun est en charge du harem.

— Oui, mon enfant. Obéissez-lui, montrez-lui en public votre déférence, et il deviendra votre ami. Pour réussir ici, vous aurez besoin de son aide. Sans lui, vous serez tenue dans l'ombre, et c'est un endroit bien triste...

— Mais je n'ai pas l'intention de rester, objecta Rhonwyn. Je me sauverai, je retournerai vers la côte, où les croisés se préparent à partir pour Acre. Mon époux doit être inquiet et furieux.

Une expression de pitié se peignit sur les traits de Nilak. C'était toujours comme ça ! Les captives voulaient fuir, mais c'était impossible, elle le savait.

— Vous ne pourrez pas vous échapper, mon enfant, dit-elle avec patience. Vraisemblablement, vous ne quitterez cet endroit que le jour de votre enterrement. En outre, pensez-vous que votre mari vous accueillerait volontiers dans sa demeure, dans son cœur, dans sa vie, sachant que vous avez été prisonnière des Infidèles ? Vous avez de la chance, mon petit. Vous auriez pu être violée, tuée. Au lieu de cela, on vous a amenée à Cinnebar, le paradis sur terre. Le calife est un excellent chef et un homme de qualité. Si vous éveillez son intérêt, si vous lui donnez un fils, votre fortune est faite. Quel meilleur avenir peut-on rêver pour une femme ?

— Mais je suis mariée... protesta Rhonwyn.

Elle commençait à avoir réellement peur. Pourquoi Fulk l'avait-il empêchée de s'évader pendant qu'ils en avaient l'occasion ? Ils seraient retournés vers la mer, auraient suivi la côte jusqu'à Carthage. Maintenant, avec les hauts murs qui entouraient le palais... elle était prisonnière – et pour toujours, à en croire Nilak. Terrorisée, elle se mit à trembler convulsivement.

Nilak la prit dans ses bras.

— Là, mon enfant, ça va aller... On ne vous fera pas de mal, je vous le promets. Tenez, buvez, ajouta-t-elle en lui tendant un gobelet de thé à la menthe. Cela vous calmera.

Elle se tourna vers une esclave :

— Va dire à Baba Haroun que la jeune femme a subi un choc et qu'il faut que je la fasse dormir immédiatement, sinon elle succombera à une crise de nerfs. Demande aussi si on lui a donné un nom.

Elle revint à Rhonwyn, qui était pâle comme un linge.

— Prenez une pâtisserie, proposa-t-elle. Les cornes de gazelle sont faites de miel, de raisins et d'amandes émincées. J'adore ça !

Rhonwyn accepta le gâteau, mais elle ne lui trouva aucun goût et le reposa sur le plateau.

Nilak prit sa petite main glacée dans la sienne.

— Tout ira bien, mon enfant, je vous assure. La vie est agréable, ici.

— Je suis Rhonwyn uerch Llywelyn, l'épouse d'Edward de Beaulieu, seigneur de Haven Castle. Ma place n'est pas ici ! Il faut qu'on me laisse partir !

Nilak la prit de nouveau contre elle.

Baba Haroun revenait dans le harem, agité.

— Que se passe-t-il ? Elle doit être prête pour le calife dès ce soir !

— Elle est bouleversée, seigneur Haroun. Et ce n'est pas étonnant. Elle est arrivée ici en tant que soldat, mais c'est en réalité une très jeune femme. Si le calife est séduit par sa beauté, nous devons la traiter avec douceur, afin que notre seigneur et maître soit content de nous.

— Tu as l'expérience de l'âge, Nilak, admit l'eunuque à contrecœur, en cherchant sous les plis de son ample robe un petit flacon, qu'il déboucha pour verser quelques gouttes dans le gobelet de Rhonwyn. Voilà qui devrait la calmer.

Nilak porta le gobelet aux lèvres de Rhonwyn.

— Buvez, mon petit. Vous avez besoin de dormir, de vous reposer, afin d'affronter la vie avec courage, comme vous l'avez fait jusqu'à présent.

Rhonwyn ne se le fit pas dire deux fois, et ne tarda pas à sentir ses paupières s'alourdir. Elle ne protesta pas lorsque Nilak la mena vers un divan, où elle se laissa tomber pour sombrer aussitôt dans un sommeil sans rêve.

— Comment l'appelle-t-on ? demanda Nilak au chef eunuque.

— Noor.

— Cela lui va bien. Pourriez-vous m'aider à la débarrasser de ses vêtements, Baba Haroun ? Je ne veux pas la confier aux autres femmes du harem. Lady Alia a-t-elle été informée de son arrivée, et de l'intérêt que lui porte le calife ?

Il acquiesça. Lady Alia était la première femme du calife. Il l'avait épousée quand elle avait treize ans et, bien qu'il eût deux autres femmes et plusieurs favorites, elle était restée son amie et sa confidente, une fois le feu de la passion éteint. Le fils d'Alia succéderait à son père, et elle était à la fois aimée, crainte et respectée dans le harem.

— J'ai averti ma maîtresse du danger qu'elle représentait, et elle viendra voir la fille dès que nous lui aurons enlevé ses vêtements d'homme.

Ils dévêtirent Rhonwyn, et elle se retrouva nue sous leurs regards.

— Elle est absolument superbe ! s'écria Nilak. Jamais je n'ai vu une telle blondeur, Bara Haroun.

Le chef eunuque contempla longuement la jeune femme. Elle avait un corps parfait, si l'on exceptait cette horrible masse de poils blonds au pubis. Mais il y remédierait bien vite. Elle possédait des membres minces et bien galbés, de petits seins ronds aux bouts impertinents. Une fois lavée et correctement parée, elle serait digne d'entrer dans le lit de son maître.

— Elle est vraiment belle... intervint une voix féminine.

C'était lady Alia en personne.

— Quel genre de jeune femme est-elle, à votre avis ? poursuivit-elle.

— Agressive et difficile, répondit aussitôt Baba Haroun.

Alia éclata de rire en lui tapotant affectueusement la main.

— Tu es trop protecteur envers moi, cela te rend injuste avec les autres femmes, Baba Haroun. Et vous, Nilak, qu'en pensez-vous ?

— Je ne sais pas précisément, madame, mais je la crois intelligente, et je ne sens rien de mauvais en elle. Cependant, une femme capable de persuader son mari de l'emmener à la guerre est à la fois fine et énergique. Elle s'est montrée fort courageuse, ces derniers jours, vous le constaterez vous-même lorsqu'elle vous racontera son histoire. Néanmoins, elle a reçu un choc.

— Baba Haroun, assure-toi que l'on veille sur Noor, ordonna Alia avant de se tourner vers Nilak. Venez, vous allez me dire ce que vous savez de cette jeune femme.

Nilak suivit l'épouse du calife dans ses appartements, où elle lui répéta ce que Rhonwyn lui avait raconté.

Quand elle eut terminé, Alia resta songeuse un instant.

— Noor m'a fait une grande faveur en tuant le prince Abdallah, dit-elle enfin. Même si elle l'ignore... Je lui accorderai mon amitié, sauf si elle se dresse contre moi. S'il était arrivé malheur à mon seigneur calife, Abdallah n'aurait pas hésité à assassiner mon fils afin de prendre le pouvoir. Remercions Allah qu'il soit à présent au ciel et non à Cinnebar.

Elle eut soudain l'air soucieuse.

— Rashid a hâte de la posséder, paraît-il. Sera-t-elle prête à partager son lit cette nuit, Nilak ? Il supporte mal les contrariétés, vous le savez.

— Je n'en sais rien, madame, soupira Nilak. J'ignore dans quel état d'esprit elle sera en se réveillant...

— Amenez-la-moi dès qu'elle sera baignée.

Nilak se leva et salua Alia, avant de retourner vivement auprès de sa protégée, gardée par deux eunuques armés.

— Vous pouvez vous retirer, leur dit-elle.

Elle s'assit près de la jeune femme, après avoir demandé à une esclave de lui apporter son ouvrage de broderie.

Rhonwyn se réveilla, désorientée, la bouche sèche. Elle vit Nilak et se laissa retomber contre les coussins.

— J'ai soif, dit-elle d'une voix à peine audible.

Nilak porta un gobelet à ses lèvres.

— C'est du jus de fruits... Comment vous sentez-vous, mon enfant ?

— Lasse, répondit faiblement Rhonwyn, avant de s'apercevoir qu'elle était entièrement nue. Qu'avez-vous fait de mes vêtements, madame ? demanda-t-elle, furieuse.

— Vous ne pouviez vous reposer dans cette tenue inconfortable, mon enfant. Les mailles de votre cotte vous rentraient dans la peau... Pouvez-vous vous lever ? Nous devons aller aux bains.

— Vous auriez pu me donner d'autres vêtements !

— Une robe propre sur un corps sale ? s'indigna Nilak.

— Je ne bougerai pas, tant que je n'aurai rien pour me couvrir ! s'entêta Rhonwyn.

— Je sais que vous n'avez pas l'habitude de vous promener nue, mon enfant, mais nous sommes entre femmes, ici. Venez. Le bain vous fera du bien.

— Non !

Nilak ne discuta pas davantage. Noor devrait apprendre à obéir, tôt ou tard. Elle appela deux eunuques :

— Il faut accompagner Noor aux bains, mais elle est un peu récalcitrante. Occupez-vous d'elle, je vous attends là-bas.

Elle traversa la pièce, un petit sourire aux lèvres, tandis que retentissait une protestation outragée. Elle ne prit pas la peine de se retourner. Les eunuques avaient reçu des ordres, ils les exécutaient.

Elle alla voir la maîtresse des bains.

— Bonjour, Sarai.

— Bonjour, Nilak. Tu m'amènes la jeune guerrière ? Où est-elle ? J'ai entendu dire que le calife la voulait ce soir, et qu'il y aurait beaucoup de travail avec celle-là.

— Elle arrive. Elle refusait d'être nue, et il a fallu deux eunuques pour qu'elle cède.

— La sotte ! marmonna Sarai. Ces Chrétiennes sont ridicules, avec leur terreur de la nudité.

Rhonwyn était écarlate de colère. Les eunuques l'avaient saisie par les bras et pratiquement traînée jusqu'à la salle des bains. Quand ils la lâchèrent, elle fit volte-face et leur assena des coups de poing.

— Barbares ! hurla-t-elle.

Ils furent surpris, mais les coups de Rhonwyn ne pouvaient rien contre leurs torses puissants, et ils éclatèrent de rire avant de tourner les talons.

— Comment avez-vous pu les laisser se comporter ainsi avec moi, madame ? reprocha-t-elle à Nilak.

— Je ne discute pas avec les entêtées de votre genre, Noor, répondit sévèrement Nilak. La règle, ici, est l'obéissance. Quand vous refuserez d'obéir, on vous y obligera. Vous n'êtes pas stupide, et ceci vous servira de leçon, j'en suis certaine.

— Je m'enfuirai, je retournerai dans mon pays ! déclara Rhonwyn avec force.

— Non. Même si vous parveniez par miracle à vous échapper du palais, vous ne sauriez pas où aller, et on vous ramènerait tout de suite. Vous seriez frappée sur la plante des pieds, ce qui est la punition pour les esclaves rebelles : nous ne voulons pas souiller la beauté des femmes du harem, pourtant il faut qu'elles soient punies lorsqu'elles le méritent... Alors, cessez vos bêtises, Noor, car nous avons affaire avant la tombée de la nuit. Voici Sarai, la maîtresse des bains. Vous allez lui obéir, et je resterai près de vous afin de m'en assurer.

— Vous me rappelez ma tante, grommela Rhonwyn. Une abbesse.

Nilak eut un petit rire.

— A-t-elle été obligée de vous parler aussi franchement, mon enfant ?

— Oui.

Rhonwyn suivit les deux femmes. Elle ne s'était jamais considérée comme sale, pourtant jamais elle n'avait connu la véritable propreté. On la savonna, on la rinça, puis on passa une sorte de raclette en argent sur tout son corps afin d'éliminer les peaux mortes. On la rinça de nouveau. On étendit une pâte odorante sur ses bras, ses jambes, ses aisselles, son mont de Vénus. On lui apporta une tasse de thé à la menthe et, quand elle l'eut terminée, elle fut surprise de voir que son corps était désormais imberbe.

Elle rougit. Elle n'avait pas remarqué que son mont de Vénus était si dodu, et il se dégageait de tout son être une sensualité qui la mettait mal à l'aise. Pourtant, ses deux compagnes étaient nues également et ne semblaient pas le moins du monde gênées... Quel univers étrange ! se dit-elle tandis qu'on lui coupait les ongles des mains et des pieds.

Ses cheveux furent lavés à plusieurs reprises, et soigneusement séchés. Enfin, Nilak la fit asseoir sur un banc couvert de coussins, et une vieille femme portant un panier sortit de l'ombre.

. — Ce sera le plus difficile à supporter pour vous, mon enfant, dit-elle. Rafi va nettoyer votre chemin d'amour. Il n'y a rien de lubrique dans cet acte. Détendez-vous, et tout ira bien.

Rhonwyn était effrayée, et outragée, mais elle savait qu'il ne servait à rien de protester. Aussi tenta-t-elle de rester calme lorsque la vieille femme lui ouvrit les jambes afin de purifier l'intérieur de son corps.

— Le seigneur prendra du plaisir avec celle-ci, déclara Rafi. Bien qu'elle ne soit pas vierge, elle est étroite... J'ai fini, petite, et j'espère que tu connaîtras seulement la joie dans le lit de ton maître.

— Qu'a-t-elle dit ? demanda Rhonwyn à Nilak.

— Que vous êtes belle et qu'elle vous souhaite de la joie... Vous êtes maintenant prête pour le massage. Ne bougez pas. Cela, au moins, vous aimerez.

Un jeune eunuque, vêtu d'un pagne, arriva avec un plateau d'onguents et de crèmes. Il regarda longuement Rhonwyn, puis il sélectionna un flacon, se versa de la crème sur les mains et entreprit de la masser. Choquée au début, elle s'aperçut que le jeune homme ne s'intéressait pas du tout à son corps. Au contraire, de ses doigts habiles, il pétrissait ses épaules, son cou, puis il descendit consciencieusement jusqu'à ses orteils, avant de la retourner comme une vulgaire crêpe et de recommencer de l'autre côté. Malgré elle, elle se détendit et dut s'avouer que c'était à la fois reposant et énergétique. Finalement, cette séance de bain était l'expérience la plus délicieusement décadente qu'elle eût connue de sa vie ! Edward aurait apprécié...

Elle se rembrunit en songeant à son époux. On la préparait comme un agneau pour le sacrifice !

Le lit du calife. Un autre homme... Elle avait été incapable de rendre heureux celui qu'elle avait épousé. Lorsqu'elle aurait déçu celui-ci, la ferait-il décapiter ? À moins qu'il ne décide de la renvoyer d'où elle venait, ainsi que le malheureux Fulk... L'espoir était faible, mais elle s'y accrocha de toutes ses forces. Elle dirait franchement au calife qu'elle ne pouvait donner ni recevoir de plaisir, et il la renverrait auprès d'Edward. Oui, elle n'avait plus de raison de s'inquiéter.

Et, en attendant, elle avait pris grand plaisir à cette séance de bain. Il faudrait qu'elle en parle à Edward. Dès qu'ils seraient rentrés en Angleterre, ils feraient installer ce genre de commodité à Haven Castle.

9

L'épouse du calife était une belle femme que son intelligence, sa gentillesse et son bon sens avaient gardée proche du cœur de son mari depuis plus de quinze ans. D'origine égyptienne, elle avait la peau joliment dorée, de beaux yeux bruns en amande et une épaisse chevelure noire tressée de perles. Elle était vêtue ce jour-là d'un caftan de soie pêche, brodé d'or à l'encolure et au bas des larges manches.

— Agenouillez-vous devant la femme du calife, Noor, ordonna Nilak.

Rhonwyn obéit, mais ne baissa pas la tête.

Un imperceptible sourire effleura les lèvres de lady Alia. La petite avait de la fierté, ce qui lui plaisait. Peut-être cette ravissante créature serait-elle la quatrième et dernière femme de son mari. Elle serait une alliée contre les deux chipies tenant lieu de seconde et troisième épouses, qui passaient leur temps à essayer de la supplanter ou de causer des ennuis à son fils, Mohammed. Si le jeune prince n'avait été là pour prendre la suite de son père, elles se seraient battues entre elles, et Cinnebar aurait été la proie d'une guerre civile.

— Est-elle prête ? demanda Alia à Nilak.

— Elle semble résignée, madame. Elle est lavée, purifiée, et j'espère qu'elle saura se montrer à la hauteur des espérances du calife. Elle est jolie, n'est-ce pas ?

Alia acquiesça.

— Dites-lui que je suis satisfaite de sa beauté et de ses bonnes manières.

Nilak traduisit pour Rhonwyn.

— Suis-je obligée de lui parler par votre intermédiaire ? demanda celle-ci. Ou puis-je m'adresser directement à elle ?

Nilak acquiesça.

— Parlez-lui, et je traduirai.

— Je vous remercie, madame, pour votre bonté. J'espère que le seigneur calife jugera bon de me renvoyer auprès de mon époux, ainsi je ne vous ennuierai pas par ma présence.

L'épouse du calife n'aimait sûrement pas voir toutes ces femmes se battre pour obtenir l'attention de son mari ! Elle serait ravie d'être débarrassée de Rhonwyn, comme elle-même serait ravie de s'en aller !

Nilak traduisit ces paroles, et elle ajouta :

— Elle n'est pas encore familière de nos coutumes, madame, et, comme toutes les captives, elle ne rêve que de liberté.

— Il saura la dissuader, répondit Alia. Demain matin, elle sera devenue son esclave dévouée, comme les autres. Je ne sais ce qu'il a de particulier, c'est sans doute ce charme lié à ses insatiables appétits... Dites à Noor que je la remercie pour ses gentilles pensées et qu'elle me plaît. Si elle persiste dans cette attitude, mon amitié lui est acquise.

— Vous avez de la chance, dit Nilak à Rhonwyn. Elle vous trouve agréable, et si cela continue, vous obtiendrez son affection. Cela n'est jamais arrivé à la seconde ni à la troisième épouse, même le premier soir.

— Le calife a trois femmes ?!

— La loi en autorise quatre, et autant de concubines qu'il le désire. La seule obligation pour lui est de traiter toutes ses épouses de la même manière. Si vous lui plaisez, vous pourrez facilement devenir l'une d'elles, Noor. Et avec l'appui de la première épouse, qui sait la puissance que vous atteindrez dans ce palais ? Votre avenir est doré pour l'instant, mon enfant. J'espère que vous ne m'oublierez pas, plus tard.

— Je n'ai aucune position ici, la raisonna Rhonwyn, et je ne souhaite pas en acquérir, vous le savez bien. Si je vais voir le calife, ce n'est pas pour le séduire, mais pour le supplier de me libérer.

— Ne soyez pas stupide, mon petit. Je vous l'ai dit, vous n'avez aucune chance de retourner dans votre pays. Alors, essayez de tirer le meilleur parti de votre situation à Cinnebar.

— Que dit Noor ? intervint Alia.

— Elle craint de ne pas plaire au calife, mentit Nilak sans le moindre scrupule. J'essaie de la persuader qu'elle est un véritable régal pour les yeux, et qu'elle enchantera notre seigneur et maître.

Lady Alia eut un chaleureux sourire.

— Comment pourrait-il en être autrement ? Emmenez-la se reposer, à présent.

— Nous partons, Noor, dit Nilak. Relevez-vous et saluez de nouveau notre maîtresse.

Rhonwyn obéit et s'inclina devant la ravissante Égyptienne. Comment supportait-elle de partager son mari avec tant de femmes ? Jamais Rhonwyn n'aurait accepté de partager Edward...

Edward ! Il lui avait demandé un baiser, avant qu'elle parte s'exercer avec sir Fulk, et elle le lui avait refusé. Comme elle le regrettait, à présent !

On apporta à la jeune femme un plateau chargé de pain tout chaud, de poulet, d'abricots, et d'un bol d'une sorte de crème blanche que Nilak appela « yaourt ». Rhonwyn dévora tout de bel appétit, puis une vieille femme vint lui laver les dents avec de la pierre ponce en poudre, une petite brosse et de l'eau parfumée à la menthe.

— Vous devez avoir bonne haleine, expliqua Nilak.

Rhonwyn s'assoupit. Quand elle se réveilla, on la lava de nouveau rapidement à l'eau de rose, et on lui enfila un caftan beige. Elle portait une chaîne d'or ornée d'une perle sur les hanches, à même la peau, et elle était pieds nus, la chevelure dénouée.

— Baba Haroun va vous emmener chez le calife, annonça Nilak.

— Vous reverrai-je ?

— Si vous ne détruisez pas vos chances par quelque folie, nous nous verrons demain matin. Je sais à quoi vous pensez, Noor, mais une dernière fois je vous le répète : renoncez à toute idée d'évasion. Votre vie est ici, dorénavant, et mieux vaut être en haut de l'échelle. Si j'en avais eu moi-même l'occasion...

Elle s'interrompit et serra la jeune femme dans ses bras.

— Votre tante l'abbesse vous donnerait le même conseil, j'en suis certaine... Ah, voici Baba Haroun. Suivez-le, et n'oubliez pas de vous incliner devant le calife comme je vous l'ai appris. Je vous souhaite beaucoup de plaisir, mon enfant. On dit que c'est un merveilleux amant.

Cela ne changerait rien, songea Rhonwyn alors qu'elle suivait l'eunuque le long des couloirs odorants. Si elle n'avait pas vibré avec son cher Edward, comment pourrait-elle réagir aux caresses de cet inconnu qui la considérait comme une esclave ?

L'eunuque s'arrêta devant une double porte, dorée à l'or fin, que deux gardes ouvrirent pour eux. Ils la refermèrent derrière eux.

Le calife les attendait, debout. Suivant les leçons de Nilak, Rhonwyn se prosterna, le front contre ses pieds nus. C'était affreusement humiliant, mais il n'était pas question de se révolter si elle voulait obtenir quelque chose de lui.

— Bravo, Noor ! approuva-t-il, moqueur. Je suppose que cela blesse énormément ton orgueil... Relève-toi.

Baba Haroun l'aida à se mettre debout et, à sa grande surprise, il la débarrassa vivement de son caftan avant de quitter la pièce.

Inutile de tenter de dissimuler sa nudité, pensa Rhonwyn. Elle resta figée, le regard dans le vague, essayant de surmonter sa honte.

— Croise tes mains derrière ta tête.

Il fut étonné de la voir obéir sans protester. L'avait-on droguée ? Non. Elle rougissait légèrement et évitait de croiser son regard. Avec un sourire satisfait, il examina longuement sa nouvelle proie. Elle était parfaite ! Ses seins étaient ronds comme des pêches, elle avait de jolis membres minces et gracieux, de ravissants petits pieds cambrés, la taille fine, les hanches pleines. Il tourna autour d'elle pour admirer son dos et l'élégante chute de ses reins.

Il ne résista pas au plaisir de prendre ses seins dans ses paumes. Le visage dans ses cheveux, il murmura :

— Qu'est-il advenu du délicieux arôme qui parfumait ta chevelure, Noor ?

— Il provient de l'huile extraite d'une fleur que vous ne possédez pas ici, mon seigneur.

Elle était troublée par ses mains chaudes sur sa peau, mais elle supporterait cette épreuve, afin d'atteindre son but.

Il caressait doucement le bout de ses seins.

— De quelle fleur s'agit-il ? Tu l'auras, ma belle.

— Cela s'appelle de la lavande, mon seigneur, et elle ne s'acclimaterait pas à Cinnebar.

Elle avait envie de se dégager, mais il serait vexé, et que se passerait-il alors ?

— Nous achèterons de l'huile pour toi. J'en donnerai l'ordre dès demain.

Il lâcha ses seins et revint lui faire face. Au bout de la chaîne d'or pendait une perle en forme de poire, qui effleurait tout juste la petite fente rose de son mont de Vénus. Comme pour désigner le chemin du bonheur.

— Tu peux baisser les bras, Noor.

— Merci, mon seigneur.

— Comme tu es docile, ma belle ! Après notre première rencontre, ce matin, je m'attendais à plus de résistance, or te voilà douce comme un agneau. Pourquoi ? Tu ne t'es tout de même pas déjà résignée à ton sort !

Elle fut obligée de le regarder, car elle ne pourrait le supplier en continuant de fixer le mur derrière lui ! Et elle fut choquée de s'apercevoir qu'il ne portait, pour tout vêtement, qu'un pagne de tissu blanc drapé sur les reins. Il avait la peau presque aussi claire que la sienne, hormis son visage et ses mains hâlés par le soleil. Il était mince, musclé, et c'était de loin l'homme le plus séduisant qu'elle eût rencontré. Edward, qui pourtant était plutôt bien de sa personne, ne pouvait en aucun cas rivaliser avec le calife.

— Alors ? insista-t-il.

— Je ne peux pas vous donner de plaisir, mon seigneur ! lâcha-t-elle d'un coup.

— Tu veux dire que tu résisteras à ma passion ?

— Non. Ou plutôt, oui, je résisterai, mais cela ne changera rien. Je suis incapable de vous donner du plaisir. J'aimais mon mari et il m'aimait, pourtant je n'ai jamais pu lui offrir davantage que mon corps. C'était un terrible fardeau à porter pour nous deux. J'en suis navrée, mon seigneur, mais maintenant que vous savez, allez-vous me renvoyer, ainsi que ce malheureux sir Fulk ?

— Certainement pas ! Il n'existe pas une femme au monde incapable de donner et recevoir du plaisir, Noor. Parfois, cela prend plus de temps, ou des approches différentes… Je suis désolé pour toi et ton mari, mais je te jure qu'avec moi, tu connaîtras le plaisir. Cette nuit, ou peut-être demain, cela arrivera, ma belle, je te le promets.

— Non ! cria-t-elle.

Que lui disait-il ? Il ne pouvait vouloir d'elle, après l'aveu qu'elle venait de lui faire !

Il lut la panique dans ses yeux et il l'attira contre lui.

— N'aie pas peur, ma douce, dit-il en lui caressant doucement les cheveux.

— Mais vous ne comprenez pas ! lança-t-elle dans un sanglot.

— Bien sûr que si, ma belle. Tu n'as jamais connu l'extase, et je t'en ouvrirai les portes, Noor. Je refuse de laisser une créature telle que toi ignorer les délices de la passion. Tu es à moi, désormais, et jamais je ne renoncerai à toi.

Il lui releva le visage et l'embrassa avec fougue.

Elle était troublée, inquiète, et quand elle sentit ses lèvres sur les siennes, exigeant ce qu'elle ne pouvait donner, elle éclata en sanglots.

Rashid al Ahmet la souleva dans ses bras pour la déposer sur le lit, et il la garda contre lui pendant qu'elle pleurait toutes les larmes de son corps. Il n'y avait pas de mots pour la consoler, il le savait. Elle commençait à comprendre que son avenir était là, près du calife, et non aux côtés d'un chevalier chrétien. Si elle avait vraiment aimé son mari – bien qu'il ne lui eût pas fait connaître le plaisir – cela devait être dur à accepter pour elle. Mais le calife se doutait qu'elle était forte, et qu'elle ne tarderait pas à reprendre le dessus.

Edward ! criait-elle intérieurement. Elle ne pouvait croire que cette partie de sa vie était révolue à jamais. Il fallait qu'elle accepte ce que lui proposait le calife, sous peine de mourir. Or la mort ne lui rendrait pas Edward ! Quant à lui, se résignerait-il de l'avoir perdue ? Après tout, leur mariage n'était qu'une union de convenance, et même s'il s'était pris d'affection pour elle, elle n'était plus à son côté. De retour en Angleterre, il se remarierait, afin d'avoir des héritiers. Sans doute avec Katherine de Beaulieu, la douce jeune fille qui lui était destinée. Elle serait une bonne châtelaine, ne redouterait pas la passion, et lui donnerait de beaux enfants. Oui, peut-être cela valait-il mieux ainsi... se dit-elle dans un soupir.

— Il y a bien longtemps qu'une femme ne s'est pas sentie suffisamment en confiance avec moi pour pleurer contre mon épaule, déclara le calife.

— En tant qu'étrangère, je n'éprouve sans doute pas le même respect et la même crainte que les autres, mon seigneur, répondit Rhonwyn en se détournant. Les rares fois où je pleure, je suis horrible. Mais cela ne m'arrive pas souvent.

— Je te trouve superbe, dit-il en baisant ses joues humides.

Elle ne put s'empêcher de sourire.

— Ah ! je vois que tu surmontes ton chagrin…

— J'ai le cœur brisé, mon seigneur.

Pourquoi se confiait-elle à cet homme ?

— Bien sûr, ma très belle Noor. C'est comme une sorte de mort, n'est-ce pas ?

— En effet, acquiesça-t-elle.

— Pourquoi as-tu peur de la passion ?

— Je n'ai peur de rien ! s'indigna-t-elle.

— Sauf de la passion. Pourquoi ? Dis-moi qui tu es, et d'où tu viens.

— Je suis Rhonwyn uerch Llywelyn, fille du prince de Galles. Ma mère était sa maîtresse, et j'ai un jeune frère. Lorsque notre mère est morte en mettant un bébé au monde, notre père nous a emmenés dans l'une de ses forteresses. Malheureusement, il n'a pas pensé que c'était un endroit sans aucune femme. J'ai donc grandi entourée d'hommes et j'ai imité leurs manières.

— Ils t'ont appris à te battre, constata le calife.

— Oui, parce que je les en ai suppliés. Je les admirais, je voulais leur ressembler… Et puis un jour, des années plus tard, mon père est revenu et il a dit que je devais me marier. Cela faisait partie d'un traité passé entre lui et le roi d'Angleterre. Il a été horrifié en s'apercevant que je ressemblais davantage à un garçon qu'à une jeune fille accomplie, et il m'a envoyée chez ma tante, la mère supérieure d'une petite abbaye. Pendant six mois, on m'a enseigné tout ce qu'une dame doit savoir, puis on m'a emmenée en Angleterre pour que j'épouse Edward de Beaulieu, le seigneur de

Haven Castle. Quand il a décidé de partir en croisade, je l'ai accompagné.

— Et tu n'as pas pu résister à l'appel des armes, c'est pourquoi tu es à présent ma prisonnière, termina le calife. Mais où était ton mari, Noor ?

— Il a attrapé la dysenterie. Il commençait tout juste à se remettre, et il savait que je souffrais du manque d'exercice. Il m'a donc autorisée à aller m'entraîner avec sir Fulk. Durant la bataille, j'ai été capturée, et le pauvre Fulk m'a suivie.

— Je ne le vendrai pas, car ce serait mal le récompenser de sa loyauté envers toi. Je vais lui confier la tâche d'enseigner à mon fils Mohammed vos coutumes en matière de guerre. Cela pourrait lui être utile un jour... Tu es satisfaite, Noor ?

— Oui, mon seigneur, je vous remercie.

— On dit que je sais être bon avec ceux que j'aime, ajouta-t-il en déposant un baiser sur son oreille.

Elle sentit sa langue chaude explorer le petit coquillage, et elle frémit. Jamais Edward n'avait fait cela !

Il repoussa la masse de ses cheveux et lui baisa la nuque, la mordilla doucement.

Elle sursauta, nerveuse comme une chatte.

— Ton mari ne te goûte jamais, Noor ?

Il prit une petite main dans la sienne et en lécha la paume, puis il suça ses doigts, l'un après l'autre.

C'était sûrement dépravé ! Pourquoi ne se servait-il pas simplement de son corps, pour la laisser ensuite tranquille ? Il la surprit davantage en l'allongeant sur le dos et en parcourant sa peau de la langue.

— Je vous en prie... ! gémit-elle.

Il releva la tête.

— Tu me pries de quoi ?

— Ne faites pas ça, mon seigneur !... Pas ça !

Il jouait avec ses seins, dont la pointe bourgeonnait. Rhonwyn sentait la panique monter en elle.

— De quoi as-tu peur, Noor ? Je ne te fais pas mal, je goûte seulement ta chair, et je la trouve délicieuse. Je veux couvrir ton corps de baisers, cela n'a rien de pervers.

— C'est juste... nouveau pour moi.

— Et tu aimes ça ?

— Non !

— Cela viendra, ma beauté, lorsque tu cesseras de redouter ce que tu ne connais pas.

Il reprit son chemin sensuel et Rhonwyn ferma les yeux, tentant de se calmer. Il avait raison : il ne lui faisait pas mal du tout. C'était même plutôt agréable, somme toute... Il descendait le long de son ventre, et elle poussa un cri quand il arriva au mont de Vénus.

Il eut un rire de gorge.

— Tu n'es pas encore prête, mon trésor...

— Prête pour quoi ?

— Plus tard, Noor.

Sa bouche glissait le long de sa jambe, jusqu'à son pied dont il goûta les orteils un par un, avant de passer à l'autre jambe.

— Vous êtes fou ! murmura-t-elle, le souffle court.

— Ta peau est le plus envoûtant des opiums.

Il la retourna sur le ventre, lui chatouilla la plante des pieds, et remonta vers ses fesses. Il lui arracha un cri de surprise lorsque sa langue se glissa au milieu, puis il monta encore, jusqu'à sa nuque, avant de la remettre sur le dos.

— Tu frémis, dit-il à voix basse. Aurais-je commencé à faire fondre la glace qui entoure ton cœur, Noor ? Maintenant, il est temps de t'apprendre comment plaire à ton seigneur et maître.

Il bondit hors du lit, l'entraînant avec lui.

— Dénoue mon pagne, ordonna-t-il.

— Mais... vous serez tout nu ! objecta-t-elle sottement.

Il rit.

— En effet !

De son côté, il dégrafa la fine ceinture qui lui ornait les hanches.

— Allons, ma belle. Pourquoi cette timidité ? Tu sais à quoi ressemble le corps d'un homme.

— Vous m'étonnez sans cesse, mon seigneur, avoua-t-elle en rougissant.

— Le pagne, insista-t-il.

Rhonwyn s'exécuta en détournant les yeux.

— Ta pudeur m'émeut, Noor, mais tu peux quand même me regarder. Viens, ma douce... touche-moi.

Instinctivement, elle cacha ses mains derrière son dos.

— Comment ? Tu n'as jamais touché un homme ? Par Allah, tu es presque vierge !

Il lui prit la main et la posa sur son sexe palpitant, bien qu'elle tentât de se dérober.

— Maintenant, fais ce que tu veux, ma chérie. Explore-moi.

Elle n'aurait certainement pas dû... mais la tentation était trop forte. Elle s'était souvent interrogée sur cette partie du corps d'Edward, sans jamais oser le toucher. Or cet homme l'y invitait et elle ne pouvait résister. Ses doigts se refermèrent sur le sexe du calife, elle le caressa doucement. Il était doux et chaud dans sa main.

— C'est bien, ma belle, l'encourageait-il. Maintenant, continue, regarde mes bourses qui sont pleines de sève. Cette sève que je déverserai en toi lorsque tu seras prête à la recevoir.

Elle se cacha le visage contre son épaule, le cœur battant la chamade.

— Les Chrétiens divisent les femmes en quatre catégories, Noor, ajouta-t-il. Les épouses, les mères, les filles de joie et les saintes. Ils ne partagent pas les plaisirs de la chair avec leurs compagnes. Nous, en Islam, si. Et nous ne nous contentons pas d'une seule femme, car une seule femme ne peut assouvir toutes nos passions.

— Vous avez trois femmes, m'a-t-on dit, mon seigneur.

— C'est vrai, mais je vais congédier les deux plus jeunes, car ce sont des créatures assommantes, qui ne cessent de se chamailler avec lady Alia et les autres femmes du harem. Je crois même qu'elles sont responsables de la mort d'une fort jolie fille, dont je voulais faire ma favorite. Baba Haroun mène l'enquête, et il ira jusqu'au bout de l'affaire. Il aime beaucoup lady Alia.

— Lady Alia est une grande dame, et elle a été très bonne envers moi.

— Elle m'a déjà parlé de toi, ma Noor, c'est pourquoi je me montre si patient.

Il lui releva le visage et l'embrassa avec une passion renouvelée. Elle fut tentée de se débattre, mais quelque chose de plus fort l'incita au contraire à s'assouplir sous ses lèvres.

Pourquoi ? se demandait-elle sans trouver de réponse. Elle savait seulement que cet homme était fort, tendre, et que sa propre résistance s'effilochait. Et si ce qu'on lui avait dit était vrai, si elle ne pouvait s'échapper de Cinnebar ? Ou bien, si Edward refusait de la reprendre ? Elle lui avait désobéi en s'engageant dans l'escarmouche. Mais, Seigneur, qu'était-elle en train de faire ?

— Je ne peux pas vous donner de plaisir, murmura-t-elle en se dégageant.

— C'est déjà fait, rétorqua-t-il doucement.

— Je ne sais pas non plus en recevoir, insista-t-elle, presque désespérée.

— Je t'enseignerai, promit-il en l'embrassant.

La curiosité l'emportait sur la raison de Rhonwyn. Edward était-il responsable de sa frigidité ? Leur première nuit avait été si désagréable ! Mais avec cet homme, c'était différent, et peut-être saurait-il la libérer de ses inhibitions... En outre, si elle ne retournait jamais vers Edward de Beaulieu, cette vie était tout ce qu'elle pouvait espérer. Comme l'avait dit Nilak, mieux valait se trouver en haut de l'échelle qu'en bas.

Elle recula légèrement.

— Apprenez-moi, mon seigneur, dit-elle tout bas. Apprenez-moi la passion…

Il prit son visage entre ses mains et plongea dans ses yeux verts. Les siens étaient d'un bleu très sombre, presque noir, remarqua la jeune femme.

— Ma passion est violente, Noor, l'avertit-il, or tu es facilement effarouchée. Je te désire de tout mon être, mais je veux que tu ressentes le même plaisir que moi. Je vais te montrer tous les raffinements de l'amour, et je te promets que jamais je ne te ferai de mal. Si tu as peur, il faudra que tu me le dises. L'extase s'atteint de différentes façons, aussi délicieuses les unes que les autres… Tu me fais confiance, ma beauté ?

Elle acquiesça, le souffle court. Pourquoi son mari ne lui avait-il jamais tenu un tel discours ? Un instant, elle fut en colère contre lui, puis elle se dit qu'il ne s'y connaissait sans doute pas en matière de passion, même s'il pensait dominer parfaitement le sujet…

Le calife commença à baiser tendrement ses lèvres, ses joues, son front, le bout de son nez, ses paupières closes. Puis il la caressa. Les épaules, le dos, les reins. Instinctivement, elle se tendit vers lui, et il enfouit le visage dans son cou avec une sorte de feulement.

— Tu m'enivres, ma belle guerrière, dit-il avant de la porter de nouveau sur le lit.

Elle avait du mal à trouver sa respiration tandis qu'il la contemplait, debout près d'elle. Elle n'aimait pas cet homme, il lui faisait plutôt peur, pourtant il fallait qu'elle aille plus loin. Cela se terminerait dans l'atroce acte d'accouplement, mais elle voulait connaître tout ce qu'il avait à lui enseigner. Elle voulait sa bouche sur elle, ses mains sur elle.

Il vint enfin s'allonger à son côté. Elle ne pouvait se douter qu'elle offrait une image délicieuse, à la fois naïve et terriblement sensuelle. Il posa la tête entre ses seins.

— Ton cœur bat terriblement vite, constata-t-il.

— J'ai peur, et en même temps je n'ai pas peur.

— Rappelle-toi, ma précieuse, je ne te ferai aucun mal. Je veux seulement t'aimer et te donner de la joie.

— J'ai confiance en vous, mon seigneur.

Les lèvres du calife se refermèrent sur un petit bout de sein qu'il caressa de la langue.

Elle se laissa aller au plaisir que sa bouche lui procurait, et plongea la main dans sa chevelure brune, étonnamment douce. Edward faisait cela, parfois, mais ce n'était pas aussi troublant.

Le désir du calife s'intensifiait, pourtant il savait qu'il devait progresser doucement. Le ventre de la jeune femme était tendre et musclé à la fois, l'intérieur de ses cuisses plus doux que la soie, son parfum le grisait. Il ne put résister au plaisir de glisser sa langue au cœur de son jardin secret.

Rhonwyn frémit de tout son être, envahie par les prémices du plaisir, et elle gémit encore et encore tandis que les vagues de l'extase menaçaient de la submerger. Elle entendit sa voix, lointaine :

— Tu vois, ma jolie Noor, tu es capable d'éprouver du plaisir…

Des doigts, il écartait ses lèvres, afin de la préparer à le recevoir. Puis il s'allongea sur elle.

Alors Rhonwyn ouvrit de grands yeux.

— Non ! hurla-t-elle, avec la voix d'une enfant terrorisée. Non !

Il s'immobilisa et la prit dans ses bras.

— Qu'y a-t-il, Noor ? De quoi as-tu peur ? Dis-le-moi, ma toute belle. Dis-le-moi…

— Il lui fait du mal. Je vous en supplie, arrêtez, ne faites pas de mal à ma maman !

Ces paroles stupéfièrent le calife, mais il savait que l'esprit humain pouvait dissimuler des secrets, qui se révélaient dans des situations extrêmes.

— Qui fait du mal à ta maman, Noor ? demanda-t-il comme s'il parlait à une petite fille.

— Je ne sais pas… mais il est richement vêtu. Maman a peur, il ne veut pas la lâcher. Il la traite de catin, il se couche sur elle. Il lui fait mal! Il lui fait mal!... Allez-vous-en! Allez-vous-en! Maman dit que notre père ne doit pas le savoir. Elle saigne. Ne pleure pas, maman, ne pleure pas!

Rhonwyn sanglotait à fendre l'âme.

— Maman a dit que je ne dois jamais laisser un homme me faire ce que cet individu lui a fait. Qu'il faut que je me défende, que je me batte... Je suis obéissante, maman. Je serai forte, et le prince ne saura jamais rien. C'est notre secret, maman. Notre secret à toutes les deux...

Le calife la berçait tendrement. Il n'était pas étonnant qu'elle n'eût jamais connu le plaisir... Mais cela allait changer.

— Qui a violé ta mère, Noor? Tu étais toute petite, n'est-ce pas?

Elle tremblait de tous ses membres, mais elle ouvrit les yeux, revenant au présent.

— Je ne sais pas. Sans doute quelqu'un qui connaissait mon père et avait eu vent de l'endroit où était notre cottage. Ma mère n'a jamais su si le troisième enfant qu'elle portait était celui du prince ou de son agresseur. Mon père l'aimait, il aurait tué celui qui avait osé poser la main sur elle, et je crois que c'est ce qui l'effrayait. Elle ne voulait pas avoir la mort d'un homme sur la conscience. J'avais quatre ans quand c'est arrivé, et elle nourrissait encore mon frère.

— Comprends-tu à présent ce qu'elle voulait dire, lorsqu'elle t'a mise en garde? Elle ne te demandait pas de te priver du plaisir partagé, Noor, elle espérait seulement que tu ne te retrouverais jamais dans sa situation.

Il lui caressait les cheveux, apaisant.

— La pauvre! poursuivit-il. Comme elle a dû souffrir... et comme il était lourd, votre secret! Plus tard, quand tu te réveilleras, je te ferai l'amour comme tu mérites d'être aimée.

Elle était déconcertée. De toute évidence, il avait encore envie d'elle, et elle effleura son sexe en disant :

— Je n'aurai plus peur à présent, mon seigneur...

— Tu as besoin de te reposer, ma douce. Tu viens d'affronter de terribles démons. Dors. Ensuite, je t'emporterai au paradis pour te récompenser de ton courage, ma Noor.

— Je ne suis plus une enfant, mon seigneur. Je suis une guerrière, et j'ai enfin découvert ce qui me terrifiait durant toutes ces années. Je n'ai pas besoin de dormir. Au contraire, il me faut votre passion pour me prouver que j'ai véritablement surmonté mes terreurs.

Elle lui tendait les bras, et Rashid al Ahmet entra lentement en elle, sans cesser de contempler son visage. Mais il n'y avait plus de peur dans les yeux de la jeune femme. Seulement un émerveillement naissant, la hâte de découvrir ce qui allait suivre...

— Oui, tu es courageuse, ma belle guerrière, dit-il en commençant à bouger en elle.

Elle ferma les yeux, submergée par la divine invasion, intensément consciente de chacun de ses mouvements. Sa mère, qui avait aimé ap Gruffydd, n'aurait jamais souhaité la priver de ces délices.

Elle adoptait son rythme, poussait de petits cris, tandis que le plaisir montait en elle, l'envahissait, la faisait enfin exploser, la laissant épuisée, assouvie, consciente de la sève brûlante qu'il répandait en elle...

Une fois qu'elle eut retrouvé son souffle, elle murmura :

— C'était magique, mon seigneur !

— Rashid, rectifia-t-il. Je m'appelle Rashid, et je ne te laisserai jamais partir, ma ravissante Noor. Tu es mienne pour toujours.

Étrangement heureuse, elle posa la tête sur son épaule. Pourtant, un nom résonnait dans son esprit... *Edward !* C'était Edward de Beaulieu qu'elle aimait, pas cet étranger !

Cependant, c'était bel et bien Rashid al Ahmet qui avait mis au jour le secret enfoui depuis des années au fond de son cœur. Pas son époux. Rashid al Ahmet, calife de Cinnebar, à qui elle avait été amenée le matin même comme esclave, celui qui l'avait touchée comme aucun autre.

Pourquoi ?

Certes, sa passion était magnifique, et elle l'avait rendu heureux, elle le savait. Si cela continuait, elle deviendrait sa quatrième épouse, mais ce n'était pas ce qu'elle souhaitait. Elle voulait retourner en Angleterre, se donner à Edward comme elle n'avait jamais été capable de le faire auparavant. Toutefois, c'était sans doute impossible. À moins que… Le temps le dirait. En attendant, elle continuerait à partager la passion du calife, car elle ne faisait que commencer à apprendre tout ce qu'il avait à lui enseigner, et elle serait une élève assidue !

— À quoi penses-tu ? demanda-t-il en se redressant sur un coude afin de la regarder.

— Je me disais que vous aviez beaucoup de choses à m'apprendre, seigneur Rashid, répondit-elle avec une désarmante franchise.

Il éclata de rire.

— Oui ! Nous avons à peine commencé, ma belle Noor. À peine…

10

— Réveillez-vous, mon enfant !

La voix de Nilak lui parvint à travers un brouillard, et elle ouvrit lentement les yeux, égarée. Puis elle se souvint.

— Ah, Noor, comme vous avez plu au calife ! Il a ordonné que l'on ne vous dérange pas avant le milieu de la matinée. On ne parle que de cela, dans le harem. On ne se rappelle pas avoir vu le calife laisser une femme dormir dans son lit… Venez, mon petit, levez-vous à présent. Nous allons au bain, puis je vous conduirai à vos nouveaux appartements, qui sont adjacents à ceux de lady Alia. Oui, le calife a été fort content de vous, et on dit que la deuxième et la troisième épouse sont furieuses. S'il s'est entiché de vous, il vous fera sans doute quatrième épouse, heureuse enfant !

Rhonwyn étira ses membres un peu engourdis. Ils avaient fait l'amour une seconde fois, au cours de la nuit, et cela avait été meilleur encore. Elle en était complètement déroutée, bien que le calife lui eût expliqué que c'était le souvenir du viol de sa mère, enfoui tout au fond de sa mémoire, qui l'avait empêchée jusque-là d'éprouver du bonheur. Elle était désormais libérée, capable de s'abandonner à la passion. Troublée, elle s'était demandé pourquoi Edward n'avait pas su chercher la cause de sa frigidité.

Nilak la tira gentiment par le bras.

— Il faut vous lever, Noor...

— Oui, oui, répondit distraitement Rhonwyn tandis qu'on lui enfilait un caftan de soie.

— On dit qu'après le repas du matin, le calife est revenu ici vous regarder dormir. Que lui avez-vous fait, pour qu'il soit ainsi sous le charme ?

Elles se dirigeaient vers le quartier des femmes, et Rhonwyn fut étonnée de voir esclaves et filles du harem la saluer respectueusement. Nilak avait raison : pour survivre dans cet univers, il fallait être puissante. Or le pouvoir avait plusieurs sources. Le calife, Baba Haroun, et lady Alia. Elle avait déjà les faveurs du calife, et ne les perdrait sans doute pas de sitôt. Il lui restait à séduire l'eunuque, ainsi que la première épouse.

Lorsqu'elles pénétrèrent dans la salle des bains, tandis que Sarai se précipitait pour accueillir la nouvelle favorite de Rashid, le silence se fit. Puis on procéda au rite du bain, et les autres femmes présentes se remirent à bavarder. Toutefois il y en avait deux, assises sur un banc pendant qu'on leur coupait les ongles des pieds, qui regardaient Rhonwyn avec hostilité.

— La blonde est Fatima, la seconde épouse, dit doucement Nilak. Celle qui a les cheveux châtains est la troisième, Hasna. Elles sont jalouses comme des tigresses ! ajouta-t-elle en pouffant.

— Peuvent-elles me nuire ?

— Il n'est pas impossible qu'elles essaient, admit Nilak.

— Et Baba Haroun me protégera ?

— Oui. Cependant il faut rester vigilante, Noor. Nous choisirons soigneusement vos servantes.

— Je ne veux que vous auprès de moi, répliqua Rhonwyn avec détermination. Votre sort est lié au mien, aussi je crois que je peux vous faire confiance. Mais si vous me trahissez, je vous tuerai de mes propres mains.

D'abord choquée, Nilak éclata de rire.

— Vous n'en aurez pas l'occasion, lady Noor. Être votre confidente sera bien plus agréable que de m'occuper des enfants du harem. Jamais je ne vous trahirai, je le jure !

Quand elles eurent terminé leurs ablutions, elles se rendirent dans la pièce où les femmes se retrouvaient afin de boire du thé à la menthe en devisant. Rhonwyn aperçut lady Alia, entourée de ses servantes. Elle la rejoignit, mit un genou en terre, posa ses mains dans celles de l'épouse du calife, la tête baissée.

— Mes respects, madame...

Lady Alia sourit.

— Dites-lui, Nilak, que son geste me montre à quel point elle est bien élevée. J'espère qu'elle apprendra vite notre langue, afin que nous puissions communiquer directement. J'ai de l'affection pour elle, car elle a su toucher le cœur de mon seigneur et, bien qu'elle le sache, elle ne se pavane pas comme certaines autres... Que lady Noor s'asseye près de moi pour boire le thé.

Nilak répéta mot pour mot les paroles de lady Alia, les yeux brillants d'excitation. Elle s'installa aux pieds de Rhonwyn, afin de traduire la conversation des deux femmes.

— Vous avez su plaire à mon époux, dit Alia. Rashid est un homme bon, les seules personnes qu'il ne supporte pas sont les imbéciles.

– J'ignorais qu'il existait un royaume dans les montagnes au-delà de Carthage, déclara Rhonwyn.

— Cinnebar existe depuis toujours, et il n'a jamais été conquis parce qu'il est loin de tout. Notre richesse, qui vient de mines d'or, est confortable mais pas suffisante pour attirer la convoitise d'autres peuples. Nous avons également des carrières de marbre et de péridot.

— Vous n'avez tout de même pas échappé à l'Islam, fit remarquer Rhonwyn.

Alia eut un petit rire.

— Au début, Cinnebar adorait plusieurs dieux, comme beaucoup de peuples. Puis un homme nommé Luc nous a convertis au christianisme. Cela vous choque, Noor ? Oui, j'en suis sûre. Pourtant, de nombreux Chrétiens se sont convertis à l'islam lorsqu'il est arrivé jusqu'à nous. C'était il y a des siècles : une princesse de Bagdad a épousé le chef de Cinnebar. C'est elle qui a converti notre peuple, mais il y a toujours parmi nous des Chrétiens et des Juifs, qui sont les bienvenus tant qu'ils respectent nos lois. Nous ne connaissons aucune difficulté de cohabitation, car nous acceptons toutes les croyances. Après tout, Noor, nous adorons tous le même Dieu, les prophètes, Abraham, Isaac, Moïse… Pour vous, Jésus de Nazareth est le Messie. Pour nous, c'est simplement un prophète, et Mohammed est un plus grand prophète encore. Ces petites différences justifient-elles une guerre ?

— Des hommes se battent pour cela…

— Des fous ! répliqua Alia dont les yeux pétillaient. Les hommes n'ont pas la force intérieure des femmes, c'est pourquoi Dieu nous a confié la tâche de donner la vie.

Rhonwyn ne put retenir un petit rire.

— Comme vous êtes sage, madame ! J'ai beaucoup à apprendre de vous !

— Nous serons amies, Noor. Je l'ai su dès que je vous ai vue... Mais voici Baba Haroun !

— Lady Alia, dit l'eunuque en s'inclinant, je suis venu accompagner Noor à ses appartements.

— Je viens avec vous ! déclara-t-elle en se levant. Et il lui faudra des esclaves...

— Je ne veux que Nilak, précisa vivement Rhonwyn.

— Madame, protesta le chef des eunuques, vous êtes devenue favorite du calife, vous ne pouvez être servie par une seule personne !

— Pourquoi ?

— Ce ne serait pas convenable. Vous êtes la nouvelle favorite.

— Je ne suis ici que depuis une journée. Peut-être le calife se lassera-t-il vite de moi...

Nilak avait la tête qui tournait, tant la traduction lui demandait de concentration.

— Elle ne sait à qui se fier, intervint Alia, et je pense qu'elle a raison. Fatima et Hasna la regardent de travers. Or je veux qu'elle soit protégée. C'est bien compris ? Cette jeune femme me plaît, et elle ne sera pas une menace pour moi, même si elle tombe amoureuse du calife. Elle est l'alliée dont j'avais besoin. Je lui donnerai deux de mes esclaves personnelles, sûres et efficaces. Dites-le-lui, Nilak.

Nilak traduisit, puis elle ajouta :

— Vous ne pouvez refuser, Noor, sous peine de laisser penser que vous vous méfiez de l'épouse du calife.

— J'accepte l'offre aimable de lady Alia, et je l'en remercie infiniment.

Nilak répéta ces paroles sucrées à Alia, qui sourit.

— Il faut lui enseigner notre langue, Nilak. Comment pourrons-nous comploter ensemble, si nous ne nous comprenons pas ?

Rhonwyn éclata de rire.

— Dites à lady Alia que j'apprendrai à parler sa langue dès que possible.

L'eunuque ravala un sourire. Il s'était d'abord méfié de la guerrière, mais de toute évidence, elle avait l'esprit vif et le cœur généreux. En outre, sa maîtresse l'appréciait.

— Venez, dit-il.

Les trois femmes le suivirent, jusqu'à une double porte qu'il ouvrit avant de s'effacer pour les laisser entrer.

C'était un endroit charmant, tout de marbre rose, aux plafonds décorés. Il y avait deux pièces de taille moyenne qui ouvraient sur un jardin, et une plus petite pour les domestiques. Rhonwyn eut tout de suite une impression de liberté, grâce au bassin qui ornait le jardin, à la fontaine qui chantonnait dans le salon, à la vue sur les montagnes. L'ameublement était riche : ébène et marbre, soie et voiles arachnéens, argent et or, tapis épais, lampes de verre coloré, huiles odorantes. Les coussins étaient de velours et brocart. Le lit, dressé sur une estrade, se voilait de soie verte.

Rhonwyn en resta bouche bée. C'était l'endroit le plus joli qu'elle eût connu de toute sa vie.

— C'est ravissant, parvint-elle enfin à articuler. Merci.

— Je suis heureuse que cela vous plaise, répondit Alia, dont le regard s'alluma en apercevant un compotier d'abricots. Quelle délicate attention, Baba Haroun ! Ils ont l'air exquis…

Elle tendait la main pour en prendre un, mais l'eunuque l'en empêcha d'un geste vif.

— Non, madame ! cria-t-il. Je n'ai pas ordonné que l'on place ces fruits dans l'appartement… Voulez-vous emmener Noor chez vous, lady Alia ?

Alia, soudain très pâle, hocha la tête.

— Que se passe-t-il ? s'étonna Rhonwyn.

— Nous allons avec lady Alia, répondit Nilak.

— Pourquoi ?

— Baba Haroun a peur que les abricots ne soient empoisonnés.

— Empoisonnés ? Mais... qui souhaiterait ma mort ? Je ne suis pas ici depuis assez longtemps pour m'être fait des ennemis !

— Le calife s'est pris d'affection pour vous, mon enfant : cela suffit.

Elles se rendirent dans les appartements de lady Alia qui, voyant Rhonwyn choquée, passa un bras autour de ses épaules.

— N'ayez pas peur, Noor. Il ne vous arrivera rien de mal, j'y veillerai.

La jeune femme parvint à esquisser un sourire. Alia ajouta :

— Maintenant, je vais chercher deux esclaves pour vous. Et Nilak restera près de vous, évidemment.

Elle s'éloigna, laissant Rhonwyn et Nilak installées sur des coussins.

— Pourquoi est-elle aussi gentille avec moi ?

— Parce qu'elle voit en vous une alliée contre Fatima et Hasna, répliqua Nilak. Lorsque le calife a choisi Fatima comme seconde épouse, celle-ci a essayé de prendre le pas sur lady Alia – ce qui était une erreur, car la première épouse a la préséance sur toutes les autres femmes du harem, excepté la mère du calife. Or celle-ci est morte alors qu'il était enfant. Fatima a donné un fils au calife, mais il était déjà lassé de ses manières désagréables. S'il a été heureux d'avoir un second garçon, la mère n'avait plus la moindre importance pour lui.

— Alors il est tombé amoureux de Hasna ?

— Hasna était la fille de l'un des conseillers de Rashid. Sur son lit de mort, il a supplié notre calife de la prendre pour épouse. Notre seigneur a accepté. Au début, Hasna s'est montrée douce et respectueuse, puis Fatima l'a contaminée. Depuis, elles passent leur temps à comploter pour éliminer lady Alia, ce qui est stupide, parce qu'elles n'y arriveront jamais. Même si elle mourait de mort naturelle, jamais le calife ne reviendrait vers elles... Il y a quelques mois, Rashid s'est intéressé à une ravissante esclave qui venait de Sicile, mais elle a péri subitement après avoir mangé des pistaches que l'on avait mises dans sa chambre. Personne ne savait d'où elles venaient. Cependant, une fille du harem a vu l'une des esclaves de Fatima rôder près de sa chambre, le jour fatal. Interrogée, la fille s'est rétractée, prétendant qu'elle ne savait plus de quelle esclave il s'agissait.

Rhonwyn eut un rire amer.

— Je suis ici contre ma volonté, je n'ai rien fait pour que le calife s'éprenne de moi, mais c'est ainsi... et maintenant ces deux femmes souhaitent ma mort. Jamais je n'aurais dû quitter l'Angleterre !

— Tout ira bien, mon enfant...

— Que va-t-il se passer, à présent ?

— Je crois que cette fois, Fatima et Hasna sont allées trop loin !

Comme pour souligner ses paroles, des cris perçants s'élevèrent dans le salon principal du harem. Lady Alia, sombre, réapparut. Il y eut un bruit de pas, puis les portes de l'appartement s'ouvrirent sur une très jeune esclave que Baba Haroun poussait devant lui. La petite se jeta aux pieds d'Alia en sanglotant.

— Elle implore son pardon, expliqua Nilak à voix basse. Elle dit qu'elle a obéi à sa maîtresse, qu'elle ne ferait de mal à personne, et elle supplie lady Alia de lui laisser la vie sauve.

La jeune esclave, accrochée au bas de la robe d'Alia, plaidait sa cause.

— Madame, épargnez-moi ! traduisit Nilak à l'intention de Rhonwyn. Je n'ai pas pu refuser, quand ma maîtresse m'a donné un ordre.

— Savais-tu que les fruits étaient empoisonnés ?

La petite secoua la tête.

— Elle ment ! tonna Baba Haroun en la secouant. Dis la vérité, misérable ver de terre !

— Je ne savais pas ! Je ne savais pas !

Le chef eunuque la gifla à plusieurs reprises.

— Je te ferai cracher la vérité !

— Je ne savais pas... répéta l'esclave entre deux hoquets.

— Mais tu te doutais que ta maîtresse et son amie voulaient faire du mal à Noor ? intervint doucement Alia.

La petite haussa les épaules.

— Je ne suis qu'une esclave, madame, et je ne suis sûre de rien. Elles n'ont rien fait devant moi. Comment est-ce que j'aurais pu les accuser ?

— Tu aurais dû venir me voir.

— Elles m'auraient tuée !

— Maintenant, c'est moi qui vais te tuer ! gronda sauvagement Baba Haroun, tandis que la petite s'accrochait aux jambes d'Alia.

— Non, Baba Haroun, décréta lady Alia. Cette enfant a seulement cherché à sauver sa peau. C'est Fatima et Hasna qu'il faut punir, et sévèrement, pour avoir voulu porter atteinte à la vie de Noor. Et pour avoir empoisonné la malheureuse Guzel... Dis-moi, petite, poursuivit-elle en caressant les cheveux de l'esclave. Est-ce toi qui as porté les pistaches dans la chambre de Guzel ?

— Non, madame. C'était une esclave de lady Hasna.

— Et elles étaient empoisonnées ?

— C'est ce qu'on disait...

Alia se tourna vers l'eunuque :

— Apporte les abricots à Fatima et à Hasna, Baba Haroun, et veille à ce qu'elles les avalent tous jusqu'au dernier. Je suis lasse de leur méchanceté.

— Et leurs enfants ? objecta l'eunuque.

— Omar n'a que quatre ans, les filles trois et deux. Nous les élèverons convenablement. Sous notre tutelle, Omar deviendra le bras droit de son demi-frère, au lieu d'être son ennemi.

— Vous êtes bonne, madame…

— Elle va les faire tuer? demanda Rhonwyn à voix basse.

— Fatima et Hasna ont dépassé les bornes. Vous venez d'arriver, vous ne pouvez savoir ce qu'elles ont fait subir à lady Alia et à son fils, Mohammed. Personne ne portera leur deuil!

— Et que dira le calife?

— Ce qui se passe au harem est sous la responsabilité de lady Alia et de Baba Haroun. C'est lui qui expliquera au calife ce qui s'est passé, et je suis certaine qu'il comprendra.

Rhonwyn commençait à voir l'épouse du calife sous un autre jour. Belle, intelligente, généreuse, Alia était capable d'intransigeance quand la situation l'exigeait. Elle réprima un frisson.

— Vous avez froid, mon enfant? s'inquiéta Nilak.

— Non…

— Vous êtes surprise par la sévérité de lady Alia, c'est cela? Elle est de sang royal, Noor. Son père était un prince en Égypte. Elle sait gouverner, prendre les décisions qui s'imposent, et elle protégera le calife et son fils à n'importe quel prix.

— Que dois-je faire de la fille? demanda Baba Haroun à Alia.

— Je vais la prendre avec moi. C'est une bonne petite, qui a eu la malchance de tomber sur une mauvaise maîtresse. Maintenant, va faire ton devoir, Baba Haroun.

— À vos ordres, madame, conclut l'eunuque en s'inclinant avant de quitter la pièce.

— Relève-toi, ma fille, tu es sauvée, dit Alia. Quelle histoire! Un peu de musique et du thé à la menthe nous calmeront les nerfs… Venez vous asseoir près de moi, Noor.

Des esclaves leur apportèrent du thé à la menthe, des plateaux d'argent couverts de dattes fourrées et de pâtisseries au miel. L'une d'elles se mit à chanter une douce mélopée en s'accompagnant d'un luth. L'air embaumait l'aloès, les fontaines rafraîchissaient l'atmosphère. Rhonwyn mangea de bel appétit.

— Vous allez bientôt retourner dans vos appartements, Noor, reprit Alia. J'imagine que vous voudrez vous reposer avant de rejoindre Rashid. C'est un amant passionné, n'est-ce pas ?

Rhonwyn rougit violemment.

La femme du calife se mit à rire et lui caressa la joue.

— Quel âge avez-vous ?

— Dix-sept ans... je crois.

— Une femme mariée, et encore si innocente jusqu'à cette nuit ! À votre âge, j'avais déjà un fils de trois ans... Voulez-vous des enfants, Noor ?

— Je ne sais pas.

— Notre seigneur vous en donnera, sa semence est riche. J'espère que vous apprendrez à l'aimer, car malgré sa force virile, il a besoin d'amour. C'est le cas de tous les hommes, d'ailleurs, même si certains répugnent à l'admettre...

Soudain, des cris retentirent, et Rhonwyn se tourna vers Nilak. Mais sa traductrice restait muette, les lèvres serrées. Elle regarda alors Alia, dont le visage demeurait serein, comme si elle n'avait rien entendu.

Rhonwyn déglutit péniblement. Elle savait ce qui se passait, mais elle n'aurait pas imaginé que ce fût si bruyant, ni même public... Fatima et Hasna n'avaient pas été très fines pour combattre la première épouse du calife. C'était une erreur que la jeune femme se jura de ne pas commettre. L'amitié d'Alia était précieuse, et elle avait bien l'intention de la conserver.

Alia parla enfin, et Nilak traduisit.

— C'en est fini, mon enfant, ajouta-t-elle. Remettez-vous. Elles méritaient leur sort. Lady Alia a été d'une patience à toute épreuve en supportant leur attitude tant d'années. Leur tentative d'empoisonnement aujourd'hui a été la goutte d'eau qui a fait déborder le vase. Le harem sera beaucoup plus tranquille, dorénavant.

Rhonwyn but une gorgée de thé.

— Vous lui avez donné l'élixir ? demanda Alia à Nilak. Je ne veux pas qu'elle soit enceinte avant que je ne connaisse tout de son caractère. Le calife a été touché par son exceptionnelle beauté. Saura-t-elle user de son pouvoir sur lui dans le bon sens, ou le succès lui montera-t-il à la tête, comme aux autres ? Je voudrais éviter de nouveaux incidents.

— Je le lui ai donné, et je le lui donnerai chaque matin tant que vous le souhaiterez, madame.

— J'aime bien cette jeune femme, je ne la crois pas mauvaise. Toutefois, son mari et son pays doivent lui manquer. Mais Rashid les lui fera rapidement oublier, j'en suis certaine. Maintenant que Fatima et Hasna ne sont plus là, je pense qu'il va la prendre pour épouse. Et ce sera bien ainsi. Deux épouses suffisent, non ? Une, c'est trop peu, quatre c'est ostentatoire... Noor est jeune, bien portante, elle donnera de beaux enfants à notre seigneur, le moment venu. Commencez dès demain à lui enseigner notre langue, car j'ai hâte de converser directement avec elle, Nilak.

Baba Haroun revenait, et il s'inclina devant sa maîtresse.

— C'est fait, madame. Est-ce que je jette leurs cadavres aux chiens ?

— Non. C'étaient les épouses de mon mari, les mères de ses enfants. Enterre-les dans un endroit secret. Mais d'abord, ramène Noor à ses appartements. Elle est sensible, et pas encore accoutumée à nos usages. Il faut qu'elle se repose si nous voulons qu'elle satisfasse notre seigneur cette nuit... Jusqu'à preuve du contraire, elle est mon amie, Baba Haroun. C'est compris ? Fatima et Hasna étaient des créatures vulgaires, mais Noor est fille de prince, comme moi.

— C'est compris, lady Alia, répondit l'eunuque en s'inclinant devant Rhonwyn. Je l'accompagne chez elle, ajouta-t-il à l'intention de Nilak.

Celle-ci n'en revenait pas. Jamais Baba Haroun n'avait salué une autre femme qu'Alia !

Rhonwyn se leva, baisa la main d'Alia, puis elle suivit l'eunuque dans le corridor, Nilak sur ses talons.

Quand ils eurent regagné ses appartements, Baba Haroun dit à Nilak :

— Préviens ta maîtresse que je suis son ami, tant qu'elle est fidèle à lady Alia. Mais si elle la trahit, je l'étrangle de mes propres mains.

— Dites au chef eunuque, répliqua Rhonwyn, que je suis fille d'un prince et que la trahison n'est pas dans ma nature. Je suis heureuse que lady Alia m'offre son amitié et ses conseils, je recevrai également très volontiers ceux de Baba Haroun.

L'eunuque esquissa l'ombre d'un sourire.

— Noor a-t-elle enfin accepté son destin ?

— Pas encore, répondit-elle.

— Votre franchise vous honore, dit-il avant de quitter la pièce sur un nouveau salut.

— Oh, quelle chance vous avez, mon enfant ! s'écria Nilak. Comment pourriez-vous échouer, maintenant, avec l'aide de lady Alia et de Baba Haroun ? Il faut vous reposer, afin d'être en forme pour votre rencontre avec le calife.

— J'ai faim, se plaignit la jeune femme. Je n'ai mangé que des sucreries depuis que je suis levée. Il me faut un vrai repas, sinon je m'évanouirai dans les bras du calife. Que pensera-t-il alors ?

— Il se dira que c'est l'émotion, ma chère enfant, et ce sera parfait.

— Je veux du poulet ! s'entêta fermement Rhonwyn.

— Bon, je vais chercher quelque chose aux cuisines, dit Nilak qui sortit de la chambre.

Aussitôt, entrèrent deux jeunes filles qui se présentèrent.

— Halah.

— Sadirah.

Elles entreprirent de dresser une table pour le repas de Rhonwyn, tout en bavardant gaiement entre elles. Elles semblaient inoffensives, mais la jeune femme savait que tout ce qu'elle ferait serait rapporté à l'épouse du calife. Elle s'assit près de la fontaine, où elle eut la surprise de découvrir quelques nénuphars et quatre poissons rouges. Elle soupira. Tout était si paisible, si beau ! C'était sans doute l'endroit le plus idyllique du monde.

Elle sortit dans le jardin et admira la ligne des montagnes qui cachaient la mer. Il fallait qu'elle aille jusqu'à la mer. Et ensuite à Carthage, au campement des croisés... Depuis combien de temps était-elle partie ? Six jours ? Sept ? Elle devait retourner auprès d'Edward. Allait-il débarquer à Cinnebar en exigeant qu'on la libère ?

« Mon Dieu, Edward, qu'ai-je fait ? Je vous aime ! Je vous aime... mais vous reverrai-je un jour ? »

Les larmes roulaient sur ses joues, et elle sursauta lorsqu'on lui toucha l'épaule.

C'était Halah, qui lui désignait l'intérieur en faisant le geste de manger.

Elle s'essuya les yeux et la suivit dans le salon, où Nilak et Sadirah préparaient une collation. Il y avait du poulet farci au riz et aux raisins, des céréales cuites avec de l'oignon, du pain, un rayon de miel, des fruits frais. Rhonwyn s'assit et se mit à mordre à belles dents dans une cuisse de poulet.

— Délicieux ! dit-elle, la bouche pleine.

— Vous vous comportez comme un soldat ! la gronda Nilak. Où sont vos bonnes manières ?

— J'ai faim ! Je ne sais même plus quand j'ai mangé pour la dernière fois. Vous avez l'intention de m'affamer ?

— Si vous mangez trop vite, vous aurez mal à l'estomac.

— J'ai soif, aussi.

Nilak lui servit du jus de fruits dans un gobelet d'argent.

— Buvez doucement, conseilla-t-elle. Que pensez-vous des deux esclaves que vous a envoyées lady Alia ?

— Elles semblent aimables et efficaces.

— Elles le sont. Dès demain, nous commencerons les leçons d'arabe, mon petit. Lady Alia a hâte de pouvoir converser avec vous.

— J'espère que cela se passera bien. Mais j'ai facilement appris le normand, et ma propre langue, le gallois, est difficile pour les étrangers.

Rhonwyn termina son repas, puis on lui lava le visage, les mains, les dents.

— À présent, il faut vous reposer, décréta Nilak.

Sadirah la dévêtit tandis que Nilak brossait ses cheveux, et elle s'étendit, nue, sur le grand lit aux rideaux verts. Elle s'endormit aussitôt.

— Qu'elle est belle ! murmura Halah.

— On raconte que le calife est tombé amoureux d'elle au premier regard, renchérit Sadirah sur le même ton.

— Ne dites pas de sottises ! grommela Nilak. La première fois que le calife l'a vue, elle était habillée en homme. Elle était sale et empestait l'écurie.

— Chez lady Alia, on dit que Noor deviendra son épouse, maintenant que Fatima et Hasna ne sont plus là.

— Dans ce cas, vous pourrez remercier lady Alia pour cette promotion. Vous étiez deux esclaves parmi d'autres, maintenant vous servez la nouvelle favorite du calife, qui deviendra peut-être son épouse.

— Elle le deviendra, j'en suis sûre, dit Halah. Nous avons de la chance. Elle semble bonne.

— Elle l'est, assura Nilak. Il n'y a rien de méchant en elle.

Les trois femmes rangèrent la pièce, puis, le soir tombant, Nilak envoya les esclaves se coucher et s'installa au chevet de sa maîtresse.

Elle ne fut pas surprise de voir le calife entrer, simplement vêtu d'un caftan blanc. Elle se leva, salua sans un mot et disparut, fermant la porte derrière elle.

Rashid al Ahmet contempla un moment la jeune femme. Elle ne lui appartenait que depuis deux jours mais, bien qu'il eût envie d'elle, il y avait autre chose au fond de son cœur. Il aimait ses contradictions, son courage, sa vulnérabilité. Jamais il ne la posséderait entièrement : elle garderait toujours un peu de mystère, et cela lui plaisait...

Il se déshabilla avant de s'allonger près d'elle, sans qu'elle sorte de son profond sommeil.

Elle était couchée sur le côté. Il la retourna doucement afin de mieux l'admirer. Lorsqu'il caressa ses seins, elle eut un murmure de bien-être, et il sourit. Puis il prit ses lèvres avec passion.

Rhonwyn soupira, s'étira langoureusement. Elle allait protester contre cette invasion, quand les doigts de Rashid cherchèrent son intimité, jouèrent dans les replis secrets... et elle n'eut plus du tout envie qu'il arrête. La tension montait en elle, presque douloureuse. L'extase vint dans un grand frisson. Mais au lieu de cesser, Rashid la caressa de nouveau, la menant vers des sommets plus élevés encore...

Cette fois, elle était tout à fait réveillée !

— Regarde-moi, adorable petite sorcière, dit-il contre sa bouche.

Les grands yeux verts s'ouvrirent pour lui, clairs, lumineux.

— À vos ordres, mon seigneur, répondit-elle doucement.

Les doigts s'enfoncèrent davantage en elle, et elle poussa un cri de plaisir qui le fit sourire.

— Tu commences à savoir ce qu'est la passion ? demanda-t-il, taquin.

— Oui ! Oh, s'il vous plaît...
— S'il vous plaît quoi ?
Il jouait de la langue avec le bout de ses seins.
— S'il vous plaît... répéta-t-elle.
— Dis-moi ce que tu veux, ma beauté.
— Vous ! lança-t-elle dans un sanglot.
Il eut un rire de gorge, puis il roula sur le dos et, la soulevant aux hanches, il l'empala sur lui avant de caresser ses seins.
Rhonwyn n'en revenait pas. Elle le sentait en elle, fort, palpitant, et pourtant elle avait l'impression que c'était elle qui menait le jeu.
— Vas-y, Noor, l'encouragea-t-il. Je suis ton étalon. Tu n'as pas peur ?
Elle bougea un peu, puis avec plus de hardiesse.
— Oui, ma belle, c'est merveilleux ! Quelle joie tu me donnes !
Au bout de quelques minutes, il bascula sur elle, s'enfonça davantage et observa son expression quand ils atteignirent l'extase en même temps, avec des cris de bonheur.
Lorsqu'ils furent revenus sur terre, il se mit à rire.
— Tu deviens une sacrée femme, ma ravissante Noor !
Elle était cramoisie. Elle s'était montrée d'une totale impudeur... et cela lui avait plu !
— Je n'aurais jamais cru que vous pourriez...
— Et ce n'est pas fini, tu verras ! Je suis heureux de constater que tu es très bonne élève.
Il déposa un baiser sur ses lèvres gonflées d'amour.
— Aimes-tu tes appartements ?
— Oui, beaucoup. Surtout le jardin et la vue sur les montagnes.
— Bon. As-tu faim ? Moi, oui. Je n'ai rien avalé depuis ce matin.
Elle se leva.
— Je vais demander à mes servantes de vous apporter à manger. Et, pendant le repas, vous pourrez me raconter votre journée ?

Les yeux d'un bleu sombre se chargèrent de tendresse. Tout le palais murmurait qu'il allait prendre Noor pour épouse, mais il n'y avait pas réfléchi, jusqu'à présent. Certes, il la désirait avec passion, mais ce fut ce souci de savoir comment il avait passé la journée qui emporta sa décision.

Oui, il ferait d'elle sa femme. Elle était – contrairement aux deux dont on s'était débarrassé, cet après-midi – intelligente et bien éduquée. Comme Alia. Or deux épouses lui suffisaient amplement. Dès le lendemain, il parlerait à l'imam.

— Oui, Noor, dit-il. Je partagerai ma journée avec toi, pendant que nous nous restaurerons.

11

— Alors, Beaulieu, dit le prince Edward, vous sentez-vous assez robuste pour continuer, ou préférez-vous rentrer en Angleterre ? Vous avez été très malade, et je ne vous en voudrai pas si vous renoncez.

— Je viendrai avec vous, mon seigneur, mais je dois d'abord retrouver ma femme et sir Fulk. Ils sont certainement prisonniers quelque part, et on les échangera contre une rançon.

— Si c'est le cas, je m'étonne que nous n'ayons pas encore reçu la demande de rançon… Il est également surprenant que nous n'ayons plus été attaqués, depuis le jour où votre épouse a si bravement pris la tête de nos soldats. Quelle femme ! J'aimerais la voir de retour saine et sauve.

— Je vous suivrai dans une semaine, mon seigneur, si je n'ai pas retrouvé Rhonwyn. Mais je sais que j'y parviendrai, déclara sèchement Beaulieu.

Curieusement, les compliments du prince sur son épouse l'avaient irrité.

— Je prie pour que vous ayez raison, mon ami. Cependant, si dans sept jours vous n'avez aucune trace d'elle, vous devrez abandonner vos recherches. Soit elle aura été vendue comme esclave, soit on l'aura souillée et tuée. Je suis fort inquiet que nous n'ayons pas de nouvelles, néanmoins je comprends que votre honneur vous oblige à entreprendre des recherches. Vous nous rejoindrez à Acre, conclut le prince en tapotant amicalement l'épaule d'Edward.

— J'ai un service à vous demander, mon seigneur. Votre épouse accepterait-elle de prendre la servante de Rhonwyn avec elle ? J'aurais du mal à garder Enit en sécurité au milieu de tous ces hommes, or c'est une bonne petite.

— Certainement. Dites-lui de préparer ses affaires, et je l'accompagnerai moi-même auprès d'Eleanor...

Enit fondit en larmes, quand Edward la mit au courant.

— Je vous en prie, mon seigneur, laissez-moi rester auprès de vous !

— Non, Enit, ce ne serait pas prudent. Tu retrouveras ta maîtresse à Acre, mais en attendant, tu seras plus en sécurité avec la princesse. Mes recherches pourront se révéler dangereuses, je n'ai pas besoin en plus de m'inquiéter pour toi. Pars avec le prince Edward.

— Bien, mon seigneur, dit la petite en reniflant.

Elle suivit le prince lorsqu'il quitta la tente de Beaulieu.

Celui-ci poussa un soupir.

— Un souci de moins... marmonna-t-il.

Il était encore faible, mais il tenait debout. Le lendemain matin, il prendrait ses deux chevaliers et se lancerait à la recherche de Rhonwyn et de Fulk. Rhonwyn... sa sauvage petite Galloise ! Il ne savait pas s'il lui tordrait le cou ou s'il l'embrasserait, quand il la retrouverait. Et Fulk ! Comment avait-il pu laisser l'épouse de son seigneur se jeter dans la bataille ?

Enfin, Dieu merci, il ne l'avait pas abandonnée : il avait eu le courage de la suivre...

Beaulieu comprenait que sa femme, à cause de son éducation, fût différente des autres, mais cela ne lui plaisait pas. Il comprenait même son désir de mettre ses talents en pratique dans une véritable bataille, cependant elle avait commis l'erreur d'être trop sûre d'elle. L'exaltation avait occulté toute prudence, et elle avait été capturée... Mais pourquoi ne l'avaient-ils pas tout simplement tuée ?

Il fallait qu'il en apprenne davantage !

Il convoqua sir Hugo et lui demanda de trouver quelqu'un qui avait participé à la bagarre, ce jour-là. Sir Hugo ne tarda pas à revenir avec un chevalier bourru aux cheveux grisonnants : sir Arthur Sackville.

— J'ai bien entendu raconter que c'était une femme, dit-il en secouant la tête, mais je n'y croyais pas. Votre épouse, dites-vous ?

— Oui, répondit Edward. C'est la fille du prince de Galles, ap Gruffydd.

— Magnifique ! s'écria sir Arthur. Elle s'est jetée dans la bataille en entraînant tous les hommes à sa suite ! Pour la première fois, j'ai senti que notre croisade était bénie de Dieu, mon seigneur. On avait l'impression que les anges étaient avec nous !

— Vous avez assisté à sa capture ? Pourquoi l'ont-ils emmenée ?

— Elle venait de tuer le chef des Infidèles, et c'est en se précipitant pour le défendre qu'ils ont entouré votre épouse – sans se douter, certainement, qu'elle était une femme. Et quand ils sont partis, elle a été entraînée. Un seul chevalier a suivi, mais j'ignore son nom.

— Sir Fulk. Un de mes hommes. Jamais il n'aurait dû permettre à Rhonwyn de participer à la bagarre. Mais il est vrai qu'on a du mal à la dissuader, quand elle s'est mis une idée en tête... Qui est l'homme qu'elle a tué ?

— Je n'en ai aucune idée, mon seigneur. L'un de leurs nobles, sûrement. Désolé, c'est tout ce que je sais.

— Pouvez-vous me dire dans quelle direction ils sont partis ?

— Vers les montagnes. Cela au moins, j'en suis certain. Mais je ne comprends pas pourquoi. Il n'y a rien, au-delà des montagnes...

— Il y a sûrement quelque chose, ou alors ils ne seraient pas partis de ce côté, objecta Edward.

— Sans doute y a-t-il des nomades, des troupeaux, mais c'est tout, dit sir Arthur, qui réfléchit un instant avant de reprendre : Si les Infidèles n'ont pas su tout de suite que le vaillant guerrier était une femme, ils ont dû finir par le découvrir, mon seigneur. Et ils l'ont sûrement violée, puis tuée. C'est un drame, je sais, mais il vous faudra l'accepter, tôt ou tard. Et si par miracle votre épouse a survécu, voudriez-vous qu'elle vous revienne souillée par d'autres hommes ? Pardonnez-moi de vous le dire, Beaulieu, mais elle est de toute façon perdue pour vous.

Il salua Edward.

— Je regrette de n'avoir pu vous être plus utile, conclut-il avant de quitter la tente.

— Soyez prêts quand la lune se lèvera, dit calmement Edward à ses deux chevaliers. Occupez-vous dès maintenant de l'eau et des chevaux.

— Il est fou ! marmonna sir Hugo un peu plus tard, alors qu'ils exécutaient les ordres de leur seigneur. Sir Arthur a raison : la dame est probablement morte... ou pis encore.

— Tu la connais, répliqua sir Robert. Si elle était ta femme, n'essaierais-tu pas de la retrouver ? Moi, si !

La nuit tombée, ils quittèrent le campement, pour se diriger vers la chaîne de montagnes qui se profilait au loin, sous un ciel étoilé. Ils ne s'arrêtèrent que lorsque la chaleur devint intolérable. Alors ils donnèrent de l'eau aux chevaux et s'abritèrent à l'ombre des rochers. Ils voyagèrent ainsi quatre jours d'affilée, sans rien voir. Pas de tentes. Pas de troupeaux. Personne. Seulement le paysage sauvage, sans aucune trace de civilisation, même au pied des montagnes.

C'était comme si la terre s'était ouverte pour engloutir Rhonwyn.

Edward avait le cœur de plus en plus lourd, et il finit par accepter ce que tout le monde lui disait : Rhonwyn, sa belle épouse galloise, était perdue pour lui. Jamais il ne la reverrait. Il donna ordre à ses deux chevaliers, soulagés, de tourner bride, et ils se dirigèrent vers la mer, vers Acre, pour rejoindre le prince Edward et les autres croisés.

La première nuit de leur voyage de retour, Edward, caché dans un creux de rocher, pleura toutes les larmes de son corps. Mais, les jours suivants, il s'endurcit. Ce qui était arrivé était la faute de la jeune femme. Elle s'était dérobée au devoir conjugal, elle ne lui avait pas donné d'héritier. Puis elle avait insisté pour l'accompagner en croisade, ce qu'aucune femme sensée n'aurait envisagé. Elle aurait dû rester à Haven Castle, et prier pour qu'il lui revînt sain et sauf tout en s'occupant du domaine. Les reines et les princesses pouvaient se permettre de participer aux croisades, mais l'épouse d'un simple seigneur n'avait aucune raison de se trouver au cœur d'une telle aventure !

Ensuite, il se mit à penser à sa cousine Katherine. Il aurait besoin d'une épouse quand il regagnerait l'Angleterre, et ce serait elle qu'il choisirait, selon les vœux de sa famille. Elle était douce, docile, jolie. Et il était certain qu'elle lui donnerait des héritiers. Oui, Katherine serait une parfaite épouse.

À peine arrivé à Acre, il loua les services d'un scribe et lui dicta une lettre pour son cousin Rafe.

Au printemps suivant, Rafe de Beaulieu reçut la missive d'Edward.

— Tu vas te marier! annonça-t-il à sa sœur. La petite Galloise est morte. Edward souhaite t'épouser dès son retour. C'est ce que la famille a toujours espéré, Kate!

Il était content pour sa sœur, et en même temps il déplorait au fond de son cœur le décès de la belle Galloise. Si elle avait été sienne, il aurait su veiller sur sa sécurité!

— Prions pour l'âme de Rhonwyn, murmura Katherine. Je l'aimais bien. Elle était aussi bonne que belle, tous les domestiques me l'ont dit...

Ce fut le père John qui apporta à Glynn la nouvelle de la disparition de sa sœur. Celui-ci en fut effondré.

— Voulez-vous rentrer au pays de Galles, auprès de votre père? demanda le prêtre.

Glynn tenta de se ressaisir.

— Non. Rhonwyn tenait à ce que j'étudie, et je ne veux pas la trahir. Je reste à l'école. Merci d'être venu me prévenir ici, mon père, car si je l'avais appris lors de ma prochaine visite à Haven Castle, j'aurais peut-être renoncé à tout... Comment est-elle morte?

— Edward ne le dit pas. C'est sans doute trop douloureux pour lui d'en parler, mais nous en apprendrons davantage quand il sera de retour.

— Je n'ai pas le sentiment intime de la mort de Rhonwyn, murmura Glynn, songeur. J'ai toujours pensé que s'il lui arrivait quelque chose, je le saurais... Nous étions si proches!

— Ne laissez pas votre mysticisme celte prendre le pas sur votre christianisme, mon fils, gronda gentiment le prêtre, avant de s'en aller.

Glynn marmonna un acquiesçement, mais au fond de son cœur, il n'était pas d'accord avec le père John. Tant qu'il n'aurait pas appris de la bouche de son beau-frère les circonstances exactes de la mort de Rhonwyn, il n'y croirait pas tout à fait. Elle avait trop de volonté, trop d'énergie vitale...

Seul dans sa cellule, Glynn composa une nouvelle ballade sur une guerrière nommée Rhonwyn, et il sentit soudain une grande sérénité l'envahir... *Elle n'était pas morte !* Mais alors, que lui était-il arrivé ?

Il prit brusquement sa décision. Il irait à Acre trouver Edward puis, une fois qu'il aurait appris la vérité, il se lancerait à la recherche de sa sœur.

Quelques jours plus tard, il se rendit en ville afin de rencontrer Oth et Dewi, que son père avait renvoyés en Angleterre quand Glynn était entré à l'abbaye. Afin de gagner leur vie, ils louaient leurs services en tant qu'hommes d'armes pour les voyageurs. Ils logeaient chez une veuve, que leur présence rassurait. Glynn se rendit directement au petit cottage près de la rivière.

— Bonjour, dit-il, jovial. Savez-vous si Oth et Dewi sont en ville, aujourd'hui ?

— Ils sont justement rentrés hier, mon garçon, et vous les trouverez au jardin, répondit la veuve.

— Juste Ciel ! s'écria Oth dès qu'il l'aperçut. Tu grandis de jour en jour. Qu'est-ce que les bons pères te font manger ?

Les deux Gallois donnèrent une virile accolade au jeune homme.

— Le père John est venu me voir, déclara Glynn sans préambule. Il a reçu une lettre où Edward lui annonce la mort de Rhonwyn.

— Impossible ! s'écrièrent les deux hommes d'une seule voix.

Glynn sourit, soulagé.

— Bon. Moi, je n'y crois pas non plus. Edward en est sûrement persuadé, sinon il ne le dirait pas, mais tant que je n'aurai pas appris ce qui s'est précisément passé, je ne pourrai l'admettre. J'ai l'intention de me rendre à Acre, où les croisés sont installés. Viendrez-vous avec moi ?

De nouveau, les Gallois répondirent comme un seul homme :

— Oui !

— Je n'en attendais pas moins de vous... Maintenant, j'ai bien réfléchi. Rafe de Beaulieu et sa sœur ne sont pas au courant de ma véritable identité. Si je ne me présente pas à Haven Castle pendant un certain temps, ils vont s'inquiéter, puisqu'ils me croient le bâtard d'Edward. Aussi vais-je leur rendre une brève visite afin de leur annoncer que, me destinant au sacerdoce, je suis envoyé dans un couvent français pendant un an. Dans trois jours, vous vous présenterez au père supérieur de l'abbaye, qui connaît mon identité, vous lui direz que le prince de Galles me réclame à ses côtés, et qu'il vous a envoyés pour m'escorter. Nous passerons à Haven Castle avant de nous embarquer pour la Terre sainte.

— Et le père John, croira-t-il à cette fable ? Il n'est pas idiot, mon garçon.

— Je lui dirai la vérité. Il ne me trahira pas.

Oth regarda le jeune homme, qui avait à présent seize ans. Jamais il ne l'aurait cru capable de mettre sur pied une aventure aussi audacieuse, mais il était décidé à retrouver sa sœur, coûte que coûte.

— Et comment nous procurerons-nous les fonds nécessaires au voyage ? demanda-t-il, pratique. Dewi et moi avons bien quelques économies, mais cela ne suffira pas.

— J'ai mon allocation, dit Glynn. Je n'ai jamais rien dépensé d'autre que les cordes de rechange pour mes instruments. Et je demanderai son aide à Rafe. Si ce n'est pas assez, je chanterai pour payer nos soupers.

— Tout est réglé, dans ce cas ! déclara Oth. Nous viendrons te chercher dans trois jours.

Le père supérieur se montra fort compatissant.

— Je comprends que le prince ait envie d'avoir son fils près de lui, dans ces tragiques circonstances, dit-il. Nous prions pour lady de Beaulieu depuis que nous avons appris l'affreuse nouvelle. Nous avons hâte de vous voir de nouveau parmi nous, Glynn ap Llywelyn. En attendant, partez consoler votre père.

— Tu es un vrai Gallois ! approuva Oth tandis qu'ils franchissaient les portes de la ville. Tu as joué ton rôle à la perfection, sans le moindre remords, malgré tous les mensonges que tu as racontés au bon père !

Glynn sourit.

À Haven Castle, il se présenta seul pour expliquer à Rafe de Beaulieu et à sa sœur qu'il partait en France. Le père John haussa les sourcils, mais n'émit aucun commentaire.

— Ainsi, vous envisagez de devenir prêtre ! s'écria Rafe avec enthousiasme.

— Vous semblez vous en réjouir, releva Glynn. Pourquoi ?

— Parce que vous êtes le fils de mon cousin Edward, et qu'il va épouser ma sœur, Katherine, quand il rentrera de croisade. Bien que vous soyez un enfant illégitime, au cas où Edward mourrait, vous pourriez essayer de priver les enfants de ma sœur de leur héritage. Mais si vous êtes prêtre, j'aurai davantage confiance en vous, Glynn de Thorley.

Glynn fut envahi d'une terrible rage. Sa sœur était à peine morte, selon Edward, que déjà il envisageait de se remarier ? « Je le tuerai ! » se promit-il. Puis il croisa le regard du père John et maîtrisa sa colère, mais elle brûlait encore en lui lorsqu'il déclara :

— Votre dévouement à votre sœur est admirable, Rafe...

— Qu'est-ce que c'est que cette histoire ? demanda le prêtre au jeune homme quand ils se retrouvèrent seuls.

— Je ne crois pas un instant que ma sœur soit morte. Vous vous moquez de mon mysticisme celte, mais il y a toujours eu un lien très fort entre Rhonwyn et moi. Si elle n'était plus de ce monde, je le saurais. Je suis certain qu'elle est vivante, et je vais en Terre sainte afin d'apprendre de mon beau-frère ce qui s'est passé réellement. Il ne perd pas de temps pour assurer son avenir, en tout cas !

Le prêtre soupira.

— Je sais que je ne parviendrai pas à vous en dissuader, Glynn… Oth et Dewi sont dans les parages, je présume ?

— Oui, ils m'accompagnent dans cette aventure, dit le jeune homme, les yeux brillants. Puis-je compter sur vous pour que Rafe de Beaulieu m'attribue une coquette somme, censée couvrir les dépenses de mon année en France ?

— Qu'avez-vous raconté au père supérieur ?

— Que mon père avait besoin de moi au pays de Galles. Cela paraissait plausible.

— En effet… Allez à Douvres, Glynn. Il y a encore des bateaux en partance pour la Terre sainte, avec des soldats qui veulent rejoindre le prince Edward. Un jeune ménestrel et deux hommes d'armes n'auront aucun mal à embarquer sur l'un de ces navires. À cette époque de l'année, la mer est calme.

— Vous prierez pour nous, mon père ?

— Bien sûr, Glynn ap Llywelyn. Je crains que vous ne vous engagiez dans une aventure désespérée, mais si vous sentez que vous devez le faire, faites-le. Toutefois, si Edward de Beaulieu dit que votre sœur est morte, c'est sans doute vrai. Quelle raison aurait-il de mentir ? Il tenait à Rhonwyn.

— J'en suis le premier surpris, répliqua Glynn, mais je sais au fond de mon cœur que ma sœur est vivante. Je découvrirai le fin mot de l'histoire.

— Je veillerai à ce que Rafe se montre généreux envers vous, promit le prêtre.

Le lendemain, Glynn quitta Haven Castle avec une bourse bien garnie et la bénédiction du père John. En rejoignant Oth et Dewi sur la grand-route, il se retourna, se demandant s'il reverrait un jour Haven Castle, mais l'idée ne le tracassait pas. Il voulait trouver Rhonwyn, et rien ne pourrait le détourner de son but. Il avait beaucoup mûri, ces derniers temps. Et s'il aimait toujours autant la poésie et la musique, il s'était aperçu qu'il était capable d'être fort quand la situation l'exigeait.

Ils mirent quelques jours à atteindre Douvres où, comme prévu, des navires se préparaient à voguer vers la Terre sainte. Ils retinrent une place sur un robuste vaisseau dont le capitaine, un Gallois, se découvrit un lien de parenté avec Oth et les accueillit volontiers à bord. Au bout de trois jours de traversée, Oth et le capitaine avaient remonté l'arbre généalogique, et trouvé que la sœur du grand-père d'Oth était la grand-mère du capitaine. Oth expliqua qu'il avait aussi un lien de parenté avec Glynn, et que le jeune homme était un ménestrel qui partait divertir les soldats en Terre sainte.

Durant les sept semaines de traversée, Glynn enchanta les marins grâce à ses ballades.

Les journées étaient de plus en plus chaudes, pour devenir caniculaires quand ils atteignirent enfin Acre, ancienne cité dont le port était réputé. Située sur la Méditerranée, Acre avait autrefois appartenu aux Syriens, puis elle avait été envahie au VIIe siècle par les Arabes. Au fil des croisades, elle avait plusieurs fois changé de mains, mais elle était depuis presque cent ans fermement tenue par les Chrétiens, et faisait partie du royaume de Jérusalem.

Glynn, Oth et Dewi se rendirent à une petite auberge que leur avait recommandée le capitaine. La tenancière, une femme gironde d'âge indéterminé, parlait heureusement le normand.

— Je suis Glynn de Thorley, ménestrel, envoyé par le capitaine Rhys, madame, dit Glynn. Et voici mes deux gardes du corps, qui sont capables de faire régner la paix dans votre établissement, quoi qu'il arrive.

— Vous cherchez du travail ? demanda la brave femme, les mains sur les hanches.

— Nous avons temporairement besoin d'un toit, mais nous serons heureux de travailler pour le payer.

— Pourquoi temporairement ? insista l'aubergiste qui couvait Oth du regard.

Celui-ci lui adressa un clin d'œil.

— Je suis venu à Acre pour rejoindre mon suzerain, Edward de Beaulieu, répondit Glynn. S'il est ici, je le trouverai, et sinon, j'apprendrai au moins où il est.

— Je peux vous loger. Vos journées seront libres, mais vous me donnerez vos soirées. Pour distraire mes clients, évidemment. Et vos compagnons seront également à ma disposition le soir… Cela vous convient ?

— Marché conclu, madame.

Glynn la trouvait plutôt avenante, avec sa peau très blanche et ses cheveux noirs.

— Je m'appelle Nada, ce qui signifie « donner » en arabe. Et on dit que je suis fort généreuse, en effet… Vos camarades ont-ils un nom, jeune homme ? demanda-t-elle avec un regard provocant à Oth.

— Oth et Dewi, répliqua-t-il en les désignant tout à tour.

— Il y a une belle chambre derrière la cuisine. Venez, je vais vous la montrer. Et vous aurez sûrement envie d'un bon repas car, à vous voir, on devine que vous n'avez pas mangé correctement depuis belle lurette. J'aime les hommes plus enrobés.

— Pour mieux les dévorer tout crus ! murmura Dewi à Oth en gallois. Veinard ! Elle me semble tout à fait comestible, elle aussi !

— Je verrai si elle a une sœur, promit Oth.

L'auberge, un bâtiment de boue séchée blanchie à la chaux, avait un sol de terre battue, et il y faisait frais. Les tables de bois étaient impeccables, les bancs soigneusement rangés dessous. Ils traversèrent la salle de restaurant pour se retrouver dans une cuisine, aux chevrons de laquelle pendaient des jambons et des herbes séchées. Des marmites chantaient joyeusement sur le poêle, une délicieuse odeur montait des fours.

Trois servantes levèrent brièvement les yeux vers les visiteurs.

— Votre chambre est par là, dit l'aubergiste. Elle donne sur la cour, elle est propre et nette.

Glynn et Dewi y pénétrèrent, tandis qu'Oth restait à la cuisine avec la tenancière. Il l'attira dans une alcôve pour caresser son ample poitrine. Le sourire de Nada révéla des dents bien blanches.

— On n'a pas le temps maintenant, dit-elle, et tu as besoin d'un bon repas pour prendre des forces… Que signifie ton nom, Oth ?

Elle glissa la main dans son pantalon et écarquilla les yeux en le trouvant ferme sous ses doigts.

— Laissez-nous ! ordonna-t-elle aux servantes, qui quittèrent aussitôt la cuisine.

— Ça veut dire « géant », répondit-il avec un sourire entendu.

Il la retourna et la poussa sur la table de cuisine, tout en relevant sa jupe. Il n'eut aucun mal à entrer en elle et commença à aller et venir, alors qu'elle tendait vers lui son postérieur rebondi et émettait des petits gémissements de plaisir.

Au bout de quelques minutes, il déclara :

— Désolé, ma belle, mais je ne peux pour l'instant t'offrir qu'un hors-d'œuvre. Tu as raison, j'ai besoin de prendre des forces…

— Ma chambre est de l'autre côté de la cour, murmura-t-elle en rajustant sa tenue. Et je ne serais pas contre un bon amant… temporairement.

Sur ce, elle quitta la pièce.

— Je croyais que l'homme se couchait sur la femme, dit Glynn qui sortait de la chambre en compagnie de Dewi.

— Pas toujours, répondit Oth. Tu as déjà fait l'amour, petit ?

— À Shrewsbury, il y a une fille qui offre ses charmes pour un penny. Mes camarades de l'école m'y ont emmené deux fois.

— Et tu as aimé ?

— Oui, sinon je n'y serais pas retourné.

Les deux hommes éclatèrent de rire.

— Tu es bien le fils de ton père !

— Nous t'apprendrons ce qu'il y a à savoir, mon garçon, promit Dewi. Acre est un endroit comme un autre pour qu'un jeune homme jette sa gourme.

— Mais je dois d'abord retrouver Edward, dit Glynn.

— Nous le trouverons, assura Oth.

Ils y arrivèrent, en effet, mais cela leur prit toute une semaine. Ils cherchaient Beaulieu durant la journée. Le soir, la voix mélodieuse de Glynn emplissait l'auberge de Nada. Bien vite, on parla du jeune ménestrel en ville, et l'établissement se remplit d'hommes de toutes les origines, venus écouter les ballades de Glynn. La préférée de tous était *La Guerrière,* celle qu'il avait composée pour Rhonwyn. Les servantes marchaient sur la pointe des pieds quand il chantait. Et elles avaient pris l'habitude de venir ensuite dans la chambre, dorloter Glynn et Dewi pendant qu'Oth était avec leur maîtresse...

Edward de Beaulieu reconnut tout de suite les deux Gallois, mais pas son beau-frère, qui était devenu un homme.

— Que faites-vous ici ? demanda-t-il lorsqu'il eut compris de qui il s'agissait.

— Où est ma sœur ?

— Elle est morte, à cause de son imprudence, répondit Edward avec amertume. Mais venez vous asseoir à l'ombre... Comment avez-vous pu quitter Haven Castle ?

— Tout va bien au château. Rafe et sa sœur attendent votre retour avec impatience... grommela Glynn. Parlez-moi de Rhonwyn. Comment est-elle morte ? N'étiez-vous pas avec elle ?

— Nous étions à Carthage, commença Edward, qui fit signe à ses serviteurs d'apporter des rafraîchissements. J'ai enduré une terrible dysenterie, et Rhonwyn m'a soigné avec un dévouement incomparable, ne s'autorisant que quelques heures de sommeil par nuit. Autour de nous, les hommes tombaient comme des mouches. Elle a fait transporter notre tente à l'écart des autres et l'a tenue méticuleusement propre. Je lui dois la vie… Le roi Louis a succombé, Charles d'Anjou a signé la paix avec les Infidèles, mais le prince Edward n'a pas voulu en tenir compte, et c'est ainsi qu'il a décidé de partir pour Acre.

« Comme Rhonwyn était confinée dans notre tente depuis des semaines, je lui ai permis d'aller s'exercer à l'épée avec sir Fulk. Je me suis assuré qu'elle était convenablement protégée, bien qu'elle ait protesté à cause de la chaleur. Peu après, les Infidèles ont attaqué le campement. C'était presque de la routine, une escarmouche comme tous les jours…

« Mais Rhonwyn s'est lancée à l'attaque, suivie de Fulk. Avec sa coiffe de mailles, on ne pouvait voir qu'elle était une femme. Il paraît qu'elle a entraîné les hommes avec elle, et c'est devenu une véritable bataille. Les Infidèles ont été battus. Hélas, Rhonwyn s'est retrouvée coupée du gros de la troupe, elle a été capturée, ainsi que Fulk. J'ai passé quatre jours à la chercher, avec sir Hugo et sir Robert, sans découvrir la moindre piste. Ceux qui connaissent la région disent qu'elle a sans doute été violée, puis tuée. Elle aurait pu aussi être vendue comme esclave, mais c'est peu probable car elle n'était pas vierge…

— Ma sœur n'est pas morte, déclara Glynn ap Llywelyn. Je le sentirais.

— Je suis navré, Glynn, murmura Edward en tendant la main vers le jeune homme, pour qui il éprouvait une sincère affection.

— Elle n'est pas morte, Edward ! cria Glynn. Et je la trouverai !

— Vous ne trouverez que des ossements ! rétorqua Edward avec colère. Je prie pour elle chaque jour, depuis qu'elle m'a été enlevée.

— Tout en priant, vous envisagez de vous remarier, lança Glynn, furieux. Rafe de Beaulieu dirige Haven pendant que sa sœur vous attend !

— Rhonwyn aurait mieux fait de m'attendre, elle aussi !

— Vous auriez pu lui interdire de vous accompagner, Edward. Mais je pense que cela flattait votre vanité de l'avoir près de vous, comme lady Eleanor avec le prince Edward.

— Et c'est vous, simple chanteur de ballades, bâtard d'un hors-la-loi gallois, qui osez me condamner parce que je pense à l'avenir de mon nom ? gronda Edward de Beaulieu.

Glynn eut un sourire méprisant.

— Lorsque je retrouverai ma sœur, je lui dirai quelle sorte d'homme elle a épousé, mais je crois qu'elle s'en doutait déjà car, même moi, je voyais que vous étiez mal assortis. Sinon, vous auriez porté le deuil de Rhonwyn, au lieu de demander votre cousine en mariage.

— Rhonwyn était une chipie au cœur de glace, rétorqua méchamment Edward. Elle remplissait à peine son devoir conjugal. Pourquoi n'avons-nous pas eu d'enfant, selon vous ? Ma semence est forte, j'ai eu mon compte de bâtards, Glynn, mais Rhonwyn ne me laissait pas l'approcher... Katherine, au moins, aime les enfants. Elle me donnera des héritiers légitimes.

— La disparition de ma sœur ne saurait mieux tomber, dans ce cas ! Auriez-vous vous-même arrangé cette mystérieuse disparition ?

— Est-ce tout le cas que vous faites de mon honneur ?

— Oui, répondit Glynn ap Llywelyn avec dédain.

La main d'Edward de Beaulieu se porta vers son flanc, où se trouvait son épée.

— Mon seigneur ! intervint Oth. Glynn n'est pas assez habile aux armes pour se battre contre vous. Il est fou de colère, vous le voyez. C'est à vous de vous montrer adulte et raisonnable.

— Sortez d'ici, ordonna Edward à Glynn. Je ne veux plus vous voir de ma vie !

— Je n'ai pas peur de me battre ! déclara le jeune homme avec fougue.

— Viens, mon garçon, dit doucement Oth. Il te tuera autrement...

— Je vous jette un sort, Edward de Beaulieu. Fasse le Ciel que vous n'ayez que des filles !

Sur ce, Glynn tourna les talons et sortit en trombe.

— J'aurais aimé que sa sœur me montre autant de passion... ironisa Edward. Ramenez-le chez lui, Oth, avant qu'il ne se fasse tuer. Peut-être ap Gruffydd fera-t-il quelque chose de lui. Il n'est plus sous ma responsabilité, et je n'en veux plus.

Oth suivit son jeune maître. Il avait toujours considéré Edward de Beaulieu comme un homme froid : il ne s'était pas trompé. Mais que faire, à présent ? Si l'Anglais disait la vérité – et il n'y avait aucune raison de ne pas le croire –, où pouvait bien être Rhonwyn ?

À force de réfléchir, il avait mal à la tête et, de retour à l'auberge, il accompagna avec joie Nada dans sa chambre, comme tous les jours à l'heure de la grosse chaleur.

Un peu plus tard, quand ils furent tous les deux assouvis, il déclara :

— J'aimerais te faire un cadeau, Nada... De quoi aurais-tu envie, compte tenu du fait que je ne suis pas riche ?

Elle eut son rire un peu voilé.

— Un bracelet d'or n'ébréchera pas trop ta bourse... Mais je n'aime que les bijoux qui viennent du califat de Cinnebar. Leurs orfèvres sont exceptionnels. Plus tard, nous irons voir le seul marchand d'Acre qui vende des bijoux en provenance de Cinnebar. Il te fera un prix.

— Cinnebar ? Je n'ai jamais entendu parler de cet endroit.

— C'est un petit royaume, isolé dans les montagnes qui se dressent au sud et à l'ouest de Carthage. Ils sont réputés pour leurs mines d'or et autres richesses, mais c'est si difficile d'accès qu'aucun conquérant ne se donne la peine de s'y rendre.

Tout en parlant, elle le caressait langoureusement.

— C'était à l'origine un État chrétien, mais il s'est converti à l'islam. Les gouverneurs ont le droit de prendre le titre de calife, ce qui signifie « défenseur de la foi »...

Oth réfléchit à ses paroles. Serait-il possible que lady Rhonwyn se trouve à Cinnebar ? Edward de Beaulieu prétendait qu'il l'avait cherchée pendant quatre jours, mais il s'était arrêté au pied des montagnes. Oth avait entendu dire que les femmes blondes, vierges ou non, avaient énormément de valeur sur les marchés aux esclaves. Avait-on vendu Rhonwyn ?

Quand Nada et lui furent debout, habillés, il lui demanda si c'était envisageable.

— Bien sûr ! répondit-elle fermement. Même si elle n'était pas très jolie, sa chevelure, sa peau, ses yeux clairs lui donneraient de la valeur. Et tu dis qu'elle est belle ? Alors ses ravisseurs ont dû la traiter gentiment, afin d'en tirer le meilleur prix sur le marché. Ils l'ont sans doute emmenée à Cinnebar. Un voyage plus long, sous ce climat auquel elle n'est pas habituée, aurait pu la tuer.

— Comment se rend-on à Cinnebar ?

Elle eut un large sourire.

— Tu as de la chance que je t'aie pris comme amant ! L'échoppe dans laquelle je vais t'amener appartient à mon cousin, dont la sœur est mariée à un marchand de Cinnebar. Melek est une femme pleine de ressources, elle t'aidera. D'abord, il faut trouver une caravane qui se rend à Cinnebar, soit partant d'ici, soit de Carthage, d'Alexandrie ou de Damas.

— On peut aller à Carthage par la mer, non ?

— En effet... Nous allons en parler à mon cousin, et tu pourrais peut-être te faire passer pour son agent. Il paierait ton passage.

Elle eut un regard enamouré.

— Oh, comme tu vas me manquer ! Jamais je ne retrouverai un amant de ta qualité ! s'exclama-t-elle. Allons-y, maintenant. Je veux mon bracelet d'or pour me souvenir de toi, mon beau Gallois !

Il la suivit en riant. Il aurait bien le temps, ce soir, de raconter tout cela à Glynn. Autant commencer leurs recherches par Cinnebar, c'était logique...

Mais Nada lui manquerait aussi. Non seulement elle aimait la bagatelle, mais il appréciait son caractère, son humour et sa bonne humeur.

12

— Tu es venue à moi pratiquement vierge, et te voilà la créature la plus hardie que je connaisse ! dit Rashid al Ahmet à sa ravissante seconde épouse. Oui, oui, ma belle...

Agenouillée devant lui, elle cajolait sa virilité de la bouche et des mains. Il caressait la tête blonde en gémissant, quand tout à coup il s'écria :

— Assez, sorcière, je n'en peux plus !

Elle lui lança un sourire lascif puis, faisant volte-face, se mit à quatre pattes devant lui.

— Mon seigneur veut-il jouer l'étalon avec sa jument favorite ?

Elle le regardait par-dessus son épaule, tentante, séductrice. Elle avait tellement envie de lui !

— Oui ! gronda-t-il en la pénétrant. Je ne me lasse pas de toi, ma délicieuse Noor...

Il la tenait fermement aux hanches, et ses vigoureuses poussées firent naître en elle un plaisir inouï.

— Oui, encore ! Encore ! sanglotait-elle.

La jouissance éclata en elle, et elle s'abattit sur le tapis, épuisée. Mais Rashid la tourna vers lui et la pénétra de nouveau.

— Attends, ma belle. Tu vas trop vite pour moi, on dirait une enfant gourmande devant un sac de bonbons. Il faut apprendre à te dominer davantage.

Son regard la provoquait tandis qu'il bougeait doucement au-dessus d'elle, l'emportant vers des sommets qu'elle ne pensait pas pouvoir atteindre si vite. Enfin il explosa, et ils revinrent tous deux lentement sur terre.

Il roula sur le dos, l'entraînant avec lui.

— Noor, mon amour, tu es magnifique !

Assouvie, elle se laissa aller au sommeil.

Le calife la porta dans son lit et posa une légère couverture sur son corps superbe. Il la contempla un moment en souriant. Sa vie était devenue parfaite, depuis que sa seconde femme était arrivée au palais, un an plus tôt ! Il ne lui avait pas fallu longtemps pour s'apercevoir qu'il était fou amoureux.

Il avait de la chance. Il possédait deux belles épouses, affectueuses, et qui s'entendaient bien. Le paradis pouvait-il être autre chose ? Bien qu'il prît de temps en temps son plaisir avec une autre fille du harem, c'était Noor qu'il aimait et, à présent, il voulait qu'elle lui donnât des enfants.

Il savait que les femmes de sa maisonnée prenaient des potions qui les empêchaient d'être enceintes, et il s'en félicitait. Les deux épouses qui avaient été exécutées lui avaient donné trois enfants : son fils cadet, Omar, et deux petites filles. Mohammed, son héritier, était âgé de quatorze ans.

Rashid connaissait bien les dangers que représentaient plusieurs fils pour un seul royaume. Ses plus jeunes frères avaient toujours été difficiles à contrôler, même avant la mort de leur père. Heureusement, Kasim était décédé des suites d'une fièvre à l'adolescence, et Noor avait trucidé Abdallah au combat. Mais il voulait un enfant de sa guerrière. Il parlerait avec Baba Haroun et Alia, car ces derniers sauraient peut-être comment il pourrait avoir une fille, et non un fils qui risquerait de devenir un rival pour Mohammed.

Il embrassa la jeune femme sur le front et se retira dans ses propres appartements.

Sa première épouse comprit parfaitement son désir d'avoir un enfant de Noor, mais le chef eunuque y était farouchement opposé.

— Votre vie est calme et équilibrée, mon seigneur, dit-il. Vous avez un fils bientôt adulte, un autre qui sera là s'il arrivait malheur au premier. Il n'y a aucun moyen d'être tout à fait sûr que lady Noor mettrait au monde une fille... Réfléchissez, mon seigneur ! Lady Noor est d'une nature violente, elle a déjà tué sans remords, et elle serait capable de recommencer dans l'intérêt de son propre enfant.

— Je réfléchirai, promit Rashid. J'adorerais avoir une fille aussi belle qu'elle.

— Et elle, en a-t-elle envie, mon seigneur ?

— Elle ne me l'a jamais dit.

— Alors n'y songez plus, le supplia l'eunuque.

Le calife se tourna vers Alia.

— Qu'en penses-tu, ma très chère épouse ? Tu restes silencieuse...

— Comme toujours, Rashid, je veux ce qui vous rendra heureux. Mohammed a quatorze ans, Omar bientôt six. Si Noor vous donnait un fils, cela ne mettrait pas le mien en danger. Le temps qu'il grandisse, Mohammed serait déjà père lui-même, et Omar également... En outre, je ne décèle pas ce genre d'ambition chez Noor. Et puis elle pourrait aussi vous donner une fille. Toutefois, si elle n'en a pas exprimé le souhait, il serait déraisonnable de précipiter les choses.

— Je réfléchirai, répéta le calife.

Mais Baba Haroun et Alia savaient que sa décision était prise. Il voulait un enfant de Noor, et il ferait tout pour l'avoir !

L'eunuque changea de sujet :

— Je voulais vous informer, mon seigneur, qu'il y a en ville un jeune poète que les étrangers appellent un ménestrel. Ses ballades attirent beaucoup de monde à la taverne d'Akram Yasir. Je suis moi-même allé l'écouter. Il chante dans plusieurs langues et, avant qu'il ne s'en aille, nous pourrions peut-être le recevoir au palais. Il est avenant, tout à fait courtois. Les filles du harem et les enfants en tireraient sûrement un grand plaisir, et vous aussi, mon seigneur, j'en suis certain.

— Parfait ! Invite-le.

Le chef eunuque s'inclina et s'éclipsa.

Une fois le calife parti, Alia envoya une esclave chercher Noor. Rhonwyn se rendit chez elle de bon cœur, car elle appréciait beaucoup la première épouse. Mais quand celle-ci renvoya toutes les servantes, elle devina que l'heure était grave.

— Qu'y a-t-il ? demanda-t-elle à Alia.

— Aimez-vous Rashid ?

— Je le respecte, et j'aime faire l'amour avec lui, répliqua prudemment Rhonwyn.

— Mais l'aimez-vous ? insista la première épouse.

Rhonwyn secoua la tête.

— Non, répondit-elle calmement. Le souvenir d'Edward de Beaulieu est trop présent en moi. Peut-être un jour s'effacera-t-il, alors j'aimerai Rashid al Ahmet. Allah sait combien il est patient et bon, et votre question éveille en moi un sentiment de culpabilité… Pourquoi me la posez-vous ? Vous ne pensez pas que je puisse nuire à Rashid, n'est-ce pas ?

— Non, non ! C'est à cause de ce qu'il vient de me dire… Il veut un enfant de vous. En avez-vous envie ?

Rhonwyn était désorientée.

— Un enfant ? Je n'y ai jamais songé. Cela me lierait à Rashid. Avec Edward… Vous savez où j'en étais avec

Edward. Nous commencions tout juste à explorer ensemble le domaine de l'amour physique, lorsque je lui ai été arrachée. En y repensant, je suis certaine que j'aurais aimé lui donner des enfants… Pourquoi Rashid en veut-il un de moi ? Il en a déjà suffisamment pour assurer sa lignée. Pour lui, je suis un jouet, son dernier caprice, rien de plus, Alia.

— Il vous aime, Noor. Vous ne vous en rendez pas compte ? Rashid est amoureux, c'est pourquoi il veut un enfant de vous.

L'Égyptienne regardait Rhonwyn dans les yeux.

— Oh, ma pauvre Noor, soupira-t-elle. Vous avez été éveillée à la passion, mais vous ne connaissez rien à l'amour, n'est-ce pas ?

— J'aime Edward ! protesta la jeune femme avec fougue.

— Je me le demande, mon enfant. Et je me demande s'il vous aimait vraiment. Vous ne vous connaissiez pas depuis longtemps et, si j'en crois vos propos, vous aviez des relations plutôt tendues. Vous étiez encore une enfant qui joue à la guerre, vous vous moquiez de ce qui pouvait vous arriver. Sinon, vous ne vous seriez pas étourdiment jetée dans une bataille, au risque d'être enlevée, ou tuée. Vous auriez dû vous réfugier auprès de votre mari dès que l'alarme a retenti, mais vous n'en avez rien fait. Vous n'avez pensé qu'à vous, pas une seconde à Edward de Beaulieu… Je ne vous dis pas cela pour vous faire de la peine, Noor, mais pour que vous affrontiez la réalité.

« Vous êtes à présent mariée à un homme bon et puissant. Ouvrez-vous à cet amour. La passion partagée par un homme et une femme qui s'aiment est une bénédiction, je le sais d'expérience. Et un enfant né d'un tel amour a vraiment de la chance, conclut Alia.

Rhonwyn avait porté la main à sa gorge. Alia avait raison : elle s'était comportée comme une enfant égoïste, déterminée à n'en faire qu'à sa guise.

Pourtant, elle savait qu'elle ne pourrait jamais aimer Rashid al Ahmet comme Alia le suggérait. Elle avait envie de rentrer en Angleterre, afin de montrer à Edward tout ce qu'elle avait appris. Pas seulement sur la passion, mais aussi sur elle-même... Elle aurait voulu tout recommencer au début, mais c'était impossible, et elle devrait vivre toute sa vie avec ce remords : elle l'avait abandonné pour suivre son propre plaisir. Et l'amour que lui portait le calife était un remords supplémentaire...

— Vous semblez bouleversée. Je ne voulais pas vous rendre malheureuse, dit gentiment Alia.

— Vous m'avez simplement placée en face de moi-même, pour la première fois de ma vie. Je me demande si je comprends quelque chose à l'amour...

— Laissez Rashid vous apprendre ! supplia Alia.

— Comment pouvez-vous me dire ça, alors qu'il est évident que vous l'aimez profondément ? Comment pouvez-vous accepter de le partager ?

— Justement parce que je l'aime. Et parce que ce sont nos coutumes. Une seule femme ne peut suffire à un mari. Comme les abeilles, l'homme a besoin de nombreuses fleurs pour être heureux.

Rhonwyn secoua la tête.

— Il y a quatre ans, je vivais dans une forteresse avec mon frère et les hommes rudes qui m'ont élevée. Je ne savais pas ce qu'était être une femme, j'ignorais jusqu'à l'existence de Dieu. Et j'ai tant appris, depuis cette époque, que j'en ai la migraine... J'essaierai d'aimer Rashid, ajouta-t-elle dans un soupir, je vous le promets. Mais pourquoi m'encouragez-vous à avoir un enfant ? Si c'est un fils, il risquerait de devenir ennemi du vôtre.

— Mohammed prendra la suite de son père, et il sera bien plus âgé que les fils que vous pourriez donner à Rashid.

— Le fils aîné hérite toujours de son père, à Cinnebar ?

— Non, mais tout le monde sait que Mohammed succédera à Rashid sur le trône de Cinnebar.

— Imaginez que je donne un fils au calife, que Rashid ne rende pas l'âme avant que ce fils ait vingt ans, et que soudain il préfère mon enfant au vôtre. Il pourrait faire de lui son héritier. Cela vous plairait-il, Alia ?

— Certainement pas, Noor, répondit-elle honnêtement.

— Tout le danger est là. Or je préfère jouir de votre amitié plutôt que mettre au monde un fils qui pourrait rivaliser avec Mohammed.

— Mais ce serait peut-être une fille, objecta Alia. C'est ce que souhaite le calife.

— Nous ne pouvons pas le décider. Je sais ce que l'on fait pour empêcher la conception, Nilak me l'a expliqué. Je vous en prie, accordez-moi encore un peu de temps, avant de supprimer cette potion pour moi. Je dois réfléchir, et vous aussi. Rashid ne le saura jamais, et tant pis s'il me croit stérile : cela ne l'empêchera pas de m'aimer ni de jouir de mon corps. Peut-être même, entre-temps, apprendrai-je à l'aimer un peu, et cela ajoutera à son bonheur.

— C'est la voix de la raison ! intervint Baba Haroun, qui sortit de derrière une tenture. Ne me reprochez pas d'avoir été indiscret, madame. Mon devoir envers vous l'emporte sur tout le reste, vous le savez. Lady Noor a raison d'envisager toutes les conséquences du désir du calife. Si, en effet, le seigneur préférait ce fils à Mohammed... Ce ne serait pas délibéré de la part de Noor, car il n'y a pas de méchanceté en elle, mais personne ne peut contrôler les sentiments du calife. Un enfant né de Noor pourrait se révéler une catastrophe pour Cinnebar. Pour nous tous.

— Le destin, mon cher Baba Haroun, suivra son cours, quoi que nous fassions. Un proverbe juif dit : « L'homme propose, Dieu dispose. » Si Rashid désire un enfant de Noor, elle doit lui en donner un... Toutefois, en vertu de mon pouvoir sur le harem, j'accepte d'attendre un peu avant qu'elle exécute son devoir.

— Comme vous voudrez, madame, dit le chef eunuque.

Rhonwyn baissa la tête en signe d'obéissance, puis elle alla raconter à Nilak ce qui s'était passé.

— Un enfant ! s'écria celle-ci, tout excitée. Quelle merveille ! J'ai su, dès l'instant où je vous ai vue, que vous étiez bénie par la chance. Lady Alia a raison, le calife vous aime sincèrement. Bien des femmes sont jalouses de vous au harem, même si vous ne vous en rendez pas compte, puisque vous n'avez pas de relations avec elles.

— Elles m'ennuient, avoua Rhonwyn. Elles passent leur temps à se faire belles afin que le calife les remarque. Je préfère la compagnie de lady Alia.

— Il y aura bientôt un divertissement au harem, annonça Nilak. Un jeune musicien qui joue en ville, à la taverne. Il viendra chanter pour nous.

— Comment est-ce possible, alors que personne ne doit nous voir ?

— À part lady Alia et vous, les femmes seront cachées derrière des paravents. Vous et Alia serez autorisées à vous asseoir aux pieds du calife – convenablement voilées, naturellement. Il n'y aura que quelques invités : le vizir, le trésorier du calife et l'imam.

— J'ai toujours aimé la musique, dit Rhonwyn, mais la nôtre est différente de la vôtre.

— Ces musiciens sont étrangers. Il paraît qu'ils chantent dans diverses langues. Peut-être même celle que vous parlez ?

— J'en doute. Le gallois est un langage difficile, presque autant que l'arabe.

— Que vous maîtrisez maintenant parfaitement, et sans l'ombre d'un accent ! la félicita Nilak.

— Quand ces musiciens doivent-ils venir ?

— Baba Haroun ne l'a pas encore dit, mais ce sera bientôt...

Le harem ne tarda pas à être en ébullition. La maîtresse des toilettes fut assommée de demandes, et l'on se perdit en spéculations sur ce qu'allaient porter les épouses du calife. Le fait qu'elles soient assises à ses pieds, et non derrière des paravents, était source de jalousie.

— Pourquoi les épouses ont-elles tant de privilèges ? se plaignit une fille.

— Parce qu'elles ont des enfants, répondit une de ses compagnes.

— Pas lady Noor.

— Mais c'est la plus belle femme du monde, et le calife l'aime.

Ce n'était un secret pour personne : le calife était fou de la jeune étrangère.

Lorsque l'on annonça la date du divertissement, l'effervescence fut à son comble.

Le soir tant attendu, Baba Haroun et son armée d'eunuques conduisirent les femmes du harem, dûment voilées, dans le grand hall du palais, où on les installa derrière des paravents qui leur permettaient de voir sans être vues. Rashid al Ahmet prit place sur un trône couvert de coussins. Son fils Mohammed était assis près de lui sur un tabouret bas, et de l'autre côté se tenait le petit Omar. Le calife portait un caftan de soie noir et or, et il était coiffé d'un mince turban, au milieu duquel brillait un rubis. Ses fils portaient des caftans blancs et ils étaient tête nue.

Lady Alia, en caftan écarlate, était assise à la droite de son époux, sur un coussin de soie posé sur la première marche de l'estrade. Noor était en turquoise, et assise une marche plus bas qu'Alia. Les deux femmes étaient voilées. Pourtant, en regardant attentivement, on aurait pu deviner leurs traits, mais aucun homme présent n'aurait eu cette outrecuidance !

Le silence se fit lorsque les musiciens entrèrent dans la pièce et saluèrent le calife. Ils étaient vêtus, comme les indigènes, de robes blanches et de burnous. Le plus grand des trois s'avança tandis que les deux autres s'asseyaient par terre, leurs instruments prêts.

— Mon seigneur, je vais commencer par une chanson de ma terre natale, et je la chanterai dans ma langue.

Rhonwyn sursauta. Cette voix… !

Les musiciens entamèrent un air qui lui était familier.

— « Ma sœur, si tu es parmi ces femmes, arrange-toi pour chanter avec moi, ainsi je saurai que tu te trouves là », chanta Glynn ap Gruffydd. « Je t'ai cherchée longtemps. Réponds-moi, sœur chérie… »

— « C'est bien moi, frère, je suis là ! » répondit Rhonwyn en chantant en gallois, avant de se tourner vers le calife. C'est une ballade de mon pays natal, mon seigneur. Le jeune homme invite tous ceux qui le comprennent à se joindre à lui. Je vous en prie, permettez-moi de le faire, ou au moins d'expliquer pourquoi je n'en ai pas le droit.

— Chante, mon oiseau de paradis, dit le calife. J'ignorais que tu avais une si belle voix. Il faudra que tu chantes pour moi, dorénavant.

— Merci, mon seigneur.

Elle reprit, dans le ton de la chanson :

— « Je peux te répondre, parce que le calife ne sait pas qui tu es, mon frère. Mais sois bref, sinon il aura des soupçons. »

— « Je suis venu te ramener à la maison. Les musiciens sont Oth et Dewi. Comment pourrons-nous t'enlever ? »

— « Restez à Cinnebar, sous n'importe quel prétexte. Je trouverai le moyen de vous contacter. Sois patient, et ne me quitte surtout pas, maintenant que tu m'as trouvée. Arrêtons là, à présent. Comme j'ai hâte de te serrer dans mes bras ! »

— « Je t'obéirai, douce sœur. Je ne quitterai pas, je ne te quitterai pas. »

Glynn s'inclina devant le calife.

— Racontez-moi l'histoire de votre chanson, ami, demanda Rashid.

— C'est l'histoire d'une veuve, dont le fils unique part à la guerre. Elle tremble pour lui, d'autant plus qu'elle reste plusieurs mois sans nouvelles. Enfin, alors qu'elle perd espoir, il revient. Et il promet qu'il ne la quittera plus jamais... C'est simple, vous voyez. À présent, j'aimerais vous chanter une ballade que tout le monde aime à Damas. Mais accepteriez-vous d'abord de me dire qui est la dame qui chantait avec moi ?

— Ma seconde épouse. Elle est très douée pour les langues.

Rhonwyn avait du mal à dissimuler son excitation. Glynn, son petit frère ! Comment était-il arrivé là ? C'était un miracle !

Au cours des jours suivants, elle réfléchit longuement, pour finir par admettre que seul Baba Haroun pourrait l'aider. Mais accepterait-il ? Il avait pouvoir de vie et de mort sur le harem. Rhonwyn envoya Sadirah demander audience au chef eunuque, et la petite revint annoncer que Baba Haroun l'attendait.

— Pourquoi voulez-vous lui parler ? s'étonna Nilak.

— Comme vous le savez, le calife voudrait que je lui donne un enfant, mais j'hésite, car je n'aimerais pas que mon fils devienne un rival du prince Mohammed. J'ai trop d'affection pour sa mère. J'ai promis à Baba Haroun que je m'entretiendrais avec lui sur ce sujet. Ne prend-il pas les intérêts du calife très à cœur ?

— Si vous aviez un fils, il ne serait plus du tout certain que le prince Mohammed serait le prochain calife de Cinnebar, admit Nilak, fine mouche.

— C'est exactement ce que je redoute. Or le prince Mohammed est l'héritier légitime de son père, et il doit le rester, pour le bien de Cinnebar… Maintenant, j'y vais, Nilak.

Le chef eunuque l'attendait en fumant son narguilé.

— Asseyez-vous, Noor, dit-il en désignant une pile de coussins multicolores, de l'autre côté de la table carrelée. En quoi puis-je vous être utile ? Ce doit être important, car jamais jusque-là vous n'êtes venue me voir.

— Je ne dirais pas cela devant quelqu'un d'autre, Baba Haroun, mais je crois que vous placez les intérêts de votre maîtresse au-dessus de tous les autres, même ceux du calife.

Il acquiesça, un mince sourire aux lèvres.

— Continuez, dit-il à voix basse.

— Je ne veux pas donner d'enfant au calife, et je ne crois pas que vous le souhaitiez non plus. Pourtant, combien de temps encore pourrons-nous tromper notre seigneur ? Même Nilak pense que mon fils pourrait supplanter Mohammed dans l'affection de son père. Cela pose un sérieux problème, qu'il vaudrait sans doute mieux régler avant que la situation ne se complique.

— Comment ? demanda l'eunuque, impressionné par sa fine analyse.

— Si je n'étais plus là, on ne parlerait plus d'un éventuel autre fils, dit-elle doucement.

— Vous voudriez que je vous aide à vous enfuir de Cinnebar ?

C'était à peine une question.

— Oui.

— Et comment serait-ce possible, sans que le calife l'apprenne et me détruise, Noor ?

— D'abord, il faut me jurer que vous ne le tuerez pas. Je ne pourrais vivre avec sa mort sur la conscience.

— Que je ne tuerai pas qui ? demanda le chef eunuque, intrigué.

— Mon jeune frère.

— Mais comment...

— Votre promesse d'abord. Vous êtes un homme d'honneur, Baba Haroun, je le sais. Donnez-moi votre parole et je vous expliquerai tout.

Il réfléchit longuement avant de déclarer :

— C'est promis, Noor, je ne tuerai pas votre frère... Maintenant, s'il vous plaît, racontez-moi tout.

— Le jeune ménestrel qui est venu au palais l'autre jour est mon frère, Glynn ap Llywelyn. Il était à ma recherche. Il a commencé par chanter dans notre langue, en demandant si sa sœur était là. J'ai répondu, vous vous en souvenez, et nous avons brièvement communiqué en nous servant de la chanson. Il est encore à Cinnebar, et il attend mes instructions.

— C'est surprenant !

— Si Rashid rêve d'avoir cet enfant de moi, il aura doublement le cœur brisé, Baba Haroun. Le calife est un homme bon, je ne veux pas lui faire de mal. Mais je ne l'aime pas comme Alia l'aime, et je veux rentrer dans mon pays. La présence de mon frère est un présage. Il n'était pas venu en croisade avec nous : je l'ai laissé à l'abbaye de Shrewsbury, en Angleterre. C'était encore un enfant, et il est soudain devenu un homme. Il m'a cherchée, il m'a trouvée. N'est-ce pas un signe du destin ?

L'eunuque hocha la tête, pensif. Il croyait aux signes, aux miracles.

— Et comment vous y prendriez-vous, Noor, si je décidais de vous aider ?

— Le calife n'acceptera jamais que je parte, alors il faut qu'il me croie morte. Il me pleurera, puis il finira par m'oublier.

— Pas facilement, objecta Baba Haroun. Je le connais bien, il ne donne pas son cœur à la légère. Pourtant j'arriverai sans doute à le distraire. Les deux jeunes maîtresses du prince Mohammed sont volontairement gardées stériles, mais cela peut changer. Si l'une d'elles était enceinte et que le calife envisage d'être grand-père, ce serait pour lui une joie qui lui ferait sans doute un peu oublier son chagrin... Mais comment allez-vous mourir ?

— Je tomberai accidentellement de la petite falaise qui se trouve au bout de mon jardin, une nuit. Si on retrouve des os et des mèches de cheveux, on pensera que des chiens sauvages m'ont dévorée. Les cheveux persuaderont le calife qu'il s'agit bien de moi, car vous savez qu'il apprécie particulièrement leur couleur inhabituelle.

— Et, en réalité, je vous aurai aidé à sortir du palais... Ce n'est pas difficile, Noor. Vous vous déguiserez en garçon, vous vous joindrez avec vos camarades à une caravane en partance pour la côte, et là vous trouverez certainement un bateau qui vous ramènera dans votre patrie.

— Alors, vous acceptez ! s'écria Rhonwyn.

— Oui, uniquement pour préserver le bien-être de ma maîtresse. Elle s'est montrée noble en faisant passer le bonheur de son seigneur avant le sien, comme son éducation le lui a enseigné. Mais vous, Noor, on vous a appris à penser d'abord à vous. J'avais envisagé de vous faire attraper une maladie, avant que vous ayez le temps de donner un enfant au calife. Si ma maîtresse ne peut protéger son fils, c'est à moi de m'en charger. Pourtant je ne vous en veux pas personnellement, vous avez toujours été respectueuse et amicale envers lady Alia... Alors je vous aiderai.

— Merci, Baba Haroun, dit-elle, le cœur battant à tout rompre.

Il avait pensé la tuer ?

— Retournez dans vos appartements, Noor, reprit l'eunuque. Je contacterai votre frère, et nous mettrons tout au point. Je vous avertirai, quand l'heure sera venue. Mais vous êtes très pâle... N'ayez pas peur de moi. Vous avez résolu le problème qui se posait à nous, et je ne vous trahirai pas, affirma-t-il avec un bon sourire.

Elle se leva et, sans oublier de le saluer, se réfugia à la hâte dans sa chambre. Devait-elle se réjouir ? Elle ne saurait qu'au dernier moment s'il l'avait trompée...

— Qu'a-t-il dit ? questionna Nilak qui l'attendait chez elle. Je suppose qu'il n'est pas très heureux à l'idée que vous portiez un enfant du calife. Il est loyal envers lady Alia avant tout.

— Bien sûr, et c'est normal ! Il est auprès d'elle depuis qu'elle est enfant. Moi-même, je ne suis pas certaine d'être prête pour la maternité.

— Vous n'allez tout de même pas attendre d'avoir des cheveux blancs ! la réprimanda Nilak, ce qui fit pouffer les deux petites esclaves. Vous avez plus de dix-huit ans, lady Noor. Si notre seigneur Rashid veut un enfant de vous, donnez-le-lui, c'est votre devoir.

— Ça suffit ! s'irrita Rhonwyn. Vous dépassez les bornes. J'ai accompli mon devoir sans faillir. Si la volonté d'Allah est que je donne un enfant au calife, je le ferai. Maintenant, laissez-moi, toutes. J'ai besoin d'être seule.

Les trois femmes se retirèrent, et Rhonwyn sortit dans son petit jardin afin de se calmer. Le parfum des roses l'apaisa quelque peu. Elle emprunta l'allée carrelée, jusqu'au banc de pierre qui dominait les montagnes. Elle avait une vue magnifique sur l'ouest, et tous les jours elle admirait le soleil couchant. Une fois, bien tenue par Nilak et Halah, elle était allée au bout du jardin et avait regardé en bas. Il n'y avait que des rochers et des buissons gris-vert. Elle avait été prise de vertige, et on l'avait tirée en arrière. Quiconque tomberait de cet endroit trouverait une mort certaine...

— Nilak me dit que tu as parlé d'avoir un enfant, avec Baba Haroun, dit Rashid qui venait de s'asseoir près d'elle sur le banc.

— Nilak ferait mieux de tenir sa langue ! rétorqua Rhonwyn, agacée.

— Mais elle ne veut que ton bonheur, murmura-t-il en lui baisant le bout des doigts.

— Je suis heureuse. Elle ne comprend pas que votre présence suffit à mon bonheur, Rashid. Pourquoi voulez-vous un enfant de moi ? Vous en avez déjà quatre.

— Je veux que tu portes mon enfant parce que je t'aime, dit-il en l'attirant dans ses bras pour un baiser passionné. Je t'aime, Noor, répéta-t-il, et seul un enfant pourra couronner notre amour. Comprends-tu ? Oui, je crois que tu comprends...

Il cueillit du bout de la langue les larmes qui filtraient entre les paupières closes de la jeune femme.

— J'ai honte de mon égoïsme, gémit-elle.

Et c'était vrai. Il l'aimait, mais elle ne lui rendait pas cet amour. C'était impossible, avec le souvenir d'Edward de Beaulieu qui la hantait.

Il caressait tendrement ses cheveux, puis il glissa une main dans l'échancrure de son caftan, et son pouce taquina un petit bout de sein. Comme elle soupirait de plaisir, il se pencha pour saisir la robe et la passer par-dessus sa tête. Puis il la prit sur ses genoux, joua de la langue avec ses seins, faisant monter le désir en elle.

Il descendit le long de son torse, de son ventre, et quand il baisa son mont de Vénus, elle eut l'impression qu'un éclair la traversait. Il l'allongea sur le banc de pierre, s'agenouilla devant elle afin de mieux la contempler.

— Tu as le plus parfait des petits coquillages, ma douce, ma ravissante épouse...

— Rashid ! implora-t-elle.

Il eut un rire bas.

— Je ne t'enseignerai donc jamais la patience, mon amour ? la gronda-t-il doucement.

Il ouvrit sa tunique, découvrant son sexe gonflé, et il la pénétra. Puis il la saisit dans ses bras et se redressa en position assise.

— Noue les jambes autour de mes reins, Noor.

Il se leva et la mena vers la chambre, où il l'appuya contre un mur en commençant à bouger en elle.

Elle ouvrit de grands yeux, et il rit encore.

— C'est nouveau, n'est-ce pas ?

Elle s'accrochait fermement à son cou.

— C'est intéressant, parvint-elle à murmurer, mais je veux sentir votre poids sur moi, mon seigneur. Je vous en prie…

— Comme tu as changé, ma précieuse ! dit-il en obtempérant.

Il se laissa tomber sur le lit avec elle.

Elle ne pouvait retenir des cris d'extase, les jambes toujours nouées autour de lui, les yeux dans ses yeux.

Comme d'habitude, la jouissance les emporta ensemble, et Rhonwyn exhala son plaisir dans un immense soupir. Edward lui avait dit un jour que la passion partagée était meilleure, et c'était indubitable !

Elle caressa distraitement ses cheveux, se demandant dans combien de temps elle s'échapperait de Cinnebar afin de revenir vers son mari. Pour lui montrer que ses inhibitions avaient disparu, pour l'aimer librement, pleinement. Et cela, elle le devrait au calife.

Elle avait hâte d'apprendre où en étaient les projets d'évasion, mais Baba Haroun demeurait silencieux, et quelques semaines s'écoulèrent avant qu'il ne la convoque dans ses appartements.

Rhonwyn s'y rendit avec appréhension, ne sachant s'il allait la tuer ou lui accorder sa liberté. Mais, naturellement, son beau visage ne trahissait en rien sa crainte.

— Vous vouliez me voir ? demanda-t-elle en le saluant poliment.

— Le plan est au point, annonça-t-il tout de go.

Elle haussa un sourcil interrogateur.

— Cette nuit, précisa-t-il à voix basse. Vos servantes auront dans leur thé à la menthe un somnifère qui leur assurera un sommeil profond. Je viendrai moi-même vous chercher, Noor. Les os brisés sont prêts, et nous les mettrons avec le caftan dans lequel vos esclaves vous auront vue pour la dernière fois. Il sera déchiré et, avec quelques mèches de vos cheveux, cela suffira pour convaincre le calife que vous êtes morte.

— Comment ferez-vous pour déposer tout cela sous mon jardin ?

— Vous ne pouvez le voir de chez vous, mais il y a une petite porte juste sous vos appartements. Ces issues sont courantes, dans le palais, et destinées à permettre la fuite en cas d'assaut. Peu de gens savent où elles sont situées, mais moi, je les connais toutes. Donc je m'occuperai de cette mise en scène avant que nous ne quittions le palais... Maintenant, Noor, plus de questions.

— Mais si le calife cherche à me rejoindre cette nuit ?

— Aucun risque ! affirma Baba Haroun.

— Comment pouvez-vous en être sûr ?

L'eunuque eut un petit rire.

— Il sera en train de goûter les charmes d'une petite vierge rousse que j'ai achetée au marché aux esclaves pour cette occasion. Le calife a un faible pour les vierges, il sera occupé une bonne partie de la nuit. Cela ne vous surprend pas, j'imagine ?

— Non, dit-elle, un peu pincée.

Rashid prétendait l'aimer, et il se laissait tenter par une jeune vierge ! C'était tout de même vexant !

— Filez, maintenant. Je viendrai vous chercher plus tard.

— Et mon frère ?

— Il vous attendra en compagnie de ces deux individus louches avec qui il voyage.

— Ils ne sont pas louches, protesta-t-elle. Ce sont les meilleurs des hommes, Baba Haroun. Ils ont contribué à mon éducation.

— C'est ce qu'ils m'ont dit, dans l'arabe le plus exécrable qu'il m'ait été donné d'entendre ! Mais j'ai compris qu'ils vous aiment comme j'aime ma maîtresse lady Alia. Ce qui m'a convaincu, s'il en était besoin, que j'ai raison de vous aider à vous échapper.

Elle prit ses grandes mains brunes dans les siennes et les baisa tendrement.

— Merci ! Merci, Baba Haroun !

Il se dégagea vivement, gêné.

— Vous savez pourquoi je vous aide, Noor. Mais je trahis mon maître et, bien que ce soit dans l'intérêt de lady Alia, j'en porterai le remords toute ma vie. Rashid al Ahmet vous aime sincèrement, et votre « mort » l'affectera beaucoup. Je ne sais pas si je parviendrai à le consoler un jour de votre perte, mais je m'y efforcerai.

— Vous m'en voulez de souhaiter quitter Cinnebar, Baba Haroun ?

— Vous n'y pouvez rien, Noor. Vous avez au fond du cœur le souvenir d'Edward de Beaulieu, et tout l'amour de mon maître n'arriverait pas à le supplanter.

Tout avait été dit, et Rhonwyn s'inclina devant le chef des eunuques. Elle se sentait triste, d'une certaine manière...

Elle se hâta de retourner dans ses appartements, en s'efforçant de dissimuler son excitation.

Rien ne devait plus l'arrêter, désormais, alors que la liberté était à portée de main !

TROISIÈME PARTIE

Rhonwyn, 1273-1274

13

Nilak dormait d'un sommeil artificiel, en ronflant un peu, et Rhonwyn lui caressa légèrement les cheveux. Elle avait été si bonne avec elle !

— Ne lui confiez pas la charge des enfants, dit-elle tout bas à Baba Haroun. Elle déteste ça !

— Je la mettrai auprès de la favorite du prince Mohammed, une fille gentille... Venez, maintenant. Nous n'avons pas beaucoup de temps. Nous avons mis les preuves de votre chute sous votre jardin. Je suis désolé que vous ayez dû couper vos cheveux, mais ils repousseront.

Il la conduisit à travers les corridors faiblement éclairés du palais, où ils ne rencontrèrent personne, pas même des gardes.

— Je veux que sir Fulk vienne avec moi, dit soudain Rhonwyn.

— Une fois en Angleterre, il racontera sûrement la vie que vous avez menée au palais, objecta l'eunuque.

— Peu importe. En toute conscience, je ne peux pas le laisser ici. D'ailleurs, j'ai l'intention de tout dire à mon mari.

— Soit il ne vous croira pas, soit il vous répudiera, Noor... Mais, comme je connais votre bon cœur, j'ai devancé votre requête. Le chevalier vous attend avec votre frère et ses deux compagnons.

— Comment allons-nous quitter Cinnebar ?

— Vous vous joindrez à une caravane qui se dirige vers la côte, et vous arriverez à Carthage dans une semaine.

Il s'arrêta brusquement, se mit à compter les carreaux du mur. Une porte s'ouvrit devant eux. Baba Haroun fit signe à la jeune femme de le suivre, et elle sursauta lorsque la porte se referma derrière eux. Cependant, une autre ne tarda pas à s'ouvrir, sur plusieurs silhouettes sombres. Elle entendit la voix de Glynn.

— Rhonwyn ! Dépêche-toi !

Elle se tourna vers le chef eunuque.

— Merci, dit-elle simplement.

— Qu'Allah vous protège, répondit-il avant de retourner dans le couloir secret.

Glynn la prit par la main.

— Vite !

— Où sommes-nous ?

— Dans une allée qui longe le palais. Tais-toi, ou les gardes vont nous entendre.

— Où allons-nous ? chuchota-t-elle.

— Là où nous logeons, afin de compléter ton déguisement.

Ils atteignirent bientôt une petite maison, dans laquelle ils pénétrèrent vivement sans être vus de quiconque. Une fois à l'intérieur, Rhonwyn se débarrassa de sa cape et se jeta dans les bras de son frère, puis dans ceux d'Oth et de Dewi, avant de se tourner vers sir Fulk qui semblait en excellente santé.

— On ne vous a pas maltraité ? demanda-t-elle.

— Non, madame. On m'a chargé d'enseigner l'art de la guerre au jeune prince. J'ai même suffisamment appris l'arabe pour me débrouiller en toutes circonstances. Je vous remercie de votre aide, madame, mais je ne viens pas avec vous.

— Comment ! s'exclama Rhonwyn. Mais... pourquoi, Fulk ?

— À Cinnebar, j'ai un poste important auprès du jeune prince. En Angleterre, en tant que cadet, jamais je n'obtiendrai la même considération, la même influence. Le fils du calife a de l'affection pour moi, et c'est réciproque. Après tout, je n'ai que six ans de plus que lui... Mes parents sont morts, j'ai deux frères plus âgés, aucune jeune fille n'attend mon retour.

— Comment allez-vous rentrer au palais, Fulk? s'inquiéta Rhonwyn. Vous êtes un esclave, comme moi.

— Le prince m'a émancipé depuis plusieurs mois. Il ne voulait pas avoir un esclave pour professeur. Donc je vais et je viens à ma guise.

Elle hocha la tête, soulagée.

— Que dois-je dire à vos frères ?

— Que je suis mort courageusement en vous défendant, madame. La vérité, vous le savez comme moi, ne leur apporterait que de la honte. Ils ne comprendraient pas qu'un frère, parti lutter en Terre sainte, se rallie aux Infidèles. Cependant je fais ce que je pense être le mieux pour moi. Ici, je pratique ma foi en toute liberté, ce qui n'est pas le cas d'un juif ou d'un musulman dans notre pays ! Que Dieu soit avec vous, madame, conclut le jeune chevalier en baisant la main de Rhonwyn, avant de disparaître.

— Au moins, j'ai la conscience tranquille... murmura la jeune femme. Où est Edward, Glynn ?

— La dernière fois que je l'ai vu, c'était à Acre. Mais il y a une chose que je dois te dire, Rhonwyn... Edward te croit morte, et il se prépare à épouser sa cousine Katherine de Beaulieu, dès qu'il rentrera en Angleterre.

— Alors, dépêchons-nous de nous rendre à Acre !

— Non. Mieux vaut retourner en Angleterre, ainsi tu seras à Haven Castle avant lui. Katherine est une jeune fille charmante, mais son frère, Rafe, est un homme dur, déterminé. Il faut qu'ils regagnent leur propre manoir. Tu es parfaitement capable de diriger Haven jusqu'au retour d'Edward.

— Et comment forcerai-je Rafe à quitter Haven ?

— Notre père t'aidera, si tu le lui demandes. L'heure n'est plus à l'orgueil mal placé, Rhonwyn.

— Je préférerais aller à Acre. Ainsi, Edward me verra et ne pensera pas qu'on lui joue un mauvais tour...

— Non, petite sœur ! Pour une fois, écoute-moi, et ne fais pas ta forte tête. C'est parce que tu as voulu faire ce qui te plaisait, au lieu de suivre le droit chemin, que tu t'es retrouvée dans les ennuis. Edward est furieux que tu te sois lancée dans la bataille et que tu aies été capturée. Il exigera de connaître toute la vérité, or je redoute sa réaction lorsqu'il apprendra que tu as connu un autre homme. Il te faudra de la force et du tact pour le persuader qu'il ne doit pas te répudier.

— Je l'aime, répondit Rhonwyn, comme si cela résolvait tout. Et je sais qu'il m'aime aussi...

À la vérité, après avoir écouté son frère, elle n'était plus très sûre de l'amour de son époux ! Comment avait-il pu renoncer si vite à la retrouver, et envisager d'épouser Katherine de Beaulieu ?

Oth prit la parole.

— Je vous conseille de l'attendre sagement à la maison, plutôt que de surgir devant lui à Acre.

Elle grimaça.

— Tu es certain, Glynn, qu'il ne serait pas plus raisonnable d'aller à Acre ?

— Absolument. Il nous faut retourner en Angleterre, aussi vite que possible... Maintenant, apprête-toi pour le voyage. La caravane se met en route à l'aube. Il y a sur cette étagère un chiffon et deux pichets. Le premier contient de la teinture pour ta peau. La fille de l'aubergiste t'aidera à faire le dos. Et tu dois teindre aussi tes cheveux en noir. Voici tes vêtements : un pantalon large, une chemise, un gilet et des bottes. Tu as déjà une cape. Ne la perds surtout pas, car Baba Haroun a cousu une bourse avec des pièces d'or dans une poche secrète.

— Pourquoi dois-je teindre mon corps en entier ? demanda Rhonwyn en reniflant l'un des pichets. Cette mixture sent horriblement mauvais !

— Ça passera, une fois sur toi. Tu es trop pâle, Rhonwyn, tu n'as pas le teint d'un jeune garçon qui passe ses journées au grand air. Si ton pantalon remontait et si l'on voyait la peau blanche de ton mollet, nous serions perdus... Je sais qu'il est difficile de recevoir des ordres de son petit frère, mais dans notre intérêt à tous, je t'en prie, obéis ! Occupe-toi d'abord de tes cheveux : ainsi, la fille qui t'aidera pour le corps ne connaîtra jamais leur véritable couleur. C'est plus sûr.

Ils sortirent de la pièce, et la jeune femme soupira. Elle s'était coupé les cheveux à hauteur du menton, et elle espérait qu'ils auraient retrouvé une longueur convenable, quand Edward rentrerait en Angleterre...

Elle prit la teinture, la mélangea à un peu d'eau, s'en couvrit le crâne. Puis elle se rinça à l'eau claire. Ensuite, elle s'attaqua à sa peau. Lorsqu'il ne resta plus que son dos et ses épaules, elle appela. Aussitôt, une jeune fille se présenta.

— Laissez-moi terminer, madame, dit-elle.

Elle avait parlé en normand ! Rhonwyn saurait-elle encore en faire autant ? Avec Fulk, tout à l'heure, elle avait parlé arabe ; avec son frère et ses compagnons gallois. Pourtant, elle s'aperçut que les mots lui venaient aisément :

— Qui êtes-vous ?

— Mon père, chez qui vous vous trouvez, est marchand. Je l'aide dans son travail. Parfois je vais même à Carthage, et je parle plusieurs langues.

Quand elle fut bien sèche, Rhonwyn s'habilla, puis la jeune fille sortit en emportant toute trace de déguisement.

Son frère revint et la contempla d'un œil critique.

— T'es-tu bandé la poitrine ?

Elle acquiesça.

— As-tu trouvé la poche secrète ?

— Il y en a deux, bien cachées... et bien remplies ! Je ne quitterai pas ma cape des yeux.

— Parfait. Alors écoute-moi : je suis ménestrel et tu es mon frère. Tu es un musicien, comme Dewi et Oth.

— De quel instrument est-ce que je joue ? demanda-t-elle en souriant.

— Du tambourin. Ainsi, si nous devons donner une représentation, tu ne commettras pas de bêtise. N'importe quel simple d'esprit est capable de manier le tambourin.

Elle esquissa une grimace.

— Merci beaucoup !

— Bon, nous sommes prêts à partir...

— Tu es devenu bien sérieux, Glynn !

— Nous sommes encore à Cinnebar, et je n'aurai pas de repos avant que nous soyons en terre chrétienne, expliqua-t-il. Je suis furieux qu'Edward de Beaulieu ait si vite renoncé à toi. Il ne t'a cherchée que quelques jours. Je lui ai dit que tu étais vivante, je le sentais ! Mais personne ne m'a écouté, Rhonwyn... Maintenant, il est de mon devoir de te ramener en Angleterre, à ton époux.

Les yeux de la jeune femme s'embuèrent.

— Tu es devenu un homme, murmura-t-elle.

— Allons-y, petite sœur... Sais-tu quel jour nous sommes ? La veille de Noël. Avec un peu de chance, nous serons chez nous pour le solstice d'été. Peut-être même avant. En route !

Ils voyagèrent avec la caravane jusqu'à Tunis, où ils embarquèrent pour Cagliari. Après quelques semaines passées en Sardaigne, ils trouvèrent un navire qui les amena à Aigues-Mortes. La mer était agitée, en hiver, aussi préférèrent-ils gagner Calais par la terre. Ils achetèrent des chevaux – robustes, mais pas assez beaux pour risquer d'être volés – ainsi qu'une épée et un poignard pour Rhonwyn.

Ils changèrent leurs vêtements arabes pour des tenues plus conventionnelles, et Rhonwyn ne garda que sa chemise, ses bottes, et évidemment sa cape. Comme les routes n'étaient pas sûres, ils se joignirent souvent à des groupes de voyageurs, qu'ils distrayaient de leurs chansons. Il leur fallut néanmoins plusieurs semaines pour atteindre la côte nord de la France.

Ils arrivèrent au mois de mai à Calais, où ils n'eurent aucun mal à trouver un navire en partance pour l'Angleterre. Ils vendirent leurs chevaux afin de payer leur passage, et le lendemain ils étaient à Douvres. Là, ils rachetèrent des montures et se dirigèrent vers Haven Castle, toujours déguisés en musiciens.

À Worcester, Rhonwyn demanda à son frère de lui trouver une tenue féminine. Elle ne pouvait débarquer à Haven vêtue de chausses !

Ses cheveux repoussaient, ils atteignaient dorénavant ses épaules et avaient retrouvé leur couleur d'origine. Le brou de noix dont elle avait teint son corps avait presque disparu, mais sa peau gardait une teinte brunâtre. La nuit qui précéda leur arrivée à Haven Castle, ils campèrent près d'un ruisseau, et elle en profita pour se laver de pied en cap, pour la première fois depuis des semaines. Elle fut assez satisfaite du résultat, et se dit que le lendemain, chez elle, elle aurait un bon bain chaud.

Au matin, elle revêtit une robe de velours bleu nuit, avec une tunique de soie d'un bleu plus clair. Elle mit une ceinture de soie et un léger voile, retenu par un cercle de soie bleue.

Ils apercevaient le château quand Glynn arrêta sa monture.

— Je te laisse ici, petite sœur. Oth et Dewi t'accompagneront.

— Pourquoi ne viens-tu pas ?

— Rafe de Beaulieu ne connaît pas ma véritable identité. Lorsque j'ai quitté l'abbaye, je lui ai raconté que j'allais en France, que j'envisageais de me consacrer à la religion. Il ne comprendrait pas que je revienne avec toi… Oth et Dewi diront que notre père leur a demandé de partir à ta recherche, et qu'ils ont mené leur mission à bien. Où tu étais, cela ne concerne qu'Edward. Ne réponds à aucune question des autres.

— Où vas-tu ? s'enquit Rhonwyn.

— Nulle part. Je reste dans les parages. Nos amis me tiendront informé de ce qui se passe au château. Je me réfugierai dans une grotte à flanc de colline : ils savent où elle se trouve... Va récupérer Haven et ton époux. Si tu as besoin de l'aide de notre père pour évincer Rafe de Beaulieu, j'irai la lui demander.

Les sentinelles du pont-levis restèrent bouche bée en voyant Rhonwyn pénétrer dans la cour du château avec son escorte. Quand elle eut mis pied à terre, le père John apparut.

Il pâlit et se signa.

— Êtes-vous un fantôme, madame ? s'exclama-t-il en tremblant.

— Non, c'est bien moi, Rhonwyn, enfin de retour à la maison !

— Dieu nous pardonne ! Venez avec moi, madame, j'ai beaucoup de choses à vous dire...

— Plus tard, mon père, plus tard. Je veux d'abord me rendre dans la salle commune.

Elle entra dans le château, le prêtre sur les talons. Une fois dans la grande pièce, elle vit Enit et l'appela. En découvrant sa maîtresse bien-aimée, la jeune fille s'évanouit. Les autres domestiques restaient cois.

— Qu'ont-ils à me regarder comme ça ? demanda Rhonwyn au père John.

— Ils vous ont tous crue morte. Le seigneur nous a envoyé un message, à son cousin et à moi, quand vous avez disparu. Et lorsqu'il est rentré de Terre sainte, nous avons pensé que c'était la vérité...

— Edward est là ? À Haven ?

Déjà, Rhonwyn se précipitait vers l'escalier. Le prêtre la suivit, désespéré.

— Attendez, madame !… Attendez !

Il avait un ton tellement suppliant qu'elle s'immobilisa et se retourna.

— Qu'y a-t-il ?

— Lord Edward est marié, lança-t-il tout à trac.

— Je sais. Avec moi.

— Non, madame. Avec lady Katherine.

Elle fronça les sourcils.

— Comment pourrait-il être marié à lady Katherine, alors qu'il est déjà marié avec moi ?

Le prêtre la ramena dans la grande pièce.

— Nous vous avons crue morte, madame…

— Il n'a pas porté mon deuil bien longtemps ! dit-elle, amère.

— On ne trouvait pas votre trace. Que pouvait-il penser ? Tout le monde vous disait disparue. Il est allé rejoindre le prince Edward à Acre, mais il ne s'est jamais vraiment remis de sa maladie, et le prince l'a renvoyé en Angleterre l'été dernier. À la demande de notre seigneur, l'Église et la Justice vous ont déclarée officiellement décédée. Cela laissait Edward de Beaulieu libre de se remarier, ce qu'il a fait en septembre dernier. Ce n'est plus un jeune homme, madame : il fallait une épouse pour lui donner des héritiers…

Katherine de Beaulieu entrait dans la salle commune.

— Il paraît que nous avons de la visite, mon père ?

— En effet, madame, dit Rhonwyn en se tournant face à sa rivale.

Et elle sursauta violemment. La silhouette de Katherine ne laissait aucun doute sur son état : elle accoucherait bientôt…

Rhonwyn étouffa un cri de douleur.

— Mon Dieu ! murmura Katherine en posant une main sur son ventre. On disait que… que vous étiez morte !

— Peut-être aurait-il mieux valu que je le sois, répliqua Rhonwyn, dure.

Edward et Rafe de Beaulieu pénétraient à leur tour dans la grande pièce du château. Edward se précipita vers Katherine pour la soutenir.

— Canaille ! cria Rhonwyn.

— Ainsi, vous êtes de retour ? répliqua-t-il, les yeux plissés. Eh bien, vous n'êtes pas la bienvenue, madame. Allez-vous-en.

— On était plus accueillant ici, de mon temps… déclara ironiquement Rhonwyn. Je suis touchée de voir, Edward, combien mon décès vous a bouleversé. M'avez-vous aimée un jour, ou avez-vous simplement obéi à mon père et au roi ? J'irai voir le roi, Edward, car vous m'avez honteusement trahie. J'ai disparu, mais il n'y a jamais eu de preuve de ma mort.

— Devais-je attendre toute ma vie, madame ? Je n'ai pu trouver trace de vous ou de Fulk, il n'y a pas eu de demande de rançon. Que pouvions-nous penser ? Devais-je vous pleurer pendant le reste de mes jours ?

— Vous ne m'avez pas pleurée du tout ! protesta Rhonwyn avec rage. Vous avez écrit à votre cousin, pour lui demander la main de Katherine, dans le mois qui a suivi mon enlèvement. Puis vous vous êtes dépêché de rentrer en Angleterre afin de vous remarier. Oh, Edward, je vous aimais… et vous m'avez trompée !

— Vous ignorez le sens du verbe aimer, vous avez un cœur de glace. Et puis-je savoir, maintenant que vous venez de réapparaître par magie, où vous étiez durant tous ces mois ?

— Au harem du calife de Cinnebar. Rashid al Ahmet a fait de moi sa seconde épouse, et il m'aimait, mais je ne pouvais le payer de retour car je gardais au fond de mon cœur le souvenir de notre amour. Il est tragique de constater que ce n'était que faux-semblant de votre part. Pendant ces mois de séparation, j'ai espéré, prié pour vous retrouver. C'était en pensant à vous que je restais en vie. Puis mon frère est venu, et j'ai eu la possibilité de m'enfuir. J'avais hâte de revenir à Haven, Edward de Beaulieu. Or voilà l'accueil que vous me réservez !

— Catin ! grinça Edward. Vous avez appartenu à un autre, et vous osez me le dire ?

Rhonwyn secoua tristement la tête, mais c'était pour lui qu'elle était navrée. Elle n'allait pas se laisser abattre.

— Pauvre Edward ! soupira-t-elle.

— Le calife a-t-il trouvé plaisants votre cœur de glace et votre corps inerte ? Ou a-t-il pu vous arracher un seul cri de passion ?

— Il m'a appris ce qu'est la passion, répondit-elle calmement. Il m'a arraché d'innombrables cris de plaisir, Edward. Il a cherché à découvrir la raison de ma frayeur, et m'a libérée de mes angoisses... Je suis venue partager avec vous tout ce qu'il m'a appris, et au lieu de cela, je me retrouve sans mari, sans foyer. Mais comment osez-vous me critiquer, vous qui m'avez trompée de façon éhontée ? Lorsque mon père sera au courant, il en sera gravement offensé. Votre roi devra présenter des excuses à Ap Gruffydd. J'ai appris que Sa Majesté n'était pas bien du tout, on dit qu'il mourra avant Noël. Mais j'aurai obtenu réparation d'ici là, je vous le jure !

Elle se tourna vers Katherine.

— Vous pouvez le garder, madame. Je pense que vous lui convenez mieux que moi. Jamais je ne voudrais vous nuire, ni à l'enfant que vous portez. Mon frère et moi connaissons trop les difficultés que subissent les enfants illégitimes, même ceux qui ont un prince pour père.

— Où irez-vous ? demanda Katherine.

— Je n'en sais rien, avoua Rhonwyn après un instant de réflexion.

— Alors, restez à Haven en attendant ! s'écria Katherine avec générosité.

Elle s'adressa à Edward qui fulminait toujours :

— Cette demeure est aussi la mienne, et bien que vous soyez en colère contre lady Rhonwyn, vous ne pouvez la jeter dehors après ce long voyage. Elle restera ici, le temps qu'elle voudra. C'est ma volonté.

— Comme vous voudrez, ma chérie, céda Edward. Où est Glynn ? demanda-t-il à Rhonwyn.

— Là où vous ne pourrez pas lui faire de mal.

— Y ai-je jamais songé ? s'indigna-t-il.

— Vous étiez alors mon mari et j'avais confiance en vous. Maintenant vous n'êtes plus mon mari, et je n'ai plus confiance en vous, rétorqua-t-elle, glaciale, avant de revenir à Katherine. Je vous remercie de votre généreuse proposition, madame, mais je crois qu'il vaut mieux que je quitte cette demeure.

Sur un bref signe de tête, elle sortit, suivie de Dewi et d'Oth.

Rafe de Beaulieu la regarda s'éloigner, pensif. Elle avait toujours été belle, mais elle l'était plus que jamais ! En outre, elle avait le bon sens de reconnaître que Katherine était pour Edward une meilleure épouse. Elle l'intriguait, avec son discours sur la passion… et il se demanda où elle allait vivre, désormais, comment elle entendait obtenir réparation de son cousin. Curieusement, il la croyait lorsqu'elle disait que pour rien au monde elle ne nuirait à Katherine ou au bébé qu'elle portait.

Cependant, qu'allait-elle devenir ?

Rhonwyn quitta Haven Castle la tête haute, mais les yeux pleins de larmes. Edward ne l'avait jamais aimée, et cette découverte lui brisait le cœur. Comment avait-elle pu se montrer si naïve ? Elle aurait mieux fait de rester avec le calife. Hélas, elle ne pouvait davantage retourner à Cinnebar qu'elle ne pouvait vivre à Haven Castle.

— Où allons-nous ? demanda-t-elle à ses compagnons.

— Voir votre frère, puis nous déciderons de la meilleure façon de tuer Edward de Beaulieu.

— Vous ne pouvez pas le tuer, protesta Rhonwyn d'un ton calme.

— Vous ne l'aimez plus, j'espère ! s'irrita Oth.

— Non, mais vous ne pouvez quand même pas le tuer. On m'en rendrait responsable, or j'en ai subi suffisamment, ces derniers temps. J'ai l'intention d'aller voir le roi Henry, afin de me plaindre de la façon dont Edward me traite. Le roi acceptera sûrement de me dédommager, et d'annoncer officiellement que je suis vivante...

Glynn, comme prévu, fut outragé par l'attitude de Beaulieu. Il était prêt à aller faire justice lui-même, mais sa sœur l'en dissuada.

— Il faudra qu'il paye ! déclara-t-il avec colère.

— Oui, mais comment ?

Il soupira.

— Je t'emmène à l'abbaye de la Pitié.

— Je n'ai aucune envie d'entrer dans les ordres, répliqua sa sœur. Tu imagines que ma vie est finie parce que mon époux m'a répudiée, petit frère ? Tu te trompes !

— Je t'emmène à la Pitié parce que notre tante saura certainement comment procéder. Notre éducation à Cythraul ne nous a pas préparés à une telle trahison. Edward de Beaulieu t'a gravement offensée, et il te doit réparation. Moi je suis un poète, un rêveur, je ne pourrais pas défendre ta cause. Mais elle, elle saura.

— Qu'en sais-tu ? Tu ne l'as jamais rencontrée.

— L'abbesse Gwynllian est célèbre dans les milieux religieux pour son intelligence et son intuition, Rhonwyn. Même à Shrewsbury. Il nous faudra quelques jours pour arriver chez elle, alors autant nous mettre en route sur-le-champ. Où pourrais-tu guérir de tes blessures et réfléchir sur la conduite à tenir, mieux qu'à l'abbaye ?

— Allons-y ! déclara Rhonwyn.

Ils chevauchèrent sans relâche, ne s'arrêtant qu'au crépuscule pour partir dès l'aube, et arrivèrent à l'abbaye un après-midi. Les murailles semblèrent moins impressionnantes à Rhonwyn que la première fois. La cloche appelait à la prière pour none, et ils attendirent que leur tante sorte de la chapelle.

Gwynllian n'avait jamais rencontré Glynn, mais elle le reconnut tout de suite. Voyant sa sœur à son côté, elle s'écria :

— Dieu, tu es vivante ! Que s'est-il passé ? Pourquoi arrives-tu ici à l'improviste ?

Son regard trahissait la plus vive inquiétude.

— Venez avec moi, nous pourrons bavarder... Vous savez où se trouve l'écurie, ajouta-t-elle à l'intention de Dewi et d'Oth. Ensuite, allez demander de quoi vous restaurer aux cuisines.

Elle conduisit les deux jeunes gens dans ses appartements privés et leur servit un verre de vin.

— Votre père sait-il que tu es vivante, Rhonwyn ? Cela va-t-il créer un incident diplomatique avec les Anglais ?

Rhonwyn raconta à sa tante ce qui s'était passé.

— Je ne savais où aller, conclut-elle. Je ne peux plus retourner à Cythraul, maintenant que je suis une vraie femme... Que dois-je faire ? Edward de Beaulieu a gravement offensé notre famille, et il doit payer pour cette insulte, mais je ne sais comment m'y prendre.

— Souhaites-tu sa mort ?

— Ce serait trop facile... Et puis, lady Katherine n'y est pour rien. C'est une faible, qui s'est contentée d'obéir à son frère.

— Te rendre une existence légale ne sera pas difficile, dit l'abbesse en tapotant de ses longs doigts la table de bois ciré. C'est un fait, on ne peut le nier. Pour le reste, je m'en entretiendrai avec l'archevêque de Hereford. Edward de Beaulieu t'a chassée de sa vie sans véritable preuve de ta mort, et il s'est remarié sans respecter le délai de deuil convenable. Mais le fait que tu aies été prisonnière d'un harem jouera en ta défaveur, Rhonwyn. Tu es l'épouse d'un chevalier chrétien et tu as subi les assauts d'un autre homme. Beaucoup penseront que tu aurais mieux fait de mourir.

— Alors, c'est qu'ils ne connaissent rien aux harems ! protesta Rhonwyn avec vigueur. Je n'avais même pas un couteau pour couper ma nourriture. On me surveillait constamment. Je ne vois pas comment j'aurais pu mettre fin à mes jours, si je l'avais voulu. Mais je désirais par-dessus tout m'enfuir et retourner auprès de mon époux, sans savoir qu'il m'avait déjà trahie.

— Cette attitude t'attirera des sympathies, mais cela ne te blanchira pas tout à fait.

— Au fond de mon cœur, je suis restée fidèle à Edward de Beaulieu. C'est lui qui m'a trompée, s'entêta Rhonwyn.

Sa tante sourit.

— Entretiens bien ta colère, mon enfant, et nous obtiendrons justice... Mais es-tu sûre de le désirer ?

— Je le dois, sinon mon honneur et celui de notre famille en pâtiront. Ap Gruffydd est un homme fier, cela ternira son orgueil si nous n'obtenons pas réparation.

— Je suis ton avis, mon enfant, soupira l'abbesse avant de se tourner vers Glynn. N'avez-vous rien à ajouter, fils d'ap Gruffydd ? C'est fou ce que vous ressemblez à votre père au même âge...

— J'ai d'abord eu envie de trucider Beaulieu, avoua le jeune homme, mais ma sœur m'en a dissuadé. Elle ne veut pas que j'aie un crime sur la conscience, d'autant que j'ai l'intention de retourner à l'abbaye de Shrewsbury afin, éventuellement, d'entrer dans les ordres.

— Ainsi, vous souhaiteriez devenir moine, Glynn ap Llywelyn ? s'étonna l'abbesse.

Il était curieux que le fils de son frère penche vers l'Église, plutôt que vers la guerre.

— J'ai vu le monde, ma tante, et bien que je le trouve intéressant, je ne suis pas fait pour l'aventure. Bientôt, ma poésie et ma musique ne chanteront plus que la gloire de Dieu. J'aime la paix que procure la vie contemplative, et je préfère sa discipline stricte à l'agitation de l'univers.

— Votre père est-il au courant de cette décision, mon neveu ?

— Il le sera, mais il a pensé que ce serait ma voie depuis le jour où il est venu chercher Rhonwyn à Cythraul. Demain, j'enverrai Dewi et Oth lui raconter ce qui est arrivé à ma malheureuse sœur.

Rhonwyn lui envoya un coup de coude dans les côtes.

— Aïe ! cria-t-il.

— Je ne veux pas qu'on me plaigne ! aboya-t-elle. Mon honneur a été bafoué, mais ne t'y trompe pas, Glynn, je n'ai pas besoin d'un homme dans ma vie. Et j'ai encore moins besoin de ta pitié !

— Il n'existe que deux chemins pour une femme respectable. Se marier ou entrer au couvent.

— Je ne suis plus guère respectable ! plaisanta-t-elle. Donc, je peux organiser ma vie comme je l'entends. J'ai l'intention de me lancer dans le commerce, et d'utiliser les pièces d'or que Baba Haroun m'a si généreusement attribuées, pour monter une échoppe à Shrewsbury. J'importerai des soies, des épices, j'amasserai une véritable fortune. Je prendrai quatre jeunes amants, et lorsque je les chasserai parce que je serai lassée d'eux, ils seront tristes mais ils auront beaucoup appris !

L'abbesse éclata de rire tandis que Glynn arborait un air choqué.

— Dieu merci, Rhonwyn uerch Llywelyn, cette épreuve ne t'a pas brisée.

— Mon cœur est brisé, ma tante, mais il guérira. Je suis revenue parce que je pensais qu'Edward m'aimait, qu'il me pardonnerait mes petits péchés. Je voulais partager avec lui tout ce que le calife m'a enseigné sur la passion, et effacer ces longs mois où je supportais à peine qu'il me touche. C'est lui qui perd quelque chose dans l'histoire, car il ne connaîtra jamais la femme que je suis réellement. Et j'en suis désolée.

L'abbesse hocha la tête.

— Tu as plus d'honneur qu'Edward de Beaulieu, mon enfant, et tu peux en être fière.

Ap Gruffydd arriva à l'abbaye de la Pitié cinq jours plus tard, prêt à réprimander sa fille pour avoir abandonné son mari. Mais quand il apprit ce qui s'était passé, il entra dans une colère noire.

Rhonwyn eut du mal à le calmer.

— Je ne suis pas malheureuse. Toutefois, l'honneur de notre famille doit être vengé, mon seigneur.

— Ah, nous sommes revenus à « mon seigneur » ? releva-t-il.

— Père… corrigea-t-elle avec un sourire qui le fit fondre.

— Je t'obtiendrai du roi Henry un autre mari, promit-il, sinon notre traité sera brisé pour de bon !

— Avez-vous scrupuleusement respecté votre part du marché, de votre côté, père ? le taquina-t-elle.

Il eut un grand rire.

— Nous n'avons guère vécu ensemble, Rhonwyn, pourtant tu me connais mieux que mes compagnons les plus proches. Comment est-ce possible ?

— C'est parce que je suis comme vous, père. Fière, désireuse de suivre ma propre route sans me soucier des conséquences… Cela m'a mise, comme vous, dans une situation bien difficile ! Mais je crois que moi, j'ai retenu la leçon, ajouta-t-elle sur un sourire malicieux.

Llywelyn ap Gruffydd et sa sœur éclatèrent de rire. Rhonwyn avait diablement raison !

— Tu ressembles aussi à ta tante, petite… dit le prince, avant de reprendre son sérieux. Le roi Henry est en mauvaise santé, depuis quelques années. Il réside dans son palais de Westminster, à Londres. Je vais lui écrire, afin de lui expliquer que tu es vivante et que tu es rentrée au pays, pour découvrir que l'on t'avait déclarée morte et que ton mari était remarié.

Je dirai au roi que tu ne souhaites pas reprendre la vie avec Edward de Beaulieu, d'autant plus que son épouse attend un bébé. En outre, l'insulte faite à notre famille rendrait cette union impossible, dorénavant.

« Je demanderai justice pour toi, et lui annoncerai que tu te rendras à Londres avec la marée du 1er août, afin d'obtenir réparation de la part des Beaulieu. Henry de Plantagenêt est un brave homme, mais méfie-toi de la reine, Éléonore, que l'on appelle la Mégère. Elle est dévorée d'ambition, et détruirait sans hésiter ceux qu'elle considérerait comme une menace. En outre, il est évident que ta dot doit être restituée. On ne peut s'attendre que je t'en redonne une pour ton futur mari.

— Je ne veux pas d'un époux ! protesta Rhonwyn.

— Tu en auras un quand même ! décréta son père avec autorité, avant de la regarder plus attentivement. Comment se fait-il que tu sois devenue encore plus belle, malgré tes mésaventures ?

Elle eut un petit rire.

— Vous ne détournerez pas si facilement la conversation, père ! Je ne veux pas d'un époux.

— Alors, ce sera le couvent. Quel âge as-tu ?

— J'ai eu dix-neuf ans le 1er avril.

— Eh bien, nous aurons de la chance si nous te trouvons un mari ! Une veuve pourvue d'enfants montre au moins qu'elle est fertile... Souhaites-tu entrer au couvent, près de ta tante ?

— Non.

— Alors le mariage est la seule solution, insista ap Gruffydd.

Rhonwyn renonça à discuter davantage. Elle était réaliste. L'Église ne voudrait pas d'elle, de toute façon, car elle serait considérée comme une femme de mauvaise vie, une épouse désobéissante, qui avait été punie. D'autre part, quel homme voudrait d'une telle femme ? Une créature qui avait donné son corps à un Infidèle ?

Elle souhaitait récupérer pour elle sa dot, et peut-être un peu de la terre de Haven Castle, afin de compenser la lamentable attitude d'Edward de Beaulieu. À quoi bon discuter avec son père d'une situation qui ne se produirait jamais ?

Il n'y avait plus de mariage possible pour Rhonwyn uerch Llywelyn.

14

À cinquante-cinq ans, Éléonore de Provence, reine d'Angleterre, était encore une fort belle femme aux cheveux auburn striés d'argent, aux pétillants yeux d'ambre. Dans sa jeunesse, elle et ses sœurs avaient été considérées comme les plus ravissantes créatures d'Europe. Sa sœur Marguerite avait épousé le roi de France, Louis IX. Sanchia était mariée à son beau-frère, Richard de Cornouailles. Béatrice, la plus jeune, était la femme de Charles d'Anjou, roi de Naples et de Sicile.

La mère d'Éléonore, Béatrice de Savoie, et son père, Raymond Bérenger V, comte de Provence, avaient régné sur une cour brillante, renommée pour son mécénat au profit des troubadours. Le comte lui-même était l'un des derniers grands poètes provençaux.

À dix-neuf ans, Éléonore s'était rendue à la cour de France, chez sa sœur, et de là en Angleterre afin d'épouser Henry III. Entre les deux jeunes gens, cela avait été un véritable coup de foudre. La reine avait donné à son époux six fils et trois filles. À présent, le roi se mourait, et elle le soignait avec un grand dévouement. Le royaume était prospère, ils vivaient en paix… lorsque arriva la missive du prince de Galles. Ce rebelle allait leur poser des problèmes, la reine en était certaine.

Elle était au salon avec son époux et les dames de la cour quand ils la reçurent, et elle la parcourut avant de pester entre ses dents. Cela attira l'attention de son époux qui, allongé sur un lit, se remettait de sa diarrhée matinale.

— Que se passe-t-il ? demanda-t-il faiblement.

— Vous rappelez-vous l'année dernière, quand Edward de Beaulieu est rentré d'Acre en annonçant que son épouse était portée disparue et qu'il demandait qu'on la déclarât morte, afin qu'il puisse se remarier ?

Le roi hocha la tête.

— Eh bien, elle est vivante. Elle est rentrée chez elle au printemps, pour découvrir que son mari n'était plus son mari, et que la nouvelle épouse attendait un enfant. Ap Gruffydd est gravement offensé, et il réclame réparation. Toutefois, sa fille ne veut plus de Beaulieu, car elle détesterait que l'enfant à naître soit un bâtard... Nous voilà dans de beaux draps ! Rhonwyn uerch Llywelyn doit venir à Westminster vous demander justice. Qu'allons-nous faire ?

Le roi réfléchit.

— Que désire ap Gruffydd ?

— Récupérer la dot de sa fille. Il veut aussi un nouvel époux pour elle, et une punition, qui pourrait se traduire sous la forme de quelques terres de Haven Castle que Beaulieu donnerait à Rhonwyn, en dédommagement de l'insulte qu'il lui a infligée.

— Cela me paraît raisonnable...

— Mais il ne faut pas se fier aux apparences, Henry, dit la reine. D'abord, comment lady Rhonwyn s'est-elle trouvée séparée de son époux et de nos troupes, lorsqu'elle a été enlevée ? Il faut envoyer un émissaire à Haven. Edward de Beaulieu a le droit de s'exprimer.

— Entendu.

— D'après le prince de Galles, sa fille a été officiellement déclarée morte. Cela, nous pouvons le rectifier sur-le-champ. Le reste devra attendre que nous connaissions les deux versions de l'histoire.

Le roi acquiesça de nouveau, et la reine bassina d'eau fraîche son front ruisselant de sueur. Il s'affaiblissait chaque jour.

Elle avait eu récemment des nouvelles de leur fils Edward, qui avait échappé de justesse à une tentative d'assassinat et semblait découragé. La croisade tombait en quenouille, il semblait impossible de monter une nouvelle troupe pour prendre Jérusalem. Il envisageait donc de rentrer en Angleterre, dès que son épouse serait remise de la naissance d'un nouveau bébé. Il s'agissait d'une petite fille, et elle jouissait d'une santé parfaite, contrairement au bébé qui était mort l'année précédente. Ils rentreraient par la Sicile, puis la Provence.

La reine en était grandement soulagée car, si elle se sentait de taille à gouverner en l'absence de son fils, une fois Henry mort, sa vie n'aurait plus guère de sens. Elle envisageait de se retirer dans un couvent de bénédictines pour le reste de ses jours.

— Je vais envoyer un message à Edward de Beaulieu, ainsi qu'à lady Rhonwyn, qui séjourne chez sa tante à l'abbaye de la Pitié...

Edward fut scandalisé lorsqu'il reçut la lettre du roi, le convoquant à Westminster.

— Comment cette garce a-t-elle osé se plaindre au roi ? s'écria-t-il avec fureur.

— Qu'espérais-tu ? rétorqua son beau-frère, Rafe. Je suis ravi que Katherine soit ta femme et porte ton enfant, mais tu l'as épousée bien vite, il faut le reconnaître !

— Tu ne t'en plaignais pas, à l'époque, grommela Edward. Tu avais même hâte que ta sœur soit la maîtresse de Haven Castle.

— Nos familles avaient toujours souhaité cette union, et j'étais content que cela se réalise enfin. Mais tu ne m'as jamais dit comment lady Rhonwyn était morte. Je n'ai pas insisté, car je pensais que tu avais du chagrin, ou que peut-être tu l'avais tuée toi-même parce qu'elle était trop forte tête... C'est tout de même la générosité de cette femme qui évite à ma sœur d'être couverte de honte. Elle aurait pu demander à l'Église d'annuler ton mariage avec Katherine, et ton fils aurait été déclaré illégitime.

— Elle ne peut faire appel à l'Église, compte tenu de ses aventures, affirma Edward. Crois-tu que l'Église lui permettrait d'être à nouveau mon épouse, alors qu'elle s'est donnée à un autre ? À un Infidèle ! Lorsque je dévoilerai sa perfidie au grand jour, elle aura de la chance si on ne la brûle pas pour adultère.

Rafe de Beaulieu observa son cousin, les yeux plissés.

— L'aimes-tu donc autant, pour vouloir ainsi la détruire ?

— Je ne l'aime pas, contra Edward.

— Et tu aimes ma sœur ?

— Oui. Kate est l'épouse qu'il me fallait, et je n'en veux pas d'autre. Elle est douce, obéissante, fertile. Regarde notre petit Neddie. Il éclate de santé !

— Si tu es heureux, objecta Rafe, pourquoi tiens-tu tellement à nuire à Rhonwyn ?

— Parce qu'elle m'a trompé. Parce qu'elle voudrait anéantir mon bonheur.

— Et elle, elle considère que tu l'as trompée... Intéressante situation ! Je t'accompagnerai à Westminster, Edward, afin de m'assurer que tu ne fais pas trop de tort à ma sœur et à mon neveu, à cause de ta colère.

— Je dirai la vérité au roi, s'entêta Beaulieu.

— Tu dois tout dire au roi, conseillait l'abbesse à sa nièce. Ce ne sera pas facile, mais cela te sauvera. Au bout du compte, on se souviendra surtout que pendant que tu te débattais contre l'adversité afin de rejoindre ton époux, il s'est dépêché de se remarier.

— Mes juges n'oublieront pas que j'ai passé plus d'un an dans le harem du calife de Cinnebar, répliqua Rhonwyn, réaliste.

— Sans doute. Ils s'indigneront qu'une bonne chrétienne, fille de prince, se soit trouvée dans cette situation et qu'elle n'ait pas mis fin à ses jours. Mais tu n'étais pas obligée de rentrer en Angleterre, or tu l'as fait, et cela les troublera, ma chère enfant. D'ailleurs, je serai à tes côtés pour te défendre au besoin. Si l'archevêque de Canterbury ne parle pas lui-même en faveur de Beaulieu, nous gagnerons !

— Vous êtes vraiment retorse, pour une religieuse ! s'écria Rhonwyn en riant. Mieux vaut vous avoir auprès de soi que tous les anges de la création !

— Les anges se trouvent au ciel, mon enfant, alors que je suis là.

Elles partirent pour Westminster par une chaude et brumeuse journée d'été, accompagnées d'une véritable armée que leur avait envoyée le prince de Galles pour les escorter. Oth et Dewi étaient là, ainsi que Glynn qui devait témoigner à l'audience.

Le voyage était fort bien organisé, et ils dormirent toutes les nuits dans des abbayes ou des monastères. Enfin, le 31 juillet, ils arrivèrent à Londres où on les accueillit au couvent de St. Mary's in the Fields, près du palais de Westminster. Les hommes campèrent dans une prairie proche du couvent.

Avec l'aide de sa tante, Rhonwyn s'était confectionné une tenue digne de la fille d'un prince. La tunique de brocart s'ouvrait sur une robe aux manches étroites qui tombait gracieusement jusqu'au sol, et la ceinture dorée était faite de pastilles décorées de volutes celtiques.

Elle était coiffée avec une raie au milieu, et deux fines nattes tressées de perles et de rubans d'or encadraient son visage, tandis que le reste de sa chevelure flottait librement dans son dos. Un cercle retenait son voile arachnéen, et elle portait pour tout bijou une broche émeraude et or.

— Tu es superbe, lui dit sa tante.

— Je n'ai jamais rien eu d'aussi beau !

— Tu es royale, mais sobre, et c'est exactement ce que nous voulions. Certaines femmes, à la cour, se peignent le visage et se teignent les cheveux. Tu es toute de fraîcheur et d'innocence. L'Église te condamnera peut-être, mais personne ne pensera que tu as délibérément trahi ton époux... Rappelle-toi, tu ne dois pas perdre ton sang-froid face à Beaulieu. Laisse-le s'énerver et tempêter. Tu te contenteras de pleurer, ce qui fera fondre les cœurs les plus endurcis.

— N'est-ce pas un peu malhonnête, ma tante ? dit Rhonwyn, malicieuse.

— À la guerre comme à la guerre, mon enfant ! rétorqua l'abbesse, les yeux brillants. Les batailles sont faites pour être gagnées. Tu laisserais cet Anglais avoir le dernier mot ? Qu'on ne puisse pas dire que la fille d'ap Gruffydd est moins vaillante que son père !

— J'aurais préféré régler cette histoire au fil de l'épée. Au moins, j'aurais été sûre de remporter la victoire...

— J'en suis certaine, mais cela aurait choqué le roi et accordé du crédit aux accusations de Beaulieu. Maintenant, il est temps de partir. La mère supérieure et six sœurs nous accompagneront au palais, qui n'est pas loin d'ici.

— Je vais être entourée de nonnes ? Oh, ma tante, vous avez tous les toupets !

L'abbesse eut un petit rire satisfait.

Le grand salon du roi était magnifique, avec son sol carrelé, ses murs peints de rouge, bleu et or, ses hautes fenêtres. Henry avait fait l'effort de paraître en personne à l'audience. Il n'était plus que l'ombre de lui-même, cependant il gardait le regard vif. Il siégeait sur son trône, près de la reine, tandis que le clergé était assis à sa droite, sur une rangée de bancs. Les Beaulieu et les amis de Rhonwyn se tenaient sur la gauche, séparés par quelques hommes en armes. La séance fut rapidement ouverte.

— Présentez-nous votre version de l'affaire, Edward de Beaulieu, dit le roi d'une voix étonnamment forte, vu son état.

— Celle que l'on m'a donnée pour femme, Rhonwyn uerch Llywelyn, n'a jamais été une véritable épouse pour moi, commença Edward.

L'abbesse serrait bien fort la main de Rhonwyn.

— Elle refusait de remplir son devoir conjugal, sauf en de rares occasions. Elle préférait la compagnie des soldats et les jeux de guerre à son rôle de châtelaine. Sur son insistance, je l'ai autorisée à m'accompagner en croisade. À Carthage, où nous avions établi notre campement, j'ai été atteint de dysenterie. C'est pendant ma maladie que ma femme m'a abandonné pour s'élancer contre l'ennemi. Évidemment, elle a été capturée, et je l'ai cherchée pendant plusieurs jours, mais je n'ai retrouvé ni sa trace ni celle du chevalier qui l'avait bravement suivie. Je suis donc parti pour Acre, où j'ai subi une rechute. Alors le prince Edward m'a renvoyé en Angleterre.

« Je ne suis plus tout jeune, Sire, et je n'avais pas d'héritier légitime. Lorsque vous m'avez choisi pour épouser la fille du prince de Galles, je n'étais pas fiancé, mais toute la famille espérait que je me marierais avec ma cousine Katherine. Me croyant veuf, je l'ai donc épousée. Dix mois plus tard, Katherine, en bonne épouse, m'a donné un fils. Juste avant la naissance, Rhonwyn uerch Llywelyn est arrivée à Haven Castle, comme si de rien n'était. Elle s'est vantée d'avoir vécu dans un harem et d'avoir connu la passion avec un autre homme qui avait su éveiller ses sens, là où j'avais échoué. En constatant la situation, elle m'a menacé, puis elle est partie... Je suis courroucé qu'elle demande réparation. Réparation de quoi ? C'est elle qui devrait implorer mon pardon pour m'avoir abandonné et trompé !

Edward de Beaulieu s'inclina devant le couple royal, puis devant le clergé, avant de se rasseoir.

Après un bref silence, le roi prit la parole.

— Approchez, Rhonwyn uerch Llywelyn, et racontez-nous votre version de l'histoire.

Rhonwyn se leva lentement, salua le roi, les ecclésiastiques, et commença d'une voix si douce qu'on devait prêter l'oreille pour l'entendre :

— Majesté, messeigneurs, je suis venue vous demander justice dans cette malheureuse aventure. Edward de Beaulieu prétend que j'ai été une mauvaise épouse, et c'est en partie la vérité. Quand ma mère est morte, mon père nous a emmenés, mon frère et moi, dans une forteresse où nous avons été élevés par des soldats. Il n'y avait pas de femme pour veiller à mon éducation. Lorsque mon père est revenu, dix ans plus tard, afin d'annoncer que je devais me marier, il a été horrifié – bien que ce ne fût guère surprenant – de découvrir que sa fille était un garçon manqué.

Il y eut des rires discrets dans l'assistance.

— On m'a alors conduite à l'abbaye de la Pitié, et là, pendant six mois, j'ai appris tout ce qu'une femme doit savoir. Naturellement, ma tante m'a fait baptiser et m'a enseigné la religion. Quand je suis arrivée à Haven Castle pour me marier, j'étais enfin présentable, mais j'avais encore beaucoup à apprendre, et je ne demandais qu'à me perfectionner... Je vois que l'aumônier du château, le père John, est là. Suis-je devenue une bonne châtelaine, mon père ?

— Certainement, madame, répondit le prêtre avec conviction.

Rhonwyn soupira.

— Là où j'ai été une mauvaise épouse, c'est entre les murs de notre chambre. La nuit de nos noces, Edward m'a forcée cruellement, prétendant que vous, Sire, l'y obligiez. J'étais sceptique, et à présent je n'en crois pas un mot. C'était son instinct bestial qui le poussait à me violer. Ensuite, j'ai eu peur de lui. J'avais tort, certainement, mais je n'y pouvais rien. Je ne connaissais pas de femme de ma condition à laquelle j'aurais pu me confier, qui aurait apaisé mes craintes. Puis le prince Edward est venu à Haven, et il a parlé de croisade. J'ai été enthousiasmée ! Comme la princesse l'accompagnait, pourquoi n'y serais-je pas allée aussi ?

« Lorsque mon époux est tombé malade, à Carthage, je l'ai soigné avec dévouement. Il a tort de dire que je le négligeais, car c'est faux ! C'est lui qui m'a suggéré d'aller m'exercer à l'épée avec le chevalier Fulk, en ce jour fatal. Il a même insisté pour que je mette ma cotte de mailles et m'a aidé à m'habiller. L'escarmouche quotidienne a commencé pendant que nous étions dehors, et follement – comme je le regrette ! – j'ai couru me mêler à la bagarre. Seigneur, quelle bataille ! Et nous l'avons gagnée haut la main ! Cependant, je me suis laissé séparer des autres. Après tout, je ne suis pas un soldat, mais une simple femme, et si j'ai quelques talents à l'épée, il est clair que je n'ai aucun sens de la tactique !

Rafe de Beaulieu, assis près de son cousin, faillit éclater de rire. Oh si, elle était fin stratège ! Tout le monde, sous le charme, l'écoutait bouche bée. Elle tenait son public dans le creux de sa main, et cela coûterait cher à Edward !

— Sir Fulk, Dieu ait son âme, continuait Rhonwyn qui se signa, est parti à ma poursuite. Il est parvenu à empêcher mes ravisseurs de s'apercevoir que j'étais une femme, jusqu'à ce que nous arrivions à Cinnebar. Dans la bataille, j'avais tué le frère du calife de ce pays, et l'on m'a amenée devant lui afin que je sois punie. Quand le calife a vu qui j'étais, il m'a placée dans son harem, car les femmes blondes sont très prisées par les Infidèles. C'est sir Fulk qui a été exécuté à ma place.

Rhonwyn se signa à nouveau.

— Le calife, Rashid al Ahmet, m'a prise pour seconde épouse. Il m'a appris à ne pas avoir peur de la passion, et il m'aimait, messeigneurs. Pourtant, pendant tout ce temps de captivité, j'avais un seul désir : retourner auprès de mon mari, Edward de Beaulieu. J'espérais, je priais… et finalement Dieu m'a entendue.

« Mon jeune frère, Glynn, me cherchait et il est arrivé à Cinnebar. Son talent de poète a attiré l'attention du chef eunuque, un homme du nom de Baba Haroun. Il a invité mon frère au palais, et la première chanson qu'il a chantée était en gallois. Il demandait si je me trouvais là. C'était une ballade qu'il avait souvent chantée, depuis qu'il s'était mis en tête que j'étais encore vivante. Et cette fois, il m'avait retrouvée...

Elle ravala courageusement les larmes qui lui montaient aux yeux.

— À cette époque, messieurs, le calife voulait un enfant de moi. Les femmes de harem sont gardées stériles à l'aide de potions, tant qu'on ne souhaite pas qu'elles aient des bébés. Baba Haroun craignait qu'un fils de moi ne fît de l'ombre au fils de la première épouse du calife, le prince Mohammed, et il me l'a avoué franchement. C'est alors que je lui ai demandé s'il accepterait de m'aider à m'évader. Nous nous sommes arrangés pour que l'on me croie morte et, grâce à Baba Haroun, j'ai pu quitter Cinnebar.

« Durant les mois suivants, mon frère, moi et nos deux fidèles hommes d'armes, Oth et Dewi, avons fait le voyage vers l'Angleterre. Cela n'a pas été facile, vous pouvez l'imaginer. Et quand enfin je suis arrivée à Haven Castle, le père John m'a annoncé que mon époux s'était remarié. Lady Katherine nous a rejoints, et il était évident qu'elle était enceinte. C'est alors, messeigneurs, que j'ai compris : j'avais perdu Edward de Beaulieu...

Cette fois, les larmes roulaient sur ses joues pâles.

— Mon frère lui avait dit, à Acre, qu'il était certain que j'étais encore en vie mais, hélas, il n'a pas voulu le croire. Il m'a abandonnée. Aussi suis-je venue vous prier, Sire, d'imposer votre justice. Je veux que cet homme me rende ma dot, et me fasse un don en compensation de la honte qui s'abat sur ma famille et sur moi.

Elle baissait modestement la tête.

— Comment se fait-il, madame, que vous n'ayez pas tenté d'échapper à cette affreuse captivité en vous donnant la mort ?

— On m'a toujours dit que c'était un péché, et même si j'en avais eu l'intention, je n'aurais eu aucun moyen d'y parvenir. Dans le harem, les femmes sont constamment surveillées par une troupe d'eunuques. Nous ne sommes jamais seules. On coupe notre nourriture pour nous, et on nous oblige à la manger avec les doigts.

— Vous avez bien dit à votre époux, madame, que le calife vous avait enseigné la passion ? intervint l'évêque de Winchester.

— En effet, monseigneur. Edward était tellement contrarié par ma frigidité que j'étais heureuse de lui annoncer que j'étais soulagée de mes frayeurs, que je pouvais enfin l'aimer librement, et que j'étais dorénavant prête à lui donner un enfant. Mais c'était trop tard. Une autre avait déjà pris ma place. Je l'accepte, car c'est ma punition pour n'avoir pas été une épouse parfaite. J'éprouve de l'affection pour lady Katherine, et je ne lui veux aucun mal. Je suis heureuse qu'Edward ait désormais un héritier... Mais que va-t-il m'arriver, maintenant ? Je me suis battue pour revenir en Angleterre, alors que j'aurais pu rester à Cinnebar avec un homme qui m'aimait, un homme puissant, un homme bon. Mais j'avais au fond du cœur l'amour que je portais à Edward de Beaulieu. Il fallait que je rentre vers lui.

« Jamais je n'aurais cru qu'il me remplacerait, moins d'un an après ma disparition ! J'espérais être capable de regagner son amour et sa confiance. Hélas, il semble que je n'aie jamais eu ni l'un ni l'autre, et c'est là mon erreur... Je vous demande une fois de plus justice. J'ai été une épouse fidèle, sinon dans mon corps, en tout cas dans mon cœur et dans mon âme. Edward de Beaulieu, lui, n'a pas eu cette fidélité.

Rhonwyn salua ses juges et alla se rasseoir, tandis qu'on appelait Glynn ap Llywelyn.

Celui-ci raconta comment il avait appris la disparition de sa sœur, puis le choc qu'il avait reçu en découvrant qu'Edward avait écrit à Rafe de Beaulieu moins de deux mois après le drame. Alors il avait abandonné ses études et s'était rendu aussi vite que possible à Acre, afin de supplier son beau-frère d'attendre avant de se remarier. Mais Edward l'avait brutalement rabroué.

— Suivant l'exemple de Blondell, le ménestrel du roi Richard, j'ai parcouru la région en chantant mes chansons, jusqu'à ce que je retrouve ma sœur, dans les circonstances qu'elle vous a décrites.

Il salua et reprit sa place auprès de Rhonwyn.

— Que les partis en présence quittent la pièce, ordonna le roi. Nous devons nous entretenir en privé.

Rhonwyn sortit, entourée de son frère et des religieuses. Les Beaulieu suivaient. On les emmena dans un petit salon, où on leur offrit du vin et des biscuits. Rhonwyn était silencieuse, un chapelet à la main.

— Comme vous semblez humble et soumise, commenta Rafe de Beaulieu qui s'était approché d'elle.

Elle l'ignora.

— Vous dites que vous n'êtes pas bon stratège, madame, reprit-il dans un petit rire, mais vous seriez un ennemi redoutable sur le champ de bataille ! Votre superbe prestation va coûter cher à ce pauvre Edward, j'en suis certain.

Elle leva enfin les yeux vers lui.

— Vous êtes méprisable !

— C'était un compliment, madame, pas une critique. J'admire les femmes intelligentes, or vous l'êtes infiniment, bien que vous ne vous montriez pas toujours très sage. Vous auriez dû rester à Cinnebar. N'avez-vous pas compris qu'Edward n'aurait pu vous reprendre, même s'il n'avait pas eu de nouvelle épouse ?

— S'il m'avait aimée, rien n'aurait été impossible ! lança Rhonwyn avec colère.

— Vous aimer ? C'est bon pour les contes de fées, madame. Les mariages ont des motivations plus... terre à terre. Le vôtre faisait partie d'un traité entre le pays de Galles et l'Angleterre. Comment avez-vous pu croire que l'amour y entrait ?

— C'est sans doute parce que je ne suis pas toujours très sage, répliqua ironiquement Rhonwyn. Mais vous vous trompez, Rafe de Beaulieu, l'amour peut exister entre époux. Je croyais d'ailleurs qu'il s'épanouissait entre Edward et moi. N'avait-il pas dit qu'il m'aimait ? Pouvais-je imaginer qu'il mentait ?

— Les hommes disent n'importe quoi, sur l'oreiller.

La jeune femme lui jeta un regard meurtrier.

— Vous êtes vraiment vil ! Allez-vous-en ! Quel plaisir prenez-vous à me tourmenter ainsi ?

Il souriait, et elle fut surprise de constater qu'il était fort séduisant.

— Je ne veux pas vous tourmenter, Rhonwyn, dit-il à voix basse. Je veux vous faire l'amour…

Elle eut l'impression que son cœur s'arrêtait de battre, et demeura un long moment silencieuse avant de répondre :

— Si vous vous approchez de moi, je trouverai un moyen de vous tuer, je le jure.

Puis elle se remit à égrener son chapelet.

— Vous avez un certain aplomb ! déclara l'abbesse à Rafe.

Elle éclata de rire en le voyant rougir.

— Oui, je vous ai entendu, monsieur : j'ai une excellente ouïe. Il le faut, si je veux faire régner l'ordre entre les murs de l'abbaye.

— Lady Rhonwyn vous ressemblera, plus tard, grommela-t-il.

— Sans doute… Maintenant, retournez auprès de votre cousin, et laissez-la tranquille.

Après un moment d'attente, le chambellan vint les chercher. Dans la salle du conseil, ils constatèrent que le roi s'était retiré.

— Mon époux était épuisé, expliqua la reine, et il m'a chargée de vous faire part du jugement. Vous avez agi à la hâte, Edward de Beaulieu, en vous remariant sans avoir la preuve de la mort de votre femme. Toutefois, l'Église reconnaît votre mariage avec lady

Katherine légal, et votre enfant légitime. Nous considérons que vous avez agi sans mauvaises intentions. Néanmoins, lorsque vous avez constaté que Rhonwyn uerch Llywelyn n'était pas morte, vous vous êtes comporté vis-à-vis d'elle de façon impardonnable, sans vous soucier de son honneur ni de celui de sa famille. Pour cela, vous êtes condamné à payer une amende et lui rendre sa dot. Est-ce bien compris ?

— Oui, Majesté, marmonna Edward à contrecœur.

— Quant à vous, Rhonwyn uerch Llywelyn, vous vous êtes condamnée par vos propres paroles, cependant vous semblez sincèrement repentante. L'Église a pris en considération l'absence de Dieu dans votre vie, pendant votre enfance. Mais votre avenir nous pose un problème épineux. Votre passé de courtisane vous rend inapte à la vie sacerdotale. Il rend également difficile de vous trouver un époux, or il vous en faut un, ma chère enfant. Vous êtes de noble famille, et vous avez visiblement besoin de la main ferme d'un homme pour vous guider. Or, compte tenu de vos aventures, qui voudrait de vous ? conclut la reine, visiblement ennuyée.

— Moi !

Rhonwyn sursauta, puis elle se tourna vers Rafe de Beaulieu.

— Jamais ! cria-t-elle.

Elle tendit des mains suppliantes vers la reine.

— Vous ne pouvez prendre cet homme au sérieux, Majesté… Et il doit exister une certaine consanguinité entre nous, à cause de mon mariage avec Edward de Beaulieu…

La reine en appela aux ecclésiastiques.

Ceux-ci se concertèrent un instant à voix basse, puis l'archevêque de Canterbury prit la parole.

— Il n'existe aucun lien de sang entre Rhonwyn uerch Llywelyn et Rafe de Beaulieu. Ce serait le cas si la dame avait donné un enfant à Edward de Beaulieu, mais en l'occurrence rien ne saurait s'opposer à ce mariage. Nous pensons même que c'est la meilleure solution au problème qui nous préoccupe.

— Je ne veux pas de lui ! déclara fermement la jeune femme.

— Vous n'avez pas le choix, ma chère enfant, dit la reine. Il vous faut un mari, et il accepte de vous épouser malgré toutes vos fautes.

— Non ! insista Rhonwyn qui ne put s'empêcher de taper du pied.

La reine l'ignora et se tourna vers l'abbesse.

— Êtes-vous dépêchée par le prince de Galles pour veiller aux affaires de sa fille, révérende mère ?

— En effet.

— Qu'en dites-vous ?

— J'aimerais d'abord savoir quel genre de foyer cet homme pourrait offrir à ma nièce. Certainement pas un château, or Rhonwyn est de noble naissance. Nous souhaitons la voir remariée, mais nous tenons à garder son rang.

— Bien sûr… Qu'avez-vous à répondre, monsieur ? demanda la reine à Rafe de Beaulieu.

— Je tiens de mon grand-père maternel, qui n'avait pas d'autre héritier, le titre de baron Bradburn de Ardley. Mon manoir ne comporte pas beaucoup de terres, mais il est confortable, j'ai des domestiques, et dix serfs cultivent mes champs. Mon cousin Edward possède une terre, séparée de ses autres biens, qui jouxte les miennes. Si vous m'accordez la main de lady Rhonwyn, cette terre pourrait servir de compensation pour elle, et mon domaine s'en trouverait considérablement augmenté. J'ai du bétail, des moutons. Je ne suis pas immensément riche, mais je suis à l'aise, et mon épouse ne manquera de rien. Si je ne suis pas puissant, mon sang est aussi noble que le sien. En outre, je ne lui reprocherai pas son passé. Je la prendrai pour femme, malgré ses aventures et son mauvais caractère.

Rhonwyn lui lança son chapelet à la figure en criant :

— Vous me voulez pour les terres d'Edward, espèce de sinistre individu ? Jamais ! Je préférerais passer le reste de mes jours dans un cachot, plutôt que de vous épouser !

— Vous n'avez pas le choix, mon enfant, répéta la reine.

— Ma tante…

— Écoute-moi bien, Rhonwyn, dit l'abbesse en gallois. Ils te marieront, que tu le veuilles ou non. Au moins, tu connais cet homme. Tu ne l'aimes pas, mais tu le connais. Qui d'autre voudrait de toi ? Un vieillard libertin qui te battra et dilapidera ta dot ? Rafe de Beaulieu est jeune, avec lui tu auras des enfants. Et je suis sûre qu'un jour ou l'autre, vous trouverez un terrain d'entente qui vous conviendra à tous les deux. J'ai le pouvoir d'accepter cette union, et j'en ai bien l'intention… Cependant, je préférerais que tu sois consentante. Je te supplie de dire oui, Rhonwyn.

— J'ai l'impression d'être un animal pris au piège, et je déteste ça !

— Je sais. Je comprends, mon enfant…

— Pourquoi suis-je obligée de me remarier ? s'écria Rhonwyn avec colère.

Mais, au moment où elle posait la question, elle savait qu'elle avait perdu la partie. Comment son opinion aurait-elle pu prévaloir sur celle de la reine et de l'Église ? Personne ne lui venait en aide. Son frère, les yeux baissés, se taisait. Oth et Dewi, qu'elle apercevait au fond de la salle, n'iraient jamais contre le vœu de son père et de sa tante, malgré toute l'affection qu'ils lui portaient.

— Rhonwyn… ? insista doucement l'abbesse.

— Je l'épouserai, mais ce n'est pas de mon plein gré, marmonna la jeune femme.

— Parfait ! s'exclama la reine, ravie.

— Je vais les marier sur-le-champ ! annonça l'archevêque de Canterbury avec un sourire.

— C'est un grand honneur pour notre famille, intervint l'abbesse, mais je me sentirais mieux si les formalités étaient réglées avant.

— Excellente suggestion, approuva la reine. Ils seront donc mariés en fin d'après-midi, et si le roi a repris des forces, c'est lui qui mènera notre ravissante mariée à l'autel. Je ne vous l'ai pas dit plus tôt, ma chère, mais le vert vous va à merveille.

— Je vais ramener ma nièce au couvent, Majesté, jusqu'à ce que les documents soient prêts pour la signature.

La reine acquiesça.

— J'enverrai mon page vous chercher.

Les religieuses escortèrent vers la porte une Rhonwyn folle de rage. Edward évita son regard, mais Rafe vint à elle et lui baisa la main. Ses yeux pétillaient d'amusement.

— Vous regretterez votre impétuosité, mon seigneur... grinça-t-elle.

— Je ne le crois pas, ma Rhonwyn.

— Je ne suis pas à vous, et je ne le serai jamais !

L'abbesse l'entraîna, craignant qu'elle n'en vînt aux coups.

— Je t'en prie, pas de scène, mon enfant...

— Je le hais ! Je le hais !

La colère lui donnait des couleurs, et elle était encore plus belle que d'habitude.

— Tu as de la chance, dit son frère.

— Quoi ? Tu es de leur côté ?

— Il te fallait un mari, la raisonna Glynn.

— Mais pourquoi me serine-t-on sans cesse ce refrain ?

— Pense au bon côté de la situation. Ardley est beaucoup plus proche de Shrewsbury que Haven. Nous nous verrons souvent.

— Je ne comprends pas pourquoi il veut m'épouser, murmura Rhonwyn, ignorant les paroles réconfortantes de son frère.

— Il a envie de toi, voilà tout !

— Un homme qui va consacrer sa vie à Dieu n'a pas le droit de parler de ça ! le réprimanda vertement Rhonwyn.

— Si je n'avais pas eu ma part d'aventures et de femmes, chère sœur, je ne pourrais abandonner aussi facilement la vie laïque, répliqua Glynn dans un sourire. J'ai beaucoup appris, pendant que je te cherchais !

L'abbesse eut un petit rire.

— Vous êtes bien le fils de votre père, Glynn... Je trouve surprenant que vous puissiez envisager de renoncer au monde avec tant de sérénité. La vie religieuse est dure.

— Je sais. Lorsque j'étais au collège de l'abbaye, j'ai pu constater qu'elle était difficile, parfois, mais aussi gaie et riche. Je serai heureux, à Shrewsbury.

— Que Dieu vous bénisse, Glynn ap Llywelyn... Maintenant, Rhonwyn, il faut te reposer, car tu dois être exténuée après cette épreuve.

Rhonwyn acquiesça et, à peine rentrée au couvent, elle permit à sa tante de l'aider à enlever sa belle robe afin de s'allonger sur son lit.

— Écoute-moi, mon enfant. Après la cérémonie, j'annoncerai que nous partons immédiatement, que les hommes d'armes de ton père veulent t'escorter jusqu'à ta nouvelle demeure, et que nous nous mettons en route sur-le-champ. Personne, pas même ton mari, ne protestera, je te le promets. Nous nous rendrons dans un petit couvent que je connais, où il n'y aura évidemment pas de chambre pour un couple. Donc, ton mari et toi ne dormirez pas ensemble. Nous continuerons le voyage de cette façon, en passant la nuit dans divers monastères et abbayes, comme à l'aller. Jusqu'à ce que nous arrivions dans ta nouvelle demeure, je pourrai te protéger des assauts de Rafe. J'aimerais que tu profites de ces journées, Rhonwyn, pour apprendre à mieux le connaître. Tu n'es plus la jeune fille innocente qui a épousé son cousin. Tu es une femme, tu sais ce qui t'attend. Je n'ai jamais connu d'homme, mais j'ai entendu dire que l'expérience était plus agréable si les jeunes gens éprouvaient au moins une certaine attirance l'un pour l'autre. Il doit bien y avoir des aspects plaisants, en lui…

Rhonwyn secoua la tête en souriant.

— Je regrette de ne pas avoir la vocation religieuse, ma tante, car j'aurais adoré passer avec vous le reste de mes jours. Je ne crois pas que je pourrai éprouver du plaisir auprès de Rafe de Beaulieu. C'est sans doute la punition pour ma conduite irréfléchie…

L'abbesse détourna la conversation.

— Dis-moi, comment est mort sir Fulk ? Tu n'es pas très bavarde, à ce sujet. Te sens-tu tellement coupable de sa mort ?

— Il n'est pas mort, avoua Rhonwyn. Je voulais qu'il rentre en Angleterre avec moi, mais il a refusé. On l'a chargé de l'éducation militaire du jeune prince Mohammed. Ils ont de l'amitié l'un pour l'autre, et Fulk a pensé qu'il aurait une vie plus agréable à Cinnebar que chez lui. Cependant, il craignait que sa famille ne comprenne pas sa décision, et il préférait qu'on le croie mort.

— Il a donc renoncé à sa religion ? s'inquiéta l'abbesse.

— Non. À Cinnebar, toutes les religions sont autorisées.

— Quel étrange pays ! murmura l'abbesse, avant de quitter la petite cellule de Rhonwyn.

Celle-ci s'endormit aussitôt, pour se réveiller au milieu de l'après-midi. On lui apporta un linge et une cuvette d'eau parfumée à la lavande. Elle fit une rapide toilette, puis enfila de nouveau la somptueuse robe verte. Elle dévora quelques biscuits, but un gobelet de vin, pendant qu'une servante la recoiffait.

— Les documents sont-ils prêts ? demanda-t-elle à sa tante qui venait la chercher.

— Oui. Nous retournons au palais. Glynn et les autres nous attendent dehors. J'ai fait nos adieux à la mère supérieure, et je lui ai remis une de tes pièces d'or pour qu'elle dise des messes afin que ton mariage soit heureux.

— Peine perdue ! Mais je suis contente que vous lui ayez donné cette pièce, car le toit de la chapelle a grand besoin d'être réparé…

Ils se rendirent au palais, et le grand chambellan les conduisit dans une pièce où attendaient Rafe et Edward de Beaulieu. Les documents étaient étalés sur une table.

— Les Beaulieu ont déjà signé, mesdames. Voulez-vous apposer votre signature ici, et là, révérende mère ?

L'abbesse parcourut les parchemins.

— Ma nièce est capable de signer elle-même, messieurs.

— Traîtresse ! chuchota Rhonwyn.

— Tu me remercieras un jour, rétorqua calmement l'abbesse.

— Je ne le crois pas, ma tante…

Néanmoins, Rhonwyn signa.

— Vous savez écrire, remarqua Rafe.

Elle lui lança un regard noir, et il faillit éclater de rire. Elle était délicieuse ! C'était sa beauté qui l'avait emporté sur tout le reste, quand il avait déclaré qu'il la voulait pour femme. Si elle avait été choquée par sa demande, c'était aussi le cas de son cousin ! Rafe l'avait calmé en lui expliquant qu'il valait mieux la garder dans la famille, plutôt que de la voir épouser un homme qui, subjugué par sa beauté, se laisserait peut-être persuader de la venger et de nuire aux Beaulieu. Edward avait acquiescé du bout des lèvres.

Le chambellan plia les documents qu'il marqua du sceau royal, puis les tendit à Rafe de Beaulieu.

— L'archevêque vous attend, dit-il.

Un bref instant, Rhonwyn faillit prendre ses jambes à son cou, mais Rafe de Beaulieu vint poser la main sur son bras.

— La fille d'ap Gruffydd n'est sûrement pas une lâche, madame, murmura-t-il.

Les yeux verts étincelaient de colère.

— Vous apprendrez bientôt de quoi est capable la fille d'ap Gruffydd, monsieur !

— Pitié, madame ! J'ai sincèrement envie de vous...

— Et moi, j'ai sincèrement envie de vous passer mon épée à travers le corps !

— Je glisserais plutôt la mienne dans votre fourreau...

Elle rougit à l'allusion scabreuse.

— Alors ? Pas de réplique acerbe ? reprit-il, sarcastique.

Elle leva le bras pour le gifler, mais il lui saisit le poignet et baisa sa paume. Leurs yeux se rencontrèrent, et elle fut littéralement frappée par l'éclair qui crépita entre eux.

Elle retira vivement sa main, le cœur battant.

— Depuis combien de temps n'avez-vous pas connu un homme ? chuchota-t-il en caressant ses lèvres du bout des doigts.

— Allez au diable ! grinça-t-elle alors qu'ils pénétraient dans la chapelle royale.

Le roi était voûté, sa paupière droite tombait, mais il sourit et vint lentement près d'elle, tandis que Rafe la conduisait vers l'autel où l'archevêque Boniface les attendait.

Rhonwyn remarqua le regard inquiet que la reine posait sur son mari. Celui-ci vacillait sur ses jambes. Pauvre homme, songea la jeune femme, qui lui adressa son plus éblouissant sourire.

— Vous me faites un grand honneur, Sire, et je vous en remercie, dit-elle en lui prenant le bras.

— Vous serez heureuse, j'en suis certain...

Le roi lui tapota affectueusement la main.

— Une femme est plus épanouie lorsqu'elle est bien mariée, ajouta-t-il.

— Je m'en souviendrai, Majesté, promit-elle.

Dans son latin élégant, l'archevêque procéda à la cérémonie rituelle.

15

Rafe de Beaulieu fut plus amusé qu'irrité, lorsqu'il comprit qu'il ne pourrait consommer le mariage avant d'être chez lui. Cependant, l'abbesse s'arrangeait pour que sa nièce chevauche à son côté toute la journée. Il savait qu'elle s'efforçait ainsi de tisser un lien entre les jeunes mariés, bien que Rhonwyn ne se montrât guère coopérative. Quand il tentait d'engager la conversation, elle répondait par monosyllabes. Il en obtenait davantage en se montrant provocant. Elle entrait alors dans une colère noire, jusqu'à ce qu'elle s'aperçoive que c'était justement ce qu'il cherchait. Elle s'enfermait alors dans un silence maussade, les lèvres pincées.

Enfin, un jour, il lui demanda carrément :

— Pourquoi m'en voulez-vous, Rhonwyn ? Ce n'est pas moi qui vous ai trahie.

— Vous êtes un Beaulieu !

— Vous aussi, répliqua-t-il.

Elle eut un rire amer.

— Oui, et même doublement... Pourquoi m'avez-vous épousée, Rafe ?

— Pour les terres, évidemment, madame.

— Et ?

— Parce qu'un autre aurait pu vous maltraiter, murmura-t-il.

— Vous avez eu pitié de moi ? s'indigna-t-elle.

— En effet. Mais j'avais en outre terriblement envie de vous. Vous savez combien vous êtes belle. Si Edward a été furieux que je vous demande en mariage, c'est sûrement parce qu'il a remarqué, lui aussi, à quel point vous êtes devenue magnifique. Vous n'êtes plus l'adolescente qui trépignait de joie à l'idée de partir en croisade. Vous êtes à présent une femme infiniment désirable, Rhonwyn... et vous êtes à moi.

— Vous croyez qu'Edward me trouve désirable ? demanda-t-elle, songeuse, un petit sourire aux lèvres.

— Vous ne l'avez pas lu dans son regard ? Il aime sincèrement ma sœur, ne vous méprenez pas, mais il vous désire. Et il se le reproche... C'est pourquoi il a dirigé sa colère contre vous.

— Je n'ai rien remarqué. J'étais trop occupée à me défendre de ses cruelles accusations et de ses demi-vérités.

— Qu'éprouvez-vous pour lui à présent, madame ?

— Que devrais-je éprouver, à votre avis ?

Il ferma les yeux un moment, exaspéré.

— Un jour, vous me pousserez au meurtre, Rhonwyn !

— Mais sans doute pas avant d'avoir goûté aux plaisirs que je peux vous offrir, lança-t-elle, ironique.

— Et qu'en est-il de ceux que je peux vous offrir ?

— Nous verrons, mon seigneur, dit-elle froidement. J'espère que vous êtes plus doué en amour que votre cousin. Le seul désir qu'il éveillait en moi était celui d'en finir le plus vite possible.

Ce n'était pas l'exacte vérité, mais elle était encore amèrement blessée par la brutalité d'Edward.

— Je suis différent de lui, promit Rafe. Et vous aurez envie que nos ébats durent indéfiniment.

— J'espère que vous serez à la hauteur de votre vantardise, mon seigneur.

— Grâce aux bons soins de votre tante, vous devrez attendre un peu avant de savoir si je me vante ou non.

Elle ne put retenir un petit rire.

— Plus on attend, meilleure est la passion, rétorqua-t-elle, les yeux pétillants de malice.

Peut-être, finalement, ce mariage ne serait-il pas si pénible ! Elle était surprise de trouver chez Rafe un sens de l'humour certain, et elle admirait son indéfectible loyauté envers sa sœur.

— Voulez-vous que je vous dise comment je vous ferai l'amour, la première fois ?

Ses yeux d'un bleu très clair plongeaient dans les siens.

— Voilà qui n'est guère délicat, mon seigneur...

Sa voix tremblait-elle légèrement ? Elle serrait davantage les rênes, et elle espéra qu'il ne le remarquait pas.

Il eut un rire bas.

— Je vous veux nue, la lumière des bougies illuminant votre peau, Rhonwyn. Je vous embrasserai. Pas seulement sur les lèvres, mais sur tout le corps... et vous serez chaude, abandonnée entre mes bras.

— Vous êtes bien sûr de vous ! dit-elle dans un petit rire haut perché.

— Certain.

— Et quand vous aurez fini de m'embrasser ?

Il aimait sa hardiesse... à condition qu'elle lui fût réservée.

— Je caresserai vos jolis seins, je les baiserai jusqu'à ce qu'ils soient gonflés de désir, jusqu'à ce que vous gémissiez...

Elle s'agita nerveusement sur sa selle, et il eut un sourire canaille.

— Ensuite, je trouverai votre jardin secret et je jouerai avec, jusqu'à ce qu'il soit prêt à me recevoir. Alors seulement je vous couvrirai de mon corps et j'entrerai en vous... lentement... lentement. Vous me sentirez fort et palpitant, vous fondrez de plaisir entre mes bras, ma ravissante épouse, parce que vous êtes faite pour l'amour, parce que pas un homme sur terre ne vous aimera comme moi. Et il faudra que vous m'aimiez aussi. Non seulement physiquement. Que vous m'aimiez vraiment… Vous comprenez ce que je vous dis, Rhonwyn ?

Elle fermait les yeux, le souffle court. Ses paroles avaient éveillé son désir qui grandissait, grandissait… et finit par exploser. Elle soupira profondément, rouvrit les yeux, les joues en feu.

— Sacredieu ! pesta Rafe entre ses dents lorsqu'il comprit ce qui venait de se passer. Je ne sais ce qui me retient d'arrêter la caravane et de vous entraîner dans les bois… Vous me mettez dans un état ! D'autres vous trouveraient impudique, mais pas moi. Dieu merci, demain nous serons à Ardley.

— Déjà ? murmura-t-elle.

Elle était à la fois stupéfaite et bouleversée par l'effet que ses paroles avaient eu sur elle.

— C'est encore trop loin, à mon avis ! gronda-t-il.

Elle lança son cheval au galop et chevaucha à la tête de la caravane, le vent rafraîchissant son visage brûlant. Elle était profondément troublée, car ce qui venait de se produire ne lui était jamais arrivé… Pourquoi son corps avait-il désiré cet individu qu'elle n'aimait pas ? Elle secoua la tête, irritée d'être une fois de plus à la merci d'un homme. D'abord son père, puis Edward, le calife… et à présent Rafe de Beaulieu ! Une femme ne pouvait-elle vivre sa vie sans intervention masculine ?

Elle avait déjà cent fois posé la question, sans recevoir de réponse satisfaisante. Glynn disait que les dames convenables ne devaient pas vivre seules, mais il ne s'était pas expliqué davantage.

Les femmes comme sa tante avaient une certaine forme d'autonomie, cependant Gwynllian devait rendre des comptes à son évêque. Si une reine gouvernait parfois en l'absence de son époux, ses conseillers étaient tous des hommes. Pourquoi pas des femmes ? Pourquoi toujours des hommes ?

Elle éclata soudain de rire, se moquant d'elle-même. Elle posait là des questions auxquelles il n'existait pas de réponse. Les hommes régentaient l'univers, voilà tout. Elle était mariée à Rafe de Beaulieu, et elle tenterait de tirer le meilleur parti de cette union, sans toutefois se montrer docile comme sa belle-sœur Katherine. Puisqu'il l'avait voulue, Rafe devrait accepter Rhonwyn uerch Llywelyn telle qu'elle était, car elle n'avait pas l'intention de changer !

Ils atteignirent Ardley le lendemain, en début d'après-midi. Rhonwyn fut agréablement impressionnée par la demeure. Rafe avait dit qu'il appartenait à la branche pauvre de la famille, mais le manoir n'était pas une masure, loin de là ! Construit en pierre, avec un toit d'ardoise, il était entouré d'une petite douve.

— Les terres semblent prospères, ma nièce, déclara l'abbesse. Tu devrais être heureuse, ici, et c'est moins lourd à diriger que Haven.

— Passerez-vous la nuit avec nous ? proposa poliment Rafe.

— Hélas, monsieur, c'est impossible. Toutefois je suis curieuse, et j'aimerais voir l'intérieur du manoir. Ensuite, nous reprendrons la route, car on nous attend ce soir à St. Hilda.

Un pont de bois traversait les douves et menait à une allée de gravier. Ils passèrent sous un porche de pierre et se dirigèrent vers l'entrée principale, sur leur gauche.

— La cuisine, la laiterie et la resserre sont sur la droite. Il y a derrière la salle commune un bureau où je règle mes affaires.

Au bout de la pièce, Gwynllian remarqua deux fenêtres en encorbellement, face à face, qui donnaient beaucoup de lumière. Sur la droite s'ouvrait une vaste cheminée, et la table qui se dressait sur l'estrade était de chêne bien ciré. Le sol était jonché d'herbes séchées, et on avait l'impression que la maison était bien tenue.

— L'escalier qui mène aux chambres et à la tour débouche à côté de la fenêtre de gauche, dit Rafe. Voulez-vous monter, révérende mère ?

— Oui. J'en serai ravie.

À cet instant, Katherine de Beaulieu fit son apparition dans le hall.

— Rafe ! s'écria-t-elle joyeusement. Edward est rentré récemment et m'a dit que tu avais épousé lady Rhonwyn. Je vous souhaite à tous les deux beaucoup de bonheur… Bienvenue à Ardley, Rhonwyn. J'espère que vous serez heureuse entre ces murs. Ma mère l'a été, et celle qui l'a précédée également.

Elle embrassa affectueusement sa nouvelle belle-sœur.

— Je vous ai apporté un cadeau, Rhonwyn, ajouta-t-elle. Elle vous attend en haut.

Rhonwyn, un instant décontenancée, s'écria :

— Enit ?

Katherine acquiesça d'un sourire, et Rhonwyn ne put s'empêcher de la serrer dans ses bras.

— Merci… merci, Katherine !

— Elle vous est dévouée. Dès qu'elle a vu que vous étiez vivante, j'ai été sûre de la perdre. Aimeriez-vous que je vous fasse faire le tour du propriétaire ? Je connais la maison bien mieux que mon frère, qui ne se soucie que de l'endroit où l'on dort et celui où l'on mange.

— Avec plaisir.

L'abbesse et Rhonwyn suivirent la jeune femme à l'étage. Rafe les regarda s'éloigner et sourit. Lorsqu'il avait vu Kate, il avait craint que Rhonwyn ne fût désagréable avec elle, mais sa sœur, avec ses aimables manières, l'avait conquise. Il s'était aperçu que l'abbesse était soulagée, elle aussi. Il accepta le verre de vin que lui apportait un domestique et s'installa près de la cheminée.

En haut, Katherine faisait visiter à sa belle-sœur la chambre de maître avec sa garde-robe, ainsi que deux chambres plus petites. Chaque pièce possédait sa propre cheminée.

— Les fenêtres donnent au sud et à l'ouest. Même durant nos horribles hivers, les chambres restent chaudes. Par mauvais temps, ma mère préférait largement sa tour à la salle commune.

Enit, qui avait entendu les voix, apparut.

— Oh, madame ! Madame ! s'écria-t-elle en éclatant en sanglots.

Émue, Rhonwyn l'accueillit dans ses bras.

— Tout va bien, Enit. Je suis là... et nous avons une belle maison, n'est-ce pas ?

— Oui, madame.

Katherine se tourna vers l'abbesse.

— Me permettrez-vous de voyager avec vous jusqu'à Haven, révérende mère ? Je ne puis espérer y arriver ce soir, mais je serai heureuse de m'en rapprocher.

— Votre mari ne s'inquiétera-t-il pas, ma chère ?

— Non. Je lui ai dit que je partirais sans doute avec vous. J'ai douze hommes d'armes comme escorte.

— Dans ce cas, mon enfant, je serai enchantée de voyager en votre compagnie.

On entendit un bébé pleurer, et Rhonwyn s'aperçut qu'il y avait un berceau près de la cheminée. Comme elle se penchait, le petit leva les yeux vers elle, et elle tressaillit. L'enfant avait les mêmes yeux que son père, et il la regardait exactement de la même manière.

— Oh, s'excusa Katherine, Neddie n'a que deux mois, et je ne pouvais le laisser à Haven...

— Pourquoi ?

Katherine avait-elle emmené son fils uniquement pour la blesser ?

— Parce qu'il serait mort de faim. Je ne crois guère aux nourrices. Il grandira en même temps que les enfants que vous aurez, Rafe et vous. N'est-ce pas merveilleux ?

Avant que Rhonwyn pût protester, elle lui mit le bébé emmailloté dans les bras.

L'abbesse faillit éclater de rire en voyant l'expression d'effroi qui se peignait sur le visage de sa nièce.

— Berce-le, mon enfant, dit-elle en gallois. Il ne te mordra pas !

Rhonwyn cala le bébé contre elle, sa frayeur remplacée par un sentiment d'étonnement, d'émerveillement.

— Il ressemble trait pour trait à Edward, murmura-t-elle.

— N'est-ce pas ? dit Katherine, toute fière. J'espère que ce sera le cas pour votre premier bébé. Les hommes sont tellement vaniteux sur ce sujet !

— Mon premier bébé sera peut-être une fille, objecta Rhonwyn.

— Alors j'espère qu'elle vous ressemblera ! Vous êtes la plus jolie femme que j'aie jamais vue. Mon frère a bien de la chance ! J'espère que vous finirez par l'aimer, comme j'aime Edward... Ne me croyez pas indifférente, Rhonwyn, je suis sûre que vous aviez une réelle affection pour Edward. Ce n'est pas un homme au caractère facile, mais je le connais depuis toujours, et je sais que je suis la femme qui lui convient. Vous, vous êtes impulsive, comme Rafe. Vous ne vous en rendez pas encore compte, mais vous êtes bien assortis... même si c'est vous la plus forte des deux. Soyez gentille avec mon frère, conclut Katherine en reprenant son bébé. Je vous laisse. Je vais voir mon frère quelques instants. Je serai prête à partir quand vous le souhaiterez, révérende mère...

Katherine disparue, Rhonwyn se laissa tomber sur le lit.

Sa tante vint s'asseoir à son côté.

— Jamais je ne t'ai vue aussi calme, ma chérie... Qu'y a-t-il ?

— Je suis remariée. J'ai un nouvel époux. Une nouvelle maison. Une belle-sœur que je devrais haïr, or je n'y arrive pas. Et on attend de moi que je mette des bébés au monde !

— Tu n'es plus une jeune fille, Rhonwyn. Tu es une femme expérimentée, de noble naissance. Il est grand temps que tu aies des enfants. C'est ta vie dorénavant, il faut t'y faire. Tu as eu de la chance que Rafe de Beaulieu t'épouse. C'est, à mon avis, un bien meilleur homme que son cousin.

— Je sais, admit Rhonwyn, mais il est tellement agaçant, ma tante ! Une part de moi souhaite accepter cette nouvelle existence, l'autre a envie de se battre contre Rafe pour le punir d'avoir osé m'épouser. Que faire ?

— Je n'ai absolument aucune expérience sur ce sujet, mais je suis persuadée que ton bel époux et toi parviendrez à vous entendre… Maintenant, appelle Enit pour qu'elle m'aide à faire un brin de toilette, avant que je reprenne la route. Je te rejoindrai en bas…

Au rez-de-chaussée, Rhonwyn trouva Rafe, Katherine et Glynn en train de partager du vin et des biscuits, riant de bon cœur.

— Qu'est-ce qui vous amuse ? demanda-t-elle.

— Rafe et moi comparions nos expériences de frères, expliqua joyeusement Glynn.

— Et alors ?

— Nous avons découvert que les filles sont toutes les mêmes.

Rhonwyn haussa les épaules.

— Tu verras, je te manquerai quand tu te morfondras dans ta cellule, avec pour toute pitance du pain dur et du mauvais vin.

— Oui, tu me manqueras, répondit Glynn, soudain grave.

Elle sentit les larmes lui piquer les yeux.

— Bon sang, petit frère… tu es la seule personne au monde capable de me faire pleurer.

Il la prit tendrement dans ses bras.

— Sois heureuse dans ta nouvelle existence, ma sœur, dans cette nouvelle chance qui t'est offerte. Moi, je suis heureux de retourner à l'abbaye, où est ma vie...

— Mais que vont devenir Oth et Dewi sans toi ?

— Ils souhaitent rester auprès de toi, et Rafe les y autorise, car il sait que cela te fera plaisir. C'est un homme bon, sœurette, ajouta-t-il à voix basse. Ne le martyrise pas trop !

— J'essaierai.

Quelques minutes plus tard, l'abbesse, Katherine et son bébé, ainsi que Glynn ap Llywelyn prirent congé de Rafe et de Rhonwyn.

Elle les regarda partir, le cœur lourd. Glynn avait promis de venir la voir dès qu'il en aurait la permission, mais elle se sentait déjà fort seule, et elle ignorait quand elle aurait l'occasion de revoir sa tante.

Elle ne protesta pas lorsqu'elle sentit le bras de Rafe sur ses épaules.

— Venez, dit-il. Vous n'avez pas encore fait la connaissance de vos domestiques. La demeure vous plaît-elle ?

— C'est une belle maison.

— Mais pas un château...

— Je n'ai pas été élevée dans un château, mon seigneur.

— Ce n'est pas non plus le luxueux palais d'un calife.

— Je n'ai pas non plus été élevée dans un palais... Pourquoi me cherchez-vous querelle, mon seigneur ?

— Comment, vous n'aimez plus vous battre ? la taquina-t-il. Prions Dieu pour que vous ne deveniez pas une faible et docile créature. Ce sont des qualités que j'apprécie chez ma sœur, mais chez une épouse, ce doit être affreusement ennuyeux.

— Qu'en savez-vous ? Avez-vous déjà été marié ? rétorqua-t-elle sèchement.

— C'est mieux ! approuva-t-il. Et pour répondre à votre question : non, je n'ai jamais eu d'épouse... mais je crois que ça va me plaire !

Les yeux bleus pétillaient d'humour.

— Vous êtes impossible ! s'irrita-t-elle.

— Certes, mais n'êtes-vous pas un peu moins triste, à présent, du départ de votre tante et votre frère ?

Elle ne put s'empêcher de rire.

— Vous êtes malin, mon seigneur, sans doute beaucoup trop pour une simple fille qui a grandi dans une forteresse.

Cette fois, c'étaient dans ses yeux que dansait une lueur malicieuse.

— Simple fille ? répéta-t-il. Votre « simplicité » m'a obtenu trois cents acres, Rhonwyn. Mon père a essayé toute sa vie d'acheter cette terre à son frère, le père d'Edward, en vain. Et grâce à vous, nous l'avons enfin !

Ils pénétraient dans la maison.

— Alors c'est vraiment pour ce bout de terre que vous m'avez épousée ! fit-elle remarquer d'un ton pincé.

— Bien sûr ! Vous êtes la première femme à laquelle je me sois intéressé qui m'apporte une dot respectable.

— Monstre !

Elle le frappa sur le bras, et il rit de plus belle.

— Vous n'êtes tout de même pas une romantique, Rhonwyn ? Vous savez aussi bien que moi qu'un mariage est un arrangement entre deux familles. Vous avez épousé Edward pour sceller un traité entre l'Angleterre et le pays de Galles. Vous vous retrouvez mariée avec moi parce que j'ai vu là une opportunité de récupérer une terre. Mais vous n'y perdez pas, chère épouse. Avec la vie dépravée que vous avez menée, vous avez pu faire un honorable second mariage, sauvant ainsi votre honneur et celui de votre père.

Il l'observait attentivement afin de voir comment elle réagirait à son discours, mais Rhonwyn dissimulait soigneusement son expression.

Elle eut un sourire mielleux.

— Vous ne vous en êtes pas mal sorti non plus, Rafe. Non seulement vous rentrez en possession de cette terre, mais vous vous êtes marié au-dessus de votre rang en épousant la fille du prince de Galles.

— La vie avec vous ne sera pas un lit de roses, je m'en rends déjà compte, dit-il joyeusement. Mais, venez, les serviteurs vous attendent. Kate était si fière de vous montrer la maison qu'elle n'a pas pensé à vous les présenter…

Il lui prit la main et la ramena dans le grand hall, où elle fit la connaissance de Browne, le majordome, d'Albert et de sa femme Albertina, qui s'occupaient de la cuisine, des trois femmes de chambre : Dilys, Mavis et Annie. Il y avait aussi un garçon de cuisine, Tam, qui récurait les casseroles, tournait la broche et aiguisait les couteaux. Lizzie et sa sœur Rosie étaient en charge de la blanchisserie. Sans compter le régisseur, Peterman, plusieurs palefreniers et un jardinier.

Rhonwyn apprit que son époux tenait lui-même les comptes du domaine, et que c'était lui qui commandait en ville ce qu'Ardley ne produisait pas.

Les serviteurs se montrèrent chaleureux et courtois, apparemment contents d'avoir une nouvelle maîtresse. Elle les remercia pour leur accueil et ajouta :

— Vous connaissez déjà Enit, et j'espère que vous lui témoignerez autant de gentillesse.

— Certainement, madame, répondit Browne. C'est une bonne travailleuse, nous l'avons constaté. Elle a préparé votre chambre et rangé les affaires que lady Katherine vous a apportées de Haven.

Un instant, Rhonwyn fut tentée de refuser tout ce qui venait de Haven, mais elle se reprit. Elle n'était pas très riche, son mari ne roulait pas non plus sur l'or. Elle avait besoin de tout ce qu'elle possédait, et tant pis pour son orgueil !

— Venez, dit doucement Rafe. Montons à notre chambre.

— *Notre* chambre ?

— La maison n'est pas vaste, et il est de coutume, ici, que le maître et la maîtresse partagent le même lit.

Ce n'est pas comme dans le beau château de mon cousin, où chacun dispose de ses appartements...

Il la prit par la main, et ils gagnèrent la tour où Enit les attendait.

— Descendez, petite, dit-il à la jeune fille, qui se hâta d'obéir. Maintenant, ma chère femme, nous avons à parler.

Rhonwyn s'installa dans un fauteuil à haut dossier devant la cheminée.

— À quel sujet, mon seigneur ?

— Vous savez combien j'ai envie de vous. Je vous l'ai déjà dit.

Il se tenait debout devant elle.

— Oui, répondit-elle en le regardant dans les yeux.

Pourquoi était-il si diaboliquement beau ? se demandait-elle, bien obligée d'admettre qu'elle aussi avait envie de lui. Il y avait presque un an qu'elle ne s'était trouvée dans les bras d'un homme.

Il sourit, et elle rougit, certaine qu'il avait deviné ses pensées.

— Me désirez-vous autant que je vous désire ?

— Je ne vous désire absolument pas ! lança-t-elle, furieuse.

C'était un mensonge, et ils le savaient tous les deux.

Rafe reprit son sérieux.

— Je n'ai jamais violé une femme, Rhonwyn, et je ne commencerai pas avec vous. Vous êtes mon épouse, nous entretiendrons des relations de respect et de considération, jusqu'à ce que vous entriez réellement dans votre vie de femme mariée. Cependant nous partagerons le lit conjugal, car vous ne voudriez pas que les domestiques apprennent notre arrangement. Ils seraient désolés de savoir que nous ne faisons rien pour donner un héritier à Ardley.

— Vous ne voulez pas de moi ?

Elle n'en revenait pas !

— Je vous veux, chère épouse, je vous l'ai déjà dit, mais je ne prendrai pas une femme contre son gré.

— C'est ridicule !

— Parce que vous aimez être violée ? demanda-t-il en lui relevant le menton.

— Non. Mais en tant que mari, vous avez des droits sur moi, que cela me plaise ou non. Edward n'a pas hésité à réclamer son dû !

— Edward est un imbécile, qui aurait mieux fait de chercher la cause de vos frayeurs au lieu de s'occuper de prendre son « dû ». Votre calife s'est apparemment montré bien plus attentionné... Voulez-vous me raconter ?

— Rashid al Ahmet était patient, intuitif. Ensemble, nous avons découvert que je cachais un sombre secret dans les replis de mon âme... Une fois, quand j'étais petite et mon frère encore presque un bébé, un étranger richement vêtu est arrivé chez nous et a violé ma mère. Elle ne l'a jamais avoué à ap Gruffydd, et elle m'a demandé de ne pas en parler non plus. Glynn était trop jeune pour pouvoir s'en souvenir. Maman m'a dit de ne jamais laisser un homme me faire ce que cet individu lui avait fait. Et, dans mon esprit d'enfant, j'ai imaginé que je ne devais jamais connaître un homme charnellement. Dès que j'ai été capable de faire émerger ce souvenir de ma mémoire, mes inhibitions ont disparu.

Il hocha la tête.

— Et une fois vos craintes évanouies, chère femme, vous avez voulu goûter à tous les plaisirs de la chair ? J'espère que le calife a été un bon maître, car j'ai un prodigieux appétit pour ce genre de délices...

— Toutefois, vous ne me violerez pas, mon seigneur, le provoqua-t-elle. Vous l'avez dit vous-même : vous ne me prendrez pas, tant que je ne le souhaiterai pas.

Coquine, elle effleura sa joue et ses lèvres du bout des doigts.

Il saisit sa main et se mit à sucer ses doigts, tandis que leurs regards s'affrontaient en défi silencieux.

— Vous avez dit que vous ne me forceriez pas, lui rappela-t-elle.

Il baisa le bout de ses doigts, avant de la libérer.

— En effet. Mais je n'ai pas dit, madame, que je ne vous caresserais pas, que je ne vous embrasserais pas…

— C'est ce que vous appelez « ne pas me forcer » ?

— Vous êtes orgueilleuse, Rhonwyn, et vous êtes une piètre comédienne. Vous avez envie de moi autant que j'ai envie de vous, mais vous refusez de l'avouer.

Il la fit se lever et la prit dans ses bras. Leurs bouches étaient dangereusement proches l'une de l'autre…

— Osez me dire que vous ne me désirez pas, murmura-t-il.

— Je ne vous désire pas ! cria-t-elle.

— Menteuse !

Il prit ses lèvres, qui s'ouvrirent pour lui malgré elle.

— Dites-moi encore que vous ne me désirez pas, insista-t-il.

— Canaille !

— Dites-le, Rhonwyn.

— Mais vous ne me croyez pas ! lança-t-elle dans un sanglot.

Son cœur battait la chamade, elle avait les jambes en coton.

— En effet, je ne vous crois pas. Edward vous a été imposé, votre calife aussi. Je suis le premier homme que vous désiriez vraiment, de tout votre être… Pourquoi nier l'évidence ?

Il effleura ses lèvres.

— Si fière. Si fougueuse. Si incroyablement douce… Ne luttez plus, ma chérie, je vous en supplie…

Elle cherchait à se dégager de son étreinte.

— Vous dites que je suis fière, mais vous l'êtes bien plus que moi, Rafe de Beaulieu. Lâchez-moi ! Vous avez promis de ne pas me forcer, or je ne veux pas de vous ! Vous ne comprenez pas ?

Il déposa un baiser sur son front.

— Vous viendrez à moi plus tôt que vous ne l'imaginez, ma chère épouse.

Il la laissa aller, si brusquement qu'elle faillit perdre l'équilibre. Elle se rattrapa et le fixa, les joues enflammées, les yeux étincelants.

— Qu'est-ce qui vous fait croire que je vous désire ? demanda-t-elle.

— Je le lis dans votre regard émeraude. À l'instant, vous trembliez entre mes bras, je sentais vos seins se durcir contre ma poitrine. Votre bouche ne me repoussait pas, Rhonwyn.

— Je ne peux pas rester ici... gémit-elle, au bord du désespoir. Vous êtes le diable en personne, Rafe de Beaulieu ! Vous me troublez, avec votre langue perverse !

— Oh, ma chérie, dit-il en riant, vous n'avez pas la moindre idée de l'effet que pourrait avoir ma langue perverse sur vous... mais cela viendra !

Elle se détourna. Il avait raison, le bougre ! Pour la première fois de sa vie, elle désirait vraiment un homme. Elle avait été sur le point de désirer Edward, et la passion du calife lui avait ouvert les yeux sur les plaisirs de la chair, mais jamais elle n'avait désiré un homme comme elle désirait celui-là. Pourtant il ne fallait pas ! Elle ne voulait pas succomber à ses cajoleries avant de mieux le connaître. Elle était mariée avec lui pour le reste de ses jours. Elle tenait à obtenir son respect : pour cela, elle ne devait pas lui céder comme n'importe quelle fille de joie.

Elle prit une profonde inspiration.

— Oui, je vous désire, avoua-t-elle enfin, mais je vous demande un peu de temps afin que nous fassions plus ample connaissance. Le fait que j'aie vécu dans un harem ne fait pas de moi une catin aux mœurs dissolues, Rafe. Comprenez-vous ce que je ressens ?

Il soupira.

— Oui, je comprends... mais cela ne m'empêchera pas de vous désirer comme un fou, ma chérie.

Elle eut un rire léger.

— Je ne vous demande pas de cesser de me désirer, mon cher époux. Je souhaite simplement mieux vous connaître. Nous finirons sûrement par nous aimer sur un plan sensuel, mais je tiens à ce que vous me respectiez. Nous ne sommes plus des enfants, Rafe. Nous avons tous les deux connu la passion, et rien ne saurait nous surprendre. Aussi pouvons-nous patienter.

— Vous m'étonnez, Rhonwyn...

— Parfois, je m'étonne aussi.

Ils restèrent silencieux un moment, puis Rafe déclara :

— Il est presque l'heure du repas. Descendons dans le hall. Dès demain, Browne vous mettra au courant de la tenue de la maison. C'est un homme remarquable, et c'est lui qui a tout enseigné à Kate après la mort de nos parents...

Le souper se composait de truites au bleu, d'un civet de lièvre, ainsi que de pain et de fromage. Rafe et Rhonwyn mangèrent de bel appétit, avant de s'asseoir dans les fauteuils à haut dossier devant la cheminée.

Un grand chien-loup vint poser son museau sur les genoux de la jeune femme qui, ravie, lui caressa la tête jusqu'à ce qu'il ferme les yeux de plaisir.

— Il s'appelle Flint, expliqua Rafe. Jamais je ne l'ai vu aussi familier avec quiconque. Il est plutôt sauvage, d'habitude.

— Alors, c'est qu'il m'attendait.

Comme pour lui donner raison, le chien ouvrit les yeux et aboya.

Les deux époux éclatèrent de rire.

— Ainsi, vous aimez les chiens ?

— Il y avait une petite meute, à Cythraul, et des animaux domestiques à Haven, bien qu'aucun ne se soit attaché à moi comme celui-ci.

Flint s'était allongé à ses pieds.

— Maintenant, il veillera sur vous au péril de sa vie, dit Rafe avec sérieux.

Flint les suivit lorsqu'ils montèrent l'escalier, et Rafe lui permit de dormir dans la tour, près de la cheminée.

— Pas dans notre chambre ? le taquina Rhonwyn.

— Il commencerait par rester sur le plancher, puis il me pousserait hors du lit, grommela Rafe.

Enit aida sa maîtresse à se déshabiller, puis elle gagna sa petite chambre.

Rhonwyn grimpa dans le grand lit aux tentures vert foncé, où elle attendit nerveusement de voir si Rafe tiendrait sa promesse. Elle fut un peu déçue de constater qu'il la respectait, et quand elle se réveilla au matin, il était déjà levé.

Browne commença à l'initier à ses nouvelles tâches. La maisonnée, guère importante, marchait pratiquement toute seule, mais il y avait certaines activités saisonnières qui relevaient directement de la maîtresse des lieux.

— Pour cette année, presque tout est déjà fait, lui expliqua Browne, car bien que lady Katherine soit partie vivre à Haven, elle ne voulait pas laisser la demeure de son frère aller à vau-l'eau. Il reste cependant la bière d'octobre. On récolte en ce moment les pommes et les poires. Elles seront transformées en conserves ou séchées pour l'hiver. Et il y aura aussi les cochons à égorger.

— Je n'ai jamais fait cela, avoua Rhonwyn. À Haven, c'étaient les autres qui s'en chargeaient.

— Ici aussi, madame, dit gentiment Browne, mais Ardley est un petit manoir, et c'est la maîtresse de maison qui supervise ces tâches. Savez-vous fabriquer des onguents et autres médicaments ?

— Oui. On me l'a enseigné au couvent.

— C'est la bonne époque pour cueillir les baies, les racines et les feuilles dont vous aurez besoin. Voulez-vous que je demande à Enit d'aller vous chercher un panier ?

— Volontiers.

Par le Ciel, elle ne connaissait pas grand-chose à la vie de châtelaine, finalement ! Elle n'était pas restée longtemps à Haven, et au harem elle ne faisait rien de plus fatigant que de bavarder avec les autres femmes et se faire belle pour les visites du calife. Elle avait presque oublié que l'emploi du temps d'une maîtresse de maison, en Angleterre, suivait le rythme des saisons. Afin de subsister durant l'hiver, il fallait que tout fût prêt. Or la région était réputée pour son climat difficile.

Septembre et octobre filèrent comme l'éclair. La bière était mise en tonneau, les fruits séchés ou conservés dans des jarres avec du miel et du vin.

Rhonwyn fut enchantée quand son époux l'invita à l'accompagner à la chasse. En quelques semaines, ils rapportèrent plusieurs daims et une quantité de poules d'eau, que l'on pendit au saloir. Rhonwyn acheta un baril de morue et apprit aux domestiques à la saler pour la conserver.

À la Saint-Martin, ils firent cuire l'oie traditionnelle, et Edward vint avec sa famille. Il avait hâte d'annoncer à son beau-frère et à son ancienne femme que Katherine était de nouveau enceinte. La naissance était attendue pour l'été.

— Il ne faut pas qu'il vous épuise avec des grossesses successives, dit Rhonwyn à la jeune femme. Cet enfant n'aura que treize mois de moins que son aîné. Quand vous aurez accouché, allez voir la mère d'Enit. Elle vous aidera à ne pas tomber enceinte.

— De telles pratiques sont interdites ! s'insurgea Katherine. Edward serait furieux.

— Il sera plus furieux encore si vous mourez ! Vous aimeriez que vos enfants soient élevés par une marâtre ? Soyez raisonnable, Kate. Je suis sûre que Rafe serait de mon avis.

— Je n'ai aucune envie que Rafe me dicte ma conduite, comme il le faisait avant mon mariage ! s'échauffa la jeune femme.

— Edward ne vous dicte pas votre conduite ?

— Edward est mon mari, répondit Katherine, sûre que sa logique était imparable.

Une fois leurs invités partis, Rafe voulut savoir de quoi les deux jeunes femmes avaient parlé avec tant d'animation.

— Kate est adorable, mais c'est une sotte ! déclara carrément Rhonwyn, avant de lui rapporter leur conversation.

Rafe montra une certaine inquiétude.

— Je lui parlerai, dit-il, sombre.

— C'est inutile, elle ne vous écoutera pas. Je vais m'arranger pour que la mère d'Enit complote avec son autre fille, qui est la femme de chambre de Katherine. Elles veilleront à ce qu'elle ne s'épuise pas dans des maternités répétées.

— Vous êtes une bonne épouse, murmura-t-il.

Elle lui sourit.

— Pas encore, mon seigneur, mais cela ne saurait tarder, je vous le promets. Bientôt, je serai la meilleure compagne dont vous puissiez rêver.

16

On n'entendait que le crépitement des bûches dans la cheminée et le ronflement de Flint qui dormait, la tête posée sur ses pattes. Les domestiques s'étaient retirés après avoir débarrassé la table. Dehors, la tempête faisait rage. La neige tapait aux fenêtres, les volets battaient dans la tourmente.

Rhonwyn et Rafe étaient installés devant la cheminée, un échiquier entre eux. Ils étaient de force égale, et la bataille quotidienne qu'ils disputaient le soir était le pendant de la bataille silencieuse qui les occupait.

La jeune femme réfléchissait.

— Croyez-vous que la tempête aura cessé demain matin ? demanda-t-elle sans même lever les yeux, tandis qu'elle avançait enfin sa reine.

Rafe étudiait l'échiquier.

— Non, ma chère. Peut-être demain soir, mais sûrement pas avant.

Il prit sa reine.

— Bon sang ! pesta-t-elle, surprise.

Il rit.

— Vous m'accordez la victoire pour cette partie, ma chère ?

Rhonwyn chercha une solution de repli mais, n'en trouvant pas, elle fut bien obligée d'accepter la défaite.

— Je me rends. Quel gage me donnez-vous, mon seigneur ?

— Un baiser. Sur la bouche.

Rhonwyn éclata de rire.

— Je ne m'attendais pas à un baisemain, mon seigneur !

Elle se leva.

— Venez recevoir votre récompense, dit-elle.

Il la prit dans ses bras. Les yeux si bleus semblaient pénétrer en elle, poser une question à laquelle jusqu'à présent elle n'avait pu répondre. Ce fut elle qui prit l'initiative de leur baiser, et il comprit que c'était enfin la reddition qu'il attendait depuis cinq mois.

— Vous êtes certaine, Rhonwyn ? demanda-t-il.

Elle acquiesça.

— Nous avons attendu assez longtemps.

— En effet…

Il l'enleva dans ses bras, monta l'escalier, pénétra dans la tour, sous l'œil effaré d'Enit, et ferma résolument la porte de la chambre derrière eux. Puis il la reposa sur ses pieds et lui prit les mains dont il baisa les paumes. Pas un mot n'avait été prononcé.

Rhonwyn dénoua sa ceinture, se débarrassa de sa robe. Ensuite, elle s'assit sur l'unique fauteuil de la pièce et tendit une jambe vers Rafe. Il s'agenouilla devant elle, ôta son soulier, fit glisser la jarretière et roula son bas très doucement, avant d'embrasser son pied et de remonter vers le haut de sa cuisse.

— Mmmm... c'est bon, souffla-t-elle en lui offrant son autre jambe.

Il recommença. Mais cette fois, quand il eut terminé, il releva aussi haut que possible la chemise de fine batiste, et lui ouvrit les jambes. Il posa un doigt sur la fente et sourit en la sentant frémir. Il dégagea davantage le cœur de sa féminité.

— Seigneur, souffla-t-il, que vous êtes belle !

Il se pencha pour embrasser son jardin secret.

— Dieu, gémit Rhonwyn tandis qu'il la taquinait de la langue.

Il se redressa, l'embrassa, et elle sentit son propre goût sur ses lèvres. À sa grande surprise, elle était au bord de l'évanouissement. Jamais elle n'avait désiré un homme à ce point. Elle se rendait compte qu'elle avait envie d'être aimée par cet homme, son mari. Pas seulement qu'il lui fasse l'amour, mais qu'il l'aime...

Étonné par l'ardeur de son baiser, il la repoussa légèrement pour la regarder dans les yeux, et il jura entre ses dents en constatant à quel point elle le désirait.

— Si vous en faites des gorges chaudes, Rafe, je vous coupe les oreilles ! menaça-t-elle.

— Eh bien, j'aurais une drôle d'allure ! dit-il en embrassant doucement sa main. Vous êtes tellement orgueilleuse, Rhonwyn uerch Llywelyn, que je vais le dire le premier : je vous aime.

— Pour combien de temps ? demanda-t-elle, tandis qu'une joie ineffable s'emparait d'elle.

Il l'aimait !

— Depuis l'instant où je vous ai vue, quand vous étiez l'épouse de mon cousin et qu'il ne semblait pas apprécier votre beauté à sa juste valeur. Il ne vous méritait pas, vous n'étiez pas pour lui. Vous étiez pour moi !

— Rafe...

Son cœur débordait de bonheur.

— Lorsqu'on a dit que vous étiez morte, j'ai fait ce que je devais pour ma sœur, mais la nuit je maudissais le sort qui vous avait arrachée à moi. Et puis, miraculeusement, vous m'êtes revenue, ma chérie!... Je me rappelle ces pompeux ecclésiastiques qui palabraient en se demandant qui accepterait d'épouser cette femme perdue, cette Marie Madeleine qui s'était vautrée dans les bras d'un Infidèle, et qui avait l'aplomb de rentrer en Angleterre pour l'avouer publiquement. J'entends encore le grognement furieux de mon cousin, quand j'ai dit que je vous voulais. Bien qu'il sache que Katherine est l'épouse qu'il lui faut, il ne peut s'empêcher d'avoir envie de vous.

— Et ça vous enchante!

— Oui. Mon cousin est un imbécile, mais sa bêtise a fait mon bonheur.

Il délaçait sa chemise, qui tomba sur ses hanches.

— Vous êtes splendide...

Elle prit son visage entre ses mains.

— Je vous aime, Rafe. Je vous aime!

— Je ne serai pas aussi stupide qu'Edward, promit-il.

— Je sais... Déshabillez-vous, mon cher époux, car j'ai hâte de faire l'amour!

Elle se leva, sa chemise glissa au sol, et elle entreprit de le dévêtir. Tous deux avaient le souffle court. Rafe pesta contre sa propre maladresse pour ôter ses chausses. Avec un petit rire, la jeune femme l'aida, et bientôt il fut aussi nu qu'elle.

Elle eut pour son anatomie un regard ouvertement admiratif, qui le fit sourire.

Elle le prit par la main, le conduisit vers le lit sur lequel elle s'allongea avant de l'attirer à elle.

— Prenez-moi, mon époux. N'avons-nous pas attendu assez longtemps?

Les lèvres de Rhonwyn le grisaient, mais il aurait voulu plus qu'un rapide accouplement. Cependant, ils auraient toute leur vie pour expérimenter des plaisirs variés, alors il entra très doucement en elle. Elle était prête, et elle soupira d'un bien-être égal au sien. Il recula légèrement afin de caresser ses seins, mais elle noua les bras autour de son cou et l'attira de nouveau.

— J'ai honte d'être si pressée, mais je vous en supplie... murmura-t-elle.

Il baisa tendrement son visage, tout en commençant à bouger en elle. Elle s'harmonisa aussitôt à son rythme, tandis que des sanglots de joie pure lui montaient à la gorge. Il accéléra, la rendant folle de passion, jusqu'à ce qu'ils explosent ensemble dans une immense gerbe d'étincelles...

Ils revinrent lentement sur terre.

— Mon chéri... souffla-t-elle.

— Vous enchanteriez un satyre, chère épouse, dit-il, taquin.

— Qu'est-ce qu'un satyre ?

— Une créature mi-homme mi-bête à la lubricité insatiable.

Elle s'installa confortablement contre sa poitrine.

— La prochaine fois, je ferai de vous le plus paillard des satyres.

— Vraiment ?

— Vraiment ! promit-elle en mordillant le bout de ses seins.

Il ferma les yeux.

— J'aimerais réagir aussi vite de nouveau, ma chérie, mais vous savez comme moi que c'est impossible.

— Je m'en remets à votre sagesse, dit-elle avant de se lever pour aller à la cheminée.

Elle prit un pichet qui chauffait sur les braises, versa un peu d'eau dans une cuvette et y mouilla un linge. Puis elle revint laver doucement le sexe de Rafe. Comme il s'en étonnait, elle lui expliqua que c'était une coutume à Cinnebar : ainsi on était prêt pour la seconde, la troisième ou la quatrième fois.

— Troisième ou quatrième ? répéta-t-il, consterné.

— Oui, répondit-elle en se lavant à son tour sans se cacher. Demain matin, mon seigneur, vous aurez encore plus de raisons d'être désolé pour votre cousin Edward !

Elle alla ouvrir les volets afin de jeter l'eau. Le vent et la neige s'engouffrèrent dans la chambre.

Enfin elle revint se lover entre les bras de son mari.

— Je sais quelque chose qu'Edward ignorait, ma chérie, dit-il. Vous êtes une sorcière, et vous m'avez envoûté.

Il l'embrassa, tendrement d'abord, puis avec plus de passion. Il fut surpris lorsqu'elle le repoussa sur le dos et le chevaucha hardiment.

Elle ôta les épingles de sa chevelure et se mit à le caresser avec une habileté diabolique. Quand elle le prit dans sa bouche, il eut l'impression qu'il ne pourrait pas tenir longtemps. Elle dut le sentir également, car elle vint se glisser sur lui et, cette fois, ce fut elle qui mena le jeu. Il crut qu'il allait pleurer, tant le plaisir qu'elle lui donnait était intense.

Elle ferma les yeux et se laissa aller aux merveilleuses sensations qui montaient en elle, irrésistibles. Il cria de plaisir, avant de la saisir aux épaules et de la faire rouler sous lui. Elle gémit de bonheur sous ses farouches poussées, et ils s'envolèrent vers les étoiles.

Ils s'endormirent sans se quitter, les membres emmêlés, et lorsqu'ils s'éveillèrent quelques heures plus tard, Rafe avait de nouveau envie de Rhonwyn.

— Vous êtes insatiable ! dit-elle en adoptant bien vite ses mouvements énergiques.

— Seulement pour vous. Seulement pour vous, ma ravissante épouse…

Un peu plus tard, il demanda :

— Votre calife était-il passionné ?

— Oui, mais il ne m'aimait pas vraiment. Il désirait seulement mon corps. On dit que la passion est meilleure quand elle flambe entre deux personnes qui s'aiment. Jusqu'à présent, je ne l'avais jamais expérimenté, mais maintenant... J'ai connu cela avec vous, mon époux. Seulement avec vous !

À partir de cette nuit, ils ne firent plus qu'un. Durant cet hiver, l'un des plus rudes depuis des années, ils passèrent beaucoup de temps à faire l'amour. D'ailleurs, en attendant le printemps, il n'y avait guère d'occupations. Rhonwyn n'avait jamais été aussi heureuse de toute sa vie. Quant à Rafe, il connaissait une paix qu'il n'avait jamais éprouvée.

Elle avait repris la pratique des armes et s'exerçait régulièrement avec ses deux ours gallois, Oth et Dewi. Rafe se rappelait qu'Edward se plaignait autrefois de cette habitude, mais lui s'émerveillait du talent de son épouse. Il l'admirait lorsqu'elle maniait l'épée et le poignard. Elle était bien meilleure guerrière que lui, pourtant cela ne le gênait absolument pas.

L'hiver finit par laisser la place au printemps, et la vie refleurit à Ardley. Les brebis avaient fait des petits, les vaches avaient vêlé. Il fallait préparer les champs, labourer, semer. Rhonwyn avait des occupations traditionnelles de maîtresse de maison, mais elle accompagnait aussi son époux à la chasse...

Un jour, Glynn leur rendit visite, vêtu de la robe brune des bénédictins. Il annonça qu'il avait décidé d'entrer dans les ordres. Bien qu'il dût attendre un an avant de prononcer ses vœux définitifs, il était heureux.

— Et ta musique, petit frère ? demanda Rhonwyn. As-tu le droit de chanter, de jouer ?

— Oui, et je chante désormais la gloire de Dieu. C'est plus beau que tout ce que j'ai composé jusqu'à présent.

Il prit la main de sa sœur entre les siennes.

— Tu es heureuse, Rhonwyn, vraiment heureuse. Je le vois, et j'en suis ravi.

— Je l'aime, dit-elle simplement.

— Il t'aime aussi, et c'est une source de joie pour moi. Maintenant, j'espère avoir bientôt des neveux et des nièces !

Elle rit.

— Si cela ne vient pas, ce ne sera pas faute d'avoir essayé !... Mais tu n'es pas venu parler de ça, mon frère. Qu'est-ce qui t'amène ?

— À l'abbaye, on raconte que les ennemis de père essaient de l'évincer. Cette fois, ils pourraient avoir l'Angleterre avec eux. Beaucoup cherchent à obtenir les faveurs du roi, et ils sont prêts à tout pour ça. En tant que fille de Llywelyn ap Gruffydd, tu es menacée. Quand le roi décidera de s'occuper de notre père, je serai considéré comme une moindre menace, dans mon abbaye. Mais toi, Rhonwyn, tu risques de devenir un pion dans leur jeu.

— De quelle manière, Glynn ? intervint Rafe de Beaulieu.

— N'ayez pas peur des Anglais. Rhonwyn est votre épouse, et ils supposent qu'elle vous obéira, répondit-il avant d'ajouter avec une pointe de malice : Car ils ne connaissent pas ma sœur, évidemment... Ce sont les Gallois qui présentent un danger. Restez très prudents.

— Et Oth, Dewi ? demanda Rafe.

— Ils sont loyaux envers ma sœur, donc envers vous.

— Contre leurs frères gallois ?

— Nous sommes leur famille. Jamais ils ne nous livreraient aux ennemis de père.

— Nous serons vigilants, promit Rafe. Merci ne nous avoir mis en garde.

— Quand te reverrai-je ? s'inquiéta Rhonwyn.

— Quand tu viendras à Shrewsbury. Le père supérieur ne m'a autorisé à venir à Ardley que parce qu'il sait combien la situation est grave...

Plus tard, lorsqu'ils furent couchés, la jeune femme dit à son mari :

— Vous voyez ce que vous avez gagné en épousant la fille d'ap Gruffydd !

Il caressait ses cheveux.

— Oui. Vous êtes une femme dangereuse, ma chérie.

— Notre relation vous met en péril, Rafe, insista-t-elle, grave. Les Gallois sont de farouches combattants, vous savez. Je ne voudrais pas qu'Ardley soit détruit à cause de moi ou de mon père.

— Ne vous tracassez pas, mon ange, je vous protégerai.

— C'est peut-être moi qui vous protégerai, pouffa-t-elle.

Il ne prit pas ombrage de la plaisanterie.

— Dans ce cas, je glorifierai vos talents, ma douce. Mais pour l'instant, c'est à d'autres talents que je pense...

Il prit ses lèvres avec une passion dévorante, tandis qu'elle se frottait contre lui, aguicheuse.

— Sorcière ! murmura-t-il.

— Satyre ! rétorqua-t-elle avant de le prendre dans sa bouche.

Il gémit de plaisir, et elle ne tarda pas à rouler sur le dos afin de l'accueillir en elle. Depuis qu'elle s'était donnée à lui, elle avait bien souvent mené le jeu, mais cette fois, c'était lui qui dirigerait leurs ébats.

Il se redressa.

— S'il vous plaît... supplia-t-elle.

— Je ne suis pas prêt, dit-il en caressant ses seins.

— Mais vous êtes si grand, en moi !

— Et j'entends bien le rester encore un moment. Le calife était-il toujours pressé, chère épouse ? Les hommes âgés se dépêchent souvent, de peur de perdre leur ardeur.

— Il... il me trouvait trop impatiente, comme vous ! cria-t-elle.

Il caressait son intimité du pouce et de l'index, et elle crut mourir de plaisir.

— Vous voyez, ma chérie, que l'on peut atteindre encore bien des sommets, quand on prend son temps.

Enfin, il mit un terme à sa torture et la martela de toutes ses forces, jusqu'à ce qu'ils crient tous deux au moment où la jouissance les emportait.

Ils restèrent un instant unis, haletants, puis ils s'embrassèrent de nouveau et le désir revint, irrépressible…

Rhonwyn ne s'était jamais complètement donnée avant cette nuit, où elle ne put résister à ses passions, où elle se rendit corps et âme. Elle se sentait à la fois faible et forte. Il la submergeait de son désir, pourtant jamais elle n'avait connu une telle impression de liberté.

Lorsqu'ils furent apaisés, elle pleura de bonheur dans les bras de Rafe, et il comprit ce qu'elle venait enfin de lui offrir.

Il lui caressait les cheveux, murmurait des paroles apaisantes.

— Savez-vous combien je vous aime, ma petite épouse ? Je vous l'ai dit mille fois, je vous le redis encore…

— Il n'existe pas d'amour plus précieux que le vôtre, Rafe ! Oh, comme j'aurais aimé être vierge pour vous !

Il rit.

— Dieu merci, vous ne l'étiez pas ! Je préfère de loin votre expérience en matière d'art érotique à la maladresse de l'innocence.

— Vraiment ? demanda-t-elle en cherchant son regard.

— Vraiment. Je soupçonne Edward de ne pas vous avoir enseigné grand-chose, mais votre calife était visiblement un homme fort raffiné. Il vous a aidé à surmonter vos frayeurs, il vous a appris à faire plaisir à un compagnon. Je lui en suis reconnaissant, mon amour, et en même temps je suis affreusement jaloux. Si vous vous avisez de désirer un autre homme que moi, je vous étrangle !

— À ce point ? le taquina-t-elle, ouvrant de grands yeux ingénus.

— À ce point, dit-il en lui tapant gentiment les fesses.

— Mmm… j'aime assez ! ronronna-t-elle. Vous voulez bien recommencer ? Il m'arrive de ne pas être sage, vous savez, cher mari, et de mériter une punition…

Il l'embrassa sur le front.

— Vous avez eu votre content pour cette nuit, ma gourmande. Prenons un peu de repos.

Il rabattit la couverture sur eux et s'endormit en quelques secondes.

Elle se lova contre lui, humant son odeur virile avec délices. Comment pouvait-on être aussi heureuse ? se demanda-t-elle avant de le rejoindre dans le sommeil.

Avec l'été arriva un messager de Haven Castle, qui annonça que lady Katherine avait mis au monde un deuxième garçon. Rafe et Rhonwyn étaient invités à assister au baptême, en tant que parrain et marraine du petit Henry.

— Dieu bénisse votre sœur, dit Rhonwyn en riant. Elle s'assure ainsi que la paix régnera au sein de la famille Beaulieu en dépit d'Edward. Finalement, c'est elle qui dirige dans leur couple, malgré sa douceur apparente. Ce n'est sûrement pas lui qui nous a choisis pour tenir le bébé sur les fonts baptismaux !

— Nous irons, pour faire plaisir à Kate. Et j'espère que vous n'aurez pas de regrets en voyant mon cousin.

— Ne soyez pas jaloux, mon chéri. Comment pourrais-je m'intéresser à Edward, alors que je suis folle de vous ?

Elle l'embrassa doucement sur les lèvres.

— Vous ne m'attendrirez pas si facilement, Rhonwyn. Je vois clair dans vos petites manigances.

— Et vous les aimez… comme vous m'aimez. N'est-ce pas, Rafe ?

— Vous êtes impossible ! s'écria-t-il en riant.

— Aimeriez-vous que je change ?

— Certainement pas ! avoua-t-il.

Rhonwyn eut une étrange impression, en approchant de Haven Castle, qui était à deux jours d'Ardley. Elle se rappelait la première fois, quand elle était arrivée en compagnie de son père afin d'épouser Edward de Beaulieu. Elle avait été émerveillée par la beauté de l'endroit. Mais comme elle était jeune, timide, pleine d'espoir à cette époque-là ! Elle n'avait pas été élevée comme les autres jeunes filles, et lorsque son mari avait réclamé ses droits conjugaux, elle avait échangé son corps contre la promesse que Glynn viendrait la rejoindre. Edward en avait été furieux, et sans doute ne le lui avait-il jamais pardonné.

Pauvre Edward ! Kate lui convenait infiniment mieux, comme elle-même convenait parfaitement à Rafe.

Ce serait la seconde réunion de famille, depuis que Rhonwyn avait épousé Rafe, et elle espérait que les retrouvailles se dérouleraient plus agréablement qu'à la Saint-Martin…

Kate les accueillit avec sa chaleur habituelle.

— Vous voilà enfin ! Mab, allez chercher le bébé afin que nous le présentions à son parrain et à sa marraine… Venez vous asseoir, tous les deux. Où est le vin pour nos invités ?

— Tu n'as pas bonne mine, s'inquiéta Rafe en baisant sa main.

On amena le bébé, qui ressemblait trait pour trait à son aîné.

— C'est votre portrait ! déclara joyeusement Rhonwyn à Edward.

— Oui ! se rengorgea-t-il. Deux fils en deux ans… et d'autres à venir, je vous le promets !

— Peut-être vaudrait-il mieux attendre un peu, avant d'en mettre un autre en route, objecta calmement Rhonwyn. Kate semble fatiguée, elle a besoin d'un peu de répit.

— Seriez-vous jalouse, madame, que je donne si facilement des fils à Kate, quand je n'ai pu vous en faire un ? rétorqua-t-il, agressif.

Elle respira un bon coup.

— C'est à Kate que je pense, et vous devriez y songer aussi, Edward. Il n'est pas facile de porter un enfant, de mettre une petite vie au monde… Si vous aimez votre épouse, vous lui laisserez le temps de se remettre. En revanche, si votre orgueil réside dans la fertilité de Kate et la qualité de votre semence, vous la tuerez prématurément. Vous prendriez alors une autre épouse sans perdre une minute, je suppose ? ajouta-t-elle avec un sourire mielleux.

— Rhonwyn ! la reprit Rafe, qui était pourtant de l'avis de sa femme.

— Insolente, comme toujours ! maugréa Edward. Rafe devrait vous fouetter.

— Il considère que me faire l'amour donne de meilleurs résultats ! lança Rhonwyn.

— Parce que vous lui autorisez l'accès à votre lit, madame ?

— Autant qu'il le désire, et c'est très fréquent.

— Ça suffit ! coupa fermement Rafe.

— Oui, je vous en prie, intervint Kate. Que la paix règne entre vous deux. Nous sommes une famille, nous devons rester unis !

— Je vous demande pardon, Kate, s'excusa gentiment Rhonwyn. Je tâcherai de me contenir, afin de vous faire plaisir… Quand a lieu le baptême ?

— Demain.

— Nous repartirons tout de suite après pour Ardley.

— Vous ne nous resterez pas un peu plus longtemps ? se plaignit Kate.

— Nous ne pouvons pas, répondit vivement Rafe à la place de sa femme. C'est la période du savon et des confitures, pour Rhonwyn. Quant à moi, je supervise la construction d'un nouveau grenier qui doit être terminé avant la moisson, le mois prochain.

— Tu n'as personne pour s'en occuper à ta place ? s'étonna Edward.

— Pourquoi engager du personnel alors que je peux diriger moi-même les travaux ? Je ne suis pas un châtelain, je ne possède qu'un petit manoir.

— Sérieusement enrichi par les terres acquises lors de ton mariage, corrigea Edward, amer.

— Ce qui me rappelle que tu n'as pas remboursé la dot de Rhonwyn, enchaîna Rafe. Or notre mariage date de presque un an.

— Il faudra que vous attendiez que j'aie vendu des bêtes.

— Ma foi, j'accepterai les bêtes à la place d'espèces sonnantes et trébuchantes. Ainsi, cette dette sera définitivement apurée.

— Quelle merveilleuse idée ! s'exclama Kate. N'est-ce pas, Edward ? Cela vous évitera d'aller à la foire avec le bétail.

— Vous avez raison, ma chérie, admit Edward en souriant à son épouse.

Celle-ci sourit en retour, soulagée. Elle n'avait pas la force de s'interposer entre son mari, son frère et Rhonwyn qui ne pouvait s'empêcher d'être agressive, malgré ses efforts. Kate avait dû donner son fils aîné à une nourrice, car elle ne pouvait allaiter les deux enfants. Cependant, le dernier avait un appétit qui l'épuisait. Il réclamait le sein toutes les deux heures...

Henry John de Beaulieu fut baptisé le lendemain matin, et l'on but ensuite à sa santé. Il avait hurlé de toute la force de ses petits poumons, lorsque le père John avait versé l'eau sur son front, et l'assistance avait souri : ces cris étaient la preuve que le démon quittait son corps.

Rhonwyn tenait son filleul dans ses bras, et quand celui-ci chercha sa poitrine, elle sentit un étrange frisson la traverser. Après avoir embrassé ses petites joues rebondies, elle le rendit à la servante qui montait le coucher. Elle se rendait compte qu'elle avait envie d'un enfant.

— Eh bien, dit Rafe qui arrivait près d'elle, je lis dans votre regard que vous avez décidé de renoncer à ces décoctions que vous avalez tous les matins.

— Vous saviez ?

Les yeux de Rhonwyn s'emplirent de larmes. Il était au courant, pourtant il ne lui avait rien interdit, alors que c'était un péché aux yeux de l'Église !

— Vous avez été dirigée toute votre vie. Pourquoi vous obligerais-je à avoir un bébé, si vous n'y êtes pas prête ? Je n'ai pas d'inquiétude sur ma capacité à être père, car j'ai deux enfants illégitimes à Ardley. En outre, je suis égoïste, et je prends grand plaisir à notre passion partagée… Mais si vous voulez un bébé, nous allons nous y mettre, et d'arrache-pied !

Il cueillit du bout du doigt une larme sur sa joue.

— Je vous aime, dit-elle doucement.

— Je sais.

— Satyre !

— Sorcière !

Edward, qui les observait, se rembrunit. Pourquoi Rhonwyn ne l'avait-elle pas aimé comme elle aimait manifestement son cousin ? Il ne le comprendrait jamais. Certes, il avait sa Katherine, néanmoins il ne pouvait s'empêcher d'envier le feu qui brûlait entre ces deux-là…

Malgré les aimables protestations de Kate, les visiteurs ne tardèrent pas à prendre congé. Mais, auparavant, Rafe entraîna Edward à l'écart.

— Rhonwyn a raison, dit-il. Kate est de constitution fragile, elle est épuisée. Si tu ne peux dominer tes instincts, trouve une de tes fermières avec qui les assouvir. Autrement, tu risques de menacer la santé de ma sœur.

— Tu n'as pas tort, concéda Edward, bien que cela m'agace de t'entendre me faire la morale. J'aime Katherine, je ne veux pas lui faire de mal, alors je suivrai ton conseil.

— Parfait, dit Rafe en souriant. Je n'aurais pas aimé être obligé de te tuer, cher cousin…

Ils éclatèrent de rire, toute tension oubliée.

— Dis-moi, reprit Edward, aimes-tu sincèrement Rhonwyn ?

— Oui.

— Elle t'aime aussi ?

— Oui. Et ne perds pas ton temps à te demander comment cela a pu se produire. Tu as Kate, elle est parfaite pour toi, comme Rhonwyn l'est pour moi. Peu importe ce qui s'est passé avant. Contentons-nous de remercier Dieu pour ce qu'Il nous donne.

17

Ils fêtèrent leur anniversaire de mariage le 1er août, alors que l'on commençait les récoltes. L'année avait été bonne, et le manoir prospérait comme jamais.

— Vous portez chance à Arcley, dit Rafe à sa jeune épouse.

— Il a fait particulièrement beau, cet été, répondit-elle, pratique.

Le foin fut engrangé, les poires et les pommes cueillies. On fit du cidre, tandis que le reste des fruits était gardé au frais dans un cellier. En bonne châtelaine, Rhonwyn s'installa avec les femmes des serfs, à la fin de l'été, afin d'ôter les pailles et la boue de la laine des moutons. Ensuite, on la laverait, puis on la carderait avant de la transformer en tissu. C'était un travail monotone, mais cela lui permettait de faire plus ample connaissance avec les femmes qui vivaient sur le domaine. Rapidement, celles-ci en vinrent à penser que leur maîtresse n'était pas seulement jolie, mais aussi simple et courageuse. Elles lui étaient désormais toutes dévouées. Rhonwyn était galloise et s'entraînait à l'épée, mais c'était une bonne maîtresse.

Tout était calme, autour d'eux. Ils n'avaient pas reçu de visiteurs depuis que Glynn était venu leur parler du complot qui se tramait contre ap Gruffydd. Le roi Henry était mort en novembre et le prince Edward, qui savait sa mère capable de gouverner provisoirement, ne se pressait pas pour revenir en Angleterre. On ne l'attendait pas avant le début de l'année prochaine. Mais, dès son retour, il exercerait son autorité sur le prince de Galles et les Gallois, Rhonwyn en était sûre.

L'automne avait toujours été la saison préférée de la jeune femme. Rafe, elle et leurs hommes passaient de longues journées à chasser, en prévision de l'hiver. Les chevreuils étaient merveilleusement charnus, et il y eut bientôt des réserves plus que suffisantes. Rafe veillait à ce que ses paysans aient de quoi se nourrir. C'était un maître généreux, aimé et respecté.

Ce fut Enit qui remarqua la première que sa maîtresse n'avait pas été indisposée depuis sept semaines. Elle nota aussi que Rhonwyn avait perdu son bel appétit et picorait dans son assiette.

— Je pense que vous êtes enceinte, madame, dit-elle un jour où elles cherchaient dans la garde-robe ce qui avait besoin d'être reprisé.

— Serait-ce possible? se demanda Rhonwyn à haute voix.

— Il y a une sage-femme, au manoir. Maybel, l'épouse du meunier. Vous devriez aller la voir.

— Entendu. Nous irons toutes les deux, sinon les gens vont jaser.

— Ils jaseront de toute façon, répliqua Enit avec un sourire. Mais peu importe. Si vous attendez un bébé, ce sera une joie pour tous.

Il suffit à Maybel d'un regard pour confirmer les soupçons d'Enit.

— Oui, vous attendez un petit, madame ! annonça-t-elle dans un grand sourire. Dieu vous bénisse !

— Comment le savez-vous ?

— C'est écrit dans vos yeux, madame. Sur votre visage. Vous brillez d'une lumière intérieure que seules possèdent les femmes enceintes... Cependant, je vais quand même vous écouter.

— Elle n'a pas eu ses règles depuis sept semaines, et elle n'a plus d'appétit, même pour le blanc-manger, son plat favori, répondit Enit à sa place.

— Les seins sont douloureux ?

Rhonwyn acquiesça.

— Vous avez l'impression que votre ventre est gonflé, mais cela ne se voit pas ?

— Oui !

— De quand datent les menstruations ?

— Dernière semaine d'août, répondit une fois encore Enit.

— L'enfant naîtra début juin, déclara Maybel, et je vous aiderai à le mettre au monde, madame. Ne craignez rien, car vous êtes en bonne santé, mais abstenez-vous de galoper à travers la campagne, dorénavant. Contentez-vous de vous promener à pied ou en charrette. Et plus d'entraînement à l'épée avec vos deux Gallois ! S'il vous arrivait un accident...

— Je suis trop douée pour ça ! se vanta Rhonwyn.

— Je le dirai au maître, menaça Maybel sans se démonter.

— Bon, d'accord... marmonna Rhonwyn.

Les deux femmes dissimulèrent un sourire.

— Mais pas un mot à Rafe, avant que je lui en aie parlé moi-même, reprit Rhonwyn. Je ne veux pas que tout le monde soit au courant avant lui. Il va bien falloir qu'il fanfaronne un peu !

Toutes trois éclatèrent de rire. Rafe se comporterait forcément comme s'il était le premier homme sur terre à avoir conçu un enfant...

Enveloppée dans sa cape, Rhonwyn retraversa seule la pelouse. Le soleil brillait, mais le fond de l'air était frais, les arbres avaient déjà perdu leurs feuilles... Un bébé. Une petite vie grandissait en elle. Était-ce un fils, une fille ? C'était arrivé si vite ! Mais que savait-elle de la maternité ? Subirait-elle le même sort que sa mère ? Non ! Vala avait mis au monde un garçon et une fille, c'était seulement avec le dernier que cela s'était mal passé. Peut-être parce qu'elle craignait que cet enfant ne fût pas celui du prince, mais le fruit du viol... Rhonwyn ne pouvait s'empêcher de se demander si ce n'était pas sa mère qui, dans un moment de pure folie, avait essayé de faire sortir ce bébé avant terme, provoquant ainsi leur mort à tous les deux.

Elle prierait, se promit-elle, et elle demanderait à sa tante de prier pour elle, ainsi que toutes les sœurs de l'abbaye.

Un bébé ! Rafe et elle allaient avoir un bébé !

Il fallait qu'elle annonce la merveilleuse nouvelle à son mari avant qu'il ne l'apprenne par quelqu'un d'autre, car elle était sûre que tout le manoir serait bientôt au courant ! Elle courut à travers la pelouse, faisant fuir les moutons affolés devant elle.

— Rafe ! Rafe ! Rafe !

Pris de panique, il jaillit hors des écuries où il discutait avec le bourrelier. Rhonwyn se précipitait vers lui, sa cape flottant au vent. Anxieux, il la reçut dans ses bras.

— Qu'y a-t-il, ma chérie ?

— Je suis enceinte ! s'écria-t-elle en fondant en larmes.

— Un bébé ?

Un magnifique sourire se dessinait sur ses traits virils.

— Un bébé ? Nous allons avoir un bébé ?

Elle renifla.

— Oui, mon mari.

— Je croyais que je ne pourrais jamais être plus heureux que depuis le jour où je vous ai épousée, mais vous me prouvez que je me trompais, Rhonwyn. J'ai l'impression que mon cœur va éclater d'un trop-plein de joie… Comme je vous aime, ma chérie ! Comme je vous aime !

Il essuya les larmes qui roulaient sur ses joues.

— Mais si c'est une fille, et non un fils ? s'inquiéta-t-elle.

— Nous l'appellerons Anghard, et elle ressemblera comme deux gouttes d'eau à sa ravissante mère. Je me moque que ce soit une fille ou un garçon, mon amour. Mes deux enfants illégitimes sont des filles. Quand elles seront grandes, elles serviront leur demi-sœur.

— Vous donneriez à votre fille un prénom gallois ? s'étonna Rhonwyn.

— Sa mère est une princesse galloise.

— Sa mère a été élevée dans une forteresse et traitée comme n'importe quel garçon… Une princesse ! répéta Rhonwyn en riant. Je ne suis qu'une fille toute simple.

Les yeux de Rafe débordaient d'amour.

— Non, vous n'êtes pas une fille toute simple, vous le savez parfaitement, et je vous aime. Quand arrivera-t-il, notre bébé ?

— Début juin, d'après Maybel.

— Alors, fini l'exercice avec Dewi et Oth ! dit-il sévèrement.

— Bien, mon seigneur.

— Et plus de chasse jusqu'à la naissance.

— Bien, mon seigneur.

— Je suis heureux de voir que la grossesse vous rend un peu plus raisonnable, plaisanta-t-il.

Elle lui donna un coup sur le bras.

— J'ai toujours été raisonnable ! s'indigna-t-elle.

Rafe de Beaulieu s'empara de la petite main qui l'avait frappé et baisa sa paume en riant de bon cœur.

— Vous êtes merveilleuse, Rhonwyn, mon épouse chérie.

Il la prit dans ses bras et l'emporta vers la maison.

Il n'avait jamais vécu avec une femme enceinte, et c'était une expérience pour le moins déconcertante. Rhonwyn oscillait sans cesse entre l'euphorie, quand tout était absolument parfait, et la plus profonde mélancolie. Alors, sans raison apparente, elle fondait en larmes, éclatait en sanglots. La plus petite chose pouvait la bouleverser, et c'était souvent le cas lorsqu'ils faisaient l'amour – car Maybel avait expliqué à Rhonwyn comment c'était possible, sans nuire au bébé. Des larmes de bonheur, prétendait-elle, mais c'était très troublant…

Enfin, à partir de janvier, elle devint extrêmement sereine. Son ventre s'arrondissait, et elle adorait que Rafe le caresse de ses grandes mains si rassurantes. Il lui massait aussi le dos, la faisant ronronner de bien-être. En revanche, elle ne supportait pas qu'il touche ses seins trop longtemps. Il en était frustré, mais respectait son désir.

Il n'y avait pas trop de neige, à la Chandeleur, aussi Edward et Kate vinrent-ils leur rendre visite. Les deux jeunes femmes s'installèrent aussitôt près du feu pour bavarder gaiement.

Edward eut un sourire supérieur.

— Elles sont comme ça, quand elles sont enceintes… Félicitations, je ne croyais pas que tu parviendrais à lui faire un enfant, Rafe.

— Elle n'est plus la femme que tu as épousée, Edward. Son calife lui a appris à aimer la passion.

— Comment peux-tu supporter qu'elle ait appartenu à un autre ?

— Elle pourrait être veuve, rétorqua sagement Rafe. Pourquoi lui en veux-tu tellement ? Elle t'a été fidèle, elle m'est fidèle, que demander de plus ?

— Elle m'a trompé ! protesta Edward de Beaulieu avec colère. Elle a batifolé avec cet Infidèle, et elle a eu le front de l'avouer !

— Elle était prisonnière, Edward. Aurais-tu préféré qu'elle meure ? Tu l'as abandonnée sans même avoir la preuve de sa mort. Deux mois après sa disparition, tu m'as écrit pour demander la main de Kate... Au moins, Rhonwyn t'a été fidèle dans son cœur, alors que toi tu l'as trahie. Tu t'es dépêché de rentrer chez toi, tu as épousé ma sœur et tu lui as fait un enfant aussi vite que possible. Rhonwyn s'est arrangée pour ne pas donner de bébé au calife, et elle a organisé son évasion pour revenir vers toi. Ne sois pas fâché parce que tu as laissé passer l'occasion de savoir qui elle est vraiment, cousin. Elle est passionnée, elle m'aime... comme ma sœur t'aime.

Edward soupira et hocha gravement la tête.

Le printemps arriva, et l'humeur de Rhonwyn changea de nouveau. Cette fois, elle devint grognon, irritable, tandis qu'elle avait de plus en plus de mal à se déplacer.

— On dirait une grosse truie, grommelait-elle.

— Vous êtes magnifique ! protestait Rafe.

— Une magnifique et énorme truie sur le point de mettre bas !

— Tout se passera bien, ma chérie...

— Comment un homme saurait-il ce que l'on ressent quand on a un petit être qui vous donne des coups de pied dans le ventre ? Je tiens à peine debout, ma vessie est devenue trop petite, mon nombril est retourné comme un gant, et vous osez dire que tout va bien, Rafe ?

Il ne savait s'il devait la gronder ou éclater de rire, mais de toute façon, elle l'aurait remis à sa place d'une réflexion acerbe, aussi préférait-il se taire...

Le travail commença enfin, le 1er juin. Maybel et Enit assistaient la jeune femme qui, aux premières douleurs, insulta copieusement son mari.

— Si vous me faites ça une autre fois, je vous tue ! criait-elle. Ooooh ! Je vous hais !

Rafe de Beaulieu battit prudemment en retraite, mais il entendait son épouse pester et jurer à chaque contraction. Puis, alors que la journée se fondait dans le crépuscule, un cri s'éleva. Un cri vigoureux, coléreux. Il se précipita dans la tour, pour découvrir une Rhonwyn souriante qui berçait un minuscule enfant entre ses bras.

— C'est un garçon, mon seigneur ! annonça-t-elle fièrement.

Elle lui tendit le bébé, dont on n'avait pas encore fait la toilette.

— Bienvenue, Justin de Beaulieu, dit doucement Rafe avant de se tourner vers Rhonwyn. Merci, mon amour.

— Donnez-le à Enit ! ordonna Rhonwyn avec une autorité toute maternelle. Pourquoi Justin ?

— Parce que c'est la Saint-Justin, aujourd'hui.

— J'aime bien... approuva-t-elle. C'est un prénom original, pas comme Edward, John ou Henry... Mais comment appellerons-nous les autres ?

— Je croyais que vous n'en vouliez plus...

— Quoi ? Quand ai-je dit une horreur pareille ? Bien sûr que si, nous aurons d'autres enfants, Rafe. Au moins encore deux fils, et une ou deux filles. J'en ai promis une à ma tante, et l'autre fera un beau mariage. Avoir un enfant unique ? Quelle sottise ! pouffa-t-elle.

— Les femmes sont ainsi, murmura Maybel à l'oreille de son maître. Étranges dans les dernières semaines de grossesse, elles redeviennent normales dès qu'elles ont mis leur bébé au monde…

Katherine et Edward furent invités à tenir Justin sur les fonts baptismaux, et le père John les accompagna. Kate s'extasia sur le bébé, et assura que c'était le plus beau qu'elle ait vu de sa vie – mis à part les siens, naturellement.

— Avez-vous averti votre père ? demanda-t-elle à Rhonwyn.

— Oui, répondit brièvement la jeune femme.

— Et Glynn ?

Rhonwyn eut un large sourire.

— Il est heureux pour nous, Kate, mais il n'a pas le droit de quitter l'abbaye avant un an, même pour nous rendre visite. Il pourra être le parrain de notre prochain enfant… En attendant, j'aimerais que nous allions le voir à Shrewsbury, je sais que c'est autorisé.

— On dit que le prince Edward est rentré à Londres. Son couronnement aura bientôt lieu, mais nous n'y serons pas invités : il n'y aura que les grands seigneurs et ceux qui briguent un poste à la cour.

— Grand bien leur fasse ! Je préfère mille fois ma vie ici, à Ardley, comme vous aimez l'existence que vous menez à Haven. Nous nous soucierons des personnages importants quand il s'agira de marier nos enfants.

— J'espérais que vous auriez une fille, pour notre petit Ned, dit Kate. Mais il n'a que deux ans, vous avez encore le temps !

— J'aimerais bien avoir une fille, admit Rhonwyn.

— Je suis tellement contente ! Je craignais que vous ne soyez stérile. Edward disait que c'était sans doute le cas, à cause de vos activités de garçon manqué. Cela va faire deux ans que vous êtes mariés !

— J'ai prié sainte Anne, rétorqua Rhonwyn qui fulminait intérieurement.

De quoi se mêlait son ancien mari, ce traître ? S'il n'avait pas été l'époux de la sœur de Rafe, elle lui aurait coupé les oreilles, pour sa peine. Stérile... vraiment !

Début septembre, ils emmenèrent le petit Justin faire la connaissance de son oncle. Glynn fut aussitôt séduit par le beau bébé souriant, qui avait les yeux bleus de son père et quelques cheveux blonds sur le crâne.

Ensuite, ils rentrèrent au manoir afin de finir les moissons et préparer l'hiver. À Shrewsbury, Rhonwyn et Rafe avaient appris que le couronnement du nouveau roi avait eu lieu à Westminster le 19 août. Ils avaient l'intention de faire part de cette information à Edward, mais ils eurent la surprise de le trouver à Ardley. Il les attendait.

— Bon sang, où étais-tu ? gronda-t-il, ignorant totalement Rhonwyn. Voilà plusieurs heures que je patiente. Tes domestiques disaient que tu devais rentrer aujourd'hui, mais ils ne savaient pas précisément quand.

— Nous sommes allés voir Glynn, répondit Rafe. Que se passe-t-il ?

— Kate a été enlevée !

— Quoi ?

— Ma femme a été kidnappée ! répéta-t-il avant de se tourner vers Rhonwyn, l'air mauvais. Et c'est votre faute !

— Ma faute ? Mais comment cela se pourrait-il ? Je ne vous veux pas de mal, Edward, ni à Kate !

— Ce sont les Gallois qui l'ont capturée. Ils l'ont prise pour vous.

— Seigneur ! explosa Rafe.

La jeune femme réfléchit rapidement.

— Il peut y avoir différentes raisons, expliqua-t-elle. Quelqu'un qui souhaiterait entrer dans les bonnes grâces du nouveau roi pourrait vouloir me garder en otage et m'échanger contre l'assurance que le prince de

Galles restera tranquille. Ou peut-être est-ce simplement une question de chantage vis-à-vis de mon père. Toutefois, je ne pense pas qu'il céderait... Quoi qu'il en soit, ils se sont trompés de cible, et il faut vite apprendre où se trouve notre pauvre Kate afin d'aller la délivrer.

— Dommage que vous n'ayez pas raisonné de la même façon lorsque vous avez été capturée par les Infidèles, commenta Edward, amer.

Rhonwyn le frappa au visage, si fort qu'il vacilla.

— Comment osez-vous me faire la morale, espèce de pompeux imbécile ? cria-t-elle. La situation n'a rien à voir ! Je suis restée vivante afin de venir vous rejoindre, Edward, et vous ne m'aimiez pas suffisamment pour m'attendre. Mais il ne s'agit ni de vous ni de moi : c'est Kate qui est en jeu.

— Je suis bien de cet avis, dit Rafe en posant un bras apaisant sur les épaules de sa femme. Ravale ton orgueil blessé, Edward, et reconnais qu'en te remariant si vite, tu as perdu Rhonwyn. Dieu t'a fait don de ma sœur. À présent, ne pensons plus qu'à elle.

— Qu'on apporte du vin ! ordonna Rhonwyn.

Quand ils furent tous les trois installés devant la cheminée, elle reprit la parole :

— Il faut découvrir qui a enlevé Kate, et où elle se trouve. Dans ce but, je vais envoyer un messager à mon père pour lui raconter ce qui est arrivé. Où était Kate, lorsqu'elle a été kidnappée ? Et vous, Edward ?

— On est venu nous prévenir qu'une épidémie de fièvre se répandait parmi les enfants de mon village d'Ainslea. En bonne châtelaine, Katherine a rassemblé ses remèdes et elle est partie, en compagnie de sa femme de chambre, soigner les malades. Le lendemain soir, elle n'était pas rentrée, n'avait envoyé aucun message, alors je me suis rendu au village avec une demi-douzaine d'hommes. Le village avait été incendié, pillé. Femmes et enfants avaient été emmenés pour être vendus comme esclaves, les hommes avaient été égorgés. Ils n'ont laissé qu'un vieil homme en vie, pour me raconter le massacre. Ils l'ont chargé de dire au seigneur de Haven Castle que les Gallois ont enlevé sa femme et qu'ils ne veulent pas de rançon : ils tiennent seulement à garder entre leurs mains la fille d'ap Gruffydd. Ils finiront par la rendre saine et sauve, si je n'essaie pas de les suivre.

Edward vida le contenu de son gobelet et se prit la tête entre les mains.

— Mon Dieu, que vais-je faire ? gémit-il. Ma douce Kate n'est pas habituée à la vie rustique comme vous, Rhonwyn. Elle ne survivra pas ! J'aurais dû mieux la protéger !

— Kate est forte ! déclara Rafe. Ils la prennent pour la fille d'ap Gruffydd, alors ils ne lui feront pas de mal, car ils ont besoin d'elle pour faire pression sur le prince de Galles, quelle qu'en soit la raison.

— Mais s'ils apprennent qu'elle n'est pas la fille d'ap Gruffydd ?

— C'est improbable, intervint Rhonwyn. À part les hommes de Cythraul et les nonnes de la Pitié, personne ne savait qui j'étais, ni à quoi je ressemblais. C'est vrai aussi ici, en Angleterre. Les hommes qui ont enlevé Kate ignoraient que notre union a été annulée, Edward, et que vous avez pris une nouvelle épouse. Kate est assez fine pour ne pas les détromper... Parle-t-elle un peu gallois ?

— Oui, répondit Rafe en souriant, elle se débrouille bien dans votre redoutable langue. Nous avons eu une nourrice galloise.

— Alors elle aura compris tout de suite qu'ils se sont mépris sur son identité, et elle continuera à se faire passer pour moi. Ainsi ils ne la toucheront pas. Maintenant, il nous faut apprendre qui l'a enlevée. Je vais donc me rendre au pays de Galles et m'entretenir avec mon père. J'enverrai un messager le prier de me retrouver à Cythraul.

— Pourquoi vous ? s'irrita Edward. C'est à moi de m'y rendre.

— Tiens ! railla Rhonwyn. Vous croyez que mon père accepterait de vous parler, Edward de Beaulieu, ou de vous aider, après ce que vous m'avez fait ? Il vous tuerait plutôt ! Rentrez chez vous et trouvez une bonne nourrice pour votre bébé, sinon il va mourir de faim. Rafe et moi irons au pays de Galles, et nous vous ramènerons Kate. Il n'y a pas de honte à rester près de vos fils, Edward.

— Et le vôtre ?

— Mon lait ne convenait pas à Justin, il a déjà une nourrice. Rentrez à Haven, Edward, et attendez de nos nouvelles.

Elle lui tapota amicalement la main. Elle se rendait compte que toute son amertume envers lui avait disparu.

— Et je vous en supplie, reprit-elle, n'essayez pas de nous suivre, ni de nous rejoindre à Cythraul. Faites-nous confiance.

— Je vous ai toujours fait confiance, Rhonwyn, dit-il calmement.

— C'est faux, soupira-t-elle. Mais l'eau a passé sous les ponts, Edward. Je ne suis plus en colère, et je m'efforcerai de vous ramener Kate saine et sauve. Maintenant, allez veiller sur vos garçons. C'est ce qu'elle souhaiterait...

Il prit sa main et la baisa.

— Merci.

— Ce n'est pas encore gagné, mon ami...

Edward de Beaulieu parti, ils s'attablèrent devant un civet de chevreuil.

— Il va nous falloir une bonne nuit de repos, si nous voulons partir à l'aube, dit Rafe en trempant un morceau de pain dans la sauce au vin.

— Nous ne partirons qu'après-demain, répliqua Rhonwyn. J'enverrai Oth à la recherche de mon père. Il a besoin d'une journée d'avance. Puis nous le rejoindrons à Cythraul avec Dewi.

— Seulement nous trois ?

— La forteresse est pleine de soldats fidèles à mon père. Si nous nous rendions au pays de Galles avec une troupe importante, cela attirerait l'attention sur nous, Rafe. Cette bataille, nous devons la gagner avec subtilité, non par la force.

— Je ne pensais pas que votre père était un homme subtil.

— Il peut l'être, quand la situation l'exige… Vous n'avez jamais rencontré ap Gruffydd. Ne vous fiez pas aux ragots qui courent sur son compte. C'est un grand homme, même si je ne l'aime guère. Il a rassemblé un pays fait de petits domaines, de petits seigneurs, et il les tient bien en main. Certes, il a des ennemis, comme tous les puissants. Votre roi Edward a également des traîtres parmi ses sujets, des gens qui ne rêvent que de lui nuire.

— Comment une jeune fille élevée dans une forteresse a-t-elle pu en apprendre autant sur les grands de ce monde ? demanda-t-il.

— Les hommes disent que les femmes sont bavardes, mais ils parlent plus encore. Il me suffisait d'écouter. Personne ne prête attention à une gamine assise près du feu. Ils discutaient, et moi je retenais tout. Je n'ai pas appris à tisser, à broder ou à cuisiner. On ne m'a pas enseigné les bonnes manières, ni la religion, ni à jouer du luth, mais à manier l'arc et l'épée. J'ai appris comment les hommes gouvernent, et ce qui les pousse à vouloir diriger. C'est une éducation bien inutile, pour une femme, mais aujourd'hui je vais rassembler toutes mes connaissances et cela m'aidera à libérer votre sœur.

— Je devrais avoir peur de vous, Rhonwyn uerch Llywelyn. On parle beaucoup de votre père, et je m'aperçois que vous êtes bien sa fille !

— Oui. J'ai lutté contre cette évidence toute ma vie, Rafe, mais c'est vrai, je lui ressemble. On n'échappe pas aux liens du sang.

Elle prit la main de son mari et lécha la sauce sur ses doigts.

— Nous allons passer plusieurs jours sur les routes, et ensuite à Cythraul où, je vous assure, il n'y a aucune intimité possible...

Leurs regards se croisèrent, leurs lèvres s'unirent en un long baiser.

— Vous êtes trop conventionnelle, chère femme, dit Rafe quand il releva la tête. Il n'y a pas que le lit pour prendre du plaisir. Venez.

Il la prit par la main et la mena vers la cheminée.

Rhonwyn ouvrait de grands yeux.

— Les domestiques ! balbutia-t-elle tandis qu'il l'allongeait sur une peau de mouton.

— Je n'en vois aucun, murmura-t-il, tout en glissant la main sous sa jupe pour caresser ses jambes.

— Flint ! objecta-t-elle avec un signe du menton en direction du chien, qui dormait paisiblement.

— Bah ! Il ne s'offusquera pas pour si peu.

— Heureusement que nous n'avons pas d'aumônier au manoir... Oh...

Rafe avait trouvé le trésor qu'il cherchait et commençait à jouer avec.

— Non, Rafe... pas ici ! Non !

Et pourtant... La situation était tellement excitante, tellement dangereuse ! Si quelqu'un les voyait ?

— Nous sommes chez nous, ma chérie.

Elle goûtait tout le plaisir de l'instant, malgré ses protestations. Il remonta sa jupe et la pénétra d'une poussée.

C'était bon, c'était merveilleux... Elle se laissa bientôt emporter par le tourbillon de désir qui menaçait de la submerger.

Il sourit. Il adorait sa petite épouse galloise de toutes les fibres de son être. Elle se pressait davantage contre lui, et il ne tarda pas à sentir les spasmes la secouer, alors seulement il se laissa aller à son tour.

Au bout de quelques minutes, il se détacha d'elle, rabattit sa robe, remit un semblant d'ordre dans sa tunique.

— C'était délicieusement dépravé, dit-elle joyeusement, les yeux clos. Mais nous ne pourrons le faire à Cythraul, mon cher mari.

— Avant de partir, je vous montrerai ce que nous pouvons faire à Cythraul ou n'importe où ailleurs, ma chérie...

Il la remit sur ses pieds.

— Venez. J'ai encore plein d'énergie à vous consacrer et, dans notre chambre, vous n'aurez pas à vous inquiéter des domestiques. J'ai bien vu que vous étiez un peu troublée pour goûter pleinement cet intermède, la taquina-t-il.

Elle rit.

— Vous êtes diabolique, Rafe de Beaulieu !

Le lendemain matin, ils dépêchèrent Oth auprès du prince de Galles.

— Racontez-lui ce qui s'est passé, et dites-lui que je le verrai à Cythraul. Il faut sauver lady Katherine le plus vite possible. Il discutera, naturellement, il répondra qu'il n'a guère d'estime pour Edward de Beaulieu et qu'il se moque de ce qui arrive à son épouse. Mais vous lui expliquerez que j'ai beaucoup d'affection pour Katherine, qui est la sœur de mon mari, et que je le supplie d'intervenir. Ne le lâchez pas avant qu'il ait accepté. Vous savez comment le prendre, Oth.

— Il viendra, affirma le Gallois. Envoyez Dewi à Cythraul en éclaireur, afin qu'il s'assure que la forteresse appartient toujours à votre père, qu'elle n'a pas été investie par des ennemis.

— Je vais le faire, acquiesça Rhonwyn. Je ne pense pas que père se soit laissé déposséder de Cythraul, mais si c'est le cas, nous vous attendrons près de la ruine dont on dit qu'elle appartient aux Blonds. Là, je sais que je serai en sécurité, grâce aux origines de ma mère... Allez, Oth, et que Dieu vous protège !

Il lui baisa la main, avant de s'éloigner vers les écuries.

Rafe et Rhonwyn passèrent la journée à vaquer à leurs occupations. Le soir, il convoqua le majordome, Browne, et le régisseur, Peterman, afin de les mettre au courant de la situation.

— Je vous avertirai dès que je connaîtrai la date de notre retour.

— Je ne peux pas vous emmener, expliqua Rhonwyn à Enit. J'ai besoin de vous pour veiller sur Justin en mon absence. Bess est une bonne nourrice, mais elle est parfois un peu étourdie, donc je compte sur vous. Empêchez-la de l'emmener hors de la maison, sauf dans le jardin, et avec une escorte. Si ceux qui ont enlevé lady Katherine s'aperçoivent de leur erreur, Justin pourrait être en danger. Qu'aucun inconnu ne franchisse les portes du manoir, pas même un homme d'Église.

Browne et Enit acquiescèrent.

— Avec un peu de chance et l'aide du prince Llywelyn, nous rentrerons bientôt, en compagnie de lady Katherine, conclut Rafe.

— Qu'il en soit ainsi, mon seigneur ! dit Browne.

Rafe et Rhonwyn n'emporteraient que les vêtements strictement nécessaires et des armes. Ils soupèrent tôt, ce soir-là, car ils avaient l'intention de partir dès l'aube.

Comme ils arrivaient sur le palier de leur chambre, Rafe poussa son épouse contre le mur.

— Caressez-moi, dit-il à son oreille. Je vous ai promis que l'on pouvait prendre du plaisir n'importe où…

Elle obéit sans se faire prier, et il laissa échapper un grognement de plaisir.

— Sorcière !

Il la prit aux hanches et la pénétra.

— Vous étiez prête pour moi, dit-il comme il entrait aisément en elle, et je ne vous en aime que davantage.

L'extase les submergea bien vite, et ils gagnèrent ensuite leur chambre en titubant quelque peu.

Enit les attendait avec un grand bain fumant.

— Merveilleux ! s'écria Rhonwyn. Nous ne goûterons pas un tel luxe avant longtemps, mon seigneur. Profitons-en.

Ils se dévêtirent tandis que Enit, nullement troublée, ramassait leurs habits derrière eux.

— Nous nous débrouillerons tout seuls, Enit, dit Rhonwyn qui commença à frotter le dos de son mari.

— Je vais porter ces vêtements à la buanderie, répliqua la servante.

— Prenez votre temps ! suggéra Rafe alors que la porte se refermait.

Ils entendirent la jeune fille rire en descendant l'escalier.

— De combien de temps disposons-nous, à votre avis ?

— Une bonne demi-heure, répondit gaiement Rhonwyn.

— Parfait !

Il prit ses seins dans ses grandes mains, les caressa doucement, se serra contre elle.

— Je me sens insatiable ce soir, ma belle ! la prévint-il.

Elle se frotta contre lui, suggestive.

— Alors nous le sommes tous les deux, car le petit épisode du palier n'est qu'un échantillon de ce que j'attends de vous.

Elle sentait son sexe dressé contre elle.

— Il ne vous faut pas beaucoup de temps pour récupérer vos moyens, cher époux.

— C'est parce que vous êtes follement désirable, ma chérie.

Elle l'embrassa longuement sur tout le visage, puis ils s'unirent de nouveau en éclaboussant un peu partout.

Ensuite, ils se savonnèrent mutuellement, avant de sortir du tub.

— Heureusement que le sol est en pierre... fit remarquer Rhonwyn. Mais que va penser Enit ?

— Que son maître et sa maîtresse étaient ce soir dans une forme éblouissante !... Venez, ma chérie, mettons-nous au lit, ou nous allons attraper un rhume. Ce ne serait vraiment pas le moment ! Prions Dieu pour que ma sœur soit encore en vie.

— Elle l'est, Rafe, assura Rhonwyn. Même s'ils se sont rendu compte qu'elle n'était pas la fille d'ap Gruffydd. Dans ce cas, ils demanderont une rançon à Edward. Les Anglais traitent les Gallois de tous les noms, mais jamais d'imbéciles. Car nous savons ce qui a de la valeur.

Ils se réfugièrent sous les couvertures, serrés l'un contre l'autre.

— J'ai confiance en vous, ma chérie.

— Je sais, répondit Rhonwyn avec un petit sourire. C'est une des raisons pour lesquelles je vous aime, Rafe de Beaulieu. Vous avez vraiment confiance en moi.

— Je vous aime aussi... Maintenant, dormez, ma douce épouse.

Sur un petit soupir de contentement, elle ferma les yeux.

18

Il y avait bien des années que lady Katherine de Beaulieu n'avait pas entendu parler gallois, cependant elle remerciait Dieu de lui avoir donné une nourrice galloise et un don certain pour les langues.

Au début, tout lui parut confus, mais au bout d'un moment elle commença à comprendre. Ses ravisseurs la prenaient pour Rhonwyn... Instinctivement, elle faillit les détromper, puis elle se dit qu'ils risqueraient de la tuer, comme ils avaient assassiné tant de villageois à Ainslea.

Elle tira doucement sur la jupe de sa femme de chambre. La servante tourna vers elle un visage terrorisé. Kate, d'un doigt sur la bouche, lui fit signe de se taire.

— Ils croient que je suis Rhonwyn, chuchota-t-elle. Surtout ne dites rien, car ils risqueraient de nous égorger...

— Que racontez-vous dans votre langue barbare, Rhonwyn uerch Llywelyn ? lança brutalement l'un des hommes.

— Je calme ma servante. Elle a peur de vous, elle est effrayée par ce qu'elle a vu aujourd'hui. Ces Anglais ne sont pas très résistants.

— Ça dépend ! répliqua l'homme en riant.

— Qui êtes-vous ? Et pourquoi avez-vous fait ça ? demanda Kate.

— Vous le saurez le moment venu, Rhonwyn uerch Llywelyn.

Presque tous les villageois d'Ainslea avaient été tués, sauf quelques-uns qui étaient parvenus à s'enfuir. Les femmes et les enfants seraient conduits au pays de Galles et vendus comme serfs. Les bandits n'avaient laissé qu'un vieillard, chargé de transmettre le message à celui qui viendrait chercher la dame de Haven Castle. Ensuite, ils avaient incendié les maisons et étaient partis avec leurs prisonniers et leur butin, car ils avaient dérobé tout ce qui avait de la valeur, y compris des vaches laitières, un attelage de bœufs, un troupeau de moutons...

Plus tard dans l'après-midi, Kate et sa servante avaient été emmenées dans une autre direction par quatre de leurs ravisseurs.

Mab se remit à se lamenter.

— Mon Dieu... Nous allons être violées, et assassinées.

— Taisez-vous ! ordonna fermement Kate. Si c'était leur intention, ce serait déjà fait. Il y a autre chose, et je veux savoir de quoi il s'agit.

— Ils nous tueront quand ils apprendront la vérité, sanglota Mab. Vous auriez dû leur dire tout de suite, à Ainslea, et ils nous auraient relâchées...

— Sûrement pas ! Ils nous auraient tuées, afin que je ne puisse pas avertir ma belle-sœur de leur perfidie, quelle qu'elle soit. Il faut absolument que je joue le jeu, tant que je n'aurai pas découvert où ils veulent en venir... Maintenant, reprenez-vous, petite. Il ne faut pas montrer à ces Gallois que nous sommes effrayées.

— Et vous l'êtes, madame ?

— Terriblement.

Elle tapota gentiment la main de sa servante.

Le chef des ravisseurs approchait.

— Je m'appelle Ifan ap Daffydd, dit-il. Nous passerons la nuit dans un petit couvent, madame. Si vous essayez de vous échapper ou de dire aux nonnes que vous êtes prisonnières, je tuerai ces saintes femmes. C'est bien compris ?

— Compris, murmura Kate.

— Répétez à votre servante ce que je viens de dire, et avertissez-la que si elle continue à pleurnicher, je l'étranglerai de mes propres mains. Il y a au château de mon frère de braves Galloises qui vous serviront mieux que cette Anglaise geignarde.

— Je veux la garder, Ifan ap Daffydd, déclara Kate. Elle m'a servie loyalement depuis que je suis arrivée à Haven. Elle n'est pas habituée à assister à un massacre comme celui d'aujourd'hui. Vous la laisserez en vie, car elle est sous ma responsabilité.

— Vous avez une curieuse façon de parler le gallois... commenta-t-il, songeur.

— Il y a de nombreuses années que je vis parmi les Anglais, et je n'ai guère l'occasion de parler notre langue. Je suis même étonnée de me la rappeler encore... En outre, les dialectes sont différents, Ifan ap Daffydd, même si nous sommes capables de nous comprendre.

— Surtout quand il s'agit de votre père, Rhonwyn uerch Llywelyn, répliqua l'homme mystérieusement.

Il s'éloigna, et Kate traduisit ses paroles à Mab, en les édulcorant :

— Cessez de gémir, parce que cela les irrite, et ils risqueraient de nous punir toutes les deux.

— J'essaierai.

— Vous devez y arriver ! insista Kate.

— Où nous emmènent-ils ?

— Dans le château du frère d'Ifan ap Daffydd. J'ai cru comprendre que cela avait un rapport avec le prince de Galles, mais j'ignore lequel...

Lorsqu'ils arrivèrent au petit couvent où ils devaient passer la nuit, Ifan ap Daffydd expliqua à la religieuse tourière qu'il escortait sa sœur au château de leur frère, Rhys ap Daffydd, seigneur d'Aberforth. Ils furent aimablement accueillis, restaurés, puis on leur proposa des paillasses dans la maison d'hôtes. La nonne s'excusa : il n'y avait qu'une pièce. Galant, Ifan déclara que lui et ses hommes dormiraient dehors.

— Nous sommes habitués à coucher à la belle étoile, affirma-t-il.

Il fit le tour de la maison d'hôtes et en sortit rassuré : il n'y avait qu'une porte, et les fenêtres étaient trop hautes pour que ses prisonnières puissent s'échapper.

Au matin, ils assistèrent à l'office. On leur donna du pain bis, du fromage et du cidre avant qu'ils ne prennent congé.

Kate posa une pièce dans la main de la nonne qui les accompagnait à la porte.

— Merci, ma sœur, dit-elle. Accepterez-vous de prier pour ma belle-sœur, Katherine ?

— Je le ferai, mon enfant.

— Que lui avez-vous dit ? s'enquit Ifan ap Daffydd alors qu'ils s'éloignaient.

— Je lui ai donné un peu d'argent, car je ne pense pas que vous y ayez songé, Ifan ap Daffydd. Puis je lui ai demandé de prier pour ma belle-sœur, Katherine. Je m'exprimais dans notre langue, vous auriez pu tout entendre. Il est normal de payer lorsque l'on est reçu quelque part. Vous, les hommes, n'avez aucun sens de ces choses !

Il éclata de rire.

— J'avais entendu parler de votre satané caractère !

— Vraiment ? rétorqua-t-elle, ironique.

Ils chevauchèrent toute la journée et s'arrêtèrent dans une grotte, car il n'y avait pas de couvent ni de village à proximité. Ils mangèrent du lapin rôti, et le reste froid le lendemain matin, après avoir passé la nuit enroulés dans leurs capes, sur le sol de terre...

Le troisième jour, au crépuscule, ils arrivèrent enfin à Aberforth Castle. L'endroit était petit, sombre, sinistre. Kate frissonna, nerveuse, mais elle se ressaisit alors qu'ils franchissaient le pont-levis.

Ils mirent pied à terre dans la cour et furent introduits dans la grande pièce. Il n'y avait pas de cheminée, mais un grand brasero au milieu qui chauffait toute la pièce. Les murs étaient ornés de superbes tapisseries, et des herbes jonchaient le sol de pierre, dégageant un agréable parfum. Assis à table, sur l'estrade, un homme à la barbe noire et au regard perçant se restaurait.

Ifan ap Daffydd avança vers lui avec ses prisonnières, et s'inclina respectueusement.

— Je t'ai amené Rhonwyn uerch Llywelyn, comme tu me l'as demandé, mon frère.

L'homme examina Kate, les sourcils froncés.

— Vous ne ressemblez pas à votre mère. Ni à votre père, d'ailleurs... Mais je retrouve un peu de votre grand-mère paternelle en vous, madame. Elle avait votre couleur de cheveux, tandis que votre mère les avait couleur d'or pâle.

— Vous avez connu ma mère ? demanda Kate, sentant que c'était ce que l'on attendait d'elle.

— Brièvement... mais intimement, ricana-t-il.

— Pourquoi m'avez-vous fait enlever et amener ici, seigneur ? Mon époux sera furieux. Il n'est pas très riche, et il ne pourra payer une rançon exorbitante.

Rhys ap Daffydd éclata de rire.

— Vous avez l'immense orgueil de votre père et l'esprit de votre mère, commenta-t-il. Je ne veux pas de rançon, madame. J'ai affaire à votre père et, comme il ne veut pas entendre raison, j'ai pensé que si j'avais sa fille auprès de moi, il serait plus susceptible de… négocier.

— Vous êtes en querelle avec le prince ap Gruffydd, alors vous m'avez kidnappée ? s'écria Kate, outragée et stupéfaite. Vous êtes un lâche, mon seigneur, si vous ne pouvez traiter avec lui sans menacer quelqu'un de sa famille ! Je refuse de vous aider.

Il plissa les yeux.

— Vous n'avez pas compris, Rhonwyn uerch Llywelyn. Votre père a obtenu son titre des Anglais, cependant nous l'avons respecté parce que cela signifiait que les Anglais laisseraient le pays de Galles en paix. À présent, votre père refuse de jurer fidélité au nouveau roi Edward, brisant ainsi le lien qui l'unissait à l'Angleterre. Edward n'est pas homme à supporter l'insulte. Et lorsqu'il viendra punir votre père, nous souffrirons tous de l'attitude rebelle du prince. Certains de mes amis, en Angleterre, m'ont demandé de rencontrer votre père afin de lui faire entendre raison, dans l'intérêt général. Comme il n'a pas voulu m'accorder audience, j'ai trouvé le seul moyen de retenir son attention : vous « inviter » à Aberforth. Jamais il ne supporterait qu'on vous fasse du mal.

Kate se rappela ce que Rhonwyn disait, les rares fois où elle parlait de son père. Il était fort peu probable qu'il vînt au secours de sa fille, si cela ne l'arrangeait pas personnellement. D'autre part, elle se rendait compte qu'ap Daffydd n'était pas un véritable patriote : il n'agissait que pour lui. Elle le soupçonnait même de projeter d'assassiner ap Gruffydd, dès qu'il se montrerait au château…

— Ma foi, mon seigneur, vous pouvez tenter de raisonner mon père, mais il ne s'est jamais vraiment préoccupé de moi, puisque j'étais une fille.

— Et qu'en est-il du garçon ?

— Le garçon ?

— Votre petit frère.

— Glynn ? Oh… il est mort à douze ans de la variole, mentit Kate.

Elle savait parfaitement que si elle révélait où se trouvait Glynn, il serait lui aussi en danger.

— Donc, conclut Rhys, vous êtes la seule héritière de Llywelyn ap Gruffydd… Il viendra, que vous soyez fille ou garçon.

— Si vous le dites, mon seigneur… Maintenant, je suis affamée, et gelée jusqu'aux os. Ma servante aussi. Montrez-moi nos quartiers et faites-nous servir quelque chose de chaud. Vous ne voudriez pas que je me plaigne de votre inhospitalité auprès de mon père, Rhys ap Daffydd ?

Il éclata de rire.

— On raconte que vous avez été élevée à la dure, madame, mais vous vous exprimez comme si vous étiez née princesse.

— C'est le cas ! rétorqua Kate, hautaine, avant de suivre une domestique.

Quand elle fut seule avec sa servante, elle poussa un soupir de soulagement.

— De toute évidence, personne ici n'a rencontré Rhonwyn, Mab. Et je les ai bernés ! Ils sont convaincus que c'est moi.

— Je n'ai pas compris un traître mot de ce que vous disiez, madame, mais vous aviez une attitude hardie et fière. Que va-t-il nous arriver à présent ?

— Notre ravisseur s'appelle Rhys ap Daffydd, et il est de mèche avec quelques-uns de nos compatriotes. Il a l'intention d'utiliser la fille du prince de Galles pour attirer ap Gruffydd dans un piège. Ensuite, à mon avis, il l'assassinera, gagnant ainsi les bonnes grâces du roi Edward.

— Et après ?

— Je ne sais pas, répondit honnêtement Kate. Je ne pense pas qu'ils nous tueront. Nous ne sommes que les appâts. La fille du prince est censée avoir épousé un lord anglais, car le mariage faisait partie du traité entre les deux pays. Donc je suppose qu'ils nous renverront en Angleterre dès qu'ils auront mené à bien leurs projets.

— Comment savez-vous qu'il a l'intention de tuer le prince ? demanda Mab.

— Je n'en suis pas absolument certaine, mais mon instinct me dit qu'il ment.

Mab s'inquiétait.

— Lorsque le prince arrivera et verra que vous n'êtes pas sa fille, que feront-ils ?

— Il sera trop tard, alors...

— Oh, madame, j'ai tellement peur !

Kate prit la jeune fille dans ses bras.

— Je sais. Moi aussi, j'ai peur, mais il ne faut pas que ces hommes le voient. Edward et Rafe se sont déjà lancés à notre recherche, j'en suis certaine, et ils ne tarderont pas à nous retrouver.

— Mais comment ? sanglota Mab, effondrée. Comment arriveront-ils jusqu'ici ? Comment nous feront-ils sortir de la forteresse ?... Oh, c'est sans espoir, madame. Sans espoir !

— Pas du tout ! affirma Kate, qui pourtant songeait que sa servante avait raison. Réfléchissez, Mab ! Si nous mourons, notre âme continuera d'exister. Nous irons rejoindre notre Sainte Mère, et ce n'est pas un sort si terrible !

— Mais je n'ai même pas eu le temps de vivre, madame ! protesta la petite en hoquetant. Je suis encore vierge ! Vous, au moins, vous connaissez les joies du mariage, de la maternité !

— Cela vous arrivera aussi ! déclara fermement Kate.

La porte s'ouvrait.

— Regardez, reprit-elle. On nous apporte un bon souper chaud… Vous verrez, tout ira mieux quand vous aurez mangé.

— Si la nourriture n'est pas empoisonnée, marmonna Mab, sombre.

— Je ne pense pas qu'ils auraient pris le mal de nous amener jusqu'ici pour nous empoisonner, la raisonna Kate, avant de se tourner vers la servante qui avait apporté le repas. Dites à votre maître que j'aurai besoin d'un bain, ce soir. Il me faudra aussi une chemise et une robe propres. Y a-t-il des dames, dans ce château ?

— La maîtresse du seigneur, répondit la domestique.

— Alors cela ne posera aucune difficulté, j'en suis certaine…

— Très bien, madame, dit la jeune servante qui tourna les talons.

— Vous porteriez les vêtements de la catin de cet homme ? s'étonna Mab.

— Oui. Ils sont sûrement plus propres que ceux que j'ai sur moi. Ceux-là sont tout poisseux de lait… Oh, pourvu qu'Edward ait pensé à trouver une nourrice pour le petit Henry !

— S'il ne l'a pas fait, l'autre nourrice s'en occupera, décréta Mab, qui avait retrouvé assez de courage pour rassurer sa maîtresse. Mangeons maintenant, madame. Asseyez-vous, je vous servirai.

Elle étalait du ragoût de lapin sur une large tranche de pain.

— À votre avis, combien de temps faudra-t-il à lord Edward pour nous retrouver, madame ?

— Il est sûrement déjà en route, dit Kate en dégustant une bouchée de ragoût. C'est délicieux ! Heureusement, ils ont un bon cuisinier ici, nous ne mourrons pas de faim… Oui, Edward ne doit pas être loin, et mon frère non plus… Entendez-vous la pluie frapper aux fenêtres ? Au moins, la chevauchée sous la pluie nous aura été épargnée.

Il pleuvait en effet à seaux, tandis que Rhonwyn discutait avec la mère supérieure du couvent où s'étaient arrêtés Kate et ses ravisseurs. Elle s'était présentée comme la nièce de l'abbesse de la Pitié, et la sœur tourière avait eu le droit de se joindre à la conversation.

— Nous ne recevons guère de visiteurs, disait la mère supérieure, car nous sommes isolées. Mais, voici quelques jours, quatre hommes et deux femmes nous ont demandé asile. Sœur Margaret vous en apprendra davantage.

— Vous ont-ils dit qui ils étaient ? interrogea Rhonwyn.

— Celui qui semblait être le chef a expliqué qu'il conduisait sa sœur au château de leur frère, mais il n'a pas précisé le nom de cet endroit. Les deux femmes ne disaient rien... sauf le matin, au moment de partir. La dame m'a demandé de prier pour sa belle-sœur, Katherine. Et elle m'a donné une pièce, ce à quoi les hommes n'avaient pas pensé.

— Vous rappelez-vous comment elle était ? insista doucement Rhonwyn.

— Jeune et jolie, répondit sœur Margaret. Avec de beaux yeux bleus et, malgré sa coiffe, j'ai vu qu'elle avait les cheveux châtains. Elle s'exprimait bien, même si son gallois était un peu étrange... comme si ce n'était pas sa langue maternelle. Sa servante était banale, et elle semblait terrorisée.

— Cette dame ressemblait-elle au seigneur qui m'accompagne ? demanda Rhonwyn en désignant son époux.

— Oui ! s'écria la nonne. Oui, elle lui ressemblait ! Elle pourrait être votre sœur, mon seigneur.

— C'est le cas, expliqua Rafe. Ma sœur Kate a été enlevée. Vous êtes vraiment incapable de vous rappeler un lieu, un nom ? Il faut absolument que nous la retrouvions.

— Je suis navrée, mon seigneur… dit sœur Margaret, qui s'illumina soudain : Je peux quand même vous dire que lorsqu'ils sont partis, ils se dirigeaient vers le nord.

— Qu'y a-t-il par là ? questionna Rafe.

La mère supérieure haussa les épaules.

— Un seul endroit, à deux jours d'ici, et rien d'autre. Aberforth Castle.

— Qui est le seigneur de ce château ?

— Rhys ap Daffydd.

Ils passèrent la nuit dans la maison d'hôtes du couvent, et reprirent la route à l'aube.

— Il faut que nous allions à Cythraul, déclara Rhonwyn. Je veux parler à mon père avant d'affronter ce Rhys ap Daffydd.

— Est-ce loin ?

— Nous devrions y arriver avant la nuit, répondit Dewi.

— Connaissez-vous ce Rhys ? demanda Rhonwyn au Gallois.

— Seulement de réputation. On le dit ambitieux, et il n'a jamais fait partie des amis de votre père.

Ils chevauchèrent toute la journée sans rencontrer personne et, comme le soleil se couchait, ils aperçurent enfin les remparts de Cythraul.

— Je pars en éclaireur voir si le chemin est dégagé, dit Dewi, qui éperonna sa monture, tandis que Rhonwyn et Rafe se dissimulaient derrière un fourré afin d'attendre son signal.

Ensuite, ils entrèrent vivement à l'intérieur de la forteresse. Rhonwyn regarda autour d'elle et s'étonna d'avoir pu être élevée dans un endroit aussi fruste.

— Bienvenue chez nous, Rhonwyn ! s'exclama Morgan ap Owen en la saisissant à la taille pour la poser à terre. Que viens-tu faire ici ?

— Mon père est-il arrivé ? Oth est parti le chercher il y a quelques jours.

— Nous ne l'avons pas vu, et Oth non plus... Mais entre, petite. Qui est l'homme qui t'accompagne ?

— C'est mon mari, Rafe de Beaulieu.

Le géant fronça les sourcils.

— Je croyais que tu avais épousé Edward de Beaulieu ?

— Oui, mais notre mariage a été annulé. J'ai épousé Rafe, tandis qu'Edward se mariait avec la sœur de Rafe. C'est la raison de ma présence ici, Morgan. Il y a plusieurs jours, des Gallois ont franchi la frontière et enlevé lady Katherine, en la prenant pour moi. De toute évidence, cela avait un rapport avec mon père. Il faut trouver Kate avant qu'on ne lui fasse du mal, or c'est ce qui se passera quand ils découvriront qu'elle n'est pas moi. J'avais besoin de rencontrer ap Gruffydd dans un endroit discret, afin d'apprendre ce qui se passe.

— Je comprends. Eh bien, tu n'as plus qu'à attendre avec nous jusqu'à ce qu'il arrive...

Ils soupèrent de pain, de gibier, de truites. Au début, les hommes qui avaient élevé Rhonwyn étaient intimidés, mais ils comprirent bien vite que si elle avait des manières de dame, elle était encore leur « petite ». Bientôt, la pièce résonna des histoires de son enfance, soulignées de rires joyeux.

— Je suppose, dit Lug ap Barris, que vous n'êtes plus un aussi bon soldat qu'autrefois. Vous êtes une mère, maintenant.

— Accepteriez-vous une lutte à mains nues contre moi, Lug ? rétorqua-t-elle d'un ton innocent.

Il discerna la lueur diabolique dans son regard et se mit à rire.

— Non, Rhonwyn. Je me suis trompé, c'est sûr !

— Qui, à votre avis, enseignera à mon fils comment on tire à l'arc, Lug ? Connaissez-vous quelqu'un qui atteigne sa cible aussi bien que moi ?

— Non, Rhonwyn.

— Vous avez été un maître prodigieux, le félicita-t-elle.

Il rougit de plaisir.

Brenin, le vieux chien-loup qui par miracle était toujours vivant, vint poser sa tête sur les genoux de la jeune femme.

— C'est mon premier chien, expliqua-t-elle à Rafe en caressant la tête de l'animal.

— Parlez-moi du petit, demanda Gwilym, le cuisinier.

— Il est entré au couvent des bénédictins, à Shrewsbury. Vous seriez fier de lui. Quand il a appris que j'avais disparu au cours de la croisade, il est venu en Palestine et m'a cherchée comme l'avait fait jadis le ménestrel du roi Richard, Blondell. Il a parcouru le pays en chantant en gallois, dans l'espoir d'entendre une réponse de ma part. C'est ce qui a fini par arriver, et alors il m'a aidé à m'échapper.

Elle leur raconta ses aventures, et la raison pour laquelle son mariage avec Edward avait été annulé.

— L'Anglais a eu tort de se remarier aussi vite! déclara ap Owen.

Ses camarades approuvèrent.

— Il avait peur de mourir sans héritier, répondit Rhonwyn en haussant les épaules, et il ne s'attendait pas que je lui revienne. Cela a été un miracle... et l'autre miracle est que j'aie trouvé le véritable amour avec Rafe, mes amis. Je n'en veux plus à Edward, et j'ai beaucoup d'affection pour son épouse, Katherine. Il faut que nous la trouvions. C'est une femme charmante, et elle a deux petits garçons à Haven Castle, dont un est encore au sein.

— Nous t'aiderons, Rhonwyn, promit Morgan ap Owen. Tu sais que tu peux compter sur les soldats de Cythraul...

Cette nuit-là, ils dormirent dans l'ancienne alcôve de Rhonwyn, près de la cheminée. Rafe caressa les seins de son épouse, mais après un ronronnement de plaisir, elle protesta :

— Non, c'est impossible…

— Pourquoi ? murmura-t-il.

— Voudriez-vous que les hommes qui m'ont élevée soient choqués par nos gémissements de passion, Rafe ?

En guise de réponse, il posa la main de la jeune femme sur son sexe brûlant.

— Vous me rembourserez au centuple cette abstinence forcée, madame, grommela-t-il avant de baiser ses lèvres.

Elle pouffa.

— Je paie toujours mes dettes, mon seigneur…

Le lendemain après-midi, Llywelyn ap Gruffydd arriva en compagnie d'Oth.

— Comment se porte mon petit-fils ? demanda-t-il.

— À merveille, et il vous ressemble, mon seigneur, répondit Rhonwyn.

Le prince se tourna vers Rafe.

— Est-ce l'homme qui t'a épousée après la trahison d'Edward de Beaulieu ?

— Oui, et je l'aime, alors cela n'a plus d'importance. Rafe, venez serrer la main de mon père en signe d'amitié.

Rafe s'exécuta.

— Mon seigneur…

— Si elle est heureuse, je vous accepte pour gendre, Rafe de Beaulieu. Vous me semblez être un meilleur homme que votre cousin.

— Je le suis, mon seigneur, répliqua Rafe sans hésiter.

Llywelyn, un instant déconcerté, éclata de rire.

— Par le diable, Rhonwyn, vous êtes bien assortis, tous les deux ! J'en remercie Dieu, car j'avoue ne pas avoir fait beaucoup pour toi, ma fille…

— Vous êtes un grand homme, père, vous avez de grandes choses à faire, répliqua-t-elle avec un sourire.

— C'est ce que me disait toujours ta mère, murmura-t-il, le regard voilé.

— Je sais.

— Du vin, mon seigneur? proposa Gwilym qui approchait avec un gobelet.

— Volontiers.

Le prince en but une gorgée.

— Viens t'asseoir près du feu avec moi, ma fille, et dis-moi pourquoi tu voulais me voir.

Elle lui expliqua la situation. Il l'écouta attentivement, sans l'interrompre.

— C'est Rhys ap Daffydd qui garde cette jeune femme en otage? Cet homme est rusé et lâche. Il y a longtemps, je l'ai surpris en train de comploter avec les Anglais. Après que je l'ai dénoncé, peu de gens voulaient encore lui parler. Tu étais toute petite, Rhonwyn, quand il a dit qu'il se vengerait de moi. À présent, il tente de tirer parti de ma querelle avec le roi Edward.

— Je crois qu'il veut vous tuer, dit calmement Rhonwyn.

— Oui, cela ne m'étonnerait pas de sa part. Ainsi il serait dans les bonnes grâces des Anglais, et le pays de Galles leur tomberait entre les mains... Mais il n'en est pas question! Bien sûr, nous ne pouvons attaquer Aberforth, car il risquerait de tuer lady Katherine. Nous allons lui faire croire que je vole au secours de ma fille sans la mettre en danger.

— Il faut d'abord nous assurer que Kate est bien au château. Envoyons Oth en éclaireur à Aberforth. Il insistera pour rencontrer l'otage, afin de pouvoir vous affirmer que votre fille est bien traitée. Ensuite, Rafe, Dewi et moi entrerons dans la place forte en tant que ménestrels. Ils sont généralement bien accueillis, et j'ai suffisamment d'expérience, car c'est ainsi que je suis rentrée de Palestine avec Glynn. Une fois sur place, nous sauverons Kate.

— Comment ?

— Je tuerai Rhys, déclara Rhonwyn sans ciller.

— Comment ? répéta le prince d'un ton calme.

— Avec mon arc, père. J'en suis capable, ne craignez rien. Cet homme a enlevé Kate à sa famille, et il vous veut du mal. Je n'aurai aucun scrupule à l'envoyer en enfer.

— Ainsi, tu ferais cela pour moi, ma fille ? s'étonna le prince.

— J'ai été élevée ici, mon seigneur, et on m'a appris que j'avais des devoirs envers vous, envers mon pays. J'ai un époux anglais, je l'aime, je reconnais le roi d'Angleterre comme mon suzerain, mais cette histoire n'a rien à voir avec l'Angleterre. C'est une affaire de Gallois, qui doit se régler entre Gallois. Ce Rhys ap Daffydd est une honte pour notre peuple.

— Et vous, l'Anglais, vous permettez à votre épouse de se conduire ainsi ? demanda ap Gruffydd à son gendre.

— Oui. Ma femme n'est pas une fleur de serre qui réclame ma protection. C'est une personne forte. Si elle croit à ce plan, je lui fais confiance. Mais sachez que si elle échoue, je tuerai cet homme de mes propres mains, pour le punir d'avoir pris ma sœur en otage.

Le prince esquissa un sourire.

— Cette fois, petite, tu as épousé un homme, un vrai ! Je vous aime bien, Rafe de Beaulieu, ajouta-t-il en tapant amicalement le dos de son gendre.

Il fut décidé que le prince et une troupe d'hommes resteraient en retrait. Ils pénétreraient à Aberforth seulement lorsqu'on leur en donnerait le signal. Rhonwyn, Rafe et Dewi entreraient au château comme musiciens. Oth quitterait Cythraul le matin, Rhonwyn et ses compagnons deux heures plus tard, et le prince ainsi que ses hommes quatre heures après.

Le souper fut servi, puis Gwilym chanta des ballades anciennes.

— Cependant, dit-il ensuite, le jeune Glynn les interprétait mieux que moi.

— Il chante la gloire de Dieu à présent, répliqua Rhonwyn.

— Mon fils unique... un prêtre! grommela le prince.

— Il est heureux, expliqua calmement Rhonwyn. Et puis, quand vous pourrez célébrer votre mariage avec la fille de Montfort, vous lui ferez un garçon, et celui-là sera votre héritier légitime.

— Il y a longtemps que je suis fiancé à cette jeune fille, mais elle est cachée dans un couvent en France, et les Anglais ne lui permettent pas de traverser leur pays afin qu'elle m'épouse. Edward, cet imbécile, en a peur.

— Le roi Edward est tout sauf un imbécile, mon seigneur, objecta Rhonwyn. C'est vous qui ne comprenez pas. Pourquoi refusez-vous de lui jurer fidélité? Si vous acceptiez, votre épouse pourrait venir au pays de Galles, et vous auriez de nombreux fils. Mais non, vous chipotez, vous discutaillez sur un avantage que vous n'obtiendrez jamais... Quoi qu'il en soit, père, le roi aura le dernier mot.

Le prince était extrêmement contrarié par les commentaires de sa fille.

— Tu as toujours ton franc-parler, Rhonwyn, à ce que je vois... Les Anglais n'annexeront pas le pays de Galles tant que je vivrai, je le jure sur la Sainte Croix.

— Cette promesse sera difficile à tenir, mon seigneur, rétorqua Rhonwyn.

Rafe était fasciné par l'assaut verbal entre le père et la fille. Il savait qu'ap Gruffydd s'était fort peu occupé de l'éducation de Rhonwyn, mais il n'avait pas compris jusqu'à présent combien la jeune femme lui en voulait.

Il prit sa main et baisa le bout de ses doigts.

— Il est temps d'aller dormir, ma chérie. Nous aurons une longue journée, demain.

Ap Gruffydd continuait à siroter son vin. Quand sa fille et son gendre se furent retirés dans leur alcôve, il dit à Morgan ap Owen :

— C'est lui qui dirige, et elle ne s'en rend même pas compte… Elle l'aime, Morgan.

Le géant approuva en riant.

Oth se mit en route avant l'aube, Rhonwyn et les siens deux heures plus tard. Ils avaient emprunté quelques instruments à Gwilym, car ils seraient sûrement obligés de donner une représentation. Dewi et Rhonwyn connaissaient la musique, mais pas Rafe : le soir, lorsqu'ils campèrent pour la nuit, elle lui apprit à marquer le rythme avec un tambourin. Dewi jouerait du pipeau et de la flûte, Rhonwyn de la harpe et du luth, et elle chanterait.

Ils voyagèrent de l'aube au crépuscule pendant deux jours et, le matin du troisième jour, ils arrivèrent en vue d'Aberforth Castle.

Ils retrouvèrent Oth dans un petit bois.

— Elle est là, annonça-t-il. Et encore vêtue de la robe qu'elle portait quand ils l'ont enlevée, qui est à présent toute sale. La maîtresse du seigneur a refusé de lui prêter des vêtements propres… Ces gens sont mauvais, madame. Prenez garde. Je vais me rendre au-devant de votre père, pour lui raconter ce que j'ai appris.

— Très bien ! Allons nous jeter dans l'antre du fauve ! s'écria Rhonwyn en éperonnant sa monture.

Ils franchirent le pont-levis, la herse, et s'arrêtèrent dans la cour où ils demandèrent à voir le régisseur.

— Faut entrer à l'intérieur, répondit un garçon d'écurie, parce qu'il va pas se déranger pour une troupe de minables comme vous.

— Vous voulez bien veiller sur nos chevaux, joli garçon ? dit Rhonwyn avec son plus beau sourire en lui chatouillant le menton.

Elle se pencha, lui offrant un superbe point de vue sur sa poitrine.

Le garçon avala sa salive avec peine, incapable de détacher son regard des seins de Rhonwyn. Il prit les rênes sans mot dire, et devint rouge comme une tomate lorsque la jeune femme lui pinça la joue avant de lui envoyer un baiser.

— Êtes-vous vraiment obligée de vous montrer si aguicheuse ? marmonna Rafe tandis qu'ils pénétraient dans le château.

— Les hommes aiment les femmes aguicheuses, parce qu'ils les croient dévoyées. Mais il faut me faire confiance, Rafe.

— Oui, mon seigneur, renchérit Dewi, faites-lui confiance. Elle est futée, et elle nous a plus d'une fois tirés d'affaire lorsque nous traversions la France.

Dans la pièce commune, ils demandèrent à voir le régisseur, et on les conduisit à son bureau.

— Bonjour, mon seigneur, dit Rhonwyn. Je m'appelle Anghard, et voici mes compagnons, Dewi et Rafe. Nous sommes musiciens. Nous avons pensé que vous aimeriez peut-être un divertissement, ce soir.

— Nous n'avons pas souvent de passage, par ici, murmura l'homme, soupçonneux. D'où venez-vous ? Et où allez-vous ?

— Nous n'avons pas de domicile, mon seigneur, mais nous étions à Shrewsbury il y a peu de temps, et à présent nous nous rendons chez le prince Llywelyn, car il aime la musique et sait se montrer généreux. Comme nous venons de passer deux nuits à la belle étoile, nous apprécierions de dormir sous un toit et de manger une soupe chaude.

Elle lui offrait son plus charmant sourire.

— Je peux vous épargner ce voyage, dit le régisseur, car le prince sera ici dans quelques jours. Il vient rendre visite à mon maître, Rhys ap Daffydd... Nous allons vous offrir le gîte et le couvert pendant une semaine, Anghard, et vous nous divertirez, le soir.

Elle s'inclina.

— Volontiers, mon seigneur. Merci infiniment de votre gentillesse.

— Retournez dans la salle. Vous y dormirez, et vous y mangerez. Si vous jouez agréablement, vous aurez peut-être quelques pièces en plus.

— Merci, mon seigneur, répéta Rhonwyn.

— Vous êtes retorse ! commenta Rafe alors qu'ils revenaient dans la pièce commune. Pour un peu, je vous aurais crue !

— Il faut trouver un bon endroit, dit Rhonwyn à Dewi, pour que vous prépariez mon arc. Nous surveillerons les domestiques, pendant ce temps, car si on s'aperçoit que nous avons des armes, on nous tuera.

Ils trouvèrent une alcôve dans un coin sombre et restèrent devant, tandis que Dewi préparait l'arc de la jeune femme. Quand tout fut prêt, ils attendirent le repas principal. Vers le milieu de l'après-midi, des serviteurs commencèrent à apporter des plats et des bols.

Rhys ap Daffydd, sa maîtresse, son capitaine, son frère et Katherine s'installèrent à la grande table, sur l'estrade, alors que les autres tables se remplissaient peu à peu. Rhonwyn et ses compagnons trouvèrent de la place à la toute dernière.

La table du maître regorgeait de mets, mais en dessous on ne servit que du potage, du pain et du fromage, le tout arrosé de bière.

Katherine, fort pâle, ne se laissait visiblement pas intimider par ses ravisseurs, et Rhonwyn songea qu'elle avait bien du courage. Elle fut cependant furieuse que Rhys ap Daffydd n'eût pas pris la peine de lui fournir des vêtements propres, et se jura de le lui faire payer !

Le repas terminé, le régisseur s'approcha de son maître.

— Trois musiciens demandent le privilège de vous distraire en échange du gîte et du couvert, mon seigneur… Anghard et sa troupe, avancez !

Rhonwyn et ses compagnons se levèrent, et se dirigèrent vers l'estrade en chantant. Les hommes étaient vêtus de tuniques vertes et de chausses rayées de bleu et de vert. La jeune femme portait une tunique d'un vert plus foncé, extrêmement courte, et des chausses rayées vert et or. Sa longue chevelure dissimulait l'arc qu'elle portait dans son dos. Dans ses cheveux, elle avait piqué des fleurs de soie, et le décolleté de sa tunique laissait deviner la naissance de ses seins, tandis que son petit derrière s'offrait généreusement à la vue de tous. Elle avait tout de l'artiste aux mœurs pour le moins légères.

Rhys ap Daffydd, au grand dam de sa maîtresse, était visiblement intrigué par cette ravissante créature au sourire provocant.

— Nous permettez-vous de vous distraire, mon seigneur ? demanda-t-elle d'une voix joliment voilée. Je suis sûre que vous ne le regretterez pas…

Leurs regards se croisèrent, et Rhonwyn fut choquée par la cruauté et la lascivité qu'elle lut dans le sien. Oui, cet homme était mauvais.

— Je te donne mon autorisation ! clama-t-il, grand seigneur.

Il emmènerait ensuite cette fille dans son lit !

— Avant de commencer, dit Rhonwyn, puis-je savoir pour qui nous chanterons ? J'aime bien composer de petits poèmes personnels pour tout le monde, mais il faut que je connaisse les noms.

Il acquiesça.

— Voici mon frère Ifan, mon capitaine Llyd ap Nudd, ma maîtresse Iola… et mon invitée, Rhonwyn uerch Llywelyn, dont le père est le prince de tous les Gallois, du moins les Anglais le prétendent-ils.

— Beaucoup de Gallois également, Rhys ap Daffydd, répliqua Rhonwyn.

Il ne sut pas très bien si elle le défiait, mais il préféra éclater de rire.

— Tu es intrépide, ma belle !

— Et vous, mon seigneur, vous êtes stupide !

Un silence horrifié tomba dans la salle.

— L'intrépidité n'est drôle qu'un moment, ma fille, gronda Rhys ap Daffydd. Si tu m'insultes de nouveau, je te ferai arracher la langue, et tu ne pourras plus gagner ta vie qu'en offrant ton corps.

Elle eut un rire insolent.

— Vous dites que votre invitée est la fille du prince Llywelyn, mon seigneur, mais elle ne l'est pas. Si vous voulez vous servir d'elle contre ap Gruffydd, vous n'avez aucune chance d'y parvenir. Il s'agit de lady Katherine de Beaulieu, l'épouse de lord Edward. Le mariage de celui-ci avec la fille d'ap Gruffydd a été annulé, voilà plusieurs années. Vous l'ignoriez ?

— Et comment le saurais-tu, jeune impertinente ?

— *Je suis* Rhonwyn uerch Llywelyn, mon seigneur.

Rhys ap Daffydd la regardait intensément, puis un méchant sourire effleura ses lèvres.

— Oui, dit-il lentement. Bien sûr... J'aurais dû le deviner dès que je t'ai vue. Tu as son teint, Rhonwyn uerch Llywelyn. Tu ressembles à ton père, mais tu as la carnation de Vala... Tu te souviens de moi, ma belle ? Tu te rappelles le soir où je suis venu au cottage, afin de prendre du bon temps avec ta mère ? Ah, comme elle me suppliait... comme elle pleurait ! Et toi tu étais là, les yeux grands ouverts, ton petit frère dans les bras. J'ai adoré cette nuit-là, et je vais adorer également celle à venir. Me donneras-tu autant de plaisir que ta mère, il y a bien longtemps ?

Tout le monde entendit le sifflement, mais personne ne comprit de quoi il s'agissait, avant que la flèche ne transperce la poitrine de Rhys ap Daffydd.

Tandis que le seigneur d'Aberforth tombait le nez dans son écuelle, Rhonwyn tira deux autres flèches, que Rafe lui passait rapidement. L'une pour Ifan ap Daffydd, l'autre pour le capitaine du château.

La maîtresse de Rhys se mit à hurler de terreur lorsque le trio avança vers l'estrade.

— N'ayez pas peur ! cria Dewi à la cantonade. Le prince Llywelyn entre dans Aberforth. Nous n'avons rien contre vous. Recevez le prince comme de loyaux sujets, et nous vous laisserons en paix. Maintenant, allez ouvrir les portes pour mon maître !

La pièce se vida instantanément.

— Je vais voir s'ils m'obéissent, dit Dewi.

— Soyez prudent, répliqua Rhonwyn, avant de se tourner vers la maîtresse de Rhys. Cessez de crier, espèce de sotte ! On ne vous a pas fait de mal, et on ne vous en fera pas, sauf si vous n'arrêtez pas immédiatement vos insupportables braillements.

Katherine se jeta dans les bras de sa belle-sœur.

— Vous êtes si courageuse, Rhonwyn ! s'écria-t-elle. Quand je vous ai vus vous approcher de notre table, je n'en croyais pas mes yeux... Tu joues fort bien du tambourin, mon frère, dit-elle à Rafe en plaisantant.

Il la serra contre lui.

— Dieu merci, tu es vivante, Kate !

— Je ne savais pas ce qui allait arriver, avoua-t-elle, mais j'ai remercié notre vieille nourrice, Winnifred. Au bout de quelques minutes, je saisissais de nouveau le gallois, et je me suis doutée qu'ils me prenaient pour vous, Rhonwyn. Je n'ai pas osé les détromper, de peur qu'ils ne me tuent, et comme je savais que vous aviez vécu dans un endroit isolé, il était peu probable qu'ils connaissent votre visage.

— C'était bien réfléchi, Kate, apprécia Rhonwyn. Edward sera très fier quand il apprendra combien vous avez été brave.

Elle se tourna vers Iola :

— Espèce de petite oie égoïste, vous allez regretter votre mesquinerie. La servante de lady Katherine va choisir une tenue dans votre garde-robe, et dès demain vous quitterez le château avec seulement ce que vous porterez sur le dos. Je suis certaine que vous pourrez vendre vos charmes à un autre seigneur. Maintenant, laissez-nous !

Iola ne se le fit pas dire deux fois.

— Vous avez entendu les paroles d'ap Daffydd, reprit Rhonwyn à l'intention de son mari et de sa belle-sœur. Jusqu'à ce qu'il parle, je ne l'avais pas reconnu. Quand j'étais petite, il a violé ma mère. Elle ne l'a jamais dit à mon père, et je ne veux pas que sa mémoire soit ternie par cette horrible histoire. Dewi ne dira rien, j'en suis sûre.

— Je comprends, répondit Katherine. Vous avez ma parole : jamais je ne répéterai ce que j'ai entendu aujourd'hui.

Rafe enlaça son épouse, et son regard valait une promesse.

Les gens revenaient dans la grande salle du château. Llywelyn ap Gruffydd, à la tête de ses soldats, monté sur son étalon, s'approcha de l'estrade. Il jeta un coup d'œil aux trois cadavres affalés sur la table.

— Bravo, ma fille. Bien joué !

— Maintenant, seigneur mon père, vous devez remercier Morgan ap Owen pour la façon dont il m'a élevée ! répliqua-t-elle.

— Je le remercie, en effet, dit le prince avec un petit sourire. Mais c'est de moi que tu tiens cette habileté aux armes, petite.

Il se tourna vers Kate.

— Je suis navré que mes sujets vous aient si mal traitée, lady Katherine. Vous êtes libre à présent de retourner chez vous, en compagnie de votre frère et de Rhonwyn.

— Je vous remercie, mon seigneur, d'être arrivé à temps, dit-elle avec une gracieuse révérence.

— Enlevez ces corps et jetez-les aux chiens ! ordonna le prince en mettant pied à terre pour monter sur l'estrade.

Il fut salué par des vivats.

— Les hommes sont vraiment inconstants ! commenta Rhonwyn, sarcastique.

— Pas moi envers vous, affirma Rafe.

— Vous en êtes sûr ?

— Absolument !

Elle eut un petit soupir heureux en posant la tête sur son épaule. Quels que soient ses souvenirs – bons ou mauvais – dans son cœur il ne restait plus que cet homme, son amour. Rien ne pouvait être meilleur !

Elle lui sourit.

— Rentrons à la maison, mon seigneur.

Il la prit par la main, et ils gagnèrent la porte.

Ap Gruffydd les regarda s'éloigner, puis il s'adressa à ses deux fidèles soldats.

— Oth, Dewi, vous servez ma fille, mais accepteriez-vous d'escorter lady Katherine jusqu'à Haven Castle ?

— Pour sûr, mon seigneur ! répondirent les deux hommes d'une seule voix.

Il jeta un dernier coup d'œil à sa fille. « Adieu, Rhonwyn, dit-il en silence. Adieu ! »

À cet instant, elle se retourna, lui adressa un radieux sourire et fit un geste de la main.

— Au revoir, père ! cria-t-elle avant de disparaître.

Le prince de Galles sentit ses yeux le piquer, et il cligna des paupières afin que personne ne pût voir sa faiblesse.

Mais, bon sang, qu'allait-il bien pouvoir faire d'un château de plus ? se demanda-t-il.

POSTFACE

L'année 1276 ne fut guère faste pour le prince de Galles. Llywelyn ap Gruffydd avait grandement sous-estimé le nouveau roi, et Edward réagit violemment contre celui qui ne voulait pas remplir ses obligations de vassal. Il déclara aux Gallois une guerre, qui se termina par la victoire de l'Angleterre à Aberconwy en 1277. En punition, Edward confisqua la plupart des terres d'ap Gruffydd, ne lui laissant que Lesser Gwynedd et la suzeraineté sur cinq seigneurs. Enfin assagi, ap Gruffydd reçut l'autorisation d'épouser la fille de Simon de Montfort, à laquelle il était fiancé depuis 1265. La cérémonie eut lieu en 1278.

Malgré quelques disputes sur l'utilisation de la langue anglaise ou galloise sur les terres du prince, la paix dura jusqu'en 1282, quand le frère cadet d'ap Gruffydd, Daffydd, attaqua Harwarden. Le prince, par loyauté familiale, vint à l'aide de son frère, et il fut tué à Builth. On l'enterra à Cwm Hir, une abbaye cistercienne qu'il affectionnait particulièrement. Son épouse était morte en couches, et sa seule héritière légitime était une fille de faible constitution qu'il avait appelée Gwynllian, comme sa sœur. Elle passa sa vie dans un couvent.

Daffydd ap Gruffydd fut finalement capturé, et exécuté en 1283.

Lorsque les Gallois dirent au roi Edward qu'ils n'accepteraient comme prince qu'un homme qui parlerait leur langue, il leur proposa intelligemment son fils, Edward, qui était né dans une ancienne place forte de Llywelyn ap Gruffydd, Caernavon.

Ainsi se termina la dernière tentative d'indépendance du pays de Galles.

Jusqu'à l'année 1999.

Ce mois-ci, découvrez également
deux nouveaux romans de la collection

Amour et Destin

Le 1er octobre 2001

À contre-emploi

de Kate Thompson (n° 5991)

Deirdre O'Dare obtient le rôle principal dans une pièce de Shakespeare. La jeune actrice irlandaise ne pouvait rêver mieux. Enfin, presque. Elle est célibataire et aimerait vivre une grande histoire d'amour. Un brin cœur d'artichaut, pour l'heure, elle a jeté son dévolu sur son metteur en scène, David Lawless. Elle sait qu'il a une épouse mais le pense mal marié. Succombera-t-il au charme de la jeune femme?

Le 23 octobre 2001

Amants d'un soir

de Sandra Brown (n° 5992)

Un soir de Noël, Ria, jeune et charmante architecte, tombe dans les bras de Taylor MacKensie, séduisant conseiller municipal et futur maire de la ville. Elle n'imagine pas que cette relation puisse avoir un lendemain ; aussi, lorsqu'elle apprend qu'elle est enceinte, elle propose à Taylor un mariage de raison. Simplement pour que son enfant soit légitime. Taylor accepte. Mais ce mariage de convenance – platonique et provisoire – le restera-t-il vraiment ?

5994

Composition Chesteroc International Graphics
Achevé d'imprimer en Europe (France)
par Maury-Eurolivres – 45300 Manchecourt
le 7 septembre 2001
Dépôt légal septembre 2001. ISBN 2-290-31256-8

Éditions J'ai lu
84, rue de Grenelle, 75007 Paris
Diffusion France et étranger : Flammarion